VALENTINA MAY

Das Theater am Park – Ruf der Heimat

Weitere Titel der Autorin:

Das Erbe von Morham Manor

Das Theater am Park – Stimmen der Hoffnung
Das Theater am Park – Melodie der Träume

Über die Autorin

Valentina May schreibt Liebesromane und Familiensagas, in denen auch die Natur eine wichtige Rolle spielt. Ihre Inspiration holt sie sich auf ihren Reisen. Insbesondere Schottland und Cornwall haben es ihr angetan. Schon immer träumte Valentina von einem Cottagegarten und Leben auf dem Bauernhof. Diesen Traum hat sie sich inzwischen erfüllt. Die Autorin lebt mit ihrem Mann auf einem idyllischen Hof im Weserbergland. Wenn sie nicht am Schreibtisch sitzt und sich neue Geschichten ausdenkt, kümmert sie sich um ihren verwunschenen Rosengarten oder unternimmt Spaziergänge mit ihren Hunden durch den Wald.

VALENTINA MAY

DAS THEATER AM PARK

RUF DER HEIMAT

Lübbe

Vollständige Taschenbuchausgabe
der bei beHEARTBEAT erschienenen E-Book-Ausgabe

Textredaktion: Ulla Mothes
Lektorat/Projektmanagement: Johanna Voetlause
Umschlaggestaltung: Christin Wilhelm, www.grafic4u.de unter Verwendung von Motiven von
© Richard Jenkins Photography © Shutterstock: Nadezhda Kharitonova | AJ165 | Phil Darby | Elenamiv | RUNGSAN NANTAPHUM
Satz: 3w+p GmbH, Rimpar
Gesetzt aus der Adobe Caslon Pro
Druck und Verarbeitung: Books on Demand, Norderstedt

Printed in Germany
ISBN 978-3-404-19353-0

Sie finden uns im Internet unter luebbe.de
Bitte beachten Sie auch: lesejury.de

FSC
www.fsc.org
MIX
Papier aus verantwortungsvollen Quellen
Paper from responsible sources
FSC® C105338

Die größte Kraft auf der Welt ist das Pianissimo.
Maurice Ravel

15. November 1938 – Im Zug nach Florenz

Allein in die weite Welt! Florentina konnte es noch immer nicht fassen. Einerseits war es ein wunderbares Gefühl, auf eigenen Füßen zu stehen und sich als Blinde in der Fremde beweisen zu können. Andererseits war ihre Reise überschattet von den vorangegangenen Erlebnissen. Noch immer lief ihr ein eisiger Schauer den Rücken hinab, wenn sie an die Reichskristallnacht dachte. Der Brandgeruch, die Schreie … Beides hatte sich unauslöschlich in ihr Gedächtnis gebrannt.

In Italien würde sie neu beginnen. Eines Tages wollte sie als Pianistin die Konzertsäle Europas füllen. Ein Lächeln huschte über ihre Lippen, als ihr bewusst wurde, dass ihre Finger auf dem Schoß Mozarts *Türkischen Marsch* spielten.

Italien war ihre Chance, losgelöst von der familiären Fürsorge, die ihr die Luft zum Atmen nahm.

Du kannst die Erinnerungen nicht verdrängen, auch wenn du es dir noch so sehr wünschst.

Florentina lehnte den Kopf zurück und dachte an Tante Linas Haus. Draußen und drinnen hatte es immer so wunderbar nach Basilikum, Oregano, Salbei und Rosmarin gerochen. An lauen Abenden waren im Garten die Zikaden zu hören. Im Schoß von Tante Linas Familie hatte sie viele glückliche Stunden erlebt. Trubel und Gelächter beherrschten deren Familienleben. Während es zu Hause immer steif bei den Mahlzeiten zugegangen war, redeten bei ihrer Tante alle durcheinander. Cousine Gianna und Onkel Federico lieferten sich bei Tisch stets einen verbalen Schlagabtausch, der alle zum Lachen brachte. In ihrer Mitte, so hoffte Florentina, würde sie ihren Seelenfrieden wiederfinden. Keine Furcht vor den Nazis und deren Repressalien oder davor, dass sie das Theater schließen würden. Nach der Reichskristallnacht hatte sie sich nicht mehr allein aus dem Haus gewagt. In dieser Nacht war sie … nicht dran denken. Florentina summte leise vor sich hin, um sich abzulenken. Schwere Schritte auf dem Gang vor dem Abteil ließen sie verstummen. Die Tür wurde aufgeschoben.

„Grüß Gott. Ihre Fahrkarte bitte, Fräulein."

Die Stimme des Schaffners klang ungeduldig. Florentina zog vorsichtig das Ledertäschchen unter ihrem Gürtel hervor, in dem sie die Fahrkarte aufbewahrte, und reichte sie ihm.

„Ah, Florenz. Der Blick vom Ponte Vecchio über den Arno ist atemberaubend."

Sie lächelte. Ihr Gegenüber schien nicht bemerkt zu haben, dass sie blind war. Als sie die Brille abnahm, spürte sie, wie er zusammenzuckte. Ihr Vater hatte diese spezielle Brille mit getönten Gläsern für sie anfertigen lassen.

„Oh, Verzeihung. Ich wusste nicht …" Sie hörte an seinem Tonfall, wie unangenehm es ihm war.

„Dass ich blind bin? Natürlich werde ich mir die Stadt ansehen. Auf meine Art."

Mit ihren Händen würde sie jeden Stein ertasten, mit ihrer Nase den Geruch der Stadt aufnehmen und mit den Ohren jedes Geräusch erfassen. Jede Stadt besaß eine eigene Geräuschkulisse, einen einzigartigen Geruch. Durch ihre Sinne kehrte Farbe in ihre Dunkelheit ein und half ihr, sich zurechtzufinden.

„Ja, ja, verstehe." Rasch drückte er ihr die Fahrkarte in die Hand und verließ das Abteil. Tante Linas Familie hatte sie nie wie eine Blinde behandelt, sondern ihren Fähigkeiten vertraut. Wenn sie allerdings an ihr bevorstehendes Vorspiel am Konservatorium dachte, klopfte ihr Herz Takte schneller. Sie musste fehlerfrei und ausdrucksstark spielen, wenn sie ein Stipendium erhalten wollte. Das Lampenfieber war ihr Gegner. Sie wollte den Eltern beweisen: *Seht her, ich habe es geschafft. Allein.*

Sie hatte viel über das Florenzer Conservatorio gehört. Die Erwartungshaltung der Dozenten an die Stipendiaten war hoch. Viele bekannte Musiker hatten dort studiert. Sie musste nicht nur die Aufnahme schaffen, sondern auch genügend Durchhaltevermögen und Disziplin beweisen.

Der Zug beschleunigte das Tempo. Sie hörte das Rattern der Räder auf den Schienen und den immer schneller werdenden Auspuffschlag der Dampflok.

Rauch drang durchs geöffnete Fenster und trug Rußpartikel mit sich, die nicht nur in ihrem Hals kratzten, sondern auch auf die Kleidung rieselten. Berta hatte ihr extra dafür eine Bürste eingesteckt. Bevor es schlimmer wurde, schloss sie rasch das Fenster. Anschließend klopfte sie den Rußstaub aus der Kleidung. Wenn sie mit dem Zug gefahren war, hatte Violetta stets darauf bestanden, das Fenster geschlossen zu halten. Florentina wurde das Herz schwer. Sie vermisste ihre Zwillingsschwester schon jetzt. Florentina faltete die Hände.

Gott lege deine schützende Hand über sie und Hans, dass sie England gesund erreichen.

Als sie sich wieder setzte, verspürte sie plötzlich wieder diesen stechenden Schmerz in ihrem Leib, der seit Tagen zu ihrem ständigen Begleiter geworden war. Er überfiel sie aus heiterem Himmel, bevor er genauso schnell wieder verschwand. Gegen den Schmerz half ihr oft das Atmen. Sie versuchte, sich so gut wie möglich zu entspannen. Das hatte ihr die Mutter beigebracht. Heute ebbte der Schmerz bereits nach wenigen Atemzügen ab. Erleichtert sank sie gegen das Polster. In Florenz würde es ihr besser gehen.

Morgen würde sie ihr Ziel erreichen. Tante Lina und Gianna hatten versprochen, sie vom Bahnhof abzuholen. Florentina freute sich sehr, die beiden wiederzutreffen. Bis dahin musste sie die Zeit im Zug totschlagen. In ihrem Gepäck befanden sich ein paar Geschicklichkeitsspiele für die Finger und ein Buch in Blindenschrift. Florentina war froh, dass ihr Vater das Abteil für sie allein gebucht hatte.

Sie lehnte ihren Langstock ans Fenster. Zärtlich strich sie über den glatt polierten, runden Knauf. Ein Geschenk ihres Vaters, nachdem sie ihren alten in der Reichskristallnacht verloren hatte. Florentina lehnte den Kopf zurück und schloss die Augen.

Das gleichmäßige Rattern des Zuges machte sie schläfrig. Sie wollte nicht einschlafen, weil sie sich vor Albträumen fürchtete. Trotz aller Bemühungen, wach zu bleiben, verlangte die Natur ihr Recht, und sie schlummerte ein.

Wieder quälte sie der Albtraum. Darin irrte sie in der Reichskristallnacht hilflos vor ihren Verfolgern durch Hannover. Die SS-Männer hatten ihr den Langstock aus der Hand gerissen und zerbrochen.

„Gutes Anzündholz!", hatte einer von ihnen gerufen.

Die Hitze des Feuers brannte auf ihrem Gesicht. Florentina wusste nicht, wo sie war und wie sie nach Hause kommen konnte. Immer wieder stieß sie gegen einen Zaun oder eine Straßenlaterne. Das Keuchen ihres Verfolgers kam näher. In Panik rutschte sie auf Knien übers Pflaster. Ihr Verfolger lachte. Es bereitete ihm Spaß, sie kriechen zu sehen.

„Du entkommst mir nicht."

Er roch nach Alkohol.

Warum kam ihr niemand zu Hilfe? Florentina stieß gegen eine Bank. Warum hatte sie nicht auf ihren Vater gehört und sich mit ihrer Freundin Hannah vom Chauffeur fahren lassen?

Vielleicht besaß die Bank eine Gravur, die sie kannte. Im selben Augenblick, als sie sich daran hochzog, packte er sie grob an der Schulter.

Ihr Schrei wurde von einer Hand erstickt. Vor lauter Angst war sie wie gelähmt. Das heisere, kehlige Lachen des Fremden bescherte ihr einen eisigen Schauer. Sie begann, um sich zu schlagen.

„Fräulein … aber Fräulein, beruhigen Sie sich doch."

Nur träge drang die Stimme in ihr Bewusstsein. Er hielt ihre Arme fest.

„Sie sind ja wie von Sinnen! Ich will Ihnen doch nichts!"

Das war nicht die Männerstimme ihres Peinigers. Sie hörte auf, sich zu wehren, ließ die Arme sinken.

„Wer … wer sind Sie?", fragte sie verschlafen.

„Der Schaffner."

„Der Schaffner?" Langsam dämmerte es ihr wieder. Natürlich! Sie saß im Zug nach Florenz und musste trotz des Vorsatzes eingeschlafen sein.

„Sind wir denn schon da?"

„Nein, aber Sie müssen bald umsteigen. Wir erreichen gleich München."

Florentina nickte. „Ja, danke. Bitte verzeihen Sie, ich habe schlecht geträumt."

„Hm. Schon gut. Bitte ziehen Sie Ihren Mantel an. Ich komme gleich zurück und begleite Sie zur Tür. Halten Sie sich gut fest, wenn der Zug bremst."

„Danke." Florentina tastete nach ihrem Mantel, den sie neben sich an den Haken gehängt hatte.

Kaum hatte sie ihn übergestreift, kehrte der Schaffner zurück. Sie griff nach ihrem Langstock und hörte das Ächzen des Mannes, der ihr Gepäck von der Ablage hievte. Er drückte ihr ein Lederband in die Hand. „So können Sie mir besser folgen."

Ihre Finger schlossen sich fest um das Leder.

Auf dem Bahnsteig blies ein scharfer Wind, dass sie fröstelte. Das Lederband umklammernd, ließ sie sich vom Schaffner zum anderen Gleis ziehen. Es ging eine Treppe hinunter und eine wieder hinauf. Auf dem Bahnsteig stank es nach Ruß und Urin, dass ihr Magen rebellierte.

„Moment bitte." Der Schaffner hielt an und ließ das Lederband los.

„Fassen Sie bitte meine Hand, Fräulein."

Florentina streckte den Arm aus, und ihre Hände fanden sich.

Ihr Langstock stieß gegen etwas Metallisches.

„Vorsicht Stufe", hörte sie hinter sich eine angenehme Männerstimme sagen. Dann fasste sie jemand am Ellbogen und an der Hüfte, während der Schaffner an ihrem Arm zog. Sie versteifte sich einen Moment. *Reiß dich zusammen! Nicht jeder will dir Böses.*

„Kommen Sie", drängelte der Schaffner.

Florentina nahm die Stufe. Als sie auf dem metallenen Tritt stand, bekam sie den Haltegriff neben der Tür zu fassen.

„Sie können mich jetzt bitte loslassen", sagte sie zu dem Fremden, dessen Hände sie noch immer hielten.

„Schaffen Sie es denn allein weiter?"

Als wenn sie das nicht könnte!

„Ich bin zwar blind, aber nicht hilflos", erwiderte sie.

„Scusi." Er ließ sie los.

Florentina atmete auf und schwieg. Die zweite Stufe nahm sie leichter. Im Zug ließ sie sich wieder vom Schaffner durch den Gang zum Abteil ziehen.

Seufzend sank sie auf den Sitz. Endlich begann der zweite Teil ihrer Reise.

„Sie müssen Ihr Abteil leider mit einem Fahrgast teilen", erklärte ihr der neue Schaffner. Florentina traute ihren Ohren nicht.

„Unmöglich! Mein Vater hat das ganze Abteil für mich allein reserviert!"

Der Schaffner räusperte sich. Sie verspürte keine Lust auf

Gesellschaft. „Aber das sind besondere Umstände, Fräulein …“

„Die interessieren mich nicht. Setzen Sie doch den Fahrgast zu jemand anderem.“

„Alle Abteile sind schon besetzt. Nur Sie sind hier allein …“

Einerseits verspürte sie keine Lust auf Gesellschaft, andererseits würde ihr das die Langeweile vertreiben. Der Schaffner würde doch so viel Anstand besitzen, ihr keinen Herrn ins Abteil zu schicken. Eine Dame gleich welchen Alters wäre ihr recht.

„In Herrgotts Namen bringen Sie sie zu mir. Wir werden uns schon irgendwie arrangieren.“

„Aber, Fräulein, es …“

„Bitte, bevor ich es mir noch anders überlege“, fiel sie ihm ins Wort.

„Ganz wie Sie wünschen, Fräulein.“

Vielleicht war die Frau ebenfalls musikbegeistert oder kannte Florenz, sodass sich interessante Gespräche entwickeln könnten.

Schritte auf dem Gang näherten sich, die Abteiltür wurde aufgeschoben.

„So, Fräulein, hier ist der junge Herr, mit dem Sie das Abteil teilen werden.“

„Buon giorno.“

Das war doch die Stimme des Mannes, der ihr beim Einsteigen geholfen hatte.

Ein Mann! Wütend sprang Florentina von ihrem Sitz auf.

„Sie setzen einen Mann zu mir ins Abteil?“

Auf dem Gang entfernten sich Schritte. Offensichtlich war der Schaffner gegangen.

„Hallo, Herr Schaffner?“, rief sie, erhielt aber keine Antwort mehr. Der konnte sie doch unmöglich mit diesem Fremden allein lassen.

„Er ist leider schon gegangen“, antwortete an dessen Stelle der Fremde.

Wütend kniff Florentina die Lippen zusammen. Sie tastete nach ihrem Langstock, um nach dem Schaffner zu suchen und ihn zur Rede zu stellen.

„Tut mir leid, Signorina. Wenn Ihnen meine Anwesenheit unangenehm ist, setze ich mich natürlich draußen auf den Gang“, sagte der Fremde.

Seine Stimme war voluminös und klangvoll wie die eines Sängers.

„Sind Sie Musiker?“, fragte sie.

„Ja, hört man das so deutlich?“

„Natürlich.“

„Ich möchte Ihnen nicht zur Last fallen.“

Florentina bekam ein schlechtes Gewissen. Sie konnte ihn doch nicht die ganze Nacht draußen auf dem Gang verbringen lassen.

„Schon gut, Sie können bleiben. Aber ich bitte Sie, eine gewisse Distanz zu mir zu wahren.“ Seit der verhängnisvollen Nacht war ihr die Nähe von Fremden unangenehm.

„Selbstverständlich. Vielen Dank, dass ich das Abteil mit Ihnen teilen darf.“

Sie hörte, wie er sein Gepäck schwungvoll auf die Ablage hob, bevor er ihr gegenüber Platz nahm. Er roch angenehm nach frischer Seife und Rasierwasser.

„Mein Name ist Matteo. Matteo Bianchi. Mit wem habe ich die Ehre, Signorina?“

Sie mochte seine warme Stimme.

„Florentina“, antwortete sie. Ihren Nachnamen verschwieg sie ihm. Wenn er wirklich Sänger war, könnte er vielleicht den Namen Schwarz kennen und unnötige Fragen stellen. Darauf konnte sie gut und gern verzichten. „Florentina und wie weiter?“

„Nur Florentina.“

„Gut, dann rede ich Sie mit Signorina Florentina an."

Er schien enttäuscht zu sein. Der Zug setzte sich langsam in Bewegung. Florentina lehnte sich zurück und tat, als würde sie schlafen. Sie verspürte keine Lust auf eine Unterhaltung mit ihm. Doch sie fand keine Ruhe, denn er ging ihr gehörig auf die Nerven. Mal raschelte er mit Papier, dann hörte sie ihn kauen, und es roch penetrant nach Fisch. Florentinas Sinne waren geschärft. Violetta hatte deshalb immer neckend behauptet, sie könnte die Mäuse niesen hören. Violetta. Sie würden sich nicht so bald wiedersehen. Florentina mochte Hans. Ein bescheidener, zurückhaltender Mann mit einer sanften Stimme. Eine Spur zu zurückhaltend für das überschäumende Temperament Violettas. Das entsetzliche Ereignis in der Reichskristallnacht hatte sie niemandem anvertraut. Zu groß waren Scham und Demütigung gewesen. Sie musste endlich aufhören, ständig daran zu denken.

Der Fremde gegenüber begann etwas zu summen, das ihr bekannt vorkam. Sie räusperte sich

„Mein Summen stört Sie, Fräulein Florentina?"

Sie schüttelte den Kopf. „Nein. Das Stück kenne ich."

„Wirklich? Ich übe es gerade. Eine Arie eines deutschen Komponisten. Frederik von Uhlenberg. Ich kannte noch nichts von ihm. Erst als ich am Münchner Opernhaus gewesen bin, habe ich vom dortigen Intendanten Holzer von ihm erfahren. Haben Sie schon von ihm gehört? Sie sind doch aus Deutschland, oder?"

Florentina erstarrte. Holzer. Welch ein Zufall! Ihre Mutter hatte den Namen mehr als einmal erwähnt. Weil er als Intendant des Hannoverschen Opernhauses ein Konkurrent und der Besitzer der einstigen Familienvilla gewesen war. Das war fast mehr als Zufall. Hatte ihr Gegenüber das erwähnt, weil er sie erkannt hatte? Über die letzten erfolgreichen Aufführungen im elterlichen Theater war in den Zeitungen berichtet worden. Mit Fotos von ihr.

„Den Namen habe ich schon mal gehört", log sie und verkniff sich ein Schmunzeln. „Sie waren an der Oper tätig?" Mit dieser Frage versuchte sie von sich abzulenken.

„Ja, ich hatte dort ein, zwei Gastauftritte."

„Welche Stimmlage?"

Seine kräftige, warme Stimme besaß Schmelz. Ihr feines Gehör erfasste sofort, wie gut er die Resonanzräume seines Körpers nutzte. Ganz wie ihre Eltern und Violetta.

Sie war gespannt, ob sie mit ihrer Einschätzung richtig lag.

„Bariton. Sind Sie auch Sängerin?"

„Nein."

„Aber Sie spielen ein Instrument?"

Florentina wollte einem Fremden nur wenig von sich preisgeben.

„Leidlich." Warum konnte er nicht aufhören zu fragen?

„Wenn ich mir Ihre langen, schlanken Hände so anschaue, tippe ich mal auf Klavier. Richtig?"

Er war wirklich scharfsinnig.

„Wie gesagt leidlich, nur für den Hausgebrauch." Vermutlich würden sie sich nicht wieder begegnen. Sie hoffte das Thema Musik ein für alle Mal beendet zu haben.

„Was haben Sie denn schon so gespielt?"

Florentina stöhnte innerlich auf. *Der Kerl lässt nicht locker.*

„Kinderlieder." Das war noch nicht einmal gelogen.

„Ich mag deutsche Kinderlieder."

„Schön."

Er musste doch endlich merken, dass sie keine Lust auf Konversation verspürte. Eine Weile kehrte Schweigen ein, und sie atmete auf.

„Darf ich fragen, wohin Sie reisen, Signorina?"

„Fragen Sie eigentlich jeden aus, der mit Ihnen reist?"

„Menschen faszinieren mich nun einmal. Ich fahre nach Florenz. Eine ziemlich lange und langweilige Fahrt."

Sie hatte gehofft, dass er früher aussteigen würde.

Eine Weile plauderten sie über Florenz und dessen Geschichte. Florentinas Antworten fielen knapp aus. Immer wenn sie glaubte, das Thema wäre erschöpft, fand er ein neues. Irgendwann verließ er zu ihrer Erleichterung das Abteil.

Die Stille war Balsam. Doch sie hielt nicht lange an, denn nach kurzer Zeit kehrte er wieder zurück. Diesmal sprach er sie nicht an. Stattdessen wippte er mit den Füßen, summte, seufzte und trommelte mit den Fingern auf dem Polster. Offenbar schien er sich zu langweilen. Wenigstens blieb er schweigsam. Zumindest kurz.

„Es gibt nur drei Gründe für eine junge Frau wie Sie, nach Florenz zu wollen. Entweder Verwandte besuchen, Sehenswürdigkeiten besichtigen oder am Konservatorium studieren. Ich tippe auf Letzteres. Sie spielen bestimmt nicht nur für den Hausgebrauch."

„Da muss ich Sie leider enttäuschen."

„Schade, ich habe gehofft, wir könnten dort einmal zusammen musizieren."

Das hat mir gerade noch gefehlt!

„Nichts für ungut, Herr ..." Ihr fiel sein Nachname nicht mehr ein.

„Matteo."

„Matteo. Ich denke nicht. Ich bin im Klavierspiel nicht sehr versiert."

„Macht nichts. Ein paar Freunde und ich treffen uns regelmäßig zum Musizieren. Jemand, der Klavier spielt, fehlt uns eigentlich noch."

Es hatte ihr immer Spaß gemacht, mit anderen zu musizieren. Doch jetzt blieb sie lieber allein.

„Sie werden sicher jemand anderes finden. Ich besuche Verwandte."

„Wirklich schade. Falls Sie es sich doch noch anders überlegen sollten, fragen Sie einfach im Teatro Communale di Firenze nach mir."

Sie nickte.

„Wir haben noch eine lange Fahrt vor uns. Draußen ist es dunkel. Ich werde jetzt ein Nickerchen halten."

Fast hätte Florentina laut vor Erleichterung geseufzt. Stoff raschelte, dann war es still. Auch sie lehnte sich zurück.

Bloß nicht einschlafen! Florentina bemühte sich krampfhaft, wach zu bleiben.

Am Abend desselben Tages

Gegen ihren Willen schweiften Florentinas Gedanken zurück zur Reichskristallnacht. Nach der Theaterprobe waren sie und ihre Freundin Hannah froh gewesen, der stickigen Theaterluft entrinnen zu können, und hatten deshalb entschieden, zu Fuß nach Hause zu gehen. Auf dem Nachhauseweg hatten sie sich die Erlebnisse des Tages erzählt. Alles war wieder gegenwärtig.

Als Balletttänzerin träumte Hannah davon, Primaballerina zu werden. Während sie ununterbrochen geplaudert hatte, war ihnen die gespenstische Stille in der Stadt entgangen.

Ein unerwartetes Rucken riss Florentina aus den Erinnerungen. Der Zug blieb stehen. Matteos gleichmäßigen Atemzügen entnahm sie, dass er schlief.

Warum hielten sie? Auf dem Gang waren aufgeregte Stimmen zu hören. Florentina tippte Matteo an. Er zuckte zusammen.

„Sind wir schon da?“, fragte er verschlafen.

„Ich denke nicht. Der Schaffner wollte mir Bescheid geben, wenn wir Florenz erreicht haben. Der Zug hat plötzlich angehalten.“

Sie hörte, wie er die Abteiltür aufzog, dann spürte sie einen Luftzug.

„Keine Ahnung, warum wir mitten in der Gegend halten. Vielleicht müssen wir einen anderen Zug durchlassen.“

Seine Stimme war angespannt. Florentina glaubte, dass er etwas gesehen hatte und es ihr verschwieg.

„Hm, hm“, antwortete sie.

Irgendetwas ging vor sich, etwas Bedrohliches, das fühlte sie.

Feste Tritte näherten sich ihrem Abteil. „Aus dem Weg!“, rief jemand auf Italienisch.

„Grenzpolizei“, erklärte Matteo.

Türen wurden aufgeschoben.

„Pässe!“, verlangte einer der Polizisten streng.

Sie bemerkte, wie Matteo die Luft anhielt, als es im Abteil nebenan laut wurde. Eine Frau schrie und beschwor die Polizisten, ihrem Mann nichts zu tun. Das erinnerte Florentina an die Vorkommnisse im Theater, als die Gestapo einige Künstler jüdischer Herkunft, Homosexuelle und einen Roma verhaftet hatte. Ihre Eltern hatten Hans Brünn, den Verlobten ihrer Schwester, verstecken müssen. Die Angst war wieder gegenwärtig.

„Was ist denn da los?“, fragte sie Matteo.

„Die Polizei ist auf der Suche nach jemandem.“ Auch Matteo klang beunruhigt.

Die Schritte wurden lauter. Gleich würden die Polizisten ihr Abteil erreichen. Wenige Atemzüge später hielten sie davor inne und flüsterten. Florentina spitzte die Ohren und fing Brocken auf, wie Fascista und Resistenza.

Die Abteiltür wurde schwungvoll aufgezogen. Ein Luftzug streifte ihr Gesicht. Der Geruch von Lederstiefeln und Mottenkugeln drang herein.

„Ihre Pässe!“

„Natürlich, einen Moment bitte.“ Florentina tastete in dem Ledertäschchen unter ihrem Gürtel und zog den Pass heraus.

„Signorina Schwarz?“ Der Polizist klang eine Spur freundlicher.

„Ja, das bin ich.“

„Warum reisen Sie nach Italien?“

Sie hatte mit dieser Frage gerechnet.

„Ich besuche Verwandte nahe Florenz.“

„Sie kommen aus Deutschland?"

„Ja, aus Hannover."

„Gäste aus Deutschland sind bei uns immer sehr willkommen", erklärte er.

Mussolini und Hitler eiferten den gleichen Ideologien nach und zeigten sich öffentlich gemeinsam. Florentina schluckte.

„Danke." Sie rang sich ein Lächeln ab. Die Erfahrungen hatten sie gelehrt, Konflikte mit der Polizei zu vermeiden. Deutlich spürte sie Matteos Anspannung.

„Ihr Pass, Signore", forderte der Polizist von ihrem Gegenüber.

„Signore Bianchi, Matteo Bianchi?"

„Ja", bestätigte Matteo mit gepresster Stimme.

„Woher kommen Sie und was ist Ihr Ziel?" Die Stimme des Polizisten klang plötzlich grob. Spannung lag in der Luft.

„München. Ich kehre nach Florenz zurück. Das ist doch nicht verboten, Commissario, oder?"

Matteos provokante Antwort erinnerte sie an ihren Vater. Dennoch war es riskant, den Polizisten gegen sich aufzubringen. Sie hörte, wie der Beamte tief Luft holte.

„Zu wem?", hakte der Commissario nach.

„Zu meinem Vater Luigi Bianchi."

„Welchen Beruf üben Sie aus?"

„Musiker." Matteos Stimme klang gereizt.

„Sie haben aber keine Instrumententasche bei sich."

„Weil ich Sänger bin."

„Öffnen Sie bitte Ihre Tasche", verlangte der Polizist.

„Ich muss Sie leider enttäuschen, Commissario, außer Kleidung und Noten werden Sie nichts darin finden."

„Öffnen!"

Sie hörte wie Matteo seine Reisetasche von der Ablage herunternahm. Er gab sich keine Mühe, seinen Unwillen zu verbergen.

Das Klicken zweier Schnappverschlüsse war zu hören, dann das leise Rascheln von Stoff und anschließend von Papier.

„Sehen Sie, Commissario, nur Kleidung und Notenbücher."

Sie hörte jemanden blättern.

„Und das hier?"

Florentina spürte, wie Matteo den Atem anhielt.

„Das sind Noten, Commissario." Matteo klang gereizt.

„*Bella Ciao*, das Lied der Mondine, der Reispflückerinnen! Ein Rebellenlied!", rief der Polizist voller Verachtung. „Folgen Sie uns!"

Sie hörte, wie Matteo tief Luft holte, und ahnte, dass er kurz davor stand zu explodieren. Wenn er nicht aufpasste, würden sie ihn womöglich verhaften. Aber doch nicht wegen eines Liedes! Das konnte sie nicht zulassen. Florentina nahm all ihren Mut zusammen.

„Signore Commissario, bitte entschuldigen Sie mein Einmischen. Nur weil mein Begleiter die Noten dieses alten Liedes bei sich trägt, ist er noch lange kein Rebell. Ich verbürge mich für ihn."

Jetzt konnte sie nur hoffen, dass Matteo nicht widersprach und der Polizist ihr glaubte.

„Wie Sie sehen können, bin ich auf die Hilfe von Signore Bianchi angewiesen."

„Signorina Schwarz, Signore Bianchi ist wirklich Ihr Begleiter?"

Hoffentlich würde Matteo nicht widersprechen. Er schwieg.

„Ja, das ist er. Darf ich fragen, wen Sie suchen?"

„Wir suchen einen Mann, der den Widerstand unterstützt."

Florentinas Magen zog sich zusammen. Deutlich hatte sie den Eifer in der Stimme des Commissarios gehört.

Sollte Matteo zur Widerstandsbewegung gehören, die den Duce stürzen wollte? So wirkte er nicht auf sie.

„Signore Bianchi arbeitet ganz sicher nicht für den Widerstand. Nicht wahr, Matteo?"

„Ich bin Musiker."

„Sie haben mein Wort, Commissario, dass es stimmt, was Ihnen Signore Bianchi versichert hat." Sie hätte erwartet, dass Matteo das bestätigte, aber er schwieg.

„Stimmt das, Signore Bianchi? Sie wissen, was Ihnen droht, wenn Sie lügen."

„Ich versichere Ihnen, ich bin Signorina Schwarz' Begleiter", bestätigte Matteo.

Der Polizist zerriss die Noten.

„Dann wünsche ich Ihnen noch eine gute Weiterfahrt, Signorina. Ich hoffe, Signore Bianchi wird sich als vertrauenswürdig erweisen."

Florentina lächelte und nickte.

Sie atmete auf, als die Polizisten das Abteil verließen.

„Wie konnten Sie nur die Noten eines Revoluzzerlieds einstecken! Sie haben sich in Teufels Küche gebracht."

„Weil es nur Noten sind. Ich konnte nicht wissen, dass die sich so aufregen. Ist noch mal alles gut gegangen. Mille grazie", bedankte sich Matteo. „Ohne Sie würde ich vielleicht die Nacht im Gefängnis verbringen."

Unerwartet ergriff er ihre Hand und hauchte einen Kuss auf ihren Handrücken, was ein Kribbeln auf ihrer Haut hinterließ. Für einen kurzen Moment versteifte sie sich. Jedes Mal, wenn ein Mann sie berührte, weckte das erneut die unangenehmen Erinnerungen an die schreckliche Nacht.

„Was fällt Ihnen ein, mich anzufassen?", fuhr sie ihn an und riss ihre Hand zurück.

„Scusi, Signorina. Ich wollte Ihnen nicht zu nahetreten. Es geschah aus reiner Dankbarkeit."

Offenbar war ihr Gegenüber genauso impulsiv wie ihr Vater.

„Das hoffe ich."

Florentina war froh darüber, dass Matteo schwieg. Noch immer spürte sie den Lippenabdruck auf ihrem Handrücken.

Nach einer Weile, als sie Matteos gleichmäßige Atemzüge hörte, zog sie aus ihrer Handtasche ein Tuch und ein winziges Parfümfläschchen hervor. Sie benetzte das Taschentuch mit ein paar Tropfen Parfüm und rieb damit über ihren Handrücken, als könne sie das Gefühl des Kussabdruckes wegwischen.

Ihre Haut auf dem Handrücken brannte. Plötzlich glaubte sie Matteos Blick zu spüren. Hitze schoss in ihre Wangen. Hastig faltete sie die Hände auf dem Schoß.

Sie lehnte den Kopf zurück. Der Zug hielt noch immer. Die Stille um sie herum machte sie schläfrig. Trotz aller Bemühungen, wach zu bleiben, schlief sie dennoch ein.

Es war immer der gleiche Traum, der sie heimsuchte. So real wie das Erlebte.

Ihre Freundin Hannah und sie eilten durch das abendliche Hannover. Das Klackern der Absätze auf dem Pflaster hallte durch die Straßen. Während Hannah immer ausschweifender erzählte, legte Florentina sich im Geist Worte der Entschuldigung für ihre Eltern wegen ihrer Verspätung zurecht.

Plötzlich blieb Florentina stehen und tastete nach Hannahs Arm.

„Was ist denn mit dir, Flo? Du bist heute so seltsam", beschwerte sich Hannah.

„Findest du es nicht auch so merkwürdig still?"

„So ist es doch immer."

Bevor Florentina etwas antworten konnte, roch sie Rauch und hörte das leise Knistern von Feuer. Dann hallte ein markerschütternder Schrei durch die Straßen. Etwas Furchtbares war geschehen.

„Florentina!“ Hannah wurde ungeduldig.

Florentina legte ihr den Finger auf den Mund.

„Was ist denn? Du machst mir Angst, Flo“, sagte Hannah furchtsam. Kaum hatte sie das gesagt, waren weitere Schreie zu hören. Jemand rief Befehle. „Alle Weiber auf diese Seite! Los! Macht schon, verfluchtes Pack!“

Florentina zuckte zusammen, als sie das klirrende Geräusch splitternden Glases hörte. Hannah fasste nach ihrer Hand.

„Großer Gott!“

„Was ist denn, Hannah?“

„Der Himmel ist ganz rot.“

Hannah lief los und riss Florentina mit sich, bis sie unerwartet innehielt. Florentina spürte, wie sehr Hannah zitterte.

„Was ist denn, Hannah?“

„Unsere Synagoge brennt. Das waren die Nazis. Sie hassen uns.“

„Das können die doch nicht einfach so machen.“ Florentina traute den Nazis vieles zu, aber dass sie so weit gingen und Synagogen in Brand steckten, mochte sie nicht glauben.

„Wir müssen hier weg! Schnell! Bevor sie uns entdecken.“

Ehe Florentina protestieren konnte, zog Hannah sie erneut mit sich. Ihr blieb nichts anderes übrig, als mitzulaufen. Doch Hannah wurde immer schneller, dass sie immer öfter ins Stolpern geriet.

„Halt!“, wurden sie gestoppt.

Florentina prallte gegen Hannah.

„Warum haben es die Fräuleins denn so eilig?“

Der lauernde Unterton in der Stimme des Mannes weckte Florentinas Widerwillen.

„Meine Eltern erwarten uns zum Abendessen“, antwortete

sie, als die zittrige Hannah schwieg. Die eiskalte Hand der Freundin ruhte in ihrer.

„Wer sind denn Ihre Eltern, Fräulein …?“

Die Stimme des Mannes klang herablassend.

„Schwarz. Florentina Schwarz“, antwortete sie mit fester Stimme.

„Die Tochter dieser … dieser Intendantin? Vom Theater am Park?“

Wie abfällig er das Wort Intendantin aussprach, machte Florentina wütend.

„Ja. Und wer sind Sie?“

„Sturmbannführer Rothenberg. Und wer ist Ihre Begleitung, Fräulein Schwarz?“

Fieberhaft überlegte Florentina, was sie ihm antworten konnte, denn Hannah war Jüdin. Sanft drückte sie Hannahs Hand und hoffte, dass die Freundin sie verstand.

„Meine Cousine Gianna aus Italien. Leider spricht sie kein Deutsch“, log sie.

„Aus Italien.“ Das klang schon eine Spur freundlicher aus seinem Mund.

Federnde Schritte näherten sich ihnen. Florentina schickte ein Stoßgebet zum Himmel, dass ihre Lüge nicht auffliegen möge.

„Heil Hitler, Herr Sturmbannführer. Befehl wurde ordnungsgemäß ausgeführt. Ein Dutzend Juden festgenommen.“

„Wer meldet das?“, fragte der Sturmbannführer streng.

„SA-Scharführer Grabert.“ Die Stimme klang jünger als die des Sturmbannführers.

Grabert? Den Namen hatte Florentina noch nie gehört.

Hannahs Finger krallten sich um ihre. Florentina biss die Zähne zusammen, damit ihr kein Schmerzenslaut über die Lippen kam. Die Männer schwiegen. Hannah hielt die Luft an und rührte sich nicht. Deutlich fühlte Florentina, dass etwas schieflief.

„Wen haben wir denn da?", fragte SA-Scharführer Grabert mit einem hämischen Unterton. Florentina hörte, dass er auf sie zuging.

„Das sind Fräulein Schwarz und ihre italienische Cousine", erklärte ihm der Sturmbannführer.

„Die Schwarzhaarige kenne ich nicht", warf Grabert ein. „Die andere da schon. Das ist Hannah Simonsohn, die älteste Tochter des jüdischen Schlachters."

Jetzt wusste der Sturmbannführer, dass sie gelogen hatte. Furcht schnürte Florentinas Kehle zu. Mehr aus Angst um Hannah als um sich selbst. Von ihren Eltern wusste sie, dass Juden in Arbeitslager geschafft wurden. Das wäre womöglich das Aus für die Ballettkarriere der zarten Ballerina Hannah.

Durch ihre Schuld waren sie den beiden Männern ausgeliefert.

„Die Nachkommen der von Uhlenbergs sind stark. Kopf hoch, Florentina, du wirst alles schaffen, wenn du nur willst", klangen ihr die Worte der Großmutter in den Ohren. Doch in diesem Augenblick trösteten sie sie wenig.

Jemand berührte Florentina an der Schulter. Sie wachte auf.

„Wir erreichen in wenigen Minuten Florenz", erklärte Matteo.

„Schon?", fragte sie und gähnte. Florentina reckte ihre Glieder, die vom langen Sitzen ganz steif geworden waren.

Gleich würde sie Tante Lina und Gianna in die Arme fallen. Die Vorfreude auf beide ließ sie ihren Albtraum schnell vergessen.

Langsam fuhr der Zug in den Bahnhof ein.

„Dieser Duft, diese Farben … Es tut gut, wieder zu Hause zu sein", sagte Matteo. Seine Worte lösten in Florentina ein gewisses Heimweh aus.

„Darf ich Sie zum Ausstieg begleiten, Signorina?", unterbrach Matteo ihre Gedanken.

„Ich schaffe das schon allein." Es ärgerte sie, dass alle Leute sie scheinbar für hilflos hielten.

„Das glaube ich Ihnen aufs Wort, Signorina. Ich wollte nur höflich sein."

Charmant war er ja.

Florentina bereute, ihn abgewiesen zu haben.

„Also gut."

Sie hob die Arme und tastete nach ihrem Gepäck auf der Ablage. Ihre Finger schlossen sich um den Griff. Sie zog, aber die Tasche hatte sich im Gepäcknetz verfangen.

„Warten Sie, ich hebe Ihnen die Reisetasche herunter. Der Zug hält hier nicht lange."

„Danke."

Sie hörte, wie er sie von der Ablage hob.

„Ich nehme sie selbst", verlangte sie.

„Wie Sie wünschen, Signorina."

Er drückte ihr den Taschengriff in die Hand.

Erneut zuckte sie zusammen, als er ihren Ellbogen fasste. Sein Griff war sanft, aber bestimmt, als er sie nach vorn schob. Sie wehrte sich nicht, als er ihr beim Ausstieg half. Seine Berührungen waren ihr unangenehm. Dennoch war sie froh, wie geschickt und umsichtig er sich anstellte.

„Werden Sie abgeholt, Florentina?"

Hörte sie da etwa einen hoffnungsvollen Unterton heraus?

„Ja, von meiner Tante und meiner Cousine." Sie konnte es kaum erwarten, die beiden endlich in die Arme zu schließen.

„Ich wünsche Ihnen einen angenehmen Aufenthalt in Florenz. Vielleicht laufen wir uns noch einmal über den Weg."

„Danke schön. Passen Sie auf sich auf, Matteo!"

Er wandte sich um und eilte davon. Florentina stand auf dem Bahnsteig und kam sich mit einem Mal verloren vor. Die Reise im Zug war wie im Flug vergangen. Trotz aller Bedenken hatte sie sich von ihm unterhalten gefühlt. Er war nett und galant gewesen.

Mit ihrem Langstock tastete sie sich durch die Bahnhofshalle, bis sie die vertrauten Stimmen von Tante und Cousine hörte.

Am selben Tag in Florenz

Diese Florentina hatte etwas Anziehendes und Geheimnisvolles an sich gehabt, das ihn fasziniert hatte. Er sah ihr schmales, schönes Gesicht vor sich, umgeben von schwarz gelocktem Haar. Sicher ahnte sie nicht, wie hinreißend sie aussah. Wenn sie lächelte, waren zwei Grübchen sichtbar.

Im Schlaf hatte sie zerbrechlich gewirkt, dem Commissario gegenüber sehr selbstbewusst. Wie viel wusste sie über den Widerstand in seinem Heimatland?

Seit Juli war er durch das vom Duce verabschiedete Manifest der Rassen gewachsen. Juden wurden von arischen Italienern abgegrenzt. Immer hatten in Italien alle friedlich nebeneinander gelebt. Als Kommunist war sein Vater Gegner von Mussolinis Politik. Natürlich hatte er gewusst, dass das Lied der Mondine ein Zeichen des Widerstands war. Sein Freund Eugenio hatte ihm die Noten mitgegeben. In Eile hatte Matteo Noten und Kleidung in den Koffer gestopft, um den Zug nicht zu verpassen. Er wollte seinen Vater nicht enttäuschen und wie versprochen zum Abendessen da sein. Viel zu früh hatte Matteo seine Mutter und seine älteren Geschwister an Tuberkulose verloren.

Matteo ärgerte sich über seine Unachtsamkeit.

Er schob sich durch das Gedränge im Bahnhofsgebäude. Der beste Freund seines Vaters hatte ihm versprochen, ihn abzuholen.

Eugenio hatte ihn gebeten, seinem Bruder einen Brief zu überbringen. Eigentlich hatte der Freund ihn nach Florenz begleiten wollen, doch der Tenor hatte noch zwei Vorstellungen geben müssen und konnte sich finanziell keinen Ausfall erlauben.

„Überreiche ihn Giorgio bitte persönlich. Ich möchte sichergehen, dass er ihn auch bekommt." Mit diesen Worten hatte Eugenio ihm den Umschlag überreicht. „Die Adresse in Florenz steht auf dem Kuvert. Es ist nicht für jedermanns Augen bestimmt. Also pass bitte gut darauf auf."

Matteo hatte das Kuvert in seinen Strumpf geschoben. Es kratzte an seiner Wade.

Ein seltsames Gefühl hatte ihn dabei beschlichen, dass er drauf und dran gewesen war, seinem Freund die Bitte abzuschlagen. Andererseits war Eugenio immer sehr hilfsbereit und hatte öfter etwas für Matteos Vater mitgenommen. Eugenio hatte ihm vor einiger Zeit anvertraut, sich den Kommunisten angeschlossen zu haben. Die Mitglieder der kommunistischen Partei waren Staatsfeinde und standen ganz oben auf der Liste der Fascista-Partei. In diesem Augenblick kam Matteo der Gedanke, dass die Polizei vielleicht nach seinem Freund gesucht haben könnte. Eugenio hatte schon einmal Ärger bekommen, weil er schlecht über Mussolini geredet hatte.

Was mochte nur im Kuvert stecken? Eine verschlüsselte Botschaft der Kommunisten oder etwas Harmloses? Matteo war einen Moment lang versucht gewesen, den Umschlag zu öffnen. Doch dann hatte er sich dagegen entschieden, weil es ihn nichts anging.

Was Florentina sich wohl dabei gedacht hatte, ihren Nachnamen zu verschweigen? Er würde es nicht erfahren. Sie würden sich nicht mehr wiedersehen.

Es war früher Nachmittag, als Matteo das Bahnhofsgebäude verließ. Ein modernes Gebäude mit geraden Linien ohne jeden Schnörkel, dessen Grundstein 1936 gelegt worden war. Es bildete einen Kontrast zu den eher verspielt und üppig verzierten Häusern aus der Zeit der Medicis. Matteo liebte die

Renaissancebauten. Auch sein Elternhaus war reich verziert, eine kleine Stadtvilla nahe des Arno, in der sein Vater nach dem Tod der Mutter allein lebte.

Die milden Temperaturen in Florenz ließen Matteo seinen Mantel ablegen.

Fünf Jahre hatte er in München gelebt und fast vergessen, wie sonnenverwöhnt seine Heimat, die Toskana war. Vor dem Bahnhofsausgang stand eine Gruppe Touristen, die auf ihren Reiseführer wartete, um die Sehenswürdigkeiten seiner Heimatstadt zu erkunden.

Das Leben in Florenz war ganz anders als das in München. Bunter, fröhlicher und lauter. Anfänglich hatte er sich auch in München wohlgefühlt. Sein Engagement an der Oper war ein Meilenstein für seine Gesangskarriere. Seit der antisemitischen Politik des Führers erschien ihm das Leben in München nicht mehr so facettenreich. Jetzt in Florenz spürte Matteo, wie sehr ihm das vielfältige Leben hier gefehlt hatte. Im Mai hatte er für ein paar Tage seinen Vater besucht. In dieser Zeit war auch Hitler hier gewesen, auf Einladung seines Verbündeten, dem Duce. Was hatte Matteos Vater gegen diesen Besuch gewettert. Er hatte sich geweigert, den beiden Staatsmännern zuzujubeln.

Diese Bilder hatten sich in Matteos Gedächtnis gebrannt. Neben dem prallen, fettglänzenden Gesicht des Duce hatte Hitlers dagegen faltig, fast verhärmt gewirkt. Noch heute stieg Wut in Matteo auf. Rasch verdrängte er die Erinnerungen und überquerte mit weit ausholenden Schritten den Bahnhofsvorplatz. Sein Elternhaus lag nur zwanzig Minuten zu Fuß vom Bahnhof Santa Maria Novella und nur eine Seitenstraße vom Arno entfernt. Morgens konnte er die Schiffe auf dem Fluss hören.

Matteo freute sich, seinen Vater wiederzusehen.

Vor dem Eingang seines Elternhauses blieb er kurz stehen,

um es zu betrachten. Er konnte nicht glauben, dass er wieder zu Hause war.

Nur der Karriere wegen hatte Matteo die Heimat verlassen. Nach seinem Studium am hiesigen Konservatorium hatte er sich an vielen Bühnen Italiens beworben, aber immer nur Absagen erhalten. Eine Chance auf ein festes Engagement hatte sich erst durch Eugenio geboten, der an der Münchener Oper gesungen hatte. Auf dessen Drängen hin hatte sich Matteo dort ebenfalls um ein Engagement beworben und war angenommen worden. In den Jahren an der Oper hatte er viel gelernt und sich weiterentwickelt. Der damalige Intendant Anton Holzer hatte sein Talent erkannt und ihn gefördert. Dennoch gehörte Matteo nicht zum Stammensemble der Oper, und sein Vertrag lief zum Jahresende aus. Zeit, sich um ein neues Engagement zu bemühen. So hatte er beschlossen, nach Florenz zurückzukehren und hier sein Glück zu versuchen. Die Münchner Oper als Referenz würde ihm hoffentlich den Weg ebnen. Sein Vater sollte stolz auf ihn sein.

Mit einem Lächeln auf den Lippen öffnete Matteo die Eingangstür. Nichts hatte sich in der väterlichen Villa verändert. Die marmornen Schachbrettfliesen in der Eingangshalle und die Stuckverzierungen an den Wänden und Decken hießen jeden willkommen. In der Mitte der Eingangshalle plätscherte ein Springbrunnen. Matteo ahnte, wo er seinen Vater finden würde. Normalerweise erschien beim Öffnen der Tür Aurelia, die Haushälterin. Heute jedoch kam sie ihm nicht entgegen.

Im Leben seines Vaters Luigi besaß die Musik einen hohen Stellenwert. Er war ein Naturtalent, auch wenn er weder das Konservatorium besucht noch an einer großen Bühne gesungen hatte. Eine Weile war er der Stern eines Laientheaters gewesen. Dann war er Weinhändler geworden und leitete ein Geschäft in Florenz.

Matteo war froh, dass er seine volltönende Stimme und das schauspielerische Talent geerbt hatte.

Als er die Eingangshalle durchquerte, hörte er ihn im hinteren Teil des Hauses ein Lied singen.

„*O sole mio.*“

Das Lied sang sein Vater gern, wenn er in der Küche hantierte. Kochen war nach der Musik seine zweite Leidenschaft.

Geduldig wartete Matteo, bis er zu Ende gesungen hatte. Noch hatte sein Vater ihn nicht bemerkt, sondern war eifrig damit beschäftigt, Paprika in kleine Stücke zu schneiden, die er anschließend in den dampfenden Topf warf, der auf dem Herd stand. Er war einen Kopf kleiner als Matteo und im fortgeschrittenen Alter untersetzter geworden. Volles, graues Haar schmiegte sich an seinen Kopf und mündete in einen ebenso grauen Vollbart. Früher war es genauso haselnussbraun gewesen wie Matteos. Er zuckte zusammen, als er seinen Sohn bemerkte. Dann strahlten seine Augen.

„Matteo, mein Junge!“ Mit ausgebreiteten Armen kam der Vater auf Matteo zu und drückte ihn an sich. Während der Umarmung klopfte er ihm auf den Rücken.

„Es ist so gut, dass du wieder zu Hause bist. Ich habe dich sehr vermisst, mein Sohn.“

„Ich dich auch, Papa. Aber du kannst mich jetzt wieder loslassen, ich bekomme keine Luft mehr“, scherzte Matteo. Er war froh, als sein Vater den Griff lockerte.

„Es ist wirklich eine Schande, dass du nicht wie ich Sänger geworden bist, Papa. Als Tenor hättest du das Publikum begeistert.“

„Ach.“ Sein Vater winkte ab und widmete sich dem Raspeln der Karotten. „Erzähl mir lieber, wie es mit deiner Gesangskarriere ist.“ Er warf die ersten Karottenstückchen, gefolgt von Zwiebeln, in den Topf.

„Warum kochst du? Ich dachte eigentlich, dass Aurelia das übernommen hat, wo du doch mit dem Weinhandel so viel zu tun hast. Wo steckt sie eigentlich?“

„Aurelia ist zu ihrer schwerkranken Schwester nach Positano gefahren. Außerdem weißt du doch, dass ich niemanden wirklich in meiner Küche dulde. Was macht die Münchner Oper?"

„Mein Vertrag läuft zum Jahresende aus."

Der Vater hielt mit dem Schneiden inne und blickte ihn besorgt an. „Und dann? Ich dachte, du wärst glücklich in München."

„War ich ja auch. Aber ich wollte wieder hierher zurück."

„Ich bin überzeugt, dass du auch hier ein Engagement bekommen wirst."

Matteo teilte die Zuversicht des Vaters. „Das hoffe ich doch. Soll ich dir vielleicht beim Kochen helfen?"

Empört funkelte der Vater ihn an.

„Das fehlte mir gerade noch. Lass mich mal alleine machen. In einer Stunde ist das Essen fertig. Dir zu Ehren bereite ich dir dein Lieblingsessen zu", erklärte er lächelnd.

Matteo lief das Wasser im Mund zusammen. Er leckte sich über die Lippen. Die Ravioli seines Vaters waren einzigartig, besonders die in Zitronenbutter geschwenkten. Sein Vater besaß viele Talente. Er konnte nicht nur gut singen und kochen, sondern war ein sehr guter Porträtzeichner. Begabungen, die er nicht zum Beruf gemacht hatte. Seine Zugehörigkeit zu den Kommunisten hatte ihm viele Türen verschlossen.

Bis zum Essen war noch Zeit genug, den Brief bei Eugenios Bruder abzugeben, der nur zwanzig Minuten entfernt wohnte.

„Ich schau noch kurz bei Giorgio Ricci vorbei. Sein Bruder hat mir einen Brief für ihn mitgegeben."

Für einen Moment trat in die Augen seines Vaters ein seltsamer Ausdruck, der Matteo nachdenklich stimmte.

„Ich kann natürlich auch hierbleiben und etwas auf dem Klavier spielen, wenn dir das lieber ist …"

„Nein, nein, kein Problem. Geh nur zu Giorgio. Wir essen später zusammen. Aber bleib nicht zu lang."

Matteo war erleichtert. „Bis nachher, Papa. Ich freue mich sehr auf das Essen."

„Pass auf dich auf, mein Junge."

Das hatte sein Vater das letzte Mal zu ihm gesagt, als er sieben gewesen war.

In der Eingangshalle zog Matteo endlich den Brief aus dem Strumpf.

Die Wohnung von Eugenios Bruder befand sich in einer Gasse in der Nähe der Piazza San Marco. Dieser Teil der Stadt besaß viele historische Gebäude und war daher sehr belebt. Matteo begegnete einer Reisegruppe auf dem Weg zur Kirche San Marco.

Die Wohnung Giorgios lag in einem dreistöckigen Renaissancebau unter dem Dach. Kindergeschrei und Gelächter schallten durch die Straße. Kurz beobachtete Matteo zwei Jungen, die zum Vergnügen der Erwachsenen mit einem Jo-Jo spielten.

Matteo war Giorgio bislang nur einmal begegnet. Er hatte kein Interesse an Musik oder anderer Kunst. Bei der ersten Begegnung hatte er sehr verschlossen gewirkt. Von Eugenio wusste er, dass dessen Bruder in einer Fabrik arbeitete. Nachdenklich blickte Matteo auf das Kuvert in seiner Hand. Die elegante und schwungvolle Handschrift gehörte vermutlich einer Frau. Mit keinem Wort hatte sein Freund erwähnt, dass die Angebetete seines Bruders in Deutschland lebte. Überhaupt hatte er nur selten über Giorgio gesprochen. Im Gegenteil, sein Freund wurde immer sehr reserviert, wenn man ihn nach seinem Bruder fragte. Die Suche der Polizisten, der Brief, der Giorgio nur persönlich übergeben werden durfte und dessen Inhalt er nicht kannte, brachten ihn ins Grübeln. Was ging es ihn an, was in diesem Brief stand? Vielmehr hatte er Eugenio versprochen, Giorgio den Brief zu überreichen. Entschlossen öffnete Matteo die Eingangstür und stieg die Treppen hinauf zum Dachgeschoss. Im Treppenhaus roch es stockig, und auf allen Etagen lärmte es. In diesem Haus hätte er es nicht lange ausgehalten. Matteo brauchte Ruhe, um sich auf seine Partien vorbereiten zu können. Unwillkürlich musste er an die hübsche Blinde aus dem Zug denken, die sich offenbar nach Stille gesehnt hatte.

Die Tür zu Giorgios Wohnung war schäbig. Die Zarge wies am Schlüsselblatt Einkerbungen auf, als hätte jemand versucht, sie gewaltsam zu öffnen.

Matteo klopfte an. Zu seinem Erstaunen sprang die Tür knarrend auf.

„Hallo? Giorgio?"

Der Geruch von Wein und Schweiß schwebte in der Luft. In der Wohnung war es stockdunkel. Eugenios Bruder hatte die Fensterläden geschlossen. In der Dunkelheit suchten Matteos Augen vergeblich nach einer Kontur, die die Gegenwart Giorgios verraten hätte.

Plötzlich spürte Matteo jemanden hinter sich und bekam im selben Moment einen Stoß in den Rücken. Hart knallte er auf den Holzboden und schrie. Seine Rippen schmerzten. Als er auf dem Boden lag, kniete sich jemand auf seinen Rücken und hielt seine Arme fest, sodass er sich nicht bewegen konnte.

„Giorgio?", stieß Matteo keuchend hervor, während er sich bemühte, den anderen abzuwerfen.

„Halt's Maul!"

„Giorgio, erkennst du mich nicht? Ich bin's doch, Matteo. Matteo Bianchi."

Er spürte, wie sich der andere aufrichtete.

„Was willst du, Matteo?"

Matteo rang nach Atem.

„Dein Bruder … schickt mich. Jetzt geh endlich von mir runter, damit ich mit dir reden kann."

Warum hatte Giorgio ihn zu Boden gestoßen? Das Verhalten von Eugenios Bruder war befremdlich. Wen hatte er erwartet oder besser befürchtet?

Nach kurzem Zögern ließ Giorgio von ihm ab, sodass er endlich aufstehen konnte. Schritte hallten durch den Raum. Giorgio war zu einem Fenster gegangen und öffnete den Laden einen Spaltbreit. Geblendet vom plötzlich einfallenden Sonnenlicht kniff Matteo kurz die Augen zu, bis er sich daran gewöhnt hatte. Mit angespannter Miene spähte Giorgio durch den Ladenspalt hinaus.

Matteo klopfte den Staub von der Kleidung, bevor er seinem Unmut Luft verschaffte.

„Wirfst du immer gleich jeden zu Boden, der deine Wohnung betritt? Deine Tür war nur angelehnt."

Giorgio sah noch immer so aus, wie er ihn in Erinnerung hatte. Ein knochiges Gesicht mit schmalen Lippen und tiefliegenden Augen. Sein Blick wirkte gehetzt.

„Nur wenn jemand unerlaubterweise meine Wohnung betritt. Du hättest ein Einbrecher oder sonst ein Krimineller sein können. Ist dir jemand gefolgt?"

„Nein. Warum?"

Giorgio antwortete nicht. Vielleicht litt er an Halluzinationen.

Matteo zog den Brief aus der Innentasche seiner Jacke und reichte ihn Giorgio.

„Ich bin hier, weil Eugenio mich gebeten hat, dir das persönlich zu überreichen."

Giorgio nahm ihm den Umschlag aus der Hand, riss ihn auf und zog das Papier heraus. Im Licht erkannte Matteo, dass nur wenige Worte und seltsame Zeichen darauf standen. Mit wütender Miene zerknüllte sein Gegenüber den Brief und pfefferte ihn in eine Ecke.

Das war kein gewöhnlicher Brief. Er erinnerte Matteo mehr an eine verschlüsselte Botschaft. Was mochte Giorgio so verärgert haben?

„Schlechte Nachrichten?“ Prüfend blickte Matteo sein Gegenüber an.

„Vielleicht“, antwortete Giorgio ausweichend und wirkte, als wäre er mit seinen Gedanken weit weg. Matteo verstand sein kauziges Verhalten nicht und hatte auch keine Lust, sich darüber den Kopf zu zerbrechen. *Du hast deine Pflicht und Schuldigkeit getan!*

Zu Hause wartete sein Vater mit dem Essen auf ihn, und Matteo wollte ihn nicht enttäuschen.

„Also, wenn du nichts mehr sagen möchtest … Ich muss wieder zurück. Ciao“, teilte er Giorgio mit.

„Sie werden kommen und uns alle töten.“

„Wen meinst du damit?“

Giorgio antwortete nicht. Er wirkte so geistesabwesend, dass Matteo nicht wusste, ob er seine Worte überhaupt verstanden hatte. Nach einem kurzen Schulterzucken wandte er sich um und verließ die Wohnung. Dennoch beschlich ihn ein ungutes Gefühl.

Kaum trat Matteo aus dem Haus, fiel ihm ein Mann auf, der im Schatten des gegenüberliegenden Hauseingangs stand und zu Giorgios Wohnung hinaufstarrte. Eugenios Bruder wurde beobachtet. Doch weshalb? Hatte Giorgio den Mann auch bemerkt und sich deshalb so seltsam benommen? Der Fremde mit der finsteren Miene in dunklem Anzug und Hut rauchte eine Zigarette. Sein stechender Blick weckte in Matteo erneut ein mulmiges Gefühl, sodass er überlegte, nach oben zu gehen und Giorgio zu warnen.

„Entschuldigung, kann ich Ihnen vielleicht weiterhelfen?“, sprach er den Fremden an.

„Nein, nein, ich warte nur auf einen Freund“, antwortete der freundlich und lüpfte zur Begrüßung seinen Hut.

An der nächsten Straßenecke wandte Matteo sich noch einmal nach ihm um. Der Fremde war verschwunden. Matteo war versucht umzukehren. Sein Bauchgefühl sagte ihm, dass der Fremde etwas im Schilde führte.

Mit großen Augen hatte Giorgio die Nachricht Eugenios gelesen, aber kein Wort darüber verloren. Nicht einmal ein Dankeschön dafür, dass Matteo die Nachricht mit auf die Reise genommen hatte.

Entschlossen drehte Matteo um und lief zu Giorgio zurück. Kaum dass er das Treppenhaus betreten hatte, waren erstickte Laute von oben zu hören. Gleich zwei, drei Stufen auf einmal nehmend, eilte Matteo die Treppe hinauf zu Giorgios Wohnung. Schon auf dem ersten Absatz hörte er Geräusche, die auf einen Kampf hindeuteten. Hatte Giorgio den Fremden ebenso beim Eintreten überwältigt wie ihn, oder war er gar selbst zum Opfer geworden?

Dann hallten eilige Schritte über ihm durchs Treppenhaus, und der Mann, der gegenüber am Haus gestanden hatte, hastete an ihm vorbei. Matteo hielt nur kurz inne, und lief dann weiter nach oben ins Dachgeschoss. Die Tür zu Giorgios Wohnung stand sperrangelweit offen. Drinnen war ein Stöhnen zu hören. Als Matteo die Wohnung betrat, sah er sofort den am Boden liegenden Giorgio. Er kniete sich neben ihn.

„Giorgio, wer war das? Was ist geschehen?“

Besorgt schaute er Eugenios Bruder ins Gesicht. Der blutete aus der Nase.

„Einer von der faschistischen Partei.“ Mit dem Handrücken wischte Giorgio sich das Blut von der Oberlippe.

Matteo zog aus seiner Hosentasche ein Taschentuch und reichte es ihm.

„Was wollte er von dir?“, hakte er nach.

Giorgio zuckte mit den Achseln.

„Hat die Nachricht, die ich dir gebracht habe, was damit zu tun?“

Einen flüchtigen Moment lang glaubte Matteo ein wachsames Aufblitzen in Giorgios Augen zu sehen, bis sein Blick sich wieder verschloss.

Giorgio winkte ab. „Nein!"

„Wir sollten die Polizei rufen …"

„Nein! Keine Polizei!", rief Giorgio vehement dazwischen.

Warum sträubte sich Giorgio dagegen? Matteo hatte das Gefühl, dass Giorgio mehr wusste, als er zugab.

„Die würde mir sowieso nicht glauben."

„Das ist doch Unsinn. Du hast einen Zeugen. Mich", widersprach Matteo und erntete nur wieder ein Kopfschütteln.

„Keine Polizei", beharrte Giorgio und hob abwehrend die Arme.

Fragend sah Matteo ihn an. Weshalb sträubte sich sein Gegenüber so sehr gegen diesen Gedanken?

„Der ist schon längst über alle Berge."

„Hat er etwas gestohlen?", fragte Matteo. Giorgio schüttelte den Kopf. Sein Lächeln wirkte bemüht.

Matteo gab es auf, den Mann zu überreden. Er zweifelte daran, dass es sich um einen Einbrecher gehandelt haben könnte. Sein Blick fiel in die Ecke des Zimmers, in die sein Gegenüber vorhin die zusammengeknüllte Nachricht hingeworfen hatte. Die Papierkugel war fort. Hatte der Fremde sie vielleicht mitgenommen? Giorgio verschwieg etwas Wichtiges.

„Also gut. Ich werde die Carabinieri nicht rufen. Verriegle deine Wohnungstür." Er deutete auf die Kette an der Tür.

Giorgio nickte.

Nachdenklich kehrte Matteo zum Haus seines Vaters zurück. *Sie werden kommen und uns alle töten.* Wen hatte Giorgio damit gemeint? Was hatte zu der handgreiflichen Auseinandersetzung geführt? Was mochte das gewesen sein? Matteo fiel nur die Nachricht ein, die er Giorgio im Auftrag seines Bruders überreicht hatte.

„Du kommst gerade recht, das Essen ist fertig." Wie immer, wenn sein Vater sich wohlfühlte, sang er die Worte, während er Teller und Besteck nach nebenan in den kleinen Salon trug. Er hätte sich jederzeit neben Aurelia einen Koch oder eine Köchin leisten können, aber es bereitete ihm viel Spaß, selbst Essen zuzubereiten.

„Zur Feier des Tages deiner Rückkehr!" Sein Vater hob eine Flasche eines seiner besten Weine hoch und strahlte ihn an.

Gemeinsam setzten sie sich an den Tisch und genossen das Essen. Beim Dessert musste Matteo von seiner Zeit in München und seiner Reise berichten. Er ließ kein Detail aus.

Sein Vater tupfte sich mit der Serviette den Mund ab.

„Diese blinde Frau scheint dich ja sehr beeindruckt zu haben."

„Sie hatte eine geheimnisvolle Aura."

„Frauen mit einem Geheimnis sind besonders interessant. Wirst du sie wiedersehen?"

Matteo schüttelte den Kopf. „Nein, Papa. Ich habe ihr ein gemeinsames Musizieren angeboten. Aber sie schien wenig begeistert davon zu sein."

„Hm, schade. So hättet ihr euch näher kennenlernen können. Sie wird sicher ihre Gründe dafür gehabt haben. Wann triffst du dich mit deinen Freunden zum Musizieren?"

„Ich denke, ich werde morgen oder übermorgen Abend zu ihnen fahren. Ich freue mich schon sehr darauf."

Matteo würde mit dem Bus in ein kleines Bergdorf nahe Florenz am Südrand der apuanischen Alpen fahren. Es bestand aus einem Dutzend Bauernhöfen und Weilern. In einem der Bauernhäuser betrieb eine befreundete Familie eine Musikschule. Er dachte gern an die Zeit mit ihr zurück. Das zwanglose Musizieren am Abend hatte ihm in München gefehlt.

Zur selben Zeit in Florenz

Vorsichtig tastete sich Florentina mithilfe ihres Langstocks auf dem Bahnsteig entlang. Sie war in Florenz. Einen Moment blieb sie stehen und atmete tief ein. Jeder Ort besaß einen eigenen Geruch.

„Florentina!" Als sie Giannas Stimme hörte, hüpfte ihr Herz vor Freude. Sie blieb stehen und wartete auf ihre Cousine.

Gianna umarmte sie stürmisch und gab ihr einen herzhaften Kuss auf die Wange.

„Wie schön, dass du endlich da bist. Ich habe die letzte Nacht vor lauter Aufregung kein Auge zugemacht. Wo ist Violetta?" Gianna klang ein wenig enttäuscht.

„Sie musste mit ihrem Verlobten Hans nach England fliehen. Er ist Jude."

„Großer Gott, wie schrecklich! Ist das nicht der sympathische Komponist, der damals deinen Eltern eine neu komponierte Operette vorgestellt hat?"

Gianna besaß ein ausgezeichnetes Gedächtnis.

„Ja, genau. Meine Eltern hatten sich dazu entschieden, die Uraufführung in unserem Theater zu präsentieren. Dazu ist es leider nicht mehr gekommen. Werke von Juden dürfen nicht mehr aufgeführt werden, und die Nazis haben unser Theater kontrolliert."

„So schlimm ist es bei euch? Auch bei uns dürfen seit dem Rassenmanifest keine Werke von Juden mehr aufgeführt werden. Aber nicht alle halten sich daran. Ich nehme deine Tasche. Mamma wartet draußen und hat es eilig. Wie war deine Reise?"

„Lang und langweilig. Es gibt nicht viel zu erzählen." Florentina berichtete kurz von der Fahrt und davon, dass der Zug an der Grenze von der Grenzpolizei angehalten worden war. Ihre Begegnung mit dem Sänger Matteo erwähnte sie jedoch nicht. Gianna würde sie sonst mit Fragen nach ihm löchern.

„Es gibt immer mehr, die gegen Mussolini und seine Regierung sind. Vor allem seit dem Rassenmanifest. Man hört ja, dass viele Juden aus Deutschland fliehen wollen und geflohen sind. Einige von ihnen sind an den Grenzen verhaftet worden."

Florentina schluckte. Sie dachte an Violetta. Ob sie und Hans gut in London angekommen waren? Die Eltern und ihre Schwester fehlten ihr jetzt schon sehr, auch wenn ihr deren übertriebene Fürsorge manchmal auf die Nerven gegangen war.

„Wir sind gleich da", erklärte Gianna. „Da vorn wartet Mamma auf uns."

Sie traten aus dem Bahnhofsgebäude. Florentina schwitzte in ihrer winterlichen Kleidung.

„Mamma!", rief Gianna.

Schnelle Schritte näherten sich ihnen. Florentina erkannte sie, denn sie hatte sich Tante Linas Schritt eingeprägt.

„Florentina! Wie schön, dass du endlich da bist." Ehe Florentina ihre Tante ordentlich begrüßen konnte, wurde sie von Tante Lina gedrückt und geküsst. Tante Linas Haut und Haare dufteten nach Zitrusfrüchten, genauso wie Giannas. Das machte die selbst hergestellte Seife.

„Wie geht es dir denn? Blass siehst du aus, und viel zu dünn bist du auch. Das müssen wir schnell ändern." Tante Lina lachte. Die Art, wie sie es tat, erinnerte Florentina an ihren Vater.

„Ein Nachbar fährt uns", erklärte Tante Lina. Cousine und Tante hakten Florentina auf beiden Seiten ein und dirigierten sie übers Pflaster. Florentina war ihnen dankbar, denn die vielen ungewohnten Geräusche um sie herum irritierten sie. Es würde eine Weile vergehen, bis sie sich daran gewöhnt hatte.

Sie atmete auf, als sie endlich im Wagen saßen.

„Das ist Tonio, unser Nachbar. Er gehört übrigens auch zu unserem Musizierkreis. Ich hoffe, wir können wieder auf dich zählen, Florentina?“

An manchen Abenden in der Woche trafen sich bei Tante und Onkel zwanglos verschiedene Musiker. Einfach aus Spaß am Musizieren. Nicht selten war ein Laie unter ihnen.

Florentina nickte.

Wie sie sich erinnerte, lag Sant’ Anna di Stazzema am Fuß einer Bergkette. Eine Straße führte in Serpentinen hinauf.

„Wir haben ein paar neue Instrumentalisten und zwei Sänger. Du wirst sie alle heute Abend kennenlernen“, redete die Tante schon weiter.

Kennenlernen? Florentina fühlte sich erschöpft. Außerdem mied sie größere Gesellschaften.

„Tante Lina, bitte sei mir nicht böse, aber ich möchte heute Abend lieber auf meinem Zimmer bleiben. Die lange Zugfahrt war sehr anstrengend.“

„Habe ich dir doch gleich gesagt, Mamma. Florentina braucht heute Ruhe. Morgen ist auch noch ein Tag.“

„Natürlich bin ich dir nicht böse. Ruh dich nur aus.“ Tante Lina, die neben ihr auf dem Rücksitz des Wagens saß, streichelte liebevoll ihre Hand. „Die anderen sind aber schon so gespannt auf dich. Ich habe dein Klavierspiel gelobt.“

„Ja, das hat sie. In den höchsten Tönen“, bestätigte Tonio, der Fahrer. Er klang sympathisch.

„Ich glaube, Tante Lina, dass du ein wenig übertrieben hast.“

„Du kennst doch Mamma, sie hat sich so sehr auf dich gefreut und nur noch von dir geredet“, erklärte Gianna. Vor Verlegenheit glühten Florentinas Wangen. Sie war so viel Lob nicht gewöhnt. Die Herzlichkeit von Tante und Cousine war

Balsam für ihre Seele. Jetzt war sie sich sicher, in deren Mitte ihren Seelenfrieden wiederfinden zu können. Es war die richtige Entscheidung gewesen.

Beim Abendessen herrschte ausgelassene Stimmung. Zu Florentinas Rechter saß Gianna, zu ihrer Linken Giannas jüngere Schwester Antonella. Gegenüber hatten Onkel Federico, Tante Lina und die beiden Söhne Alberto und Nesthäkchen Mario Platz genommen.

Tante Lina hatte ein leckeres Essen aus Nudeln, Käse und Parmaschinken gezaubert. Onkel Federico brachte alle durch seinen trockenen Humor zum Lachen. Florentina fühlte sich in der Familienrunde wohl. Sie konnte sich nicht daran erinnern, dass es jemals in ihrer Familie so bei Tisch gewesen wäre. Oftmals speisten sie einzeln, weil immer eine Probe oder Aufführung ein gemeinsames Essen verhinderte. Die wenigen Male gemeinsam bei Tisch verliefen steifer als hier. Ihre Eltern legten großen Wert auf Tischmanieren.

Je ausgelassener die Stimmung wurde, desto mehr wuchs die vertraute Traurigkeit in Florentina. Eine Traurigkeit, die Furcht, Heimweh und Schmerz in sich vereinte. Sie fragte sich, wie es wohl den Eltern gehen mochte und ob Violetta und Hans gut in England angekommen waren.

Zu allem Überfluss fühlte sie wieder diesen stechenden Schmerz in ihrem Unterleib, der tief bis in den Rücken zog und sie seit ein paar Tagen plagte. Genauso schnell wie er kam, wich er auch wieder, wenn sie sich ausruhte.

Eine Hand legte sich auf ihren Arm. Die Wärme der Berührung war tröstlich. Violetta hatte auch immer ihre Traurigkeit gespürt.

„Was ist mir dir, Florentina? Du bist mit einem Mal so still“, flüsterte Gianna.

„Ich bin nur müde von der langen Reise. Und dann noch

das gute und reichliche Essen. Ich möchte jetzt lieber zu Bett gehen."

„Ja, ja, natürlich. Ich bringe dich gleich auf dein Zimmer."

Violetta hätte an ihrer Stelle Gianna sicher bald ihre Sorgen anvertraut. Florentina hingegen konnte mit niemandem über das sprechen, was sie bewegte.

Wie oft hatte ihr die Mutter ihre Verschlossenheit vorgeworfen. Es lag nicht in Florentinas Natur, sich so offen und selbstbewusst zu bewegen wie Violetta. Auch glaubte sie, nicht das Gesangstalent ihrer Eltern oder ihrer Schwester zu besitzen. Nie würde sie vergessen, wie sie beim Solo des Kinderchores ausgelacht worden war, weil sie sich versungen hatte.

Wenn Violetta auf der Bühne stand, glich sie einem strahlenden Stern, dem alle Herzen zuflogen. Aber Florentina war nicht neidisch. Im Gegenteil, sie war unendlich stolz auf ihre Zwillingsschwester und freute sich mit ihr über den Erfolg und das Glück an Hans' Seite.

„Mamma, ich begleite Florentina hinauf", erklärte Gianna und nahm ihre Hand.

„Buona notte, Florentina!", riefen alle im Chor.

„Buona notte, alle zusammen."

Sie war froh, als Gianna sie die Treppe nach oben führte. Alles, wonach sie sich jetzt sehnte, war Ruhe.

Gianna blieb, um ihr beim Auskleiden zu helfen.

„Für heute hast du eine Ausrede, aber morgen musst du unbedingt mit uns musizieren."

„Kannst du vielleicht das Fenster öffnen?", bat Florentina.

„Besser nicht, sonst stören wir dich noch. Heute kommen etwa ein Dutzend Musiker zu uns. Das wird aufregend. Da sind viele nette dabei."

Florentina nickte.

Deutlich war die Freude aus Giannas Stimme herauszuhören. Sie ging ganz in der Musik auf.

Plötzlich kehrte der Schmerz in ihrem Unterleib zurück. So heftig, dass er ihr den Atem raubte.

Sie presste die Hände an den Bauch und sank aufs Bett.

„Madre di dio! Florentina, was ist mit dir?"

„Ich weiß es nicht", stieß sie hervor und stöhnte.

Giannas Hand legte sich auf ihre Stirn.

„Du bist ja glühend heiß. Ich lasse gleich den Dottore rufen."

Florentina wollte nur ihre Ruhe haben und hob abwehrend die Hand.

„Nein, ich brauche keinen Arzt, sondern nur ein wenig Schlaf. Morgen wird es mir sicher besser gehen." Dabei fühlte es sich gar nicht so an.

„Ich hole Mamma." Ehe Florentina Gianna aufhalten konnte, war sie schon aus dem Zimmer gehuscht. In Florentinas Kopf dröhnte es. Stöhnend sank sie in die weichen Kissen. Seit ein paar Tagen quälten sie sporadisch Schmerzen. So schnell, wie sie kamen, verschwanden sie auch wieder. Aber dieses Mal fühlte es sich anders an.

Die Tür wurde geöffnet, und Gianna kehrte mit Tante Lina zurück. Matt lag Florentina auf dem Bett und kämpfte erneut gegen den Schmerz.

„Großer Gott, Florentina! Wo hast du Schmerzen?" Tante Lina klang sehr besorgt.

Florentina zeigte auf ihren Bauch. Tante Linas kühle Hand legte sich auf ihre Stirn.

„Du hast recht, Gianna, sie ist glühend heiß. Da müssen wir ihr Wadenwickel machen. Hol schnell eine Schüssel mit kaltem Wasser. Handtücher sind hier in der Kommode."

Die kalten und feuchten Tücher um ihre Waden ließen Florentina frieren. Sie zitterte. In kurzen Abständen wechselten Tante Lina und Gianna die Wickel.

„Es tut mir so leid, dass ich euch so viel Mühe mache",

sagte Florentina schwach. Ihre Glieder waren schwer wie Blei, und sie fror entsetzlich.

„Mach dir darum keine Gedanken. Hauptsache, du wirst schnell wieder gesund“, sprach Tante Lina leise zu ihr und streichelte ihr Gesicht.

Als der Schmerz in ihrem Leib verebbte, schlief Florentina ein. Sie wusste nicht, wie lange sie geschlafen hatte, als sie erneut heftiger Schmerz durchzuckte. Sie stöhnte und krümmte sich. Sofort waren Tante Lina und Gianna an ihrer Seite.

„Das Fieber ist immer noch nicht gesunken“, stellte Tante Lina fest. „Gianna, geh und hol den Dottore.“

„Nein.“ Florentina schüttelte den Kopf. Der Arzt würde sie berühren wollen. Der Gedanke war für sie unerträglich.

„Bitte sei doch vernünftig, Florentina“, bat Tante Lina. „Ich habe deinen Eltern versprochen, gut für dich zu sorgen. Sie würden bei Gianna sicher das Gleiche tun.“

Die letzten Worte nahm Florentina kaum noch wahr. Ihr ging es immer schlechter. Sie hörte, wie jemand aus dem Zimmer eilte, bevor ihr Geist im Fiebernebel versank.

24. November 1938 – Sant' Anna di Stazzema

Florentina wachte auf. Geschirr klapperte in der Nähe und trotzdem gedämpft. Das war ihr fremd wie der Geruch nach Bohnerwachs und Zitrone. Sie war sich sicher, dass das nicht das Haus ihrer Tante war. Wo war sie? Wie war sie an diesen Ort gekommen und mit wem? Aus welchem Grund? Vergeblich versuchte sie sich daran zu erinnern, aber ihr Kopf war leer. Das Letzte, woran sie sich erinnern konnte, war das heitere Abendessen mit der Familie ihrer Tante, die anschließenden Leibschmerzen und das Fieber. Sie bewegte alle ihre Glieder. Erschrocken stellte sie fest, dass sie keines ihrer Nachthemden trug, sondern ein kratziges Baumwollhemd, unter dem sie nackt war. Ihre linke Hand schmerzte, und als sie danach tastete, bemerkte sie, dass auf der schmerzenden Stelle ein gepolstertes Pflaster klebte. Beim Berühren stöhnte sie.

„Endlich!" Stürmisch wurde sie von Gianna umarmt. „Ich bin ja so froh, dass du das Fieber überstanden hast. Wir haben alle um dich gebangt." Ihre Cousine küsste sie auf die Stirn. „Jetzt wird alles gut." Gianna klang bewegt.

„Ihr habt um mich gebangt?"

„Ja, es ging um Leben und Tod. Das Fieber wollte einfach nicht sinken. Da hat dich der Dottore ins Krankenhaus bringen lassen."

Jetzt wurde ihr klar, dass das Pflaster eine Injektionsstelle verdeckte.

„Wie lange bin ich schon hier?"

„Ein paar Tage."

Florentina glaubte sich verhört zu haben. Hatte sie wirklich tagelang im Fieber gelegen? Diese Zeit lag im Nebel ihres Gedächtnisses. Wenn Tage verstrichen waren, hatte Tante Lina sicher ihre Eltern verständigt. Die würden sich sofort auf den Weg nach Italien begeben, um sie nach Hause zu holen. Aber sie wollte nicht von hier fort. Zu Hause würde sie nur wieder an die verhängnisvolle Nacht erinnert werden.

„Habt ihr etwa meine Eltern benachrichtigt?"

„Nein. Mamma wollte ihnen ein Telegramm schicken. Aber dann wollte sie Onkel Roman und Tante Leonora nicht noch zusätzliche Sorgen bereiten. Außerdem meinte der Dottore, dass du die Krankheit überstehen würdest. Ich bin so froh, dass es dir wieder besser geht."

Erleichtert fasste Florentina nach Giannas Hand und drückte sie liebevoll.

„Welches Datum haben wir heute?"

„Den 25. November."

Florentina erschrak.

„Großer Gott, das Conservatorio!"

Sie hatte das Vorspielen fürs Stipendium verpasst. Eine weitere Gelegenheit würden sie ihr sicher nicht bieten. Ihr war zum Heulen zumute. Das viele Üben, die anstrengende Reise, alles umsonst?

„Alles ist gut, Florentina. Ich habe dem Dekan eine Nachricht hinterlassen. Ich konnte ihn davon überzeugen, dein Vorspielen auf die nächste Woche zu verschieben. Der Dottore meinte, dass es dir dann wieder besser ginge."

„Ich kann dir nicht genug danken."

Gianna war wirklich unbezahlbar.

Allerdings hatte sie mehrere Tage nicht üben können. Und schwach fühlte sie sich auch noch. Sie hatte Angst, es nicht zu schaffen.

Sie streckte Gianna die Hände entgegen. „Schau, meine

Finger sind ganz steif, und meine Hände zittern. Großer Gott, ich weiß nicht mal mehr, mit welchem Fingersatz ich beginnen muss!“ Panik erfasste Florentina.

Ihre Hoffnung schwand, jemals am Konservatorium studieren zu können. Welch desaströser Start in Florenz.

„Klavierspielen verlernt man nicht. Dir fehlt nur ein wenig Übung. Das kannst du in den nächsten Tagen nachholen. Ich bin mir sicher, dass du so brillant spielen wirst wie in Hannover.“

Florentina konnte Giannas Zuversicht nicht teilen. Das Stipendium war ihre große Chance, sich und allen anderen zu beweisen, was in ihr steckte. Wenn sie es erhalten wollte, reichte es nicht, nur *gut* zu spielen. Sie musste perfekt sein. Nur die Besten wurden ausgewählt.

Es galt, drei Stücke aus verschiedenen Epochen vorzuspielen. Sie musste sich vergewissern, dass sie die Stücke noch beherrschte. Florentina setzte sich auf und schwang die Beine aus dem Bett.

„Was hast du denn vor?“ Gianna klang besorgt.

„Hilf mir bitte rasch beim Anziehen.“

„Aber du musst dich noch schonen, hat der Arzt hier gesagt“, widersprach Gianna und versuchte, sie zurückzudrücken. Florentina wehrte sie ab.

„Wenn ich das Stipendium bekommen möchte, muss ich üben“, beharrte sie.

„Bitte, Florentina …“

Im selben Augenblick hörte sie, wie sich die Zimmertür öffnete und jemand eintrat.

„Sie wollen doch nicht aufstehen, Signorina? Erst müssen Sie wieder gesund werden“, sagte der Fremde streng.

„Dottore Benedetti.“ Gianna klang erleichtert.

„Sie verstehen mich nicht, Dottore. Ich bin hier nach Florenz gekommen, um ein Stipendium zu bekommen. Das ist ungeheuer wichtig für mich. Solch eine Chance bietet sich einem nicht alle Tage."

Der Arzt trat näher an ihr Bett. Eine große Hand legte sich auf ihre Schulter.

„Seien Sie doch vernünftig, Signorina. Sie können dankbar sein, dass Sie das Fieber überstanden haben."

„Bitte, Dottore, bitte verstehen Sie mich doch. In einer Woche findet mein Vorspielen statt. Bis dahin muss ich noch viel üben."

Sie hörte ihn einatmen.

„Haben Sie Schmerzen?"

„Nein."

Der Arzt war still und schien zu überlegen.

„Bitte", flehte sie ihn an.

„Bei aller Liebe, das kann ich nicht verantworten. Sie müssen weiter unter Beobachtung bleiben."

„Wie lange?"

„Das lässt sich nicht so genau sagen. Vielleicht zwei Nächte. Ich möchte Sie morgen früh noch einmal untersuchen. Dann sehen wir weiter."

Florentina war enttäuscht.

„Aber …", wagte sie einen letzten Einwand.

„Keine Widerrede. Versprechen Sie mir, dass Sie vernünftig sind und sich nicht davonstehlen."

„Florentina, der Dottore hat recht", sagte Gianna. „Du musst jetzt vernünftig sein. Vielleicht sieht es morgen ganz anders aus."

„Gut, ich verspreche es."

Enttäuscht gab Florentina nach.

Ihre Cousine umarmte sie.

„Alles wird gut." Wie immer war Gianna zuversichtlicher als sie. Dennoch tat ihr deren Optimismus gut.

Sie hörte, wie der Arzt das Krankenzimmer verließ.

„Bis morgen sind es noch viele langweilige Stunden", gestand Florentina. „Kannst du vielleicht noch ein wenig bei mir bleiben, um mir die Zeit zu vertreiben?“

„Würde ich ja gern, aber Papa holt mich gleich ab. Wir proben mit unserem Chor für die nächste Messe.“

„Schade.“

Wenn sie jetzt ihr Buch mit der Blindenschrift hier hätte, könnte sie damit die Zeit totschlagen.

„Versuch ein wenig zu schlafen. Das ist wichtig, um wieder zu Kräften zu kommen. Ich freue mich doch schon darauf, wieder mit dir zu musizieren.“

Zum Abschied umarmten sie sich noch, dann fiel die Tür hinter Gianna ins Schloss.

Nachdem ihre Cousine gegangen war, sank Florentina traurig in die Kissen zurück. Wenig später war sie eingeschlafen.

Die Mandoline spielte eine heitere Weise. Im Traum saß sie auf den steinernen Stufen eines Hauses und lauschte den Tönen. Sie hätte ewig zuhören können. Doch dann endete das Mandolinenspiel. Florentina wachte auf, obwohl sie lieber weitergeträumt hätte.

„Ich dachte schon, er müsste die ganze Nacht über spielen.“

„Gianna?“ Florentina freute sich, die Stimme ihrer Cousine zu hören.

„Wer sonst?“

„Spielst du jetzt auch Mandoline?“

„Nein, das war Adolfo, einer aus dem Chor. Er hat mich hergefahren.“

„Guten Abend“, meldete sich Adolfo zu Wort. Seine Stimme klang ein wenig heiser, aber sympathisch.

Instinktiv zog Florentina in Gegenwart des jungen Mannes die Bettdecke bis zu ihrem Kinn hoch. In diesem Hemdchen fühlte sie sich nackt.

„Vielen Dank, Adolfo, dass Sie Gianna hergebracht haben."

„Gern geschehen." Schon zupfte er wieder an den Saiten der Mandoline.

„Gut, dass Adolfo heute nicht in die Kaserne musste."

„Er ist Soldat?", hakte Florentina nach.

„Hauptmann!" Stolz schwang in Giannas Stimme mit, der verriet, dass sie diesen Adolfo sehr mochte.

„Ist es denn erlaubt, im Hospital ein Instrument zu spielen?"

Florentina wollte nicht, dass ihre Cousine ihretwegen Ärger bekam.

„Die Nachtschwester hat es erlaubt. Ausnahmsweise, hat sie gemeint."

Florentina fiel ein Stein vom Herzen.

„Wie war denn eure heutige Chorprobe?"

„Die ist ausgefallen. Weil der Probenraum heute belegt ist.

„Da dachte ich, dass du vielleicht eine kleine Aufmunterung gebrauchen könntest."

„Und ob!" Florentina strahlte. Erneut glitten Adolfos Finger über die Saiten des Instrumentes.

Die Melodie kam Florentina bekannt vor.

„Das ist doch das Werk für Mandoline und Klavier von Beethoven?" Vor einiger Zeit hatte ihre Mutter ihr die Klavierstimme vorgespielt. So lernte Florentina die Stücke ohne Notenlesen. Es fiel ihr leicht, sich eine Melodie zu merken und dann auf dem Klavier nachzuspielen.

„Stimmt", bestätigte Adolfo. „Wie ich von Gianna gehört habe, sind Sie eine begnadete Pianistin. Vielleicht können wir das Stück einmal zusammen probieren?"

Sein Vorschlag klang verlockend. Das ungewöhnliche Werk Beethovens reizte sie.

„Gianna hat mal wieder übertrieben. Ich spiele zwar Klavier, aber ich weiß nicht einmal, ob es für ein Stipendium reicht."

Ihre Cousine stöhnte. „Hör nicht auf sie, Adolfo. Florentina ist sehr begabt."

Florentina winkte ab. „Ich würde das Stück wirklich gern einmal mit Ihnen versuchen. Es gefällt mir."

„Wenn du gesund bist", warf Gianna ein.

Florentina konnte es kaum erwarten, ins Haus von Onkel und Tante zurückzukehren, um endlich zu üben.

„Bitte spielen Sie mir noch etwas vor, Adolfo." Sie liebte den Mandolinenklang, der mit seiner Heiterkeit das Lebensgefühl Italiens widerspiegelte.

Als die ersten Töne einer italienischen Volksweise durchs Zimmer klangen, lehnte sich Florentina zurück und lauschte andächtig. Das war Balsam für ihre Seele. Hier in Italien konnte sie die Ereignisse hinter sich lassen.

25. November 1938 – Florenz

Matteo besaß einen leichten Schlaf und schreckte auf. Es war jetzt schon das dritte Mal in dieser Woche, dass sich sein Vater in der Nacht aus dem Haus stahl. Scheinbar glaubte er, dass Matteo es nicht mitbekommen würde. Matteo stand auf, schlich auf Zehenspitzen zum Fenster und spähte hinaus. Fahles Mondlicht erhellte die unbeleuchtete Straße, die zum Arno hinunterführte. Sein Vater eilte sie hinab. Kurz bevor er abbog, hielt er inne und drehte sich noch einmal um, als befürchtete er, beobachtet zu werden. Matteo blickte auf die Uhr. Wieder war es gegen drei Uhr. Was zur Hölle trieb sein Vater um diese unchristliche Uhrzeit?

Würde er zum Frühstück zurück sein?

Ein ungutes Gefühl beschlich Matteo. Er nahm sich vor, seinem Vater beim nächsten Mal zu folgen.

Seufzend kehrte er ins Bett zurück und wälzte sich ruhelos hin und her. Erst als die Sonne aufging, schlief er ein.

Als er später zum Frühstück in die Küche hinunterging, schnitt sein Vater gerade Brot auf und legte es in ein Körbchen.

„Buon giorno, Matteo. Hast du gut geschlafen?“, fragte er freundlich und lud Teller und Tassen auf ein Tablett.

Matteo blickte ihn forschend an. Würde sein Vater ihm von seinem nächtlichen Ausflug erzählen? Im Gegensatz zu Matteo schien er nicht müde zu sein, sondern wirkte frisch wie immer. Wie lange mochte er ferngeblieben sein?

„Danke, gut. Und du auch, nehme ich an?“

Er war gespannt auf die Antwort des Vaters.

„Ja, danke, auch gut." Eine Spur zu hastig senkte er den Blick.

Es reizte Matteo, ihn mit Fragen zu provozieren, um ihm die gewünschten Informationen zu entlocken. Das erforderte viel verbales Geschick.

„Ich glaubte, in der Nacht jemanden im Haus gehört zu haben", begann er vorsichtig.

„So? Ich habe nichts gehört." Sein Vater verteilte Geschirr und Besteck auf dem Tisch, ohne Matteo anzusehen.

„Ich hätte schwören können, dass du letzte Nacht die Treppe hinuntergestiegen bist und das Haus verlassen hast", wagte er sich noch ein Stück weiter vor und bemerkte, wie die Züge seines Vaters versteinerten.

„Das musst du geträumt haben", wehrte er lachend ab und holte aus dem Küchenbüfett eine Karaffe, die er mit Wasser füllte.

Matteo erkannte seinen Vater nicht wieder. Sie hatten sich nie angelogen oder gegenseitig etwas verschwiegen. Er wusste ja auch, dass sein Vater ein Anhänger von Marx war.

„Vielleicht", antwortete Matteo ausweichend und hätte ihm am liebsten auf den Kopf zu gesagt, dass er ihn beim Verlassen des Hauses beobachtet hatte.

„Was hast du heute vor?", wechselte sein Vater das Thema.

„Ich werde heute für ein Vorsingen üben."

„Warum genau willst du eigentlich nicht in München bleiben?"

„Weil ich mich lieber *hier* an einer Bühne bewerben wollte. In Deutschland darf man nicht mehr seine Meinung frei äußern und wird verhaftet, wenn man einen Juden kennt. Das ist unmenschlich! Zum Glück ist es hier in Italien nicht so."

Sein Vater sog tief die Luft ein. Das sagte Matteo mehr als tausend Worte.

Unter den Theaterkünstlern waren viele Talente gewesen,

die nur wegen ihrer Herkunft und Religion, ihres Lebensstils oder der politischen Ambitionen geächtet worden waren. Keiner durfte etwas gegen Hitler oder den Duce sagen.

Sie waren nicht mehr ans Theater zurückgekehrt. Die Engstirnigkeit und Intoleranz der Nationalsozialisten und Faschisten war seiner Meinung nach empörend. Er wollte in einem Land frei leben können, ohne Furcht vor einer Verhaftung, weil er die Wahrheit gesagt hatte.

Die Miene des Vaters verfinsterte sich.

„Hier werden die Juden ebenfalls ausgeschlossen. Das ist nicht anders als in Hitlers Deutschland. Dein früherer Gesangslehrer Marco Costa darf zum Beispiel nicht mehr unterrichten. Weil er Jude ist! Es ist nur eine Frage der Zeit, wann alle Andersdenkenden wie bei Hitler in Arbeitslager gesteckt werden, aus denen sie nie zurückkehren!“ Zur Bekräftigung seiner Worte schlug sein Vater mit der Faust auf den Tisch, dass das Geschirr klirrte.

Matteo war von der heftigen Reaktion des Vaters sehr überrascht. Er hatte sich nie sonderlich für Politik interessiert. Dass er sich derart bei der Frage der Diskriminierung ereiferte, war ungewöhnlich.

„Was ist nur in dich gefahren, Papa? Man könnte meinen, du sympathisierst mit den Kommunisten.“

Es schien Matteo, als hätte er seinen Vater nie wirklich gekannt. Das stimmte ihn nachdenklich. Standen die nächtlichen Ausflüge des Vaters und sein plötzlicher politischer Eifer vielleicht in einem Zusammenhang? Heute Nacht, so nahm Matteo sich vor, würde er dem Vater folgen.

„Vielleicht hast du recht, Papa“, lenkte er ein und erntete ein Brummen. „Wir sollten den Morgen nicht mit solch schweren Themen beginnen, die uns dann den ganzen Tag auf dem Magen liegen.“

Seine Worte schienen den Vater zu besänftigen, denn seine Züge entspannten sich und der Rest des Frühstücks verlief glücklicherweise harmonisch.

„Ich würde heute Abend gern ein paar Freunde einladen, die du kennenlernen sollst", kündigte sein Vater an, als sie beide ihren Kaffee ausgetrunken hatten.

Matteo horchte auf.

„Mir soll es recht sein."

Bei seinem Vater schien sich viel verändert zu haben. Früher war er nicht gesellig gewesen. Aber es freute ihn, dass er sich nach dem Tod der Mutter nicht nur zurückzog. Hatte er sich vielleicht in der Nacht mit diesen Freunden getroffen? Das Verhalten seines Vaters erschien ihm seltsam wie nie zuvor. Matteo war auf die vermeintlichen Freunde sehr gespannt.

Sein Vater lächelte verlegen. „Offen gestanden habe ich sie gebeten, heute Abend zu uns zum Essen zu kommen."

Eigentlich hatte Matteo geplant, heute zu seinen Freunden zum Musizieren zu fahren. Doch seine Neugier überwog.

„Du wirst doch heute Abend da sein?", fuhr der Vater fort.

„Ja, ich hatte nichts vor", log Matteo. „Wer sind denn deine Freunde? Kenne ich sie vielleicht?"

„Ich glaube nicht." Eine Spur zu rasch senkte der Vater den Blick. „Ich werde heute Abend kochen. Bitte hol doch Fisch vom Markt, damit ich ihn zubereiten kann."

Matteo nickte.

Als er sich auf den Weg zum Markt begab, war der Himmel wolkenverhangen. Im Gegensatz zu Deutschland war es hier aber mild.

Wie immer herrschte in den Morgenstunden reges Treiben auf den Straßen von Florenz. Zahlreiche Stände auf dem Mercato luden zum Stehenbleiben und Kosten ein.

Kaum hatte Matteo den Marktplatz betreten, hörte er hinter sich seinen Namen rufen.

Er drehte sich um und entdeckte unter den vielen Marktbesuchern Federico, den Musikschulinhaber aus dem kleinen Dorf. Der drahtige Mann mit der Schirmmütze auf dem dunklen Haar kam freudestrahlend auf ihn zu.

„Matteo, wie schön, dich wiederzusehen“, begrüßte ihn Federico und umarmte ihn. „Warum hast du uns nichts von deiner Ankunft mitgeteilt?“

„Hat sich alles sehr kurzfristig ergeben.“ Das war nicht einmal gelogen. „Ich wollte euch in den nächsten Tagen besuchen. Die Musizierabende gibt es doch noch?“

„Natürlich! Allerdings haben wir sie momentan auf den Nachmittag vorgezogen, weil ich abends mit dem Kirchenchor proben muss. Ein solches Talent wie dich würde unsere Treffen bereichern. Wenn du magst, dann komm doch heute vorbei.“

Matteo wäre der Einladung gern gefolgt. Aber er hatte seinem Vater versprochen, dessen neue Freunde kennenzulernen.

„Mein Vater kocht heute Abend.“

„Bis dahin bist du längst wieder zurück.“

„Gut, denn ich möchte meinen Vater nicht enttäuschen, wo er doch Gäste eingeladen hat.“

Federicos Miene spannte sich an.

„Gäste? Doch nicht diese Signorina und ihren Begleiter?“

Matteo zuckte mit den Achseln. „Er hat mir nicht gesagt, wen er erwartet. Wen meinst du denn damit?“

„Ich kann nur wenig zu ihnen sagen. Wenn ich dir einen guten Rat geben darf, sei vorsichtig.“

Die Worte des Freundes machten Matteo besorgt.

„Was ist mit ihnen?“

Federico zog ihn ein Stück beiseite und beugte sich an sein Ohr. „Ich traue ihnen nicht über den Weg. Dein Vater ist sehr gutgläubig und spricht immer alles offen aus. Du kennst ihn ja. In diesen Zeiten ist es gefährlich, etwas gegen die Regierung zu sagen.“

Was er in Deutschland hinter sich lassen wollte, fand er hier wieder. Dabei hatte er fest daran geglaubt, dass sein Volk offener wäre. Doch die Faschisten hier ließen offenbar jeden verhaften, der die Regierung in irgendeiner Weise kritisierte oder für Juden eintrat. Matteo dachte an die nächtlichen Ausflüge des Vaters und vertraute Federicos Urteil. Waren das vielleicht heimliche Treffen der Widerständler, über die jeder in Florenz hinter vorgehaltener Hand redete? Dann schwebte sein Vater in Gefahr.

„Ich werde mit meinem Vater reden."

„Pass auf ihn auf. Die Polizei hat schon einige wegen kleinster Delikte verhaftet."

Eine Weile schlenderten sie zwischen den Marktständen schweigend nebeneinanderher. Matteo war so in Gedanken versunken, dass er am Fischstand vorüberlief. Er blieb stehen und wandte sich um.

„Ich habe meinem Vater versprochen, Fisch einzukaufen", erklärte er dem Freund, der ihn fragend ansah.

„Wie lange wirst du bleiben?"

„Das weiß ich noch nicht so genau."

Auf jeden Fall beabsichtigte Matteo, eine Theatersaison in Florenz zu bleiben, wenn er ein Engagement bekäme. Wenn es für ihn gut liefe, plante er, sich um ein Engagement in Mailand zu bemühen. Es war schon immer sein Traum gewesen, eines Tages an der Mailänder Scala zu singen.

„Bist du wegen deines Vaters zurückgekehrt?", fragte Federico nach einer Weile.

„Nicht nur. Mein Engagement in München läuft Ende des Monats aus. Zeit, um endlich mal wieder florentinische Luft zu schnuppern und die Nazis zu vergessen."

Federico lächelte. „Kann ich verstehen. Aber die Macht der Faschisten ist auch hier gewachsen."

„Ich weiß", bestätigte Matteo und seufzte. Dennoch fühlte er sich in seiner Heimat wohler.

„Wir haben dich sehr vermisst, Matteo. Suchst du in Florenz vielleicht nach einem neuen Engagement?"

„Ja. Zumindest für eine Saison."

„Vielleicht kann ich dir ja weiterhelfen. Ich habe da jemanden kennengelernt. Lass uns darüber sprechen, wenn du zu uns kommst."

„Ja, gern."

Seinerzeit hatte Matteos Gesang nicht den Ansprüchen der Theater genügt. Während der Jahre in München waren seine Stimme und Technik gereift. Mit jedem Auftritt hatte er das Publikum mehr für sich gewonnen.

„Bis nachher? Wenn ich Lina und Gianna sage, dass du wieder zurück bist, werden sie außer sich sein vor Freude."

Matteo hatte Federicos Frau und Tochter sehr ins Herz geschlossen und mit ihnen und der Musik viele vergnügliche Stunden verbracht.

„Ich hoffe, ihr habt diesmal jemanden, der mich auf dem Klavier begleiten kann."

„Ich denke schon. Gianna spielt mittlerweile auch recht gut. Außerdem haben wir unsere Nichte zu Gast. Sie spielt auch Klavier, aber ich habe sie lange nicht gehört, sodass ich dir nicht sagen kann, ob sie gut spielt."

„Ich hoffe es sehr. Nichts gegen Adolfo, aber Klavierbegleitung ist mir schon lieber."

Das Spiel der Mandoline passte zu den volkstümlichen Weisen, aber nicht zu Arien. Matteo wollte sich nicht auf ein Genre festlegen, sondern alles singen, was seiner Stimmlage entgegenkam und ihm gefiel.

Ein Lächeln stahl sich auf seine Lippen. Die Aussicht auf eine gute Begleitung stimmte ihn freudig.

„Bestimmt werden die beiden Damen sehr gut spielen. Ich bin schon gespannt darauf."

Er erinnerte sich noch gut an das letzte Mal vor fünf Jahren, als Gianna ihn begleitet hatte. Sie hatte sich jedoch andauernd verspielt, und sein Vortrag war in einem Desaster geendet. Auch weil Gianna in Tränen ausgebrochen war. Nach Giannas Besuch des Conservatorio war er auf ihre Fortschritte gespannt. Ehrgeizig war sie ja immer gewesen.

„Bis später, mein Freund."

„Bis später, Federico."

Eine letzte Umarmung der beiden Männer, bevor sie sich trennten und Matteo endlich den Fisch aussuchte.

Als er nach Hause zurückkehrte, befand sich sein Vater nicht wie erwartet in der Küche, sondern trug seinen Ausgehanzug. In Erwartung von Gästen hatte sein Vater den ganzen Vormittag in der Küche verbracht.

„Hier der Fisch." Matteo hielt das Netz mit dem in Zeitungspapier gewickelten Fisch hoch.

„Leg ihn kühl. Ich muss noch einmal ins Geschäft." Eine Spur zu hastig senkte der Vater den Blick.

„Ich dachte, deine Aushilfe ist am Nachmittag dort."

„Nein … ja, schon … Aber ich muss etwas prüfen. Eine Weinlieferung ist falsch gelaufen. Für einen Stammkunden."

Sein Vater hatte noch nie so viel Aufhebens um Lieferprobleme gemacht. Er war schon immer ein schlechter Lügner gewesen.

„Ich bereite den Fisch zu, wenn ich zurück bin." Noch immer mied der Vater seinen Blick.

„Gut, dann kann ich ja noch zu Federico fahren."

„Ja, fahre nur. Aber sei bitte pünktlich zum Essen zurück."

„Du hast mir immer noch nicht gesagt, wer die Gäste sind", versuchte er den Vater auszufragen.

„Kleine Überraschung. Ich bin mir sicher, dass du sie mögen wirst."

Ein wenig enttäuscht war Matteo schon von der Antwort des Vaters.

26. November 1938 – In der Nähe von Sant' Anna di Stazzema

Übelkeit stieg in Florentina auf, als sie den Untersuchungsraum betrat, in dem Dr. Benedetti sie erwartete. Der Arzt hatte zu ihrem Unmut ihren Untersuchungstermin wegen einer dringenden Operation einen Tag nach hinten geschoben.

Die Vorstellung, dass der Arzt sie berühren konnte, war für sie unerträglich. Dennoch musste sie die Untersuchung über sich ergehen lassen, wenn sie bei dem Dottore keinen Argwohn wecken wollte. Noch immer konnte sie keinem anderen anvertrauen, was ihr widerfahren war. Zu groß war die Scham.

„Signorina Schwarz, bitte legen Sie sich doch hin." Er nahm ihren Ellbogen und dirigierte sie zu der Liege. Ihre Hände fuhren tastend darüber, während ihr Herz raste. Alles in ihr sträubte sich, seiner Bitte zu folgen. Sie atmete ein paar Mal tief durch, bevor sie sich auf die Liege legte. Die Erinnerungen stiegen wieder in ihr auf. Genauso hatte sie damals auch gelegen. Hilflos, voller Furcht. Ihre Kehle war wie zugeschnürt, und sie begann am ganzen Körper zu zittern.

Der Arzt trat neben sie und fühlte zuerst ihren Puls.

„Entspannen Sie sich, Signorina Schwarz."

Der hatte gut reden! Wenn er wüsste, welche Überwindung es sie kostete, seine Berührung zu ertragen. Sie hasste sich dafür.

„Aber von Ihrer Meinung hängt meine Zukunft ab." Es

war nicht nur das Touchieren, was sie in Aufruhr versetzte. Sie fürchtete sich vor seiner Entscheidung.

Florentina zwang sich, tief ein- und auszuatmen. Das fiel ihr schwer, besonders, als seine Finger auf ihren Bauch drückten.

„Noch einmal bitte tief ein- und ausatmen."

Bitte, bitte lieber Gott, lass es schnell vorüber sein!

„Fühlen Sie noch Schmerzen im Bauchraum?", fragte er.

Florentina schüttelte den Kopf.

„Und hier?" Seine Finger drückten sich in ihren Unterleib.

Sofort spannte sie dagegen an.

„Schmerzen?"

„Nein", stieß sie heiser hervor, während ihre Finger sich in das Polster der Liege gruben.

„Gut. Bitte setzen Sie sich auf, Signora."

Willig folgte sie seiner Aufforderung. Die Hände des Arztes legten sich auf ihre Hüften.

„Und hier?"

An der rechten Seite empfand sie einen leichten Schmerz, verbiss ihn aber. Auf keinen Fall wollte sie, dass ihm das auffiel. Sie presste die Lippen fest aufeinander. Dann schüttelte sie erneut den Kopf.

Auch ihren Rücken tastete er ab. Florentinas Nerven waren zum Zerreißen gespannt. Auch wenn die Hände des Arztes sie nicht begehrlich berührten, verspürte sie diesen Widerwillen in sich.

„Bin ich jetzt fertig?", fragte sie, als er von ihr abließ, und strich ihr Kleid glatt.

„Gleich, Signorina, ich möchte mir noch das Ergebnis der weiteren Untersuchungen ansehen."

Die Schwestern hatten ihr Blut abgenommen und ihren Urin zur Untersuchung fortgebracht.

Sie hörte, wie der Arzt durch den Raum ging und einen Stuhl zurückzog. Dann raschelte Papier.

„Es geht Ihnen gut. Sie sind auf dem Weg der Genesung."

Florentina fiel ein Stein vom Herzen. Wenn ihre Werte gut waren, würde sie das Krankenhaus verlassen dürfen.

„Dann kann ich also nach Hause?"

„Ja, das können Sie."

Florentina seufzte. „Ich habe Ihnen doch gleich gesagt, dass es mir wieder gut geht. Ich fühle mich nur noch ein wenig schwach." Freudig glitt sie von der Liege herunter und tastete nach ihrem Langstock. Jetzt hielt sie hier nichts mehr. Sie konnte es kaum erwarten, das Krankenhaus zu verlassen und endlich zu Tante Lina und den anderen zurückzukehren.

„Vielen Dank, Dottore." Sie wandte sich um und suchte den Weg zur Tür, als der Arzt sie zurückhielt.

„Da ist leider noch etwas, das ich Ihnen sagen muss."

Florentina blieb stehen und hörte, wie der Arzt sich ihr näherte.

„Gibt es in Ihrem Leben einen Mann, den Sie heiraten wollen?"

Seine Frage verwunderte sie. Was interessierte das den Arzt?

„Nein. Weshalb fragen Sie?"

„Weil ich Ihnen etwas mitteilen muss, das Ihr ganzes Leben beeinträchtigen könnte."

Florentina schluckte. War sie etwa schwanger? Oder steckte eine schwere Krankheit hinter dem Fieber? Ihr wurde mit einem Mal schwindlig, dass sie schwankte. Der Arzt stützte sie. Sie dachte an die Untersuchungen bei verschiedenen Augenspezialisten, zu denen sie voller Hoffnung aufgebrochen war und jedes Mal das niederschmetternde Ergebnis erfahren hatte, dass sie für immer blind bleiben würde. Sie war so verzweifelt gewesen, dass sie sich am liebsten in die Leine gestürzt hätte. Violetta und die Musik hatten ihr Kraft gegeben, ihr Schicksal zu akzeptieren.

„Bitte sagen Sie mir die Wahrheit."

Er schob ihr einen Stuhl in die Kniekehlen.

„Setzen Sie sich noch einmal."

Sie tat es mit einem unguten Gefühl und hörte, wie er einen zweiten Stuhl heranzog und sich ihr gegenübersetzte. Dann fuhr er fort: „Ihr Fieber rührt von einer Infektion in Ihrem Unterleib her. Sie war leider sehr groß. Durch die Bakterien ist es zu Verwachsungen gekommen."

„Was bedeutet das?", fragte sie heiser.

„Sie werden keine Kinder bekommen können."

In diesem Augenblick hatte Florentina das Gefühl, als hätte er ihr den Boden unter den Füßen weggezogen. Nicht nur dass sie nie mehr würde sehen können, ihr waren auch keine Kinder vergönnt! War sie nicht schon gestraft genug? Sie hatte sich immer welche gewünscht. Auch wenn sie blind war, wäre sie damit zurechtgekommen. In ihrem Kopf herrschte eine unglaubliche Leere.

„Signorina? Haben Sie mich verstanden?", fragte der Arzt sanft.

Sie schob seine Hand fort, die sich tröstend auf ihren Arm legte. Florentina wollte kein Mitleid, sondern nur allein sein.

„Das ist also mein Schicksal."

Sie stand vom Stuhl auf und tastete sich mit dem Langstock voran. Der Arzt holte sie ein.

„Ich begleite Sie hinaus."

„Das ist wirklich nicht nötig. Mille grazie, Dottore."

„Sind Sie sicher?"

„Ja."

„Der Pförtner wird Ihnen ein Taxi rufen. Ich sage ihm gleich Bescheid." Sie spürte, wie er sie überholte, die Tür aufriss und hinauseilte. Wie betäubt verließ sie das Untersuchungszimmer.

Grübelnd lehnte Florentina wenig später den Kopf an die Scheibe des Taxis, das sie bis Sant' Anna di Stazzema bringen würde. Die Fahrt dauerte eine gefühlte Ewigkeit. Normalerweise hätte sie das gestört. Heute jedoch war sie froh, mit ihren trüben Gedanken allein sein zu können. Die Endgültigkeit, die in der Bedeutung der Worte mitschwang und keine Hoffnung mehr zuließ, bedrückte sie am meisten. Doch dann sagte sie sich, dass es besser war, keine Kinder zu bekommen. Zu einem Kind gehörten Mutter und Vater. Es wurde in körperlicher Vereinigung gezeugt. Die Vorstellung, ein Mann könnte sie an ihren intimsten Körperstellen berühren, war ihr zuwider. Nur zu gut hatte sie die derben Griffe ihres Peinigers in Erinnerung. Sie hatte sich geschworen, dass keiner sie je so touchieren durfte.

Schweiß perlte auf ihrer Stirn, als die Erinnerungen an die verhängnisvolle Nacht sie aufs Neue einholten. Als wäre es erst gestern geschehen, spürte sie den brennenden Schmerz in ihrem Leib, roch den üblen Atem ihres Peinigers und hörte sein raues Stöhnen. Obszönitäten hatte er gestammelt. Seine Stimme hatte sich in ihr Gedächtnis gebrannt. Er hatte sie benutzt, geschändet und allein in der Gosse liegen lassen.

Wut und Verzweiflung stiegen in ihr auf. Doch sie konnte keine Träne mehr vergießen.

Was hatte sie für Träume gehabt, von einem Mann, der sie liebte wie Hans ihre Schwester Violetta. Von einem kleinen Haus, das ihnen gehörte, und einer Schar Kinder, die genauso musikalisch waren wie ihre Familie. Wünsche, die sich nie erfüllen würden.

Hätte sie doch nur damals auf ihre Eltern gehört und sich von Vaters Wagen abholen lassen. Sie schämte sich ihrer Naivität und der Hilflosigkeit, die sie ausgeliefert hatten.

Das Taxi hielt.

„Ich helfe Ihnen, Signora“, sagte der Fahrer und stieg aus. Die Wagentür wurde aufgezogen, und eine fleischige Hand fasste nach ihrer, um ihr beim Aussteigen zu helfen. Florentina nahm ihren Langstock und verließ den Wagen.

„Einen Moment, por favore.“ Sie musste den Fahrer noch

bezahlen und suchte nach ihrer Handtasche. Da fiel ihr ein, dass sie diese schon im Krankenhaus vermisst hatte.

„Ich … ich …“, stammelte sie verlegen und überlegte, ihre Tante um etwas Geld zu bitten.

„Dottore Benedetti hat mich schon bezahlt, Signorina.“

„Aber …“ Ihr Protest ging im Freudenschrei Giannas unter, die sie stürmisch umarmte.

„Du bist wieder hier, Florentina! Wie schön! Wenn ich nicht eben das Taxi mit dir gesehen hätte … Warum hast du uns nicht angerufen? Wir hätten dich doch abgeholt.“ Jetzt wurde sie auch von ihrer Tante in die Arme gezogen. Es dauerte nicht lange, bis auch Onkel Federico, Antonella, Mario und Antonio sie freudig begrüßten. Es tat gut, wieder bei ihnen zu sein. Die freudige Stimmung war ansteckend und ließ sie einen Moment lang alles vergessen. Unzählige Fragen prasselten auf Florentina ein, bis sie lachend die Hände hob.

„Halt! Nicht alle Fragen auf einmal!“

„Da hat Florentina recht. Lasst uns erst mal ins Haus gehen.“

Hinter ihr fuhr das Taxi davon.

„Ich dachte, wir müssten das Taxi noch bezahlen“, merkte ihr Onkel an.

„Das hat Dottore Benedetti schon getan.“

„Du hast ihm bestimmt leidgetan, weil du blind bist“, warf Mario ein.

„Da hast du vermutlich recht, du Naseweis.“ Florentina drückte ihren Cousin an sich. Der Zehnjährige war nicht auf den Mund gefallen. Florentina konnte es nicht ausstehen, wenn man sie bemitleidete.

Als sie zum Mittag alle bei Tisch saßen, musste Florentina immer wieder bestätigen, dass der Arzt mit ihrem Gesundheitszustand zufrieden war und sie entlassen hatte.

Dass sie keine Kinder bekommen würde, verschwieg sie jedoch. Das wollte sie für sich behalten wie das schreckliche Erlebnis in der Reichskristallnacht.

Obwohl die Stimmung bei Tisch wie immer sehr ausgelassen war, beteiligte sie sich nur wenig an den Gesprächen. Die offenen Worte des Arztes hatten bewirkt, dass sie über sich und ihr Leben nachgrübelte.

Die einzige Konstante in ihrem Leben war die Musik. Darauf wollte sie sich konzentrieren.

„Ich möchte gern auf mein Zimmer“, flüsterte sie Gianna zu.

„Schon? Nachher kommen unsere Freunde zum Musizieren.“

„Ich weiß nicht recht … Ich muss noch Klavier üben und fühle mich matt.“

„Och, bitte, du hast gesagt, dass du viel Übung brauchst. Wenn du jemanden von uns begleitest, kannst du dich probieren. Adolfo wird auch da sein. Vielleicht könnt ihr euch schon an dem Mandolinenkonzert versuchen.“

Gianna schien von dem jungen Hauptmann sehr angetan zu sein. Sie sprach von ihm mit dem gleichen Enthusiasmus wie einst Violetta von Hans. War ihre Cousine etwa in den Mandoline spielenden Soldaten verliebt?

„Also gut. Überredet. Aber ich kann dir nicht versprechen, dass ich bis zum Ende durchhalte.“

„Macht nichts. Ich freue mich so, dass du dabei sein wirst.“

Wie schon bei ihrem letzten Besuch wurde im Wohnzimmer des Hauses musiziert, wo der Flügel stand. Ihrem Onkel war es immer sehr wichtig, dass er gut gestimmt war.

Während ihre Tante nur im Chor sang und kein Instrument spielte, konnte man Onkel Federico als Multitalent bezeichnen. Er spielte nicht nur hervorragend Geige, sondern auch viele Blasinstrumente und Klavier. Antonella schien ebenfalls vielfach begabt zu sein. Doch ihre Liebe galt der Violine. Während Mario auf der Trompete die Tonleiter blies, versuchte sich sein jüngerer Bruder Antonio auf dem Flügel. Letztes Weihnachten hatte er mit seiner klaren Sopranstimme in der Kirche gesungen und alle begeistert. Florentina war davon überzeugt, dass er genauso talentiert war wie ihr Vater.

Als erster Musiker traf Adolfo ein. Gianna und er tuschelten miteinander, was Florentina schmunzeln ließ. Nach und nach trudelten auch die anderen ein, darunter zwei Studentinnen namens Paola und Emilia, die im Conservatorio Violoncello studierten. Aus der Nachbarschaft gesellte sich ein junger Mann namens Giuseppe hinzu, den Florentina noch von einem ihrer letzten Besuche kannte. Es war sehr angenehm, jemand Bekanntes wiederzutreffen. Außerdem war Guiseppe ein sehr höflicher Mann, der sie mit seiner zurückhaltenden Art an Hans Brünn erinnerte. Giuseppe spielte im Orchester der Florenzer Oper Bratsche.

„Signorina Florentina, wie schön, Sie wiederzusehen", begrüßte er sie und schüttelte ihr die Hand. Seine sanfte Stimme empfand Florentina als sehr angenehm. Es hatte ihr damals viel Vergnügen bereitet, mit ihm gemeinsam zu spielen.

„Ich freue mich auch, Giuseppe. Ich erinnere mich immer wieder gern an unsere Sonate."

Florentina hatte die Klavierstimme der Brahmssonate oft auf dem alten Klavier in ihrem Elternhaus gespielt. Sie mochte die Melodien, die etwas Melancholisches besaßen wie Frederiks Werke.

„Ich mich auch. Wie ich gehört habe, bleiben Sie noch eine Weile bei Federico und Lina. Da werden wir doch hoffentlich unser Zusammenspiel wiederholen."

Florentina lächelte. „Gern."

„Bitte nehmt jetzt alle eure Plätze ein. Tonio wird heute leider nicht dabei sein." Tante Lina klatschte in die Hände. Alle schienen ihrer Aufforderung zu folgen. Gianna führte

Florentina gleich zum Flügel, wo sie ein paar Etüden zum Besten geben sollte. Florentina wartete auf ein Wort ihres Onkels.

„Federico, können wir jetzt endlich anfangen?" Ungeduld sprach aus ihrer Tante, nachdem alle ihre Instrumente gestimmt hatten.

„Einen kleinen Moment noch, Liebes", bat ihr Onkel.

„Erwarten wir etwa noch jemanden?" Ihre Tante klang verwundert.

„Vielleicht." Das klang verschmitzt, als hätte ihr Onkel eine Überraschung.

„Nun sag schon. Heraus mit der Sprache, Papa", drängelte Gianna.

„Ihr werdet nicht glauben, wen ich heute auf dem Markt getroffen habe! Er ist wieder in Florenz."

Spannung lag plötzlich in der Luft.

„Nein!", rief Tante Lina voller Freude. „Er ist wieder zurück? Was für eine wunderbare Nachricht!"

Florentina hätte gern gewusst, von wem sie sprachen. Allgemeine Aufregung herrschte unter den Anwesenden.

„Ich habe auch schon gehört, dass er wieder da ist", hörte sie eine der jungen Musikerinnen tuscheln. Alle schienen im Bilde zu sein, nur sie nicht.

„Von wem sprechen sie denn?", raunte sie ihrer Cousine zu.

„Von einem Freund der Familie. Er ist Sänger und wegen eines Engagements vor einigen Jahren ins Ausland gegangen. Seine Stimme ist fantastisch. Mamma meint, er würde sie sehr an deinen Vater erinnern."

Jetzt war auch Florentina gespannt auf den Sänger, besonders weil ihre Tante ihn mit ihrem Vater verglichen hatte.

Die Minuten verrannen, sodass ihr Onkel sie bat, die Etüden zu spielen. Florentina fühlte sich unwohl dabei, ihre Finger gehorchten ihr nicht wie sonst. Es kostete sie Mühe, sich auf die Töne zu konzentrieren. Irgendwie schaffte sie es, die

Etüden fehlerfrei zu spielen. Sie konnte dies besser. Dennoch erhielt sie viel Applaus. Vor ihr lag noch ein ganzes Stück Arbeit, wenn sie ihr Können für das Stipendium beweisen wollte.

Gianna führte sie an ihren Platz zurück. Ein Raunen ging durch die Anwesenden.

„Da ist er endlich!", rief Onkel Federico. Florentina bemerkte, wie alle von ihren Plätzen aufsprangen und durcheinanderredeten. Das Stimmengewirr machte sie verrückt. Giannas Stimme überschlug sich vor Freude. Florentina bekam Kopfschmerzen. Sie hielt sich die Ohren zu, als sie den Lärm nicht mehr ertragen konnte. Nichts wünschte sie sich in diesem Augenblick mehr, als dem Tumult zu entfliehen. Ihre Hand tastete nach dem Langstock, bis ihr einfiel, dass sie ihn irgendwo beim Essen abgestellt hatte. Ihr Fluchen ging bei der Lautstärke unter. Ohne ihn würde es schwer für sie sein, den Weg aus dem Zimmer zu finden.

Sie stand auf und tastete sich an den Stühlen entlang, bis sie jemand plötzlich am Arm festhielt.

„Florentina, wo willst du denn hin? Ich dachte, du wolltest noch zuhören."

„Bitte sei mir nicht böse, Gianna, aber das ist mir alles doch ein wenig zu viel. Ich möchte mich auf mein Zimmer zurückziehen."

„Bitte entschuldige, ich vergaß deine empfindlichen Ohren. Die Aufregung legt sich gleich. Versprochen."

Florentina schüttelte den Kopf. „Kannst du mir bitte meinen Langstock bringen?"

„Ja, ja, natürlich." Schon eilte Gianna davon.

Florentina tastete sich langsam voran. Wenn sie sich recht erinnerte, musste in der Nähe die Tür zum Flur sein. Sie streckte den Arm aus und schritt vorsichtig vorwärts. Dabei stieß sie gegen ein Möbel und geriet aus dem Gleichgewicht. Sie schrie auf und suchte mit den Händen vergeblich nach Halt.

Sie wäre gestürzt, hätte nicht jemand beherzt zugegriffen. Kräftige Hände fassten ihre Schultern.

„Danke, ich stehe. Sie können jetzt loslassen."

„Das ist ja noch einmal gut gegangen." Die Stimme des Mannes kannte sie. Als sie etwas zu ihm sagen wollte, kehrte Gianna mit dem Langstock zurück.

„Dio, Florentina, es ging nicht schneller. Zum Glück bist du nicht gestürzt!" Ihre Cousine nahm ihre Hand und legte sie um den Knauf des Langstocks.

Florentina kam sich mit einem Mal linkisch vor. Seine Gegenwart verwirrte sie.

„Florentina! Was für ein schöner Zufall! Ich freue mich sehr, Sie wiederzutreffen."

Ausgerechnet Matteo aus dem Zug! Dann war er also der hochgelobte Sänger. Florentina stöhnte innerlich auf.

„Ihr kennt euch?", fragte Gianna erstaunt.

„Ja, aus dem Zug", antwortete Matteo.

Florentina befürchtete, dass ihre Cousine sie nun mit unzähligen Fragen löchern würde.

„Davon hast du uns ja gar nichts erzählt", warf Gianna ihr vor.

„Habe ich wohl vergessen." Eine bessere Ausrede fiel ihr nicht ein. Ihr entging nicht, wie Matteo angespannt einatmete.

„Vergessen? Aber doch nicht unseren Freund Matteo!", meldete sich Antonella zu Wort.

„Danke, Nella", sprach Matteo zu ihrer jungen Cousine, die daraufhin kicherte.

Da Florentina Matteos Atem auf ihrem Kopf spürte, musste er sehr groß sein. Genauso wie ihr Vater. Das war ihr im Zug gar nicht aufgefallen. Aber da hatten sie auch nicht nebeneinandergestanden.

„Ich muss alles wissen", raunte Gianna ihr zu, als Matteo die anderen einzeln begrüßte.

„Genau deshalb habe ich dir nichts erzählt", antwortete

Florentina leise und bereute sofort ihre harschen Worte. Das hatte ihre fürsorgliche Cousine nicht verdient. „Entschuldige, Gianna. Ich hab's nicht so gemeint."

„Schon gut ..."

„Matteo soll uns als Erster etwas vortragen", bestimmte Tante Lina.

„Das ehrt mich. Wirklich. Aber ich bin noch nicht eingesungen und würde mich blamieren."

„Glaube ich nicht. Du kannst dich gern in unserem Badezimmer einsingen. Gute Akustik", schlug ihm Onkel Federico vor.

Florentina war gespannt, ob Matteo sich überreden ließe.

„Gut. Gebt mir bitte ein paar Minuten."

„Ganz sicher. Wir freuen uns auf deine Stimme."

Eigentlich war Florentina auf Matteos Stimme gespannt. Dennoch verließ sie das Musizierzimmer. Seine Gegenwart war ihr unangenehm. Es fiel ihr schwer, mit seiner offenen Art umzugehen.

Schritte erklangen hinter ihr auf dem Marmorfußboden. Florentina ahnte, wer sich hinter ihr befand. Sie tat, als hätte sie ihn nicht bemerkt, und tastete sich mit ihrem Langstock weiter voran.

Florentina stieß gegen einen Widerstand. Matteo verstellte ihr den Weg. Wütend kniff sie die Lippen zusammen.

„Bitte treten Sie zur Seite, Matteo."

„Ihre Auffassung ist phänomenal. Woran haben Sie mich erkannt? An meinem Schritt?" Seine Fragen ärgerten sie. Warum konnte er sie nicht in Ruhe lassen?

„Ja, an Ihrem Schritt. Zufrieden?"

„Interessant. Sie enttäuschen mich, Florentina." Er seufzte.

Sie wollte es gar nicht wissen. Dennoch hörte sie sich sagen: „Warum?"

„Sie haben mich noch gar nicht gehört und laufen bereits davon?"

„Ich bin müde und erschöpft“, wand sie sich heraus. Dass sie im Krankenhaus gelegen hatte, ging ihn nichts an. „Lassen sie mich bitte durch, ich möchte hinauf.“

„Wirklich schade. Ich wünsche Ihnen angenehme Ruhe.“

Nach diesen Worten eilte er hinweg.

Mit einem Mal begannen Florentinas Knie zu zittern. Vor ihr musste die Treppe liegen. Sie hatte die Schritte gezählt, wie sie es immer tat, um sich zurechtzufinden. Zwei, drei ... Sie streckte den Arm aus und berührte das Metallgeländer. Ihre Finger schlossen sich um einen der Stäbe. Gleich wäre es geschafft. Ihr Langstock tippte an die unterste Stufe. Die Treppe war doppelt gewendelt und hatte vor jeder Wende eine Plattform. Ihre Beine waren schwer wie Blei. Florentina erklomm den ersten Teil der Treppe und sank matt auf die unterste Stufe des nächsten Abschnitts.

Wenig später hörte sie, wie die anderen Matteo freudig empfingen. Florentina lehnte den Kopf gegen das Geländer und dachte an das elterliche Theater, in dem vor jeder Aufführung das Lampenfieber spürbar gewesen war. Als Kind hatte sie oft hinter der Bühne auf den Stufen einer Treppe gesessen und den Künstlern zugehört. So wie jetzt. Ihr wurde das Herz ganz schwer. Obwohl sie sich hier bei ihrer Tante sehr wohlfühlte und die Albträume seltener geworden waren, verspürte sie Heimweh.

„Was soll ich euch denn singen?“, hörte sie Matteo fragen. „Papageno!“, kam es fast einstimmig zurück.

Ihr Vater hatte einst den Tamino aus Mozarts Zauberflöte gesungen und ihre Mutter die Königin der Nacht. Während einer Aufführung hatten bei ihrer Mutter die Wehen eingesetzt, und Violetta und sie waren geboren worden. Deshalb fühlte sich Florentina mit dieser Oper besonders verbunden. Es gab nur wenige Sänger, die das komödiantische Talent besaßen, um der Rolle des Papageno gerecht zu werden. Obwohl sie sich lieber in ihr Zimmer zurückgezogen hätte, konnte sie nicht anders, als Matteos Vortrag zu lauschen.

„Also gut, Papageno", erklärte sich Matteo einverstanden. „Übernimmst du den Flötenpart, Federico?"

Ihr Onkel hatte die eingängige Mozartmelodie schon oft auf der Querflöte gespielt. Florentina liebte die Rolle des Vogelfängers. Ob Matteo ihm wirklich Leben einhauchen konnte?

Nach kurzem Stimmen der Instrumente hörte sie die ersten Flötentöne.

„Der Vogelfänger bin ich ja …", begann Matteo zu singen. Florentina war erstaunt über die Wärme in seiner Stimme und wie er die Arie gekonnt humorvoll vortrug. Matteo war der beste Papageno, den sie in ihrem Leben gehört hatte, und es waren viele gewesen, die auf der elterlichen Bühne gestanden hatten. Tante Lina hatte recht. Wie die Stimme ihres Vaters zog auch Matteos sie in den Bann. Umso enttäuschter war Florentina, als die Arie beendet war. Matteo erhielt verdienten Applaus und das Lob aller Anwesenden.

„Bitte noch ein Stück!", bettelte Gianna, und die anderen stimmten ein.

Matteo entschied sich für die Champagnerarie aus Don Giovanni. Florentina wusste, wie anspruchsvoll diese Arie war, und wartete gespannt auf Matteos Gesang.

Es störte sie nicht, dass ein Orchester fehlte, die wenigen Streicher begleiteten seinen Gesang auch so wunderbar.

Auch mit dieser Arie wusste Matteo alle zu begeistern. Ihre Eltern hätten ihn sicher vom Fleck weg engagiert. Die lustigen Opern waren momentan besonders gefragt, um das Publikum aus den Lichtspielhäusern wieder ins Theater zu locken und von der Kriegsangst abzulenken. Ihr klangen noch die vielen Auseinandersetzungen ihrer Eltern in den Ohren, die die rückläufigen Besucherzahlen beklagt und deshalb viele Dispute geführt hatten. Es war für die Theater nicht leicht, in dieser Zeit zu bestehen. Mit einem Sänger wie Matteo jedoch …

Nein! Früher hätte sie ihn ihren Eltern vorgeschlagen und sich gefreut, wenn sie ihn engagiert hätten. Aber die Entscheidungen über Engagements trafen nicht mehr sie, sondern die Nazis.

Sie hätte Matteo ewig lauschen können. Nur wenige Stimmen besaßen den Schmelz, der die Herzen des Publikums berührte. Als der letzte Ton verklungen war, stieg sie die restlichen Stufen hinauf.

In ihrem Zimmer angekommen, legte sie sich aufs Bett. Sie fühlte sich leer und einsam. Von unten schallte Gelächter herauf. Sie beneidete die anderen für ihre Heiterkeit, die ihr selbst verloren gegangen war.

In Gedanken weilte Florentina im elterlichen Theater. Sie glaubte die stickige, nach Schweiß und süßlichem Parfüm geschwängerte Luft zu riechen, spürte das Lampenfieber der Künstler und hörte das Stimmen der Instrumente. Das war ihre Welt, zu der sie gehörte.

Am selben Tag in Sant' Anna di Stazzema

Matteo war enttäuscht, dass Florentina nicht im Musikzimmer geblieben war. Er wusste selbst nicht, weshalb ihm gerade ihre Meinung über seine Stimme wichtig war.

Behutsam steckte er seine Notenbücher in die Ledertasche zurück. Es war höchste Zeit, nach Hause zurückzukehren. Schließlich hatte er es seinem Vater fest versprochen.

„Du willst schon gehen?" Federico war neben ihn getreten.

„Du weißt doch, ich will rechtzeitig zum Abendessen zurück sein."

Federico nickte. Matteo entging der besorgte Ausdruck im Blick des Freundes nicht.

„Pass auf dich auf. Und auf deinen Vater."

Matteo nickte. Er war versucht, Federico von den nächtlichen Ausflügen des Vaters zu erzählen. Doch erst wollte er seine Vermutung bestätigt wissen.

Pünktlich betrat Matteo das Elternhaus. Köstlicher Essensduft und Gelächter schlugen ihm entgegen. Die Gäste waren bereits eingetroffen. Nachdem er seine Tasche abgestellt hatte, begab er sich ins Esszimmer. In der Küche hörte er jemanden hantieren. War Aurelia zurückgekehrt? Neugierig warf er einen Blick hinein. Eine ältere Frau mit grauem Haar briet den Fisch auf dem Herd. Der Anblick war ungewöhnlich, da doch sein Vater stets darauf bestand, Gäste selbst zu bekochen und auch sonst niemanden in der Küche duldete, nicht einmal seine Haushälterin. Wer war sie und weshalb durfte sie das, was anderen verweigert wurde?

„Buon giorno“, riss ihn die Frau aus seinen Grübeleien und lächelte. Sie sprach mit leichtem deutschen Akzent. Ihre breiten Lippen waren grellrot geschminkt, und um ihre Augen waren schwarze Lidstriche gezogen. An jedem ihrer Finger steckte ein auffälliger Ring, ganz zu schweigen von den vielen goldenen Armreifen und Ketten, die sie selbst beim Kochen trug.

„Buon giorno“, antwortete Matteo.

„Ich bin Anna, eine gute Freundin Luigis. Und Sie sind sicher Matteo, nicht wahr?“

Matteo hatte ihren Namen noch nie aus dem Mund des Vaters gehört. Diese Anna bewegte sich wie selbstverständlich in der Küche und gab sich, als würden sie und sein Vater sich schon eine Ewigkeit lang kennen. Sie kam aus Deutschland. Irgendetwas an dieser Anna störte ihn.

In den fünf Jahren seiner Abwesenheit hatte sich scheinbar mehr verändert, als ihm der Vater erzählt hatte. Matteo war enttäuscht.

„Ja“, antwortete er knapp.

„Ihr Vater sitzt im Wohnzimmer mit drei Herren.“ Mit dem Kochlöffel deutete sie auf die gegenüberliegende Tür.

„Danke.“

Matteo nahm sich vor, seinen Vater über die Frau in seiner Küche auszufragen.

„Haben Sie schon öfter für meinen Vater gekocht?“ Matteo gab sich Mühe, seinen Tonfall nicht zu scharf klingen zu lassen.

„Manchmal. Aber nur, wenn er es möchte. Und Aurelia es erlaubt, dass ich in ihren heiligen Hallen bin.“

Sicher war diese Anna der Haushälterin ein Dorn im Auge. War Aurelias Schwester wirklich so krank, oder hatte sie das nur vorgeschoben, um Anna aus dem Weg zu gehen?

Matteo entschied, ins Wohnzimmer zu gehen, um die anderen Gäste zu begrüßen.

Wie diese Anna ihm gesagt hatte, saßen drei Männer bei seinem Vater. Zwei von ihnen waren etwa in seinem Alter. Dem Aussehen nach konnten sie Brüder sein. Der Jüngere von beiden trug einen unmodernen Backenbart. Der Ältere war nicht so kräftig und hatte an der Oberlippe eine Narbe. Der dritte Gast war ein kleiner, untersetzter Mann mit griesgrämiger Miene, der ihn abweisend musterte. Er war Matteo auf Anhieb am unsympathischsten.

„Ah, da ist er ja! Darf ich Ihnen meinen Sohn Matteo vorstellen? Ein sehr begabter Bariton", stellte sein Vater ihn der Runde vor.

„Buon giorno", begrüßten ihn die beiden Männer, die er für Brüder hielt, wie aus einem Mund.

„Buon giorno", stieß der Dritte hervor.

„Darf ich dir unsere Gäste vorstellen?" Sein Vater erhob sich vom Sessel. „Anna hast du sicher schon kennengelernt?"

Matteo nickte. Vor den anderen wollte er seinem Vater seinen Eindruck von Anna nicht vermitteln.

„Darf ich vorstellen, Tommaso und Ernesto Rinaldi." Der Vater deutete auf die beiden Männer. Der Blick der beiden war wider Erwarten klar und offen.

Matteo schüttelte beiden die Hand.

„Signore Walter Mahler."

Mahler. Das klang deutsch. War er etwa mit der Frau in der Küche verheiratet? Sie hatte sich nur mit ihrem Vornamen vorgestellt. Ein ungutes Gefühl beschlich Matteo.

Mahlers fleischige, feuchte Finger umschlossen seine.

„Dann will ich doch gleich mal schauen, wie Anna unsere Gaumen heute verwöhnen wird." Sein Vater rieb sich die Hände.

„Ich dachte eigentlich, dass du kochen wolltest", entfuhr es Matteo. In den Augen des Vaters blitzte es warnend auf.

„Keiner kocht Cacciucco so gut wie Anna! Das hat sie hier in Florenz gelernt."

Sein Vater schien von dieser Anna angetan zu sein.

„Ich möchte mich vor dem Essen noch umziehen", entschuldigte sich Matteo bei seinem Vater und war froh, sich zurückziehen zu können.

„Ja, ja, natürlich. Aber es dauert sicher nicht mehr lange. Ich rieche schon den köstlichen Duft."

Auch Matteo musste zugeben, dass es wirklich köstlich aus der Küche roch. Hunger verspürte er auch. Dennoch fühlte er sich in dieser Runde unwohl.

Er atmete auf, als er sein Zimmer betrat. Er dachte an den Nachmittag bei Federicos Familie, der sehr harmonisch verlaufen war. Nur die Enttäuschung darüber, dass Florentina seinem Gesang nicht gelauscht hatte, saß wie ein Stachel in ihm. Florentina wirkte geheimnisvoll, was ihn magisch anzog. Nie hätte er geglaubt, sie wiederzusehen. Federico hatte ihm verraten, dass Florentina eine unbestimmte Zeit lang bei ihnen wohnen würde. Trotz ihrer abweisenden Haltung freute er sich auf ein erneutes Wiedersehen.

Sie war Linas Nichte, was bedeutete, dass Florentina aus der Musikerfamilie der von Uhlenbergs stammen musste. Ihre Eltern Roman und Leonora waren über die Grenzen hinaus bekannte Opernsänger, die auch schon in der Florentiner Oper in Gastrollen aufgetreten waren. Florentinas Vorfahre Frederik von Uhlenberg hatte eines der bekanntesten Requiems komponiert. Im Zug hatten sie sich kurz über ihren Vorfahren unterhalten. Aber sie hatte kein Wort darüber verloren, in welcher Beziehung sie zu dem Komponisten stand. Weshalb wollte sie ihre Identität nicht preisgeben?

Etwas musste vorgefallen sein, dass Florentina sich scheute zuzugeben, eine Nachfahrin des Komponisten zu sein. Lina hatte oft von dem Theater in Hannover vorgeschwärmt. Wenn das Theater wirklich so gefragt war, wie Lina es immer wieder beteuert hatte, blieb die Frage offen, weshalb Florentina ihm den Rücken gekehrt und nach Italien gekommen war.

In der Eingangshalle ertönte der Gong, der alle an die Tafel rief. Seufzend fügte sich Matteo in sein Schicksal und begab sich nach unten.

Als er das Esszimmer betrat, saßen die anderen bereits an der Tafel. Sein Vater betrachtete voller Bewunderung Anna, die die Terrine mit der Suppe auf den Tisch stellte. So hatte sein Vater noch nie eine Frau angesehen. Er schien mehr für diese Anna zu empfinden als nur wie für eine Freundin. Anna bat darum, ihr die Teller zu reichen. Matteo reichte Anna seinen. Lächelnd schöpfte sie mit der Kelle die Suppe darauf.

„Vielen Dank, Frau Mahler."

Sie hielt in der Bewegung inne und spitzte mokant die Lippen. Sein Vater und sie tauschten Blicke.

„Ich glaube, Sie haben da etwas missverstanden, Matteo. Ich bin nicht die Frau von Herrn Mahler, sondern Anna von Edel. Fräulein von Edel", berichtigte sie.

Sein Vater warf ihm einen verärgerten Blick zu.

Matteo war sein Fauxpas unangenehm. Wenn sein Vater ihm vorab die Gäste benannt hätte, wäre dieser Fehler nicht passiert.

„Verzeihung … Fräulein von Edel."

Er deutete eine Verbeugung an, die sie mit einem gönnerhaften Lächeln quittierte.

„Von Ihrem Vater weiß ich, dass Sie ein Engagement in München haben", wandte sie sich erneut an Matteo, als sie alle am Tisch saßen.

„Der Vertrag läuft Ende des Monats aus." Wie viel mochte sein Vater dieser Anna noch berichtet haben? Die Blicke, die die beiden sich zuwarfen, sprachen von einer gewissen Zuneigung. Er gönnte seinem Vater zwar eine neue Liebe. Lange genug war er ein einsamer Witwer gewesen, der sich von der Welt zurückgezogen hatte. Dass sein Vater wieder am Leben teilnahm, machte auch Matteo glücklich. Aber diese kühle Anna von Edel passte nicht zu seinem herzlichen Vater. Wo und wie mochten sie sich kennengelernt haben?

„Das ist aber sehr schade. Dann kennen Sie sicher Anton Holzer?“

Erstaunt blickte Matteo von seinem Teller auf.

„Ja, aber er leitet die Oper nicht mehr. Woher kennen Sie ihn, wenn ich fragen darf? Kommen Sie vielleicht aus München?“

Anna von Edel schlürfte die Fischsuppe von ihrem Löffel, bevor sie lächelnd die Hand senkte.

„Natürlich dürfen Sie fragen. Mein verstorbener Bruder – Gott hab ihn selig – war mit Herrn Holzer befreundet. Anton war eine Zeit lang der Intendant des Hannoverschen Opernhauses. Hannover ist meine Heimatstadt. Sind Sie schon einmal dort gewesen?“

Hannover! Sofort musste Matteo wieder an Florentina Schwarz denken. Ob die beiden Frauen sich vielleicht kannten?

„Leider nein“, antwortete Matteo wahrheitsgemäß.

„Dann haben Sie was verpasst!“, mischte sich jetzt Mahler ein, der bislang geschwiegen hatte. Er lachte und klopfte sich auf den Schenkel.

„Sie müssen unbedingt meine Heimatstadt kennenlernen. Es lohnt sich.“ Anna von Edel legte ihre Hand auf seinen Arm und schenkte ihm einen tiefen Blick. Erneut fing Matteo einen warnenden Blick seines Vaters auf.

„Was hat Sie dann nach Florenz geführt?“

„Die Kunst. Mein Bruder Bruno hat als bekannter Kunstmäzen viele Talente entdeckt und gefördert und Theater finanziell unterstützt.“

Matteo erinnerte sich daran, dass Anton Holzer den Namen Bruno von Edel einmal erwähnt hatte. Seine Kritik des von Holzer inszenierten *Lohengrin* war vernichtend gewesen.

„Dann war Ihr Bruder Bruno von Edel, der auch Theaterkritiken geschrieben hat?"

Annas Lächeln wurde breiter.

„Ja, genau. Sie kannten ihn?"

„Leider nein."

„Mein Bruder war knapp fünfzehn Jahre älter als ich und hat schon musiziert, als ich noch in der Wiege gelegen habe. Er hatte sein ganzes Leben der Kunst verschrieben, insbesondere der Musik. Leider ist er vor ein einem halben Jahr verstorben und hat mir seine Stiftung vererbt. Zur Förderung junger musikalischer Talente. Wir haben Italien früher oft besucht und uns immer sehr wohlgefühlt. Jetzt, da unsere beiden Länder miteinander harmonieren, liegt es nahe, dass ich mich auch hier nach begabten Sängern umsehe. Signore Mahler wird das bestätigen können. Nicht wahr? Sein Bruder ist ebenfalls ein Mäzen und vom Führer höchstpersönlich mit der Aufgabe betraut worden, neue Talente nach Deutschland zu bringen. Als Kreisleiter ruht auf seinen Schultern eine große Verantwortung, die ihn daran hindert, hierher zu reisen. Er und ich arbeiten Hand in Hand. Und so habe ich diese verantwortungsvolle Aufgabe übernommen."

Matteo entging nicht, wie sich die Augen der Rinaldi-Brüder zu Schlitzen verengten. Der Jüngere öffnete den Mund, als wolle er etwas sagen. Da bemerkte Matteo, wie dessen Bruder ihn unter dem Tisch anstieß, dass er von seinem Vorhaben abließ. Die Stimmung bei Tisch war plötzlich angespannt. Der Blick seines Vaters verriet Wachsamkeit und wechselte zwischen Anna und den Brüdern.

„Das klingt sehr interessant", stimmte Matteo ihren Ausführungen zu, bevor er sich an die Rinaldi-Brüder wandte.

„Sie sind auch Freunde der Musik?"

Matteo hoffte, dass seine Frage die Atmosphäre auflockern könnte.

Der Bruder mit dem Backenbart schüttelte den Kopf. „Wir

hören zwar gern Musik, aber wir sind bei Weitem keine Kunstkenner wie Signorina von Edel. Wir führen ein Weingut, nicht weit von Florenz. Dieser Wein", er deutete auf sein Glas, „ist auf unserem Gut gewachsen und vollmundig gereift, Sie finden keinen Vergleichbaren."

Es lag nahe, dass sein Vater die Brüder durch sein Geschäft kennengelernt hatte.

„Ist die Weinherstellung nicht auch eine Kunst?", fragte Matteo. Seine Bemerkung verfehlte nicht die Wirkung, denn ihre Mienen erhellten sich.

„Ja, da haben Sie sicher recht. Vielleicht möchten Sie uns ja einmal mit Ihrem Vater für eine Weinprobe besuchen?"

Der Vorschlag klang verlockend. Matteo liebte einen guten Wein.

„Sicher, gern. Nicht wahr, Papa?"

Sein Vater stimmte ihm zu. „Ich liebe eure erlesenen Weine." Er hob sein Glas.

„Auf den Wein und die Kunst!"

„Auf den Wein und die Kunst!", antworteten alle.

Der Wein war wirklich etwas Besonderes. Die fruchtige Note darin war ganz nach Matteos Geschmack.

„Ihr Wein ist wirklich köstlich", lobte er. Die Brüder bedankten sich.

„Was erkennen Sie aus ihm, Matteo? Wir sind gespannt auf Ihre Meinung", forderte ihn der Ältere auf. Scheinbar wollte er testen, ob er als Sohn eines Weinhändlers auch einen Spitzenwein erkennen konnte.

Wie sein Vater es ihn gelehrt hatte, schwenkte Matteo das Glas und betrachtete die leicht goldene Farbe des Weines.

„Der Wein schimmert, er ist noch jung." Je älter ein Wein war, desto matter erschien die Farbe.

Anschließend schwenkte er noch einmal das Glas und hielt die Nase darüber. Auf diese Weise konnte der Wein sein Spektrum an Düften entfalten. Das Aroma eines guten Weins, insbesondere in der Toskana, war komplex. „Ich rieche Kirsche … Muskat … vielleicht ein wenig Zeder …“, zählte er auf. Die Brüder nickten. Matteo war seinem Vater dankbar, dass er ihm viel über Weine beigebracht hatte.

Zum Schluss nahm Matteo einen großen Schluck, um jede Nuance im Wein festzustellen. Sein Geruchssinn hatte ihn nicht getrogen.

„Ich kann nur bestätigen, was meine Nase bereits identifiziert hatte. Hinzu kommt eine Nuance von Vanille. Ich nehme an, Sie haben den Wein in Eichenfässern gelagert.“

Die Rinaldi-Brüder lächelten.

„Der Abgang des Weines hat mich vollends überzeugt“, sagte Matteo. „So wie mich Arien von Puccini oder Mozart überzeugen, weil sie vielschichtig sind wie Ihr Wein.“

Die Rinaldi-Brüder klatschten Beifall.

„Das haben Sie wirklich treffend gesagt.“

„Ja, mein Sohn versteht viel von Weinen und der Musik“, pflichtete sein Vater bei.

„Ihr Vater hat mir erzählt, dass Sie wunderbar singen“, warf Anna von Edel ein. „Wollen Sie uns heute nicht etwas zum Besten geben?“

Normalerweise ließ sich Matteo nicht lange bitten, aber in dieser Runde verspürte er einen gewissen Widerwillen.

„Ich .. ich …“ Krampfhaft suchte er nach Worten.

„Natürlich wird er euch eine Kostprobe seines Könnens geben“, kam ihm sein Vater zuvor. Sein Vorpreschen ärgerte Matteo. Am liebsten hätte er widersprochen. Aber sein Vater hatte es nicht verdient, dass er ihn vor den anderen bloßstellte.

„Nun singen Sie uns schon was“, mischte sich Mahler ein, der bislang geschwiegen hatte.

Jetzt kam er nicht umhin, etwas zu singen.

„Gut“, gab er nach.

„A cappella?“, fragte Anna.

„Liebste Anna, du spielst doch Klavier. Willst du meinen Sohn nicht begleiten?"

Eine leichte Röte überzog das Gesicht Anna von Edels. Erneut schenkte sie seinem Vater einen langen Blick.

„Mein Klavierspiel ist nicht perfekt … aber wenn Sie wollen, Matteo begleite ich Sie gerne."

„Ja, dann darf ich Sie bitten, mich zum Klavier zu begleiten?", wandte sich Matteo an seine Tischnachbarin.

Anna von Edel schritt neben ihm zum Klavier und setzte sich auf den Hocker. Sein Vater und die beiden Brüder folgten ihnen.

„Womit möchten Sie unsere Ohren verwöhnen?" Anna von Edel sah lächelnd zu ihm auf. Matteo schaute zu den Brüdern hinüber, die mit gelangweilten Mienen im Raum standen. Mahlers Miene war mürrisch.

Matteo erwog eine Arie aus Mozarts *Hochzeit des Figaro* zu singen. Doch er verwarf die Idee gleich wieder, weil er eine Opernarie nicht für angebracht fand. Daher entschied er sich für eine Operettenarie aus Lehárs *Lustiger Witwe*, die seiner Meinung nach besser zu dieser Gesellschaft passte. Die Noten hatte er vorhin aus der Tasche gepackt, als er zu Federico gefahren war. Sie lagen noch auf dem Sekretär. Er griff nach dem Notenbuch und fragte Anna von Edel, ob sie es spielen könne.

„Ich denke schon."

Als die ersten Töne erklangen, war Matteo überrascht, wie gut sie spielen konnte.

„Jetzt geh ich ins Maxim", sang er. Er hatte diese heitere Arie schon mehrmals in München gesungen. Sie versprühte gute Laune.

Sofort schlüpfte Matteo in die Rolle des Grafen Danilo und vergaß, für wen er sang. Jetzt zählte für ihn nur die Musik. Sein komödiantisches Talent half ihm, die Leichtigkeit des

Stückes beizubehalten und das Flair eines Salons der feinen Gesellschaft wiederzugeben.

Alle applaudierten ihm. Auch Mahler, obwohl es bei ihm gezwungen wirkte. Anna von Edel strahlte ihn an. Stolz lag im Blick seines Vaters. Selbst die Mienen der Brüder, die eben noch unbeweglich gewesen waren, drückten Erstaunen und Begeisterung zugleich aus.

„Danke schön." Matteo deutete eine Verneigung an.

„Falls Sie hier in Florenz nach einem Engagement suchen, Matteo, werde ich Sie gern dem Intendanten im Teatro di Communale empfehlen. Ich kenne Signore Conti sehr gut. Mein Bruder und ich haben ihn früher oft besucht. Er schätzt meine Meinung", sagte Anna von Edel.

Doch Matteo wollte keinen Fürsprecher, sondern sich die Engagements selbst erarbeiten. Aller Augen ruhten erwartungsvoll auf ihm. Er spürte, dass er seine Wortwahl vorsichtig treffen musste, um Anna von Edel nicht vor den Kopf zu stoßen. Auch um seinen Vater nicht zu verärgern.

„Danke, das ist wirklich sehr nett von Ihnen, Fräulein von Edel. Aber ich weiß noch nicht, ob ich mich hier um ein Engagement bemühen werde."

Sie lächelte. „Ich nehme an, Sie träumen von der Mailänder Scala", sagte sie augenzwinkernd.

„Vielleicht", antwortete Matteo ausweichend. Es lag ihm nicht, mit Fremden über seine Pläne oder Träume zu reden, auch wenn sie die Freunde seines Vaters waren.

„Glauben Sie mir, jeder ambitionierte Sänger träumt von der Scala." Anna tätschelte seine Hand, was ihm unangenehm war, besonders in Gegenwart seines Vaters, der eine finstere Miene zog.

Matteo schwieg.

„Vielleicht wollen wir uns ins Atrium begeben und den Abend bei einem Grappa und am Feuer ausklingen lassen", schlug sein Vater vor. Er schritt voran. Das Atrium schloss sich ans Wohnzimmer an und war zu den Nachbarn hin mit Mauern begrenzt. Es war rechteckig und üppig bepflanzt. In der Mitte befand sich eine gemauerte Feuerstelle, und an der Hauswand spuckte ein steinerner Drache Wasser in ein Becken. Matteo hatte diesen Ort bereits als Kind geliebt. Kurz vor ihrem Tod hatte sich seine Mutter krankheitsbedingt lange darin aufgehalten. Aber sie hatte sich nie wieder richtig erholt. Als Matteo das Atrium betrat, holten ihn die Erinnerungen wieder ein. Er sah seine Mutter im Lehnstuhl sitzend, wie sie andächtig seinen Gesangsübungen gelauscht hatte. Sie war seine größte Kritikerin gewesen, selbst damals, als er noch im Knabenchor gesungen hatte.

Seine Mutter hatte stets zwei Strophen eines außergewöhnlichen Liebesliedes bei sich getragen. Zeilen, die sie selbst verfasst hatte. Ihr zuliebe hatte sich Matteo am Komponieren versucht. Leider hatte er seine Komposition nie beendet, und schlecht war sie obendrein gewesen.

Die Flammen loderten aus der Feuerstelle empor und warfen bizarre Schatten an die Wände. Erneut musste Matteo an die Strophen seiner Mutter denken, die er seit damals nie wieder gesehen hatte. Er wusste nicht einmal, ob sie überhaupt noch existierten. Sein Vater hatte sie belächelt. Matteo hingegen hatten die Zeilen über die unerfüllte Liebe tief berührt.

Tausend ungesagte Worte, tausend verpasste Berührungen, mein Lieb.
Das Schicksal hat nicht gewollt, dass wir zusammenfinden.
Mein Herz ist gebrochen, als ich dich für immer verloren habe.
Aber die Liebe bleibt, bis ans Ende meiner Tage.

Matteo hatte die Zeilen nie vergessen.

Gleich morgen, so nahm er sich vor, würde er seinen Vater

nach den Zeilen fragen. Zutiefst bereute Matteo, dass er den Wunsch der Mutter, eine Melodie dafür zu komponieren, nicht erfüllt hatte.

„Sind Sie nicht auch der Meinung, dass Matteo eine besondere Begabung besitzt?“, wandte sich Anna an die Brüder.

„Das können wir leider nicht beurteilen. Wir sind nur Laien, deren Musikverständnis dafür leider nicht ausreichend ist“, antwortete Ernesto, der ältere von beiden.

„Hören Sie denn gar keine Musik?“, hakte Anna nach.

„Doch“, entgegnete Tommaso Rinaldi, der mit dem Backenbart.

„Was hören Sie denn?“ Anna von Edel ließ nicht locker.

Da begannen die beiden das Lied *Bella Ciao* anzustimmen.

Mahler lief rot an und sprang vom Stuhl auf.

„Schluss mit diesem Revoluzzerlied!“, rief er und ballte die Hand zur Faust. Im selben Moment war es still.

Matteo sah von einem zum anderen. Was sollte dieser plötzliche Ausbruch von Mahler? Eine gefühlte Ewigkeit lang sagte keiner ein Wort, bis sein Vater aufstand und beschwichtigend die Hände hob.

„Aber, aber, meine lieben Freunde, wir wollen doch den harmonischen Abend nicht im Unfrieden verbringen …“

„Dieses Lied stiftet Unfrieden. Es müsste verboten werden und alle, die es singen, verhaftet. Das Zeichen des Widerstands. Unser Führer würde das niemals dulden!“, echauffierte sich Mahler und spuckte auf den Boden. Der Blick der Rinaldis gefror. Matteo spürte, dass die Situation zu eskalieren drohte.

Er wollte eingreifen und Mahler etwas erwidern. Seines Vaters wegen schluckte er es hinunter. Niemand durfte einem anderen etwas verbieten. Italien war ein freies Land. Hitler verbot alles, was seinen Vorstellungen widersprach, und Mahler unterstützte das. Diese Willkür war in Matteos Augen falsch. Er hatte erlebt, wie Künstlerkollegen nur wegen ihrer

Herkunft oder politischen Einstellung verhaftet worden waren.

Die wütende Entschlossenheit in Mahlers Blick zeigte, dass er hinter den Ideologien seines Führers stand, die sich mit denen der Faschisten deckten.

„Der Führer kann vielleicht das Lied verbieten, aber nicht die Gedanken der Einzelnen!", konterte Tommaso nach einer Weile. Mahler lief erneut rot an vor Zorn.

„Sie unterstützen diese Widerständler?" Drohend baute er sich vor den Brüdern auf. Die wiederum sprangen von ihren Plätzen auf. Die drei Männer maßen sich mit Blicken.

„Bitte, bitte, meine Herren, wir wollen uns doch nicht streiten!", rief Anna von Edel. „Mein lieber Walter, setzen Sie sich doch." Sie fasste nach dem Arm Mahlers, aber der schüttelte ihre Hand ab.

„Sie zählen wohl auch zu denen, die dem Duce weder Respekt noch Loyalität zollen?"

Etwas schwang in Mahlers Stimme mit, das Matteo das Schlimmste befürchten ließ. Der Deutsche würde sicher nicht zögern, die beiden Brüder anzuzeigen. Die Situation durfte so nicht enden. Mit Sorge bemerkte Matteo, dass sein Vater auf seinem Platz zusammengesunken dasaß. Mit bleichem Gesicht rang er nach Atem. Die Aufregung tat seinem schwachen Herzen nicht gut.

Jeder Gast im Haus seines Vaters besaß ein Recht darauf, seine Meinung frei zu äußern.

„Aber, aber meine Herren, beruhigen Sie sich doch. Wenn ich Sie erinnern darf, befinden Sie sich im Haus eines Freundes." Matteo hoffte, dass die Männer seinen Appell verstanden. „Lassen Sie uns lieber zur gemütlichen Runde am Feuer zurückkehren und den Wein genießen, anstatt uns mit politischen Themen auseinanderzusetzen. Der Abend ist viel zu schön, um ihn mit solchen Streitgesprächen zu vergeuden."

Die drei Männer schienen zu überlegen. Nach einer Weile setzten sich die Rinaldi-Brüder wieder.

„Sie haben recht, Matteo, wir wollen unseren großzügigen Gastgeber nicht verärgern", sprach Tommaso.

Mahler hingegen zögerte. Noch immer war sein Gesicht rot angelaufen. Er wandte sich seinem Vater zu.

„Tut mir leid, Luigi, bei aller Ehre, aber in solch einer Gesellschaft kann ich den Abend nicht länger genießen", stieß er hervor, machte auf dem Absatz kehrt und verließ das Atrium.

„Walter!", rief ihm Anna nach. Aber er kehrte nicht mehr um.

Von da an verlief der Abend in gedrückter Stimmung. Matteo war froh, als sich die Gäste verabschiedeten. Anna von Edel war die Letzte, die das Haus seines Vaters verließ.

„Luigi, danke für die Einladung." Sie küsste seinen Vater auf beide Wangen.

„Dir habe ich zu danken für das köstliche Essen."

Wie begehrlich sein Vater Anna von Edel ansah, gefiel Matteo nicht. Natürlich gönnte er ihm eine neue Liebe und Glück. Aber nicht mit dieser Frau, in deren Blick eine gewisse Verschlagenheit lag.

„Matteo, mein Angebot steht", wiederholte sie noch einmal beim Abschied. Höflich bedankte er sich, obwohl er ihr Angebot nicht annehmen würde.

Als auch Fräulein von Edel weg war, gingen Vater und Sohn noch einmal zurück ins Atrium.

„Anna besitzt wirklich gute Beziehungen in der Theaterwelt. Hier und auch in Deutschland. Ihr Bruder hat ein renommiertes Theater unterstützt."

„Weißt du zufällig auch welches?"

„Hm, da muss ich kurz überlegen."

„Doch nicht etwa das Theater am Park?"

„Jetzt, wo du es sagst … ich glaube, das hat sie genannt."

Das war das Theater der Familie von Florentina. Lina

sprach selten über ihren Bruder und dessen Frau. Sie war in dieser Hinsicht immer sehr zurückhaltend gewesen. Zwar hatte sie immer von der Stimme ihres Bruders geschwärmt, aber über das Theater oder seine Frau kaum ein Wort verloren.

Er nahm sich vor, Frederic bei der nächsten Gelegenheit über das Theater und die Familie Schwarz auszufragen. Er konnte die sensible Florentina nicht mit der glatten Anna von Edel und schon gar nicht mit diesem Mahler zusammendenken.

Seinem Vater stand die Erschöpfung ins Gesicht geschrieben. Einen harmoniebewussten Mann wie ihn belasteten Streitigkeiten.

„Es ist Zeit, dass ich mich zu Bett begebe", sagte er und wünschte Matteo eine gute Nacht.

7. Dezember 1938 – Florenz

Vor lauter Lampenfieber zitterten Florentinas Knie. Heute war ihr großer Tag. Sie saß im kargen Flur des Conservatorios und wartete darauf, zum Vorspielen hereingerufen zu werden. Im Geist ging sie noch einmal die Passagen durch, übte mit den Fingern auf ihren Knien. Nur zu gut wusste sie, wo ihre Schwächen lagen. Wenn sie sich verspielte, würde sie kein Stipendium erhalten. Dann würde sie die ewige Begleiterin am Piano sein. Sie war diese Rolle leid. Zu Hause hatte sie auch immer mit Violetta deren Partien einüben müssen, manchmal auch mit anderen Künstlern. Das war nicht das, was sie anstrebte. Florentina träumte davon, eines Tages eine Konzerthalle zu füllen. Werke von Tschaikowski, Mozart und Beethoven vor einem großen Publikum zu spielen. Leider war sie davon noch Lichtjahre entfernt. Sie strebte nach Unabhängigkeit und wollte finanziell auf eigenen Füßen stehen. Während Violetta bereits durch Auftritte verdiente, lebte Florentina vom Geld der Eltern. Das bedrückte sie zunehmend, seit sie erkannt hatte, wie hart die Zeiten für die Theater waren. Durch die vielen Lichtspielhäuser und Varietés waren die Zuschauerzahlen stark rückläufig.

Hinter der Tür zum Prüfungssaal spielte ein Bewerber einen Auszug aus dem Klavierkonzert von Schumann. *Brillant.* Sie könnte diesem Pianisten nicht das Wasser reichen. Am liebsten wäre sie davongelaufen. Aber wenn sie beweisen wollte, dass auch in ihr ein gewisses Talent steckte, musste sie die Prüfung durchstehen.

Das Klavierspiel hinter der Tür verstummte. Florentinas Finger umklammerten den Langstock. Die Tür öffnete sich.

„Signorina Schwarz?“, wurde sie von einem Mann aufgerufen.

„Ja, hier.“ Florentina hob die Hand.

„Wenn Sie mir bitte folgen wollen, Signorina.“ Der Mann nahm ihren Arm und führte sie in den Raum.

„Der Flügel, Signorina“, erklärte er.

„Mille grazie.“ Florentina tastete nach dem Hocker. „Buon giorno“, sagte sie schüchtern. Sie wusste von Gianna, dass meistens drei Personen im Prüfungsgremium saßen und über die Bewerber entschieden.

„Buon giorno, Signorina“, begrüßte sie eine dunkle, rauchige Männerstimme. „Mein Name ist Umberto Fratelli. Ich bin zuständig für die Vergabe von Stipendien an diesem Konservatorium und der Vorsitzende dieses Gremiums. Was möchten Sie meinen Kollegen und mir vortragen?“

Es störte Florentina, dass sich die anderen nicht vorstellten. Doch dann tröstete sie sich damit, dass es vielleicht so üblich war, wenn nur der Vorsitzende das Wort an sie richtete.

„Wenn es Ihnen recht ist, würde ich gern mit einer Mozartsonate beginnen.“ Sie nannte dem Gremium die genaue Werkbezeichnung.

„Einverstanden, Signorina.“

Florentina versuchte sich zu konzentrieren. Ihre Hände zitterten über der Tastatur. Die ersten Akkorde mussten hundertprozentig sitzen. Das hatte ihr der Vater eingebläut. Florentina verließ sich immer auf ihr Gespür. Heute war sie so aufgeregt, dass sie unsicher war, wo die Tasten sich befanden. *Wenn du es jetzt verpatzt, ist dein Traum von einer Karriere vorbei.* Nach einem kurzen Gebet und tiefem Einatmen senkten sich ihre Finger auf die Tasten. Schon klangen die ersten Töne durch den Raum. Die Akustik war beeindruckend. Daraus folgerte Florentina, dass der Prüfungssaal nicht nur hoch war, sondern auch eine Kuppel oder Gewölbedecke besaß.

Der gute Klang motivierte und begeisterte sie zugleich. Ihre Finger glitten voller Freude über die Tasten, sodass sie die Prüfungsangst verlor.

Nachdem der letzte Akkord verklungen war, herrschte Stille im Raum. Sie wartete vergeblich darauf, dass einer der Prüfungsvorsitzenden das Wort an sie richtete. Ihr Schweigen konnte nur eines bedeuten: Sie war durchgefallen.

„Können Sie uns noch vielleicht etwas anderes vortragen? Etwas Romantisches?“, brach Fratelli das Schweigen. Florentina schöpfte Hoffnung. Es war selten, dass man Prüflingen eine zweite Chance gab.

Sie hatte nur ein einziges Stück aus der Epoche der Romantik in ihrem Repertoire. Ein Werk von Schumann, das ihr nicht so lag und das sie nur ihrer Mutter zuliebe einstudiert hatte. Die Melodie war ihr nicht verträumt genug.

„Haben Sie nun etwas, das Sie uns vorspielen können?“ Fratelli klang ungeduldig.

Mit heiserer Stimme nannte sie die genaue Bezeichnung des Schumannwerkes.

„Das haben wir heute schon mehrmals gehört“, antwortete Fratelli auf ihr Angebot. „Noch etwas anderes, Signorina?“

Florentina spürte, dass sie besonders auf ein Werk der Romantik Wert zu legen schienen. Darauf war sie nicht vorbereitet gewesen. Sie hatte geglaubt, mit Mozart und Bach überzeugen zu können. Andere, vergleichbare Stücke hatte sie nicht geübt. Ihr war übel vor Aufregung. *Stimmt nicht!* Sie biss sich auf die Lippe, als ihr eine Idee kam. Doch konnte sie es wagen?

Anstelle einer Antwort nickte sie und begann ohne Nennung des Werkes mit dem Klavierspiel. Florentina liebte dieses Stück mit der melancholischen Melodie. Viel zu selten wurde es auf Konzerten gespielt, weil es als schwermütig galt. Es war der dritte Satz aus einer Klaviersonate Frederik von

Uhlenbergs aus dem Jahre 1831. Immer, wenn sie diesen Satz spielte, spürte sie seinen Herzschmerz in jeder Note.

Sehnsucht, unerfüllte Liebe und Leid. Florentina tauchte in Frederiks Welt ein, versuchte, dem Gremium seine Gefühle zu vermitteln. Mal verlieh sie ihrem Spiel Dramatik mit kraftvollen Tönen, um sich im nächsten Moment zurückzunehmen und dem Klavier leise Klänge zu entlocken. Nach dem Schlussakkord schien es Florentina, als würde sie aus einem Traum erwachen. Wie immer hatte es Frederik geschafft, etwas tief in ihr zu berühren, wie es nur wenige Komponisten vermochten. Ihre Hände schwebten in der Luft, bis der letzte Ton im Raum verhallt war. Erst danach ließ sie die Arme sinken.

Hatte sie das Gremium überzeugen können? Sie hoffte es sehr.

„Danke, Signorina Schwarz. Wenn Sie uns noch verraten würden, wer der Komponist dieses Werkes gewesen ist."

„Das war der dritte Satz aus der Klaviersonate a-Moll von Frederik von Uhlenberg", antwortete sie voller Stolz.

„Ein wirkliches Meisterwerk der Romantik. Vielen Dank. Wenn Sie bitte draußen warten würden. Wir erwarten noch einen Bewerber. Wie Sie wissen, vergeben wir in diesem Jahr nur einen einzigen Platz für Klavier. Nach einer anschließenden Beratung werden wir allen Bewerbern mitteilen, wer das Stipendium in diesem Fach erhält."

Die weitere Wartezeit wurde für Florentina zur Zerreißprobe. Erneut saß sie im kühlen Flur. Viele Leute liefen an ihr vorbei, Türen klappten, irgendwo stimmte jemand eine Geige. Ihre Finger trommelten auf der Armlehne. Auch der letzte Bewerber spielte ihrer Meinung nach hervorragend. Sie rechnete sich keine Chancen aus.

Die Bewerber wurden nacheinander hereingerufen. Florentina wurde als Letzte in den Prüfungssaal gebeten.

Ihr Herzschlag glich einem Trommelwirbel. Jetzt würde

sich ihre Zukunft entscheiden. Ihre eiskalten Finger umklammerten den Langstock.

„Nun zu Ihnen, Signorina Schwarz", begann Umberto Fratelli. Er klang so streng, dass Florentina ihre Befürchtungen bewahrheitet sah, sie sei nicht gut genug gewesen.

„Ihr Mozart-Vortrag war ansprechend im Ausdruck und technisch perfekt", fuhr Fratelli fort.

Ansprechend, so betitelte man durchschnittliche Leistung, das wusste sie von ihrer Mutter. Ihr Herz sackte Etagen tiefer. Ihr Traum vom Stipendium würde sich zerschlagen. Florentina war vor Enttäuschung den Tränen nah. *Nur nicht weinen!*

„Aber der Satz der von Uhlenberg-Sonate war meisterlich gespielt. Dieser Vortrag hat uns dazu bewogen, das Stipendium an Sie zu vergeben."

Nur langsam sickerte die Bedeutung der Worte von Signore Fratelli in Florentinas Bewusstsein. Hatte er tatsächlich gesagt, dass sie das Stipendium bekäme?

„Ich …? Ein Stipendium? Ist das wahr?" Ihre Knie schlotterten vor Freude, dass sie sich am Flügel festhalten musste.

„Wir scherzen nicht, Signorina. Sie erhalten das Stipendium für Klavier an unserem Konservatorium."

Florentina presste die Hand auf den Mund, um ihre Freude nicht hinauszuschreien.

„Danke, vielen Dank, Signore Fratelli", sagte sie bewegt und kämpfte gegen die Freudentränen. Gleich heute würde sie einen Brief an ihre Eltern schreiben. Sie konnte es nicht fassen, dass sie es geschafft hatte. Ausgerechnet mit einem Werk ihres Vorfahren.

Florentina griff nach ihrem Langstock und richtete sich auf. Sie wollte jetzt nur noch zu Tante Lina und den anderen, um ihnen die frohe Botschaft zu verkünden.

„Auf Wiedersehen und vielen Dank, dass ich Ihnen vorspielen durfte."

„Es war uns eine Freude“, antwortete ein Mann, dessen Stimme älter klang.

„Gern, Signorina, es war uns ein Vergnügen.“ Die Stimme gehörte offenbar dem dritten Gremienmitglied, der bislang kein Wort zu ihr gesprochen hatte.

Florentina wandte sich lächelnd um und tastete sich mit ihrem Langstock ein paar Schritte vor, bis jemand ihren Ellbogen fasste. Florentina blieb stehen.

„Hier entlang.“ Es war Signore Fratelli, der sie zur Tür führen wollte.

„Danke, das ist wirklich nicht nötig.“

Auch in fremder Umgebung hatte sie sich mithilfe ihres Langstocks und ihrer Sinne immer zurechtgefunden. *Nur nicht in der Reichskristallnacht.* Rasch verdrängte sie die gehässige Stimme in ihrem Innern.

„Das weiß ich. Aber die Höflichkeit gebietet es, eine talentierte und ebenso schöne Frau wie Sie zur Tür zu geleiten.“

Florentina schwieg. Ihre Wangen begannen zu glühen. Sie war solche Komplimente nicht gewöhnt.

„Wollen Sie eigentlich gar nicht wissen, wer Ihr Dozent und Mentor sein wird, Signorina?“

In der ganzen Aufregung hatte sie ganz vergessen, nach den praktischen Details zu fragen. Sie wusste weder, wann der Unterricht beginnen würde, noch in welchem Gebäudeteil.

„Doch, natürlich.“

„Ich werde Ihr Dozent und Mentor sein. Ich freue mich auf die Zusammenarbeit mit Ihnen, Signorina.“

„Ich mich auch, Signore Fratelli.“ Florentina strahlte.

Sie hörte, wie er die Tür öffnete.

„Wir sehen uns dann im Januar zur ersten gemeinsamen Stunde.“

Dann erklärte er ihr in wenigen Sätzen, dass sie einen Brief erhalten werde und sich daraufhin am Konservatorium immatrikulieren müsse. Florentina war noch immer so freudig erregt, dass viele seiner Erläuterungen ungehört an ihr vorbeizogen.

Als die Tür hinter ihr zufiel, atmete sie auf. Sie hätte vor Freude platzen können.

„Und? Wie war's?", vernahm sie eine vertraute Stimme neben sich.

„Gianna, was machst du denn hier?", rief Florentina.

„Na, auf dich warten, was sonst? Nun red schon, wie ist dein Vorspielen gelaufen? Bekommst du das Stipendium?"

Florentina nickte, woraufhin Gianna sie jubelnd umarmte. „Das ist ja wunderbar! Wir haben dir alle ganz fest die Daumen gedrückt. Hat ja geholfen." Ihre Cousine drückte sie so fest, dass Florentina kaum Luft bekam.

Schwer atmend befreite sie sich aus Giannas Umarmung.

„Und? Wer ist dein Dozent? Ich hoffe nicht der alte Neri. Da spielst du im ersten Jahr immer nur Tonleitern. Langweilig. Ich bin froh gewesen, als ich auf Querflöte umgestiegen bin."

„Umberto Fratelli."

„Nein!", rief Gianna so laut, dass Florentina zusammenzuckte.

„Was hast du nur für ein Glück, Cousinchen. Umberto Fratelli ist nicht nur der beste Klavierlehrer weit und breit, sondern der attraktivste Mann, den ich je kennengelernt habe. Alle Studentinnen schwärmen für ihn."

Ähnliches hatte Violetta ihr einst von Hans Brünn erzählt. „Wie sieht er denn aus? Beschreib ihn mir bitte."

Florentina ließ sich jeden Menschen, dem sie begegnete, beschreiben, um sich Details zu merken.

„Mittelgroß, schlank, schwarzes, welliges Haar und braune Augen. Sein Gesicht ist klassisch geschnitten. Mamma hat einmal gesagt, dass er aussieht wie Rudolph Valentino."

Ein Merkmal, das sich Florentina gut einprägen konnte. Sie erinnerte sich, dass ihre Mutter einmal von diesem Schauspieler geschwärmt hatte und ihr Vater deshalb eifersüchtig geworden war.

„Kannst du ihn dir irgendwie vorstellen?“

„Wahrscheinlich nicht so wie du, aber äußere Merkmale helfen mir, Menschen auf eine gewisse Art zu sehen.“

„Hört sich spannend an. Kannst du dich denn noch an die Zeit erinnern, als du etwas sehen konntest?“

„Leider nein, da war ich noch sehr klein. Dieser Matteo, der bei euch gesungen hat, kannst du ihn mir bitte auch beschreiben?“

Was war nur in sie gefahren, dass sie ihre Cousine nach ihm fragte? Irgendwie war er interessant.

„Matteo sieht auch sehr gut aus. Vor allem, wenn er lächelt. Er hat dunkelbraunes Haar und die schönsten blauen Augen, die ich je gesehen habe.“

„Blau wie das Meer vielleicht?“ So hatte ihre Mutter es immer verglichen.

„Ja, das kommt hin.“

„Hast du vielleicht für ihn auch wieder einen Vergleich, den ich mir besser merken kann?“

„Ehrlich gesagt fällt mir keiner ein, dem er ähnlich ist. Matteo ist Matteo. Charmant und sehr begabt. Papa meinte, er würde ihn um sein schauspielerisches Talent beneiden.“

Florentina musste insgeheim zugeben, dass ihr Matteos sympathische, offene Art im Zug gleich aufgefallen war, auch wenn er sie ein wenig genervt hatte. Am meisten jedoch hatte sie seine Stimme fasziniert. Kräftig und mit einer warmen Klangfarbe, die ihr unter die Haut gegangen war.

„Findest du ihn nicht auch sehr nett und charmant?“

„Vielleicht. Wir haben uns im Zug nur ein wenig unterhalten.“

„Meine Eltern schätzen ihn sehr. Lass uns nach Hause fahren, die anderen sind schon gespannt, was du zu erzählen hast.“

Gianna hakte sich bei ihr ein. Gemeinsam verließen sie das Konservatorium. Florentina ließ sich von ihr mitziehen, während sie gedanklich noch immer bei ihrem Vorspiel war. Dass sie tatsächlich das Stipendium erhalten würde, kam ihr wie ein Traum vor.

Wenig später standen sie auf dem Bahnsteig und warteten auf den Zug nach Pietrasanta. Die letzte Wegstrecke bis Sant' Anna mussten sie mit dem Bus oder zu Fuß zurücklegen. Das laute Stimmengewirr, die Pfiffe der Zugführer und das Rattern der Eisenbahnräder verursachten Florentina Kopfschmerzen. Sie wünschte sich nur, die Fahrt so schnell wie möglich hinter sich zu bringen und mit Tante Lina und den anderen am Tisch zu sitzen.

Auf der Zugfahrt plauderte Gianna munter weiter über Fratelli und andere Dozenten.

„Deine Eltern werden vor Stolz platzen, wenn sie vom Stipendium erfahren. Ich beneide dich so wegen Fratelli. Mein Dozent ist vermutlich der strengste und langweiligste am Conservatorio." Gianna seufzte.

„Ich glaube, dass Fratelli genauso streng sein kann", widersprach Florentina. Sein Tonfall war am Anfang wenig verbindlich gewesen.

„Ach, egal. Er muss mich nur mit seinen dunklen Augen ansehen, und ich schmelze wie Butter in der Sonne."

Florentina lächelte über den verzückten Unterton ihrer Cousine.

„Wie gut, dass ich blind bin."

Sie hatte ihr Augenlicht bisher nicht vermisst. Irgendwann würde sie vielleicht Signore Fratelli um Erlaubnis bitten, ihn auf ihre eigene Weise sehen zu dürfen.

„Sonst würdest du ihn auch nur anhimmeln wie alle anderen." Gianna lachte, und Florentina stimmte ein.

Wie gut sie sich mit ihrer Cousine verstand. *Wie mit Hannah.* Beim Gedanken an ihre Freundin wurde Florentina ganz schwer ums Herz. Seit der besagten Nacht hatte sie nichts mehr von ihr gehört und wusste nicht, was aus ihr geworden war.

Der Zug lief langsam in den Bahnhof ein. Sofort drängten sich alle nach vorn. Florentina bekam von hinten einen Schubs, den sie jedoch abfangen konnte.

„Wir warten lieber noch ein Weilchen“, schlug Gianna vor.

Die Menschen schoben sich an ihnen vorbei. Geduldig warteten sie. Florentina hörte jemanden im Laufschritt, der sich ihnen näherte. Zuerst glaubte sie, dass derjenige den Zug nicht verpassen wollte, bis sie weitere schnelle Schritte hörte.

„Halt!“, brüllte jemand.

Im gleichen Augenblick zog Gianna sie mit sich.

„Komm, wir müssen aussteigen, sonst verpassen wir noch den Bus“, raunte sie Florentina zu. „Drei Stufen“, erklärte sie. Florentina nickte, während sie nach dem Griff tastete. Gerade in dem Augenblick, als sie den ersten Fuß auf das metallene Trittbrett stellte, drängte sich jemand an ihr vorbei und stieß ihr seinen Ellbogen in die Taille.

„Na, erlauben Sie mal …!“, empörte sich Florentina, die nur knapp einem Sturz entging.

„Unverschämtheit! So ein Rüpel!“, schimpfte Gianna.

Florentina startete einen zweiten Versuch auszusteigen.

„Lassen Sie mich sofort durch, Signorinas“, befahl eine Männerstimme. Wieder drängte sich jemand an ihnen vorbei ins Zuginnere. Ein weiterer Mann folgte.

„Was ist denn los?“ Florentina verspürte eine seltsame Unruhe.

„Zwei Polizisten verfolgen den Rüpel“, erklärte Gianna.

Sie hörte die Männer durch den Zug rennen. Ein dritter Mann näherte sich mit schweren Schritten und stellte sich vor die Waggontür.

Florentina spürte Blicke auf sich, hörte Stimmengemurmel um sich herum. Auf dem Bahnsteig herrschte Aufregung.

„Sie müssen mit dem Aussteigen noch warten, Signorinas, bis wir den Kerl gefangen und verhaftet haben“, erklärte ihnen der dritte Polizist.

Die Erinnerungen an die Verhaftungen im elterlichen Theater waren wieder präsent. Florentina hatte die Schreie und das Weinen noch in den Ohren.

„Commissario, was hat er denn verbrochen?“

„Er hat den Zug unerlaubt betreten. Juden haben hier keinen Zutritt.“

Florentina fröstelte. Wie in Deutschland wurden die Juden auch hier verfolgt. Feste Schritte hallten durch den Waggon.

„Platz!“, rief einer der Polizisten und schob Gianna und sie zurück von der Treppe. Der Mann, den sie abführten, stöhnte. Es roch nach Blut.

Florentina zitterte am ganzen Leib, als sie endlich die Treppe an der Waggontür hinabstieg.

„Weiter!“, drängte einer der Polizisten. Dann hörte sie einen dumpfen Schlag und ein Stöhnen.

Erschüttert wollte sie für den Juden Partei ergreifen, als sich eine Hand auf ihren Mund legte. Es fühlte sich wie damals an. Angst kam in ihr auf. Erschrocken schlug Florentina nach der Hand und schrie. Ihre Knie knickten ein.

Jemand fasste sie am Ellbogen. Erneut riss sie sich los und schlug nach dem anderen.

„Nicht anfassen!“, schrie sie.

Sie konnte jetzt keine Berührung ertragen. Der Langstock entglitt ihrer Hand und fiel zu Boden.

„Florentina! Was ist denn nur mit dir los? Ich bin’s doch, Gianna!“ Furcht und Sorge zugleich waren aus der Stimme ihrer Cousine herauszuhören. Florentina sank mit dem Rücken gegen den Waggon. In ihrem Kopf hörte sie wieder das Feuerknistern und die Schreie. Wenn sie doch diese Erinnerung aus ihrem Kopf verbannen könnte.

„Florentina?“, flüsterte Gianna sanft. Bevor ihre Cousine sie ein weiteres Mal berührte, hob Florentina erneut abwehrend die Hände.

„Was ist denn nur mit dir?“, bohrte Gianna weiter nach.

„Die Polizisten … der Jude … das alles habe ich auch in unserem Theater erlebt“, antwortete sie leise.

„Das tut mir leid.“ Deutlich spürte sie, wie bestürzt ihre Cousine über ihre heftige Reaktion war.

„Mir auch. Ich wollte nicht grob zu dir sein. Bitte entschuldige. Das alles hat mich nur an damals erinnert.“ Es fiel Florentina schwer, über das Vergangene zu reden. Erst recht konnte sie mit niemandem über die Geschehnisse der schrecklichen Nacht reden. Auch nicht mit Gianna.

„Verstehe.“

Sie hörte aus Giannas Antwort, wie verstört sie war. So harsch hatte sie ihre Cousine noch nie abgewiesen.

Florentina zuckte erneut zusammen, als sie etwas an ihren Fingern spürte.

„Dein Stock. Du hast ihn in der Aufregung fallen lassen.“

„Danke.“

Ein Pfiff folgte, und der Zug ließ Dampf ab.

„Vermutlich haben wir gerade den Bus verpasst“, sagte Gianna und seufzte. Die letzte Wegstrecke zu Fuß zurückzulegen, war anstrengend, weil es viel bergauf ging. Florentinas Blasen vom letzten Mal waren noch nicht wieder verheilt.

Doch sie hatten Glück. Der Bus stand noch an der Haltestelle. Florentina war erleichtert. Gianna winkte und rief dem Busfahrer zu, dass er auf sie warten sollte.

„Lass uns jetzt schnell einsteigen, bevor er ohne uns losfährt.“

Gianna nahm Florentinas Hand und zog sie hinter sich die Stufen hinauf.

Wie betäubt folgte sie ihrer Cousine.

Der Bus setzte sich langsam in Bewegung. Noch immer hatte sich Florentina nicht gefangen.

„Und ich dachte immer, in Italien ist es anders. Hier wäre ein Land, in dem alle frei und in Frieden leben können", sprach Florentina ihre Gedanken aus.

„Das war mal. Auch unser Duce spricht von einer italienischen Arierrasse …"

„Wie in meiner Heimat. Und niemand scheint etwas dagegen zu tun."

„Du kannst die Welt nicht ändern", erklärte Gianna leise.

Die vertraute Ohnmacht überfiel Florentina wieder. Nazis … Faschisten … Wie konnten sie einfach unschuldige Menschen ausgrenzen und verfolgen?

„Jemand muss doch etwas tun", begehrte Florentina auf, die sich mit der Untätigkeit nicht abfinden wollte. „Wir haben in unserem Theater auch jüdische Künstler gehabt. Feine Menschen. Und dann wollten die Nazis auch noch den Spielplan und die Besetzung bestimmen."

„Das ist wirklich sehr traurig." Giannas Worte vermochten Florentina nicht zu trösten. Wie konnte Gianna das alles nur so hinnehmen, während Florentina eine unbändige Wut in sich spürte.

Die Nazis waren schuld, dass die Synagogen gebrannt hatten, und an ihrer Seelenqual.

„Meine beste Freundin Hannah hat niemandem etwas getan und ist verhaftet worden. Nur weil sie Jüdin war." Florentina hasste die Nazis. Sie ballte die Hand zur Faust. „Findest du das etwa richtig, Gianna?"

Deutlich spürte sie, dass ihre Cousine mit der Antwort zögerte.

„Warum sagst du nichts, Gianna?" Florentina hatte sich in Rage geredet.

„Lass uns bitte zu Hause reden."

„Gianna", begehrte Florentina auf, besann sich aber eines Besseren, als sie spürte, dass sie die Aufmerksamkeit der anderen Fahrgäste geweckt hatten. So wie Gianna eben sie hatte einst ihre Mutter den Vater ausgebremst. Florentina bereute manchmal, das aufbrausende Temperament des Vaters geerbt zu haben.

Stets hatte er für seine Familie und das Theater gekämpft und den Nazis die Stirn geboten. Manchmal hatte er sich aber auch zu einem unbedachten Wort hinreißen lassen, dass er Gefahr gelaufen war, verhaftet zu werden. Als hitzköpfig hatte ihre Mutter ihn betitelt.

Den Rest der Busfahrt saßen sie schweigend auf ihren Plätzen. Florentina spürte, dass auch ihre Cousine sehr nachdenklich geworden war. Sie war froh, als der Bus endlich nach zahlreichen Kurven in dem Bergdorf hielt. Ein Ort, in dem die Welt noch in Ordnung zu sein schien.

Heiligabend 1938 – Sant’ Anna di Stazzema

Es war das erste Weihnachtsfest, das Florentina fernab der Heimat und ohne ihre Eltern und Violetta verbrachte. Aber sie wollte sich nicht beklagen, denn ihre Tante und ihr Onkel gaben sich große Mühe, sie in die Festvorbereitungen einzubeziehen.

Florentina lehnte sich aus dem geöffneten Fenster. Es war ungewohnt mild. Der Wind spielte mit ihrem Haar und zauste die Zypressen an der Gartenmauer, deren würziger Duft zu ihr herüberwehte. Auch wenn sie sich hier gut eingelebt hatte und wohlfühlte, vermisste sie die Kälte und den Geruch von Schnee. In der Adventszeit hatte ihre Mutter auf dem Klavier jeden Tag die traditionellen Weihnachtslieder gespielt. In Tante Linas Haus wurde auch jeden Tag musiziert. Aber es war nicht dasselbe. Die Lieder waren leicht und heiter. Für Florentina war Weihnachten etwas zum Nachdenken. Das Kind, das geboren wurde, um die Schuld der Welt auf seinen Schultern zu tragen. Das war traurig und dramatisch.

Als es an ihre Zimmertür klopfte, zuckte Florentina zusammen.

„Ein Brief für dich, Florentina!“, Antonella wedelte damit vor ihrer Nase, wie der Luftzug verriet.

„Von wem ist er denn?“ Florentina konnte es kaum erwarten, etwas von ihrer Familie zu hören.

„Tante Leonora.“

„Schnell, lies ihn mir bitte vor.“

Papier raschelte, dann räusperte sich Antonella.

Liebe Florentina,
dein Vati und ich sind sehr stolz auf dich wegen des Stipendiums. Nun wissen wir, dass es die richtige Entscheidung gewesen ist, dich nach Florenz gehen zu lassen. Berta und Justine prahlen überall mit deinem Erfolg. Irgendwann wirst du in unserem Theater ein Klavierkonzert geben.

Das Lob der Mutter bedeutete ihr viel. Sie war immer Florentinas größte Kritikerin gewesen. Antonella las den zweiseitigen Brief weiter vor. Jedes Wort sog Florentina auf wie ein Schwamm. Sie erfuhr, dass die Nazis weiterhin den Spielplan bestimmten und die Künstler des Theaters kontrollierten. Nichts durfte aufgeführt werden, was den Vorstellungen des Führers widersprechen könnte. Die Werke für Hitlers fünfzigsten Geburtstag im kommenden April waren von den Nazis im Alleingang ausgesucht worden. Sie konnte sich gut vorstellen, wie schwer es für ihre Eltern war, sich deren Wünschen im eigenen Theater beugen zu müssen. Ganz zu schweigen, wie sie mit den anderen Problemen, dem Künstlermangel, umgehen mussten. Florentina beschlich das schlechte Gewissen, sie mit all den Aufgaben alleingelassen zu haben.

Antonella begann zu husten und legte eine Pause ein.

„Lies bitte weiter, Cousinchen", drängte Florentina, die gespannt darauf wartete, dass ihre Mutter endlich von Violetta berichtete. Doch im Brief erwähnte sie ihre Zwillingsschwester mit keinem Wort. Das befremdete Florentina. Es verhieß nichts Gutes. Ihr Herz schlug hart gegen die Rippen. Da stimmte etwas nicht. Ganz gleich, wo sie sich aufhielten, Violetta und Florentina waren eng miteinander verbunden. Immer hatten sie gespürt, wenn etwas mit der anderen nicht in Ordnung gewesen war. Die Sorge, Violetta könnte etwas zugestoßen sein, wuchs mit jedem Atemzug.

„Ich muss sofort einen Brief schreiben oder ein Telegramm aufgeben", murmelte Florentina und fasste nach Antonellas Arm.

Im selben Augenblick öffnete sich die Tür.

„Na, was treibt ihr denn noch hier oben? Alle anderen sind unten und spielen bereits."

In Italien war es Tradition, vor dem Weihnachtsfest mit der Familie um Geld zu spielen. Auch wenn sie es Gianna versprochen hatte, war ihr die Lust nach dem Brief vergangen. Weshalb hatte ihre Mutter kein Wort über Violettas und Hans' Ankunft in England verloren? Stattdessen hatte sie nur über die Proben für die Aufführung zu Hitlers Geburtstag geschrieben. Das interessierte Florentina nicht.

„Ein Brief … ich muss einen Brief schreiben … an meine Mutter …", stammelte Florentina. Am liebsten wäre sie sofort nach Hause gefahren, um sich zu vergewissern, dass es allen gut ging.

„Was ist denn mit dir, Florentina?"

„Ich habe ihr den Brief von ihrer Mutter vorgelesen", erklärte Antonella.

„Sie hat kein Wort über Violetta verloren", brach es aus Florentina heraus. „Ich spüre, dass da etwas nicht stimmt. Ich muss sofort an meine Mutter schreiben."

„Aber alle warten doch unten auf uns. Wir wollen spielen und anschließend musizieren", erwiderte Gianna.

„Verstehst du denn nicht, Gianna, ich muss doch wissen, warum meine Mutter nichts von Violetta geschrieben hat. Bitte."

„Papa hat gesagt, dass die Briefe vermutlich von den Nazis gelesen werden. Sicher wollten deine Eltern nicht mehr über sie verraten. Es heißt, dass viele an den Grenzen festgenommen wurden."

Giannas Erklärung klang plausibel und beruhigte Florentina ein wenig.

„Komm, lass uns zu den anderen gehen."

„Aber der Brief …"

„Wird sowieso erst nach dem Weihnachtsfest verschickt."

„Gut. Aber morgen schreibst du ihn für mich, bitte, ja?", drängte Florentina.

„Versprochen."

Als sie das Wohnzimmer betraten, herrschte ausgelassene Stimmung. Anfänglich tat sich Florentina damit schwer. Doch ihr Onkel brachte wie so oft alle mit seinem trockenen Humor zum Lachen. Das Spiel war eine Art Tombola, bei der verschiedene Zahlenkombinationen gezogen wurden. Wer als Erster alle gezogenen vollständig auf seiner Karte streichen konnte, war der Gewinner. Für den Spieleinsatz dienten Münzen, die das ganze Jahr über gesammelt worden waren. Nur Florentina besaß keine und war auch keine Freundin von Glücksspielen. Sie setzte sich neben Gianna und hörte ihrem Onkel zu, der die Zahlenkombinationen aufrief. Bei einem Treffer folgten Jubelschreie und Gelächter. Florentina fühlte sich ein wenig abseits.

„Vielleicht magst du uns etwas auf dem Klavier vorspielen?", fragte Tante Lina. „Weihnachtslieder?"

„Ja, gern."

Wenig später klangen deutsche Weihnachtslieder durchs Wohnzimmer. Das fühlte sich vertraut an. Während Florentina auf dem Klavier spielte, schweiften ihre Gedanken immer wieder in die Heimat. Was ihre Eltern jetzt gerade taten? Wo würden Violetta und Hans ihr erstes gemeinsames Weihnachtsfest verbringen?

Nach ihrem Klavierspiel bat Tante Lina alle zu Tisch.

Der köstliche Duft von gebratenem Fisch erfüllte das Esszimmer. In Deutschland hatte Florentina zwar in einem Restaurant Fisch gegessen. Aber der von Tante Lina war viel delikater. Auf einmal verspürte sie großen Hunger.

Jeder in der Familie hatte seinen Platz an der Tafel, auch Florentina.

Doch ihre Tante hielt sie am Arm zurück.

„Wir erwarten noch drei Gäste zum Essen. Würde es dir etwas ausmachen, wenn du einen Stuhl weiterrutschst?"

Es kam häufig vor, dass Tante und Onkel Gäste zum Essen einluden. Beim letzten Mal war es der Pfarrer gewesen, der mit ihnen gespeist hatte. Florentina war gespannt, wen sie für den Heiligabend eingeladen hatten.

„Natürlich, Tante Lina." Florentina schob den Stuhl rechts von ihr zurück und setzte sich.

Ihre Tante verschwand mit Gianna Richtung Küche, um aufzutragen.

„Vorsicht! Die Pfannen sind heiß!", warnte Tante Lina alle.

„Ah, da sind ja auch schon unsere Gäste!", verkündete Onkel Federico.

„Guten Abend", wünschte Adolfo. Er war also einer von den dreien. Florentina freute sich für ihre Cousine.

„Setzt euch, setzt euch!", rief Federico.

Als sich die Gäste zu Tisch begaben, kam Florentina ein Schritt vertraut vor, aber als der köstliche Essensduft in ihre Nase drang, begann ihr Magen zu knurren und lenkte sie ab. Seit dem Frühstück hatte sie nichts mehr gegessen.

„Buon appetito!", riefen sich alle zu. Florentina gehörte nicht zu denen, die sich vordrängten, auch wenn sie sehr hungrig war.

„Buona sera, Signorina Florentina."

Florentina schrak zusammen, als sie Matteos Stimme neben sich hörte.

„Buona sera, Signore Bianchi."

„Sie hatten mich doch schon Matteo genannt. Darf ich Ihnen meinen Vater vorstellen?"

Florentina begrüßte den älteren Herrn. Es widerstrebte ihr, den Sänger beim Vornamen anzureden, auch wenn ihr der Name gefiel. Doch die Anrede war offenbar zwischen den Familien so üblich. Sie wollte sich nicht mehr den Kopf darüber zerbrechen und verschlang heißhungrig das leckere Essen, das aus gebratenen Sardinen, Gemüse und Kartoffeln bestand.

Zu Hause hatten sie am Heiligen Abend immer einen Braten gegessen, den Justine besorgt hatte. Gemeinsam hatte die Familie mit den beiden Bediensteten gespeist. Manchmal war auch jemand zu Gast gewesen.

Ganz in den Erinnerungen versunken, zuckte Florentina zusammen, als jemand ihren Arm berührte.

„Darf ich Ihnen vielleicht noch ein Glas Wein einschenken?"

Florentina nickte. Matteos Nähe verwirrte sie. Sie griff nach ihrem Weinglas und hielt es ihm hin. Matteo nahm ihr das Glas ab und goss ein. Als sie das gefüllte Glas wieder entgegennahm, berührten sich ihre Hände. Die Berührung löste eine Schockwelle aus, die sich über ihren gesamten Körper ausbreitete. Ihre Finger öffneten sich, und das Glas fiel klirrend auf den Boden, wo es zersprang.

„Das schöne Kristallglas! Ich kaufe dir natürlich ein neues, Tante Lina." Florentina kam sich so tollpatschig vor.

„Alles halb so wild."

Sie war erleichtert, dass ihre Tante wegen des Missgeschicks nicht böse auf sie war.

Der Rock war auf ihrem Schoß nass vom Wein.

„Tut mir leid", stammelte Florentina aufgelöst.

Es ärgerte sie, dass sie bei einer solch banalen Berührung überempfindlich reagiert hatte.

„Lina, das war meine Schuld", mischte sich Matteo ein.

Dass er die Schuld auf sich nahm, imponierte ihr.

„Ich hätte besser aufpassen sollen. Aber wenn eine solch schöne Frau meine Tischnachbarin ist, bringt mich das ganz durcheinander. Gestatten, Signorina?"

Sein Kompliment verwirrte sie für einen Moment. Violetta war schön. Hans hatte immer von den strahlenden, blauen

Augen ihrer Schwester geschwärmt. Ihre Augen hingegen waren, so hatte es Violetta beschrieben, von einem silbrigen Schleier bedeckt. Auch deshalb trug sie stets eine Sonnenbrille.

Plötzlich spürte sie, wie er sich mit einer Serviette an ihrem Rock zu schaffen machte.

„Lassen Sie das!", rief sie empört und riss ihm die Serviette aus der Hand.

Wieder berührten sie sich dabei flüchtig. Hastig zog Florentina ihre Hand zurück. Sie war wütend auf Matteo.

„Verzeihung, aber ich habe es nur gut gemeint."

„Darauf kann ich verzichten", gab sie wütend zurück.

„Florentina, Matteo ist unser Freund und Gast", ermahnte sie Onkel Federico.

„Florentina, dein schönes Kleid! Was für ein hässlicher, großer Fleck!", rief Antonella entsetzt.

„Antonella!", rief ihre Tante mahnend.

Florentina schämte sich und befürchtete, von allen angestarrt zu werden.

„Komm, Florentina, ich helfe dir beim Umziehen", raunte Gianna ihr zu und griff nach ihrer Hand.

„Danke." Giannas Feingefühl war Balsam.

Ausgerechnet ihr bestes Kleid! Florentina war ihr Missgeschick äußerst peinlich. Schuld an dem Dilemma war dieser Matteo mit seiner frechen Art.

„Warum hast du Matteo denn vorhin so angefahren?", fragte Gianna, während sie Florentina ein anderes Kleid reichte.

„Erst das Missgeschick mit dem Glas, was er zu verantworten hat. Und dann dass er versucht hat, mit der Serviette meinen Rock trockenzureiben. Fandest du es etwa nicht dreist?"

„Eher hilfsbereit und zuvorkommend", widersprach ihre Cousine.

„Ich bin zwar blind, aber nicht unfähig! Er hätte mir die Serviette in die Hand geben können, anstatt mich ohne Erlaubnis anzufassen."

Gianna hielt viel von diesem Matteo. Ihre Cousine gehörte nicht zu den Leichtgläubigen, sondern jemand musste sich ihr Vertrauen verdienen. Vielleicht hatte Matteo es wirklich nur gut gemeint. Dennoch hatte er es getan, ohne sie vorher zu fragen. Ob es ihr recht wäre.

„Heißt das, dass du so aufgebracht bist, weil er dich berührt hat?"

„Weil er es einfach getan hat, ohne sich Gedanken darum zu machen, ob ich es dulde. Ich mag es nicht, berührt zu werden."

„Aber ich darf das doch tun. Und Mamma oder Antonella. Ich verstehe nicht, wo dein Problem liegt."

Es ärgerte Florentina, dass ihre Cousine für Matteo Partei ergriff.

„Ich habe kein Problem, wenn man mich nicht anfasst."

„Du bist doch früher nie so gewesen. Und ich habe gehofft, dass du dich mit Matteo verstehen würdest. Er ist nicht nur ein brillanter Sänger und unser Freund, sondern auch ein einfühlsamer Mann."

Wie eifrig Gianna Matteo verteidigte. Das störte Florentina.

„Bist du etwa in ihn verliebt, dass du ihn so verteidigst?", fragte Florentina.

„Aber nein. Mein Herz gehört doch Adolfo. Ich mag Matteo nur sehr gern."

„Ich konnte ihn schon auf der Reise hierher nicht ausstehen. Ständig ist er mir auf die Nerven gegangen mit seinen Versuchen, sich mit mir zu unterhalten."

Gib zu, dass du ihn nicht mögen willst!

„Matteo scheint dich aber sehr zu mögen. So wie er dich angesehen hat. Und er hat dir ein Kompliment gemacht."

Als schöne Frau hatte er sie bezeichnet. Florentinas Wangen glühten.

„Sicher sagt er das zu jeder Frau."

Sie musste zugeben, dass es ihr dennoch geschmeichelt hatte.

„So ist Matteo nicht. Obwohl er viele Frauen haben könnte, hat er sich nie festgelegt. Er hat mir einmal gesagt, dass er auf die Richtige warten würde."

Früher hatte auch Florentina einmal von der großen Liebe geträumt. Doch diese Sehnsucht war in jener Nacht für immer zerstört worden. Selbst wenn sie einen Mann lieben könnte, wie sollte sie seine Liebkosungen ertragen? Außerdem, welcher Mann begehrte eine Frau, die niemals Mutter werden könnte?

„Glaubst du denn nicht an die einzige, große Liebe?" Offenbar hatte Gianna Florentinas Miene falsch gedeutet. Sie wusste ja nichts über diese schreckliche Nacht, in der sie fast gestorben wäre. Aber das war auch gut so. Niemand sollte die Wahrheit erfahren.

„Ich … ich weiß nicht. Ich habe mir noch keine Gedanken darüber gemacht. Mein Fokus liegt auf dem Klavierspiel."

Das war gelogen, denn sie hatte sich früher oft vorgestellt, wie ihr Zukünftiger sein sollte. Liebevoll, aufmerksam und humorvoll wie ihr Vater, und Matteo kam diesem Bild verdammt nah.

„Wie bei deinem Vorfahren Frederik."

Florentina hielt inne mit dem Zuknöpfen des Kleids.

„Wie kommst du denn jetzt auf ihn? Du hast bisher nie ein Wort über meinen Vorfahren verloren", sagte Florentina erstaunt. Was wusste Gianna über ihn?

„Ich kenne ihn eigentlich nicht. Aber mein Dozent Signore Neri."

„Was könnte er denn über Frederik wissen, und vor allem woher?"

„Sein Ururgroßvater hat wohl damals in Frederiks Orchester Geige gespielt.“

„In Hannover? In unserem Theater etwa?“ Florentina konnte es kaum glauben. Sollte sie dem Geheimnis um Frederik ein Stück näherkommen?

„Das vermute ich, aber genau weiß ich es natürlich nicht. Da musst du Signore Neri fragen.“

„Worauf du dich verlassen kannst. Aber jetzt berichte mir doch einmal genau, was Signore Neri von Frederik erzählt hat.“

Während sie auf Giannas Antwort wartete, knöpfte Florentina den letzten Knopf zu. Dabei zitterten ihre Finger vor Aufregung.

„Er meinte, dass Frederik nur an sein Klavier gedacht hätte, bis er die Liebe seines Lebens kennengelernt hätte. Bei ihrem Anblick wäre er wie vom Blitz getroffen gewesen. Sie hat nicht nur sein Herz erobert, sondern wurde auch zu seiner Muse. Er soll einen bekannten Dichter gebeten haben, Texte für ihn zu schreiben. Kleine Verse, voller Liebe und Leidenschaft, die ihre Liebesgeschichte erzählen. Dein Vorfahr soll sie vertont haben.“

So wie Gianna es beschrieb, konnte es sich nur um ein ganz bestimmtes Werk handeln. Es war zwar nur ein kleiner Hinweis, aber er ließ sie hoffen, auf der richtigen Spur zu sein.

„Der *Liebesreigen*“, sagte Florentina leise.

„Heißt das Werk so?“

Florentina berichtete ihrer Cousine ausführlich von Frederiks verschollenem Werk und seiner angeblichen Schuld am Tod einer Frau.

„Du musst unbedingt mit Signore Neri darüber sprechen. Vielleicht kennt er noch mehr Details oder weiß sogar, wo sich die Komposition befindet.“

„Ja, das werde ich ganz bestimmt.“ Noch nie hatte sich Florentina dem Geheimnis um Frederiks Werk so nah gefühlt.

Sie konnte sich gut vorstellen, dass in dem Text der Schlüssel zur Wahrheit liegen könnte. Vielleicht könnte sie endlich seine Unschuld beweisen und damit den Namen der von Uhlenbergs reinwaschen.

„Gleich Anfang des nächsten Jahres stelle ich dich Signore Neri vor“, versprach Gianna. „Lass uns jetzt wieder nach unten zu den anderen gehen.“

Florentina nickte.

Am selben Abend in Sant' Anna di Stazzema

Matteo plagte das schlechte Gewissen, denn er fühlte sich schuldig an dem Missgeschick mit dem Weinglas.

Dabei hatte er schon im Zug bemerkt, dass sie jedes Mal zusammenzuckte, wenn sie berührt worden war. Jemand, der wie sie bei jedem noch so flüchtigen Touchieren zusammenfuhr, als hätte er sich verbrannt, musste etwas Schreckliches erlebt haben. Auf den ersten Blick wirkte Florentina zerbrechlich. Doch er hatte erfahren müssen, dass sie wie ein Igel die Stacheln aufstellte, sobald sie sich bedrängt fühlte.

Wenn manchmal auf ihrem hübschen Antlitz diese berührende Verletzlichkeit lag, verspürte er das Verlangen, sie in seine Arme zu ziehen. Doch ihm war klar, dass sie genau das nicht wollte. Wer mochte sie derart verletzt haben, dass sie selbst einer harmlosen Berührung misstraute?

Giannas Lachen schallte durch den Flur. Am Arm ihrer Cousine betrat Florentina anmutig wie eine Tänzerin das Esszimmer. Sie überragte ihre Cousine um gut einen halben Kopf. Ihm stockte der Atem bei ihrem Anblick. Das golden schimmernde Kleid schmiegte sich perfekt an ihre schlanke Figur und stand in einem reizvollen Kontrast zu ihrem schwarzen Haar, das im Licht des Kronleuchters bläulich schimmerte. Ihr schmales Gesicht mit den herzförmig geschwungenen Lippen zeugte von Sensibilität. Florentina war eine betörend schöne Frau und stets von einer Aura der Unnahbarkeit umgeben.

Matteo bemerkte, dass Federico zu ihm herübersah, und

senkte den Blick. Sein Freund fühlte sich für Florentina verantwortlich und würde jeden strafen, der seiner Nichte das Herz brach.

In Giannas Nähe lachte Florentina viel. Die beiden Frauen verstanden sich wie Schwestern. Matteo war enttäuscht, dass Florentina ihm nicht höflich und freundschaftlich begegnete, sondern kühl und abweisend. Dabei gab er sich redlich Mühe, ihr zu gefallen. Schon auf der Fahrt nach Florenz hatte er sich zu ihr hingezogen gefühlt und geglaubt, sie würde das Gleiche empfinden. Doch nach dem Fauxpas mit dem Wein war ihm klar, dass sie ihn nicht leiden konnte.

Gianna führte Florentina wieder zu ihrem Platz. Matteo zwang sich, ihr weniger Aufmerksamkeit zu schenken. Auch wenn Florentina ihn nicht beobachten konnte, registrierten ihre geschärften Sinne jede seiner Regungen.

Als sie mit dem Ellbogen gegen seinen stieß und ein weiteres Mal zusammenzuckte, räusperte er sich. Matteo lauschte scheinbar den Tischunterhaltungen über berühmte Musiker und die Theater in Florenz, während er Florentina immer wieder verstohlen beobachtete.

Sie unterhielt sich angeregt mit diesem schneidigen Soldaten Adolfo. Matteo wurde von Eifersucht geplagt. Er schnappte aus deren Gespräch auf, wie sie sein Mandolinenspiel in den höchsten Tönen lobte. Das versetzte ihm einen Stich, denn sie hatte sich am ersten Abend nicht für seinen Gesang interessiert.

„Kommt, jetzt wollen wir unseren Gott und Herrn preisen!“, verkündete Federico und klatschte in die Hände.

Sofort sprangen bis auf Florentina alle von ihren Plätzen auf und begaben sich zum Klavier.

Florentinas Hände tasteten am Tisch entlang. Sie wirkte unsicher. Erst da bemerkte Matteo, dass sie ihren Langstock nicht bei sich hatte. Gern hätte er ihr seine Hilfe angeboten, befürchtete aber, erneut von ihr abgewiesen zu werden. Deshalb sah er sich nach Gianna um. Die stand am Klavier und hatte nur Augen für Adolfo. Matteo näherte sich leise Florentina.

„Gianna?“, fragte sie hoffnungsvoll lächelnd.

„Nein, ich bin’s, Matteo.“

Ihr Lächeln erlosch.

„Wo ist denn Ihr Blindenstock, Florentina?“

„Ich … ich habe ihn irgendwo vergessen. Wo ist Gianna?“

„Ihre Cousine ist leider beschäftigt. Wenn Sie gestatten, führe ich Sie zu den anderen hinüber.“

Sie runzelte die Stirn und schien zu grübeln. Matteo befürchtete, erneut einen Korb zu bekommen.

„Ja, bitte“, antwortete sie nach einer Weile.

Er spürte, dass er mit Florentina besonders behutsam umgehen musste.

„Wollen Sie vielleicht meinen Arm nehmen?“

„Ich … ich weiß nicht“, stammelte sie.

„Ich beiße nicht.“ Seine Worte bewirkten tatsächlich ein scheues Lächeln.

„Ich nehme Sie beim Wort.“ Sie streckte ihm den Arm entgegen, den er unter seinem durchführte. Florentina zitterte. Steif schritt sie neben ihm her, stets bemüht, so viel Abstand zu ihm zu gewinnen wie nur möglich.

Matteo ließ sie gewähren, auch wenn sein Herz in ihrer Nähe schneller klopfte. Er dirigierte sie zu Gianna und Adolfo.

„Oh, Florentina, ich war ganz in Gedanken und hab dich vergessen! Bitte verzeih“, entschuldigte sich Gianna, der die Angelegenheit offensichtlich peinlich war. „Aber wie ich sehe, hast du einen Gentleman an deiner Seite.“

Florentinas Wangen färbten sich rot. Sie kniff die Lippen zusammen. „Ohne meinen Langstock bin ich aufgeschmissen. Ich habe ihn leider oben in meinem Zimmer vergessen.“

Kein Wort des Dankes richtete sie an Matteo.

„Sie können mich jetzt loslassen", wandte sie sich an ihn und entzog ihm mit einem Ruck den Arm.

Gianna sah ihn entschuldigend an und zuckte mit den Schultern. Lina kam und entführte Florentina. Bedauernd sah Matteo ihnen nach.

„Du magst sie, nicht wahr?" Gianna war schon immer direkt gewesen.

„Sie ist nett", antwortete er ausweichend.

„Lügner. Sie ist nicht besonders nett zu dir, das haben alle mitbekommen." Gianna seufzte und zog ein nachdenkliches Gesicht. „Ich habe Florentina noch nie so erlebt. Sie war trotz ihrer Behinderung immer eine lebenslustige, aufgeschlossene junge Frau. Doch jetzt wirkt sie verändert. Mein Bauchgefühl sagt mir, dass irgendetwas geschehen sein muss, dass sie so verändert hat. Ich weiß von meiner Mutter, dass die Nazis mit den Künstlern am Theater derb umgegangen sind. Florentina hat mir erzählt, dass sie ihre beste Freundin verhaftet haben, weil sie Jüdin ist."

Matteo konnte sich vorstellen, wie sehr solche Erlebnisse belasteten. Die Vorstellung, die Nazis könnten grob mit ihr umgegangen sein, ließ Wut in ihm aufsteigen.

Schon bei der ersten Begegnung war ihm aufgefallen, wie angespannt sie gewirkt hatte.

Er hatte es noch nie erlebt, dass jemand bei seiner Berührung so zusammengezuckt war und sich derart versteift hatte wie sie. Matteo schaute zu ihr hinüber. In Gesellschaft Linas benahm sich Florentina gelöst.

Als hätte Lina gespürt, dass er sie beobachtete, winkte sie ihn zu sich. Nur zu gern folgte er ihrer Aufforderung.

„Matteo, willst du uns nicht auch an diesem Abend ein Lied vorsingen?", fragte Lina.

Aus dem Augenwinkel bemerkte er, wie Florentina sich desinteressiert gab. *Sie kann mich wirklich nicht leiden!*

„Gern. Welches Lied möchtet ihr denn hören?"

„*Tu scendi dalle stelle*“, entschied Lina.

„Federico, kannst du Matteo bitte begleiten?“

„Das mache ich doch gern.“ Der Freund setzte sich auf den Klavierhocker und nickte ihm lächelnd zu.

Matteo sah zu Florentina hinüber, die mit regloser Miene zwischen Lina und Gianna stand.

„Wir anderen singen die Chorstellen“, bestimmte Lina, was begeistert aufgenommen wurde.

Federico spielte die Einleitung. Die anderen sangen leise mit. Nur Florentina schloss sich ihnen nicht an. Sie hatte die Brille abgesetzt und die Lider geschlossen. Dieses Lied hatte Matteo schon unzählige Male gesungen. Dennoch war es heute anders als sonst. Er konnte den Blick nicht von Florentina abwenden, als die ersten Töne über seine Lippen kamen. Keine Regung in ihrem Gesicht sollte ihm entgehen.

„*Tu scendi dalle stelle*“, sang er sanft. Du kommst von den Sternen.

Diese Zeile schien Florentina zu beschreiben. In diesem Augenblick, wie sie da vor ihm stand, in ihrem goldfarbenen Kleid, kam sie ihm wie ein Wesen aus einer anderen Welt vor. Ein Engel.

Mit starrer Miene lauschte sie seinem Gesang.

Er freute sich über den anschließenden Applaus und verneigte sich. Es bedeutete ihm viel, dass seine Freunde nicht nur ihn, sondern auch seine Stimme schätzten. Auch Florentina hatte applaudiert, wirkte aber nicht begeistert. Vielleicht fand sie ihn im Vergleich mit ihren Eltern oder anderen Sängern ihres Theaters nur passabel. Er war erneut enttäuscht.

Matteo bedankte sich bei Federico für die Begleitung und wollte sich zu den anderen gesellen.

„Halt, halt, Matteo!“, rief Federico. „Am Weihnachtsabend kommst du nicht mit nur einem Lied davon.“

„Ja, Zugabe!“, forderten die anderen im Chor. Wieder sah

er zu Florentina hinüber. Wenn sie jetzt lächelte, würde er noch ein zweites Lied singen.

Aller Augen ruhten erwartungsvoll auf ihm.

In seinem Innern flehte er darum, sie möge es tun.

„Bitte sing für uns das *Ave Maria!*“, rief Gianna. „Bitte, Matteo!“

Kaum hatte Gianna den Titel genannt, lächelte Florentina.

„Also gut, wenn ihr mich so lieb bittet, werde ich euch diesen Gefallen gern erweisen.“

Florentinas Lippen zitterten.

Er würde jetzt für sie singen.

Federico leitete das Lied auf dem Klavier ein. Als Matteo einsetzte, legte er all die Gefühle in die Töne, die Florentina in ihm weckte.

Plötzlich begannen ihre Lider zu flattern, und eine Träne quoll aus ihrem Auge und rollte über ihre Wange. Er verspürte das Verlangen, zu ihr zu gehen und sie tröstend in die Arme zu ziehen. Mit weichen Tönen beendete er das Lied. Florentina wischte die Träne mit dem Handrücken fort, als die anderen ihm erneut Beifall klatschten, und setzte hastig ihre Brille wieder auf.

„Das war wieder ganz wunderbar, mein lieber Matteo“, lobte ihn Lina, deren Augen ebenfalls feucht schimmerten. „Wenn dich mein Bruder und meine Schwägerin gehört hätten, würden sie dich sofort für ihr Theater engagieren.“

Sie drehte sich zu ihrer Nichte um. „Meinst du nicht auch, Florentina?“

Die beantwortete die Frage mit einem Nicken.

„Das ist doch eine tolle Überleitung. Florentina, komm spiel uns etwas auf dem Klavier vor. Ich kann euch voller Stolz verkünden, dass unsere Nichte ein Stipendium bei Signore Fratelli bekommen hat.“

„Glückwunsch, Signorina Florentina!“, rief sein Vater.

„Sie spielen nur für den Hausgebrauch, hm?“ Matteo lachte. „Was für eine charmante Bescheidenheit." Florentinas Wangen färbten sich rot. „Das hat sie mir im Zug erzählt", ergänzte Matteo.

Antonella kicherte.

Lina legte den Arm um ihre Schultern und führte sie zum Klavier, wo Federico ihre Hand nahm.

Matteo gesellte sich zu den anderen, um ihrem Spiel zu lauschen. Umberto Fratelli nahm nur die Besten unter seine Fittiche. Umso mehr war Matteo auf ihren Vortrag gespannt.

„Was wirst du uns spielen, Florentina?", fragte Lina.

„Wenn es euch recht ist, würde ich gern das *Ave Maria* von Bach und Gounod spielen."

„Wir freuen uns darauf."

Florentinas Mundwinkel zuckten, bevor sich ihre Hände langsam auf die Tasten senkten. Sie besaß ausgesprochen lange und schlanke Finger, die leicht und geschmeidig wie Spinnenfüße darüberglitten. Sie spielte das *Ave Maria* sehr gefühlvoll und leicht und schaffte es, ihn auch mit ihrem Klavierspiel zu berühren.

Nach dem letzten Akkord war es einen Moment lang still, bis alle applaudierten. Florentina stand vom Hocker auf und verbeugte sich.

„Bitte spiele uns noch etwas", bat Federico und strahlte seine Nichte an. Florentina setzte sich wieder.

„Ich spiele euch jetzt ein Stück vor, das mir sehr am Herzen liegt."

Schon erfüllten die ersten Töne den Raum. Eine eingängige Melodie, die durch den Wechsel von Dur nach Moll ins Melancholische wechselte. Matteo kannte das Stück nicht, aber es gefiel ihm sehr, weil es auf irgendeine Weise Florentinas Persönlichkeit widerspiegelte. Er konnte erkennen, mit welcher Leidenschaft und Hingabe sie das Werk spielte. Keiner der Anwesenden räusperte oder rührte sich. Alle lauschten gebannt. Es endete mit leisen, nachklingenden Tönen, in denen Sehnsucht und Schmerz gleichermaßen mitschwangen.

Alle erhoben sich von ihren Plätzen und klatschten.

Florentinas Talent war wirklich überragend, das Stipendium wohlverdient.

„Du hast wunderbar gespielt. Fratelli kann sich glücklich schätzen, dass du seine Studentin bist. Darf ich fragen, wer der Schöpfer des letzten Werkes ist?“, unterbrach Federico Matteos Gedanken.

Eine leichte Röte überzog Florentinas Gesicht.

„*Ich* habe es komponiert“, sagte sie leise und senkte den Kopf.

Mit einem Mal war es wieder still im Raum, bevor ein anerkennendes Raunen durch die Anwesenden ging.

Alle beglückwünschten sie zu dieser Komposition. Auch Matteo.

„Sie sind wirklich ein außergewöhnliches Talent, Florentina. Nicht nur als Pianistin, sondern auch als Komponistin“, lobte er.

„Danke, Matteo.“

Lina trat zu ihnen und legte den Arm um die Schultern ihrer Nichte.

„Alle Nachkommen Frederik von Uhlenbergs sind hoch talentiert. Ich habe gar nicht gewusst, dass du auch komponieren kannst. Du hast uns kein Wort verraten.“

Stolz glänzte in Linas Augen.

Während alle über die Begabung in Florentinas Familie diskutierten, pochte es an der Eingangstür. Gianna bot sich an nachzuschauen.

Anschließend kam sie eilig zurück.

„Papa!“, rief sie aufgeregt und winkte ihn zu sich. Aber Federico winkte ab.

„Jetzt nicht, Gianna. Deine Schwester wird gleich auf der Flöte spielen, und ich begleite sie.“

„Aber es ist wichtig!“ Gianna war den Tränen nah.

Federico schien einen Moment zu überlegen.

„Wer kann denn bitte schön nicht warten?“

„Die Polizei“, sagte Gianna mit erstickter Stimme und deutete zur Tür.

Die Gespräche verstummten. Alle Blicke richteten sich auf Federico.

„Die Polizei?“, fragte Federico ungläubig.

Matteo sah, wie sein Vater blass wurde.

„Was wollen sie denn ausgerechnet von mir? Ich habe nichts verbrochen, außer ein paar schrägen Tönen.“

Zwei Polizisten, die draußen vor der Tür gewartet hatten, betraten das Wohnzimmer. Mit strengen Mienen gingen sie auf Federico zu. Beide waren schmächtig, einer von ihnen vielleicht zehn Jahre älter als sein Kollege. Auf der Wange des Jüngeren war ein großer Leberfleck zu erkennen. Was wollten sie von dem Familienvater? Matteo schwante nichts Gutes.

„Signore Santoro? Federico Santoro?“

„Ja …“

„Sie sind verhaftet!“ Die beiden Gesetzeshüter packten Federico an den Armen. Er wehrte sich mit aller Kraft.

„Meine Herren, das muss ein Missverständnis sein“, ließ sich sein Vater vernehmen. Er trat einen Schritt vor.

„Ich habe nichts getan!“, rief Federico.

„Lassen Sie das, Santoro!“, mahnte ihn der ältere Polizist.

Lina fasste sich mit einem Ausdruck des Entsetzens an die hochroten Wangen.

Matteo stellte sich den Beamten in den Weg.

„Verschwinden Sie!“, brüllte der mit dem Muttermal und stieß ihm den Ellbogen in die Brust. Doch Matteo ließ sich davon nicht beeindrucken, auch wenn der Stoß ihn schmerzte. Er war fest davon überzeugt, dass sein Freund nichts Unrechtes getan hatte, und musste dessen Verhaftung verhindern.

„Signore Santoro und seine Familie haben das Recht zu erfahren, was ihm vorgeworfen wird", beharrte Matteo.

„Signore Santoro war auf einer geheimen Versammlung des Widerstands", erklärte der Ältere von beiden.

„Das stimmt nicht! Wann soll denn das gewesen sein?", rief Federico wütend.

„Mein Mann ist Künstler und geht auf keine solche Versammlung. Da muss eine Verwechslung vorliegen", verteidigte Lina ihren Mann.

„Commissario, ich verbürge mich für meinen Freund. Er ist ein rechtschaffener Bürger Italiens und hat sich nie etwas zuschulden kommen lassen. Es kann sich wirklich nur um einen Irrtum handeln", pflichtete Matteos Vater Lina bei.

„Wollen Sie die Zeugen, die ihn gestern gesehen haben, der Lüge bezichtigen?"

Fragend sah Matteo den Freund an. Hatte Federico vielleicht doch an der geheimen Versammlung teilgenommen und niemandem davon erzählt? Im Raum war es bedrückend still. Allen stand die Furcht in den Augen.

„Ja, ich war auf einem Treffen", gab Federico zu, „aber aus einem anderen Grund. Ich bin einem meiner Chorschüler gefolgt, weil ich dringend mit ihm reden musste." Federicos Stimme vibrierte vor Aufregung. Matteo glaubte ihm. Sein Freund hätte ihm erzählt, wenn er zu einer politischen Versammlung gegangen wäre. Die Mienen der Polizisten blieben weiter verschlossen.

„So glauben Sie mir doch. Ich bin Musiker und habe keine politischen Ambitionen!"

„Sie wussten doch, dass diese geheimen Versammlungen des Widerstands verboten sind! Es wäre Ihre Pflicht gewesen, das anzuzeigen!", beschuldigte ihn der ältere Polizist.

„Aber woher sollte er denn wissen, dass das ein verbotenes Treffen gewesen ist", gab Matteos Vater ruhig zu bedenken.

Federico war zu anständig, um jemanden zu verraten, davon war Matteo überzeugt.

„Genug geredet. Sie kommen jetzt mit uns“, befahl der Polizist mit dem Muttermal und stieß Matteo zur Seite.

„Aber Sie können meinen Mann doch nicht mitnehmen! Es ist Weihnachten!“, rief Lina bestürzt. Sie rang mit den Tränen.

Florentina fasste nach der Hand ihrer Tante.

„Bitte, Commissario“, sprach sie mit fester Stimme, „auch ich versichere Ihnen, dass mein Onkel sich bestimmt nicht dem Widerstand angeschlossen hat. Gerade er hat sich im Auftrag des Duce sehr für den Besuch des Führers in Rom engagiert. Das hätte er bestimmt nicht getan, wenn er gegen ihn und seine Regierung wäre.“

Matteo erinnerte sich, dass Federico ihm davon geschrieben hatte. Voller Freude hatte er mit seinem Chor ein Paar deutsche Volkslieder einstudiert, die er dann vor Hitler und Mussolini vorgetragen hatte.

Er bewunderte Florentina, wie selbstbewusst und beherzt sie den beiden Staatsbeamten gegenübertrat.

Scheinbar war es ihr gelungen, den Älteren nachdenklich zu stimmen. Grübelnd kaute er auf seiner Unterlippe. Der Blick des Jüngeren hingegen blieb kalt und unerbittlich. Dennoch hoffte Matteo inständig, dass sie seinen Freund freilassen würden.

„Es gibt Zeugen, die gehört haben, wie sie das Widerstandslied mitgesungen haben, Signore Santoro …“

„Das stimmt nicht! Sie müssen mir glauben!“, rief Federico verzweifelt.

„Sie waren dort und haben das Treffen nicht angezeigt. Sie kommen jetzt mit uns.“

Trotz der Beteuerungen führten ihn die Polizisten ab.

Noch nie hatte sich Matteo so machtlos gefühlt wie in diesem Augenblick.

Lina sank schluchzend auf einen Stuhl. Gianna und Antonella liefen zu ihr und schlossen sie ebenfalls weinend in die Arme. Mario und Antonio klammerten sich an Florentina, die weiß wie eine Wand dastand.

„Schuld sind diese verdammten Rinaldi-Brüder! Sie sind es, die die heimlichen Treffen organisieren! Bestimmt haben sie ihn verpfiffen“, brach es aus Lina heraus.

Matteo sah seinen Vater entsetzt an, aber der schaute weg. Was war hier los? Allerdings traute er den Rinaldis eine solche Gemeinheit nicht zu. Sie waren ihm sehr geradeheraus erschienen.

„Lina, bitte beruhige dich doch“, versuchte sein Vater die Frau des Hauses zu beschwichtigen. „Ich kann mir nicht vorstellen, dass es die Rinaldis gewesen sind, die Federico angezeigt haben.“

„Du kennst sie doch überhaupt nicht!“, erwiderte sie aufgebracht.

„Doch, ich kenne sie. Es sind Geschäftspartner von mir. Sie sind keine Verräter.“

„Da bist du einem Irrtum erlegen. Sie sind verschlagen und hinterhältig.“

„Es könnte jeder andere von der Versammlung gewesen sein“, warf Matteo ein.

„Matteo hat recht. Außerdem gibt es überall Spitzel, die nur auf eine Gelegenheit warten, jeden, der etwas gegen den Duce oder die Regierung sagt, verhaften zu lassen“, warf Adolfo ein, der bislang geschwiegen hatte.

Lina schluchzte.

Matteo begriff, dass Lina zu aufgelöst war, um Vernunftgründen zugänglich zu sein.

Er dachte an den Abend bei seinem Vater. Und daran, wie er nachts verschwand. Ob Federico, die Rinaldis und sein Vater tatsächlich zu einer Widerstandsgruppe gehörten? Was, wenn Federico im Verhör seinen Vater verriet?

„Bitte geht“, sagte Gianna leise in seine Gedanken hinein. „Meine Mutter braucht jetzt ein wenig Ruhe.“

Adolfo und sein Vater gingen in aufgeregtem Gespräch zur Tür. Gianna und ihre Geschwister brachten Lina nach oben. Florentina blieb und sank auf einen Stuhl. Sie stützte den Kopf in die Hände.

„Und ich habe gedacht, dass es in Italien besser wäre als in meiner Heimat“, stieß sie hervor. „Aber auch hier werden die Menschen verhaftet. Ob sie schuldig oder unschuldig sind. Onkel Federico hat doch nichts verbrochen!“ Tränen quollen unter den Brillengläsern hervor und rannen ihre blassen Wangen hinab.

Matteo rief in den Flur, dass er gleich nachkomme, und setzte sich dann neben sie.

„Das alles tut mir sehr leid“, sagte er. Am liebsten hätte er ihre Hand zum Trost in seine genommen. Aber er wusste, dass sie das nicht dulden würde.

„Heute ist Heiligabend! Wie grausam ist das Schicksal, dass es die Familien an diesem Feiertag auseinanderreißt.“

Matteo spürte, dass sie nicht nur von Federicos Familie sprach.

„Vielleicht wird Ihr Onkel morgen wieder auf freien Fuß gesetzt“, versuchte er sie zu trösten.

„Ja, vielleicht.“ Florentina klang so hoffnungslos, dass es ihn anrührte. „Und wenn nicht? Morgen findet im Dom die Weihnachtsmesse statt. Der Chor und das Orchester haben in den letzten beiden Wochen bis zum Umfallen geprobt. Alles umsonst? Wenn mein Onkel erfährt, dass sie nicht musizieren …“

Matteo wusste, wie viel der musikalische Auftritt während der Messe am ersten Weihnachtsfeiertag Federico immer bedeutet hatte.

„Keine Sorge, Florentina. Der Chor und das Orchester werden im Dom vortragen.“

„Aber wer soll sie denn dirigieren?“, rief sie aufgebracht.

„Ich. Früher bin ich öfter für Ihren Onkel eingesprungen.“

Ihre Miene hellte sich auf.

„Das würden Sie wirklich tun?“

„Ja.“

„Das wird alle sicher freuen. Tausend Dank, Matteo.“

Ihr Lächeln war wie ein Lichtstreifen am Horizont.

25. Dezember 1938 – Florenz

Federicos Verhaftung ließ Matteo keine Ruhe. Er musste seinem Freund helfen, wusste aber nicht wie. Grübelnd lief er im Salon auf und ab. Sein Vater hatte sich am Vorabend auf ihrem Rückweg in Schweigen über das Geschehene gehüllt. Jetzt saß er im Sessel und las die Zeitung.

„Du machst mich ganz nervös. Was ist denn nur heute mit dir los, mein Sohn? Setz dich endlich hin“, verlangte er.

„Tut mir leid, Papa. Aber Federico Mitglied des Widerstands! Niemals!“ Aus dem Augenwinkel beobachtete er seinen Vater.

„Beruhige dich, Matteo. Federico hätte nicht zu dieser verbotenen Versammlung gehen dürfen. Er hätte auf seinen Chorschüler warten müssen.“

Empört sah Matteo seinen Vater an. „Papa! Er wusste sicher nicht, dass sich Widerständler in dem Haus versammelt hatten. Oder?“

Sein Vater schüttelte nur müde den Kopf. Matteo schloss daraus, dass sein Verdacht bezüglich der gemeinsamen Widerstandsgruppe wohl unbegründet war. Jedenfalls war Weihnachten, da gehörte Federico nach Hause.

„Wenn ich doch nur etwas tun könnte!“

„Anna kommt in einer halben Stunde. Sie kennt den Polizeichef gut. Wir sollten mit ihr reden. Vielleicht kann sie Bocchini überreden, unseren Freund freizulassen.“

Matteo fragte diese Anna von Edel nur ungern. Aber für Federico war er bereit, alles zu tun, damit er freikam.

„Danke, Papa.“

Anna von Edel besuchte Matteos Vater bereits gegen Mittag. Sie sollte mit ihnen den Weihnachtstag verbringen. Matteo, der gerade auf Geheiß seines Vaters eine Flasche Rotwein für diesen Festtag öffnete, sah Anna durchs Küchenfenster, als sie vor dem Haus stand. Zur Feier des Tages trug sie ein elegantes, anthrazitfarbenes Kostüm, das mit ihrem grauen Haar harmonierte. Einzige Farbtupfer waren ihre blutroten Fingernägel. Es war schwer, ihr Alter zu schätzen, denn ihr Gesicht war glatt und sie war mädchenhaft schlank. Wie eine Diva schritt sie ins Wohnzimmer. Im Türrahmen verharrte sie und breitete für Matteos Geschmack zu theatralisch die Arme aus, als würde sie auf einer Bühne stehen.

„Luigi, mein Freund, wie schön, dich wiederzusehen", begrüßte sie lächelnd seinen Vater. Dann beugte sie sich zu ihm hinab und gab ihm einen Kuss auf die Wange. Die Augen seines Vaters bekamen einen warmen Glanz. Matteo hatte ihn noch nie so glücklich gesehen wie in Annas Nähe. Dennoch verspürte er erneut ein ungutes Gefühl bei Anna, das er sich nicht erklären konnte.

„Darf ich Ihnen auch ein Glas Rotwein einschenken, Fräulein von Edel?", fragte er auf Deutsch.

Sie zuckte kurz zusammen und sah auf.

„Ah, Matteo, ich habe Sie gar nicht gesehen. Buon giorno", begrüßte sie auch ihn und nickte ihm kurz zu.

„Entschuldigung, Fräulein von Edel, ich wollte Sie nicht erschrecken."

„Schon gut." Ihr Tonfall verriet, dass sie sein Verhalten geärgert hatte. Dabei musste er sie gewinnen, damit sie ihre Beziehungen für Federico spielen lassen könnte.

„Ich nehme gern ein Glas." Wohlwollend nickte sie ihm zu. Matteo ging zurück in die Küche und dekantierte den Wein. Mit einem gefüllten Glas kehrte er zu seinem Vater und Anna von Edel zurück.

Eine Weile plauderten sie ungezwungen über alles Mögliche. Matteos Ungeduld wuchs mit jedem Atemzug. Seine Finger trommelten auf der Lehne seines Sessels.

„Liebste Anna, mein Sohn möchte noch ein Anliegen mit dir besprechen, das ihm sehr am Herzen liegt. Und heute ist doch Weihnachten, ein Tag, an dem alle Wünsche sich erfüllen sollten."

Sein Vater nickte ihm zu.

„Aber gerne doch. Wie kann ich Ihnen helfen?" Anna von Edel lächelte, aber in ihren Augen lag ein wachsamer Ausdruck. Hatte sein Vater ihr bereits etwas angedeutet?

In wenigen Sätzen schilderte Matteo die gestrige Festnahme des Freundes.

Aufmerksam hörte Anna von Edel ihm zu. „Federico Santoro ... Der Name kommt mir irgendwie bekannt vor", sinnierte sie.

„Das ist gut möglich. Mein Freund ist hier in Florenz sehr bekannt. Er leitet mehrere Chöre und ein Orchester. Der Duce selbst hatte ihn sogar um musikalische Unterhaltung zum Maibesuch Hitlers gebeten."

„Ah, jetzt erinnere ich mich. Ein guter Freund von mir, Armin Mahler, hatte unseren Führer nach Rom begleitet. Er spricht nämlich fließend Italienisch. Armin hat mir von der Darbietung erzählt. Leider fand sie bei der Familie Ihres Freundes keinen Anklang."

„Ich kann mir nicht vorstellen, dass seine Frau Lina ..."

„Von ihr spreche ich auch nicht", fiel ihm Anna ins Wort.

Fragend sah Matteo sie an.

„Federico Santoro ist der Schwager des bekannten Tenors Roman Schwarz. Der Sänger hat das Engagement Ihres Freundes während des Führerbesuchs und seine Verehrung des Duce scharf kritisiert." Der frostige Unterton Anna von Edels ließ Matteo aufhorchen.

„Ich kenne Herrn Schwarz nicht." Matteo verschwieg, dass er dessen Tochter jedoch begegnet war. Federico war vom Talent seines Schwagers beeindruckt gewesen und hatte stets nur Gutes über ihn berichtet. Sicher hätte er ihm auch erzählt, wenn es zu Unstimmigkeiten zwischen ihnen gekommen wäre.

„Dann wissen Sie sicher auch nicht, dass Roman Schwarz und seine Frau Juden in ihrem Theater auftreten lassen."

Der abfällige Unterton Anna von Edels bei der Erwähnung der Juden gefiel Matteo nicht. Es machte ihn jedes Mal wütend, wenn Menschen wegen ihrer Religions- oder Rassenzugehörigkeit verurteilt wurden. Alles, was zählte, waren ihr Talent und wie menschlich sie sich gaben. Viele Juden hatte er schätzen gelernt und war entsetzt gewesen, als diese das Theater hatten verlassen müssen. Für seinen Vater war es auch nie wichtig gewesen, woher jemand stammte. Weshalb widersprach er Anna also nicht? Matteo hingegen konnte und wollte Anna von Edels Worte nicht akzeptieren. Jeder, der talentiert war, besaß das Recht, auf einer Bühne zu stehen. Ihm lag eine scharfe Erwiderung auf der Zunge.

„Wolltest du Anna nicht bitten, deinem Freund zu helfen?", kam ihm sein Vater zuvor. Sein flehender Blick ließ Matteo die Worte hinunterschlucken.

In Annas Gegenwart würde er sich zügeln. Vielleicht war sie die Einzige, die bewirken könnte, dass Federico freigelassen wurde.

„Mein Vater sprach davon, dass Sie gute Kontakte besitzen, Fräulein von Edel …"

„Verstehe. Sie möchten, dass ich zur Fürsprecherin Ihres Freundes werde, damit er freigelassen wird?"

„Ja", antwortete Matteo schlicht. In diesem Augenblick war ihm Federicos Schicksal wichtiger als alles andere. Lina und die ganze Familie waren voller Sorge um ihn. Und ihr Weihnachtstag traurig. Die Vorstellung, dass Federico vielleicht in einer tristen Zelle saß, war für ihn unerträglich.

„Können Sie meinem Freund helfen?"

Anna von Edel sah ihn ernst an. „Das kann ich Ihnen nicht versprechen. Aber ich werde es versuchen." Sie blickte zu seinem Vater, der ihr zunickte. Welche einflussreiche Person kannte Anna von Edel, die Federicos Freilassung bewirken konnte?

Während sein Vater und Anna von Edel angeregt weiterplauderten, begab sich Matteo zur Probe in den Dom, wo am Abend die traditionelle Weihnachtsmesse stattfinden würde. Er hatte versprochen, Federicos Chor und Orchester zu dirigieren. Wenigstens etwas, das er für den Freund tun könnte.

Am selben Tag in Sant’ Anna

Die Stimmung in Tante Linas Haus war bedrückend. Kein Klavierspiel, kein Gesang, nur Grabesstille. Alle hatten sich auf das Weihnachtsfest gefreut. Aber ohne Onkel Federico, noch dazu in der Ungewissheit, was mit ihm geschehen würde, war die Weihnachtsstimmung bei allen verflogen.

Florentina hatte in der vergangenen Nacht Gianna und Antonella trösten müssen. Auch aus dem Schlafzimmer ihrer Tante war Weinen zu hören gewesen.

Dennoch war Florentina ins Grübeln gekommen. Onkel Federico wusste doch, wie gefährlich es war, eine solch geheime Versammlung zu besuchen, auch wenn die Inhalte seinen Vorstellungen widersprachen. Sicher hatten ihre Eltern ihm zudem in einem ihrer Briefe von den Verhaftungen im Theater berichtet.

War ihr Onkel wirklich wegen eines Chormitglieds bei dieser Versammlung gewesen, oder gehörte er einer Widerstandsgruppe an? Florentina schüttelte den Kopf. Nein, ihr Onkel hatte kein Interesse daran, sich dem Widerstand anzuschließen. Alles, was ihn interessierte, war die Musik. Außerdem hätte er nie etwas getan, das seine Familie in Misskredit oder gar in Gefahr gebracht hätte.

Florentina saß traurig auf ihrem Bett. Wie gern hätte sie jetzt ihre Eltern und Zwillingsschwester an ihrer Seite gewusst, mit ihnen über die Sorge um den Onkel diskutiert. Doch die waren unerreichbar weit entfernt. Der Brief, erinnerte sie sich, der Brief den sie wegen Violetta schreiben wollte. Aber das kam jetzt nicht infrage, damit konnte sie Gianna heute nicht kommen.

Es klopfte an die Tür, dann wurde sie geöffnet.

„Wir wollen etwas essen. Vor der Messe." Giannas Stimme klang heiser. Sie kam näher und fasste Florentinas Hand.

„Ich habe keinen Hunger", wehrte Florentina ab. Sie verspürte auch keine große Lust, in den Dom zu gehen. Ohne ihren Onkel würde das Fest nicht sein, wie sie es sich alle erhofft hatten. Außerdem waren hier alle katholisch. Florentina war nicht religiös erzogen worden, weil ihr Vater nicht viel von der Kirche und ihren Bräuchen hielt. Dennoch glaubte sie an Gott. Das hatte sie ihrem Vater nie gestanden. Das Katholische war ihr immer etwas fremd, mit Giannas Leichtigkeit aber nicht so schlimm gewesen. Darauf konnte sie nun nicht hoffen.

„Ich eigentlich auch nicht. Aber Nonna hat gekocht, und sie wäre sicher sehr enttäuscht, wenn wir ihre Linguini nicht essen."

Florentina mochte Federicos Mutter Pina sehr. Sie war eine herzensgute Frau und ebenso lustig wie ihr Sohn. Gianna hatte recht. Es wäre nicht richtig, die alte Frau zu enttäuschen. Also schloss sie sich ihr an.

Auch die Stimmung an der Weihnachtstafel war sehr gedrückt. Keiner sprach ein Wort. Nur das Klappern des Bestecks auf den Tellern durchschnitt die Stille.

Florentina spürte die Anspannung der alten Frau, die neben ihr saß. Sie hörte Tante Lina schniefen.

Dann schlug Nonna Pina unvermittelt mit der Hand auf den Tisch. Florentina fuhr zusammen. Für einen Augenblick war es still. Alle schienen in der Bewegung innezuhalten.

„Reißt euch zusammen! Federico würde nicht wollen, dass ihr am Weihnachtsfeiertag Trübsal blast. Und für das Konzert bei der Christmesse ist das auch nicht zuträglich. Ich bin mir sicher, dass sie ihn schnell wieder freilassen. Er hat nichts Unrechtes getan."

Die Worte der Nonna klangen überzeugend.

„Und wenn nicht?", fragte Tante Lina. Angst schwang in ihrer Stimme mit.

„Betet heute im Dom für euren Vater. Gott wird es schon richten", warf die Nonna ein. Ihre Worte voller Zuversicht trösteten Florentina ein wenig.

Am Nachmittag begaben sich alle auf den Weg zur Messe. Gianna und Antonella hatten sich geweigert, an der musikalischen Darbietung während der Messe teilzunehmen. Auch Florentina ging es nah, dass ihr Onkel heute nicht bei ihnen sein konnte und weder den Chor noch das Orchester dirigieren konnte.

Gianna und Antonella hatten Florentina untergehakt. Die beiden Schwestern und auch Tante Lina waren auf dem ganzen Weg sehr schweigsam. Das war Florentina ausnahmsweise ganz recht, denn das Straßenpflaster strengte sie an. Sie stolperte und knickte oft um, dass sich das Leder ihrer Schuhe schmerzhaft in ihr Bein schnitt. Sie atmete auf, als sie endlich den Dom erreichten. Das Läuten der Glocken über ihnen dröhnte in ihrem Kopf.

„Im Dom ist es recht kalt." Tante Lina legte ihr eine Stola um die Schultern.

Die Fürsorge erinnerte Florentina an ihre Mutter, die sie schmerzlich vermisste.

Ihre Schritte hallten durch das Kirchenschiff. In diesem Moment bedauerte Florentina, die Kuppel des Gotteshauses und die Fresken weder mit ihren eigenen Augen noch mit ihren Händen sehen zu können. Sie war auf die Beschreibungen der anderen angewiesen. Ihr feines Gehör registrierte im Innern der Kathedrale die einzigartige Akustik.

Gianna führte sie zu einer Kirchenbank, auf der sie nach einem kurzen, stummen Gebet und einer Fürbitte für Onkel Federico Platz nahm. Das viele Geflüster um sie herum verriet, dass die Kirchenbänke gut gefüllt waren.

Beim Vorbeigehen an den Kirchenbänken hatte sie kurz

die Wärme von Kerzen gespürt. Es roch nach Weihrauch und noch etwas Süßlichem, das sie nicht kannte.

Weiter vorn wurde eine Geige gestimmt, danach eine weitere. Ob Matteo bereits hier war? Nichts wünschte sich Florentina für ihren Onkel mehr, als dass Chor und Orchester sich heute gut präsentieren würden. Er hatte so viel Arbeit und Liebe hineingesteckt.

Das Glockengeläut endete, und alle erhoben sich von den Bänken. Ein Geistlicher rief zum Gebet auf. Florentina kniete sich auf die Kniebank und faltete die Hände. Sie glaubte zwar an Gott, war aber eine seltene Kirchgängerin. Ihre Eltern waren sonntags lieber ins Theater gegangen als in ein Gotteshaus.

„Das Theater ist unser Tempel", hatte ihr Vater gesagt. Auch für sie und Violetta war es im Laufe der Jahre zu diesem geworden. Dort hatte sie sich besonders aufgehoben und gleichzeitig geborgen gefühlt wie kaum an einem anderen Ort. In Gedanken stieg sie wieder die geschwungene Steintreppe zum Eingang hinauf, betrat das Foyer, in dem die Stimmen fast genauso hallten wie in dieser Kirche.

„Ich kann Matteo und Adolfo sehen." Antonella klang aufgeregt.

Florentina war froh, dass Matteo sein Versprechen hielt und Chor und Orchester dirigieren würde.

Nach dem Gebet sang der Chor ein Stück aus Bachs Weihnachtsoratorium. Deutlich hörte Florentina die Aufregung aus den leicht vibrierenden Stimmen heraus. Sie kannte das Weihnachtsoratorium, denn ihre Eltern hatten oft genug die Arien daraus gesungen. Matteo schien auch dieses Metier zu beherrschen, denn das Tempo war angemessen für die Laienstimmen, und die Einsätze klappten. Ihr Onkel wäre sehr stolz gewesen, dass alles so gut lief.

Nach der nächsten Bibelverslesung spielte das Orchester.

Ein paar unreine Töne waren dabei und brachten Florentina zum Schmunzeln.

„Verdammt, ich hätte doch die Bratschenstimme mitspielen sollen“, flüsterte Gianna, die von ihrer Mutter gleich in die Schranken gewiesen wurde. „Verdammt sagt man nicht, schon gar nicht in der Kirche.“

Im Gegensatz zu ihrem Vater war Tante Lina fromm und besuchte jeden Sonntag die Messe. Wegen ihrer Heirat war sie zum katholischen Glauben gewechselt. Florentina hatte sich geschämt, als sie ihren Cousinen und Cousins gestehen musste, dass sie nicht getauft worden war. Sie war wütend auf ihre Eltern gewesen, die auf eine Taufe von Violetta und ihr verzichtet hatten.

Heute war ihr klar, dass sie nur im guten Glauben gehandelt hatten. „Wenn du erwachsen bist, kannst du allein für dich entscheiden, woran du glaubst“, waren deren Worte gewesen. Sie war ihnen dankbar für diese Freiheit. Violetta und sie hatten gelernt, tolerant zu sein gegenüber Menschen anderer Religion. Gerade diese Freiheit und Toleranz waren bei den Nazis und Mussolinis Faschisten verboten. Florentina fühlte sich nicht mehr so sicher wie früher.

Wie es wohl Violetta und Hans in England erging?

Ihre Gedanken wurden unterbrochen, als der Bischof mit der Predigt begann.

„Zur Krönung dieser Christmesse habe ich Signore Bianchi gebeten, nach dem letzten Gebet ein Lied für uns zu singen.“

„Ist das nicht toll, dass Matteo heute Abend für uns singen wird? Papa hat den Bischof darum gebeten. Er hat es sich so sehr gewünscht. Ich sollte Matteo begleiten. Aber ich kann das nicht. Bitte Florentina, du musst für mich einspringen“, flüsterte Gianna ihr zu.

Florentina fühlte sich darauf nicht vorbereitet.

„Ich? Ich weiß nicht, ob ich das kann.“

„Bitte, Cousinchen. Er wird *Astro del ciel,* Stille Nacht, heilige Nacht, singen. Ich weiß, dass du es spielen kannst."

„Darf ich meine Begleitung nach vorn bitten?", hörte sie Matteo sagen, als sie ihrer Cousine gerade etwas erwidern wollte. Gianna nahm ihren Ellbogen.

„Aber ...", wagte Florentina einen letzten Einwand. Matteo Bianchi war ein hervorragender Sänger wie ihr Vater. Was, wenn sie sich verspielte? Dann würde sie nicht nur sich, sondern auch ihn blamieren.

Doch dann dachte sie an Onkel Federico und stand auf.

„Papa hätte es sehr viel bedeutet, bei uns zu sein", flüsterte Gianna. Deutlich hörte Florentina die Traurigkeit in ihrer Stimme. Tröstend nahm sie die Hand ihrer Cousine, bevor diese sie aus der Kirchenbank zu Matteo führte.

„Florentina?" Matteo klang erstaunt. Sie zuckte mit den Achseln.

„Sie wird dich sicher besser begleiten als ich es je könnte", raunte Gianna Matteo zu, bevor sie beide verließ.

Florentina zitterte am ganzen Körper, als sie auf dem Hocker vor dem Flügel Platz nahm.

„Du kennst das Lied?", fragte Matteo leise, woraufhin Florentina nickte. Er hatte sich zu ihr gebeugt, sodass sein warmer Atem ihre Wange streifte. Unwillkürlich zuckte sie zurück. Das erinnerte sie wieder an die Reichskristallnacht und den alkoholgeschwängerten Atem des Mannes, der sie gewaltsam genommen hatte. Die Furcht, vor dem, was folgen würde, hatte sie fast umgebracht. Mit einer Hand hatte er grob zugefasst, während er die andere mit aller Kraft auf ihren Mund gedrückt hatte, damit sie nicht schreien konnte. Sie hatte gebetet, dass Gott sie erlösen würde. Trotz der Angst und des Ekels war sie nicht in Ohnmacht gefallen, sondern hatte alles bewusst erleben müssen. Noch nie hatte sie so viel Ekel verspürt wie damals.

„Können wir?", flüsterte Matteo. Florentina fühlte sich wie gelähmt.

„Die Musik lässt dich alles Schlechte vergessen", hörte sie Violettas Stimme in ihrem Kopf, als stünde ihre Zwillingsschwester neben ihr. Das löste Florentinas Starre. Langsam senkten sich ihre Finger auf die Tasten. Die ersten Töne erfüllten das Kirchenschiff. Die Akustik in dieser Kathedrale erfüllte sie mit Ehrfurcht. Auf den Punkt genau setzte Matteos Stimme ein. Ihn in dieser Kirche zu hören, war noch einmal etwas anderes als im Haus von Tante und Onkel. Florentinas geschultes Gehör entging nicht, wie sauber er die Töne traf. Seine warme und voluminöse Stimme bescherte ihr eine Gänsehaut. Matteos Vortrag war ergreifend. Sie hätte ihm ewig lauschen können. Nur selten vermochte es ein Sänger, sie derart tief zu berühren.

Kaum war der letzte Ton verklungen, hörte sie, wie sich die Kirchenbesucher von ihren Plätzen erhoben.

„Buon natale!", riefen einige, dann immer mehr. „Was für eine wunderbare Christmesse!"

Florentina blieb noch im Bann von Matteos Stimme auf dem Hocker sitzen. Da ergriff er ihre Hand und zog sie hoch.

Ihre Finger kribbelten. Obwohl sie jegliche Berührung mied, war diese ihr nicht unangenehm. *Du hast dir geschworen, dass dich kein Mann mehr anfassen soll*, mahnte ihr Gewissen. Sie war versucht, ihre Hand fortzuziehen, besann sich aber anders wegen der Kirchenbesucher.

„Du warst eine wunderbare Begleitung." Ehe sie es sich versah, spürte sie seine warmen Lippen auf ihrem Handrücken. Das ging ihr jetzt doch zu weit. Hastig entzog sie ihm die Hand und wandte sich um. Sie wollte zu ihrer Cousine zurück, was ohne ihren Langstock jedoch nicht möglich war. Der Abdruck seiner Lippen auf ihrer Haut hinterließ ein Prickeln.

„Florentina." Sie hörte, wie Matteo ihr nachging.

Tränen der Wut und Hilflosigkeit stiegen in ihr auf. Wo war denn nur Gianna? Sie hielt es nicht länger in Matteos Nähe aus. Sein Handkuss hatte sie mehr aufgewühlt als angenommen. Jemand kam auf sie zu.

„Florentina, du warst großartig“, hörte sie ihre Tante sagen. Florentina atmete auf. Tante Lina riss sie in die Arme.

„Federico wäre sicher sehr stolz auf dich.“ Dann ließ sie Florentina los. „Und natürlich auch auf dich, Matteo. Du hast alle mit deinem Gesang tief berührt. Das konnte ich an den Gesichtern erkennen. Danke für alles. Auch im Namen Federicos“, sagte Tante Lina bewegt, die hörbar gegen die Tränen ankämpfte.

Florentina fasste nach ihrer Hand. Deutlich spürte sie, wie ihre Tante zitterte.

„Ich … ich muss noch dem Chor und dem Orchester meinen Dank aussprechen und gesegnete Weihnachten wünschen“, sagte sie mit erstickter Stimme und löste sich von Florentina.

Dass ihre Tante so traurig war, zerriss Florentina das Herz. Was würde sie nicht alles dafür tun, dass ihr Onkel endlich wieder freikäme.

„Soll ich dich zu den anderen bringen?“, unterbrach Matteo ihre Gedanken. Alles in ihr sträubte sich gegen seine Nähe. Noch immer spürte sie den Abdruck seiner Lippen auf ihrer Hand. Bevor Florentina antworten konnte, trat der Bischof zu ihnen.

„Sie beide haben diese Christmesse bereichert. Der Herr wird es Ihnen danken. Mille grazie. Buon natale. Ich werde Signore Santoro in meine Gebete einschließen.“

Der Stimme nach war der Bischof schon recht alt.

„Danke, Monsignore“, antwortete Matteo. „Wir hoffen alle, dass Federico bald freigelassen wird.“

„Möge der Herrgott mit Ihnen sein.“

Florentina hörte, wie der Geistliche Matteo klopfte.

Schritte näherten sich ihnen, Matteo wirbelte herum.

„Eugenio, mein Freund! Du hier?", rief er.

„Wenn ich schon mal in meiner Heimatstadt bin, kann ich mir doch die Christmesse nicht entgehen lassen."

Die klangvolle Stimme von Matteos Freund verriet, dass er auch Sänger war.

„Darf ich dir Signorina Florentina Schwarz vorstellen?"

„Ich bitte darum."

„Florentina, das ist mein Freund Eugenio Ricci. Wir haben zusammen am Münchener Theater gesungen."

„Sehr erfreut." Florentina reichte ihm die Hand.

„Ich habe darauf gebrannt, Sie kennenzulernen. Ich habe Ihre Mutter auf der Bühne gesehen. Ihre Darbietung der Königin der Nacht war einzigartig. Sind Sie auch Sängerin?"

Florentina schüttelte den Kopf.

„Nein, Signorina Schwarz ist Pianistin, wie du heute gehört hast."

„Ihr Vater singt nicht nur, sondern soll ebenfalls hervorragend Klavier spielen."

„Das stimmt", bestätigte Florentina. Dieser Eugenio machte einen sympathischen Eindruck auf sie, aber sie war jetzt nicht in der Stimmung zu plaudern. Dass ihr Onkel verhaftet worden war, bedrückte sie sehr.

Außer Atem kam Gianna endlich zu ihr. „Es tut mir leid, Cousinchen, dass es etwas gedauert hat. Ihr wart wunderbar. Ich wusste doch, dass du viel virtuoser bist als ich."

Gianna hakte sich bei Florentina unter. „Findest du das nicht auch, Matteo? Du warst natürlich klasse. Papa hätte sich …" Gianna stockte, dann schniefte sie.

„Schon gut, Gianna. Alles wird gut", tröstete Matteo ihre Cousine.

„Mögen unsere Gebete den Herrn gnädig stimmen", antwortete Gianna.

Matteo wandte sich wieder seinem Freund zu, und sie plauderten über alte Zeiten.

Schweigend gingen Gianna und Florentina Arm in Arm zum Bahnhof. Die Stimmung auf der Heimfahrt war noch gedrückter als vor der Christmesse. Florentinas Hoffnung, hier in Italien bei ihren Verwandten Frieden und innere Ruhe zu finden, hatte sich zerschlagen.

26. Dezember 1938 – Santo Stefano in Florenz

Die Glocken des Doms läuteten am Morgen den zweiten Weihnachtstag Santo Stefano ein. Gähnend setzte sich Matteo im Bett auf und schaute zum Fenster hinaus. Der strahlend blaue Himmel lockte zu einem Spaziergang am Arno. Doch Matteo musste die ganze Zeit über an Federico und seine Familie denken. Wie es dem Freund wohl ergehen mochte? Es wurde viel darüber gemunkelt, dass die Gefängniswärter nicht gerade zimperlich mit den Gefangenen umgingen, besonders Widersetzliche sogar folterten. Er hoffte so sehr, dass das dem sensiblen Federico erspart bliebe. Für Lina und die Kinder war es sicher ein schreckliches Weihnachtsfest. Wie blass sie alle gestern im Dom gewesen waren. Auch Florentina war noch eine Spur introvertierter gewesen als sonst. Doch er musste zugeben, dass sie brillant gespielt hatte. Jedem seiner Tempowechsel war sie sofort gefolgt. Diese Anpassungsfähigkeit und Sensibilität besaßen nur wenige Pianisten. Ihm war schon in Federicos Haus aufgefallen, wie konzentriert Florentina beim Spiel war. Sie schien tief in der Musik zu versinken und die Welt um sie herum auszuschließen. Wie Rapunzel in ihrem Turm. Zuckte sie deshalb bei jeder seiner Berührungen zusammen? Auf der gemeinsamen Fahrt hatte sie den Eindruck vermittelt, dass sie ihn nicht ausstehen konnte. War sein Handkuss ihr zuwider gewesen? Dabei war er eine spontane Geste der Dankbarkeit und Freude gewesen.

Lügner! Gib doch zu, dass du dich ihr nur nähern wolltest.

Rasch verdrängte Matteo die Stimme seines Gewissens. Es

versetzte ihm einen Stich, dass sie seinen Handkuss scheinbar unangenehm gefunden hatte.

Nach der Christmesse hatten sein Vater und er bei Rotwein und Crostini Toscani bis spät in die Nacht den Weihnachtsabend ausklingen lassen. Ihm war nach der Verhaftung Federicos nicht nach Gesellschaft gewesen. Er war seinem Vater dankbar, dass dieser seinen Wunsch akzeptiert und Anna von Edel nicht noch zum Nachtessen gebeten hatte.

Matteo stand auf und trat ans Fenster. Es war still an diesem Morgen, eine Feiertagsstille. Die Gedanken an Florentina ließen ihn nicht los. „Andere Mütter haben auch schöne Töchter", hatte ihn sein Vater bei Liebeskummer immer getröstet. Doch bei Florentina wusste er gar nicht recht, woran er war. Er fand sie hinreißend, und ihre abweisende Art machte sie in seinen Augen noch anziehender. Sein Bauchgefühl sagte ihm, dass hinter der Fassade von Zurückhaltung eine leidenschaftliche Frau steckte. Diese Leidenschaft offenbarte sich beim Klavierspiel.

Matteo hörte seinen Vater unten in der Küche rumoren. Ein starker, schwarzer Kaffee zum Frühstück wäre jetzt das Richtige für ihn. Sein Vater summte in der Küche leise vor sich hin, als er das frisch gebackene Brot aus dem Ofen zog. Bedeutete seine gute Laune, dass er Anna von Edels Besuch erwartete?

„Buon giorno", begrüßte er seinen Vater. „Sind wir zu zweit heute?"

Sein Vater nahm Handtuch und Messer und schnitt das noch dampfende Brot in fingerdicke Scheiben.

„Anna verbringt den heutigen Tag bei einer Freundin in Pisa."

Matteo hätte fast erleichtert geseufzt, riss sich aber wegen seines Vaters zusammen, um ihn nicht zu verärgern.

„Ich dachte, du hättest etwas von Signorina von Edel gehört.“ Matteo setzte sich zu seinem Vater an den Frühstückstisch.

„Nein. Du meinst, ob sie etwas für Federico tun konnte? Mein lieber Sohn, ich glaube nicht, dass Anna an den Feiertagen mit jemandem gesprochen hat.“

Matteo verschluckte sich fast an seinem heißen Kaffee.

Die Erklärung seines Vaters klang plausibel und ließ erneut Zweifel in ihm aufkommen, dass Anna von Edel tatsächlich etwas für Federico bewirken könnte.

„Von welchen Kontakten erhofft sich Anna von Edel eigentlich Hilfe?“

Sein Vater hielt beim Kauen inne und runzelte die Stirn.

„Sie spricht nicht mit mir darüber. Aber ich weiß, dass sie durch ihren verstorbenen Bruder gute Kontakte im engen Kreis des Führers und auch des Duce hat.“

„Aha. Ihr Bruder scheint ja ein wichtiger Mann gewesen zu sein, wenn er solche Kontakte hatte.“ Fragend sah Matteo seinen Vater an. Manche munkelten, dass Hitler ein gewisses Interesse an Männern besaß wie sein einstiger Minister Röhm.

„Annas Bruder war ein geachteter Kunstmäzen und -kritiker. Er besaß eine der größten Kunstsammlungen Europas, darunter Gemälde und Originalpartituren berühmter Komponisten. Hitler liebt die Kunst. Annas Bruder hat dem Führer zum Geburtstag eine Originalabschrift von Wagners Tannhäuser geschenkt. Nach dessen Tod verwaltet Anna die Sammlung und die Stiftung.“

Aber würde Anna von Edel mit ihren Kontakten wirklich eine Freilassung für Federico bewirken können? Oder war ihr angeblicher Einfluss nur gelogen? Matteo traute ihr nicht über den Weg.

Anna von Edel stammte wie Florentina aus Hannover. Kannten sich die beiden Frauen etwa? Bei nächster Gelegenheit würde er Florentina danach fragen.

„Wie hast du Anna von Edel eigentlich kennengelernt?“

„Auf einer Vernissage. Sie ist mir gleich aufgefallen. Diese Augen, diese Ausstrahlung …“

Sein Vater geriet ins Schwärmen wie ein Pennäler.

„Sie wird sich übrigens morgen mit mir eine Villa ansehen, die zum Verkauf steht. Sie möchte gern meinen Rat. Bislang hat sie bei Freunden gewohnt. Verständlich, dass sie etwas Eigenes möchte.“

„Dann will sie in Florenz bleiben? Ich dachte, sie wäre mit ihrer Heimatstadt Hannover verwurzelt.“

„Das mildere Klima bekommt Anna besser. Außerdem benötigt sie mehr Platz für die Sammlung. Sie besitzt bedeutende Werke alter Meister. Originalnoten von Beethoven, Original-Libretti von Schubert, Lehár oder vielmehr Beda und des hannoverschen Komponisten von Uhlenberg.“

Bei dem Namen von Uhlenberg horchte Matteo auf. Das war doch Florentinas Vorfahr. Ob Florentina davon wusste?

Matteo schob seinen Frühstücksteller beiseite und stand auf.

„Was hast du vor?“, fragte ihn sein Vater.

„Das Wetter ist zu schön, um die Zeit im Haus zu verbringen. Ich will einen Spaziergang entlang des Arno machen. Hast du vielleicht Lust, mich zu begleiten?“

Abwehrend hob sein Vater die Hände. „Ich muss noch den Jahresabschluss vorbereiten.“

„An Weihnachten?“

Sein Vater nickte. „Die beste Zeit. Der Laden ist geschlossen. Geh du nur und genieß den Sonnenschein.“

Matteo stand am Ufer des Arno und schaute auf den glitzernden Fluss hinab. Das erinnerte ihn wieder an die Münchner Bühne, auf der zuletzt die Oper *Gianni Schicchi* aufgeführt worden war, in der sich die Tochter des Helden wegen einer unglücklichen Liebe in den Arno stürzen will. Matteo hatte die Hauptpartie des Gianni Schicchi übernehmen wollen. Doch wegen der Verhaftung der jüdischen Sopranistin Rahel, die die weibliche Hauptpartie singen sollte, war die Oper abgesetzt worden. Das hatte Matteo schwer getroffen und ihn dazu veranlasst, Deutschland den Rücken zu kehren. In seinem Heimatland hatte er gehofft, die Freiheit wiederzufinden, die er in Deutschland vermisst hatte. Doch jetzt war sein Freund verhaftet worden, nur weil jemand ihn angezeigt hatte. Nach Einführung der Rassengesetze war zu befürchten, dass Deutschland und Italien einen Freundschaftspakt schließen würden. Sein Misstrauen Anna von Edel gegenüber wuchs. Wenn sich ihre guten Kontakte zum deutschen Führer und Duce bewahrheiteten, musste er auf seinen Vater besonders achtgeben.

Es war die richtige Entscheidung gewesen, zurückzukehren.

Matteo schlenderte weiter und erreichte bald die Ponte Vecchio. Der Segmentbogenbau, der sich über den Fluss spannte, war im dreizehnten Jahrhundert gebaut worden und das Motiv zahlreicher Gemälde. Im Innern der Brücke gab es einige Juweliere, die exklusiven Schmuck anboten. Sein Vater hatte einst einen Ring für seine Mutter gekauft und ihn mit aussuchen lassen. Auch heute zog es Matteo zur Brücke. Plötzlich verhielt er den Schritt und starrte nach vorn. Nur wenige Meter von ihm entfernt stand Anna von Edel mit einem Mann zusammen. Von der Sonne geblendet, hielt Matteo die Hand über die Augen. Jetzt erkannte er, dass der Mann eine Soldatenuniform trug. Offensichtlich stritten die beiden miteinander. Er hörte das Wort Pakt fallen. Anna von Edel gestikulierte aufgeregt.

Von wegen Besuch bei einer Freundin in Pisa! Die Frau hatte seinen Vater angelogen. Wütend kniff Matteo die Lippen zusammen. Warum hatte sie das getan? Wer war der Soldat, mit dem sie sich stritt? Es war eine deutsche Uniform. Der Soldat packte Anna von Edel am Ellbogen und wollte sie mit sich zerren. Doch sie riss sich los, kehrte um und rannte davon, genau in Matteos Richtung. An ihrem bleichen Gesicht erkannte Matteo, wie aufgebracht sie war.

Damit sie ihn nicht entdeckte, drückte er sich rasch in einen Hauseingang. Von dort beobachtete er, wie sie an ihm vorbeilief. Dass sie ihren Seidenschal verlor, schien sie nicht zu bemerken. Matteo war froh, dass sie ihn nicht gesehen hatte. Der Soldat starrte ihr hinterher, verfolgte sie aber nicht. Worüber mochten sie sich gestritten haben?

Nach einer Weile wandte sich auch der Soldat um und verschwand im Innern der Brücke. Der gelbe Seidenschal lag noch immer auf dem Pflaster. Nachdem Matteo sich vergewissert hatte, dass weder der Soldat noch Anna von Edel sich in der Nähe aufhielten, verließ er den Hauseingang und hob den Seidenschal auf. Er duftete nach Jasmin. Matteo steckte ihn in die Jackentasche.

Auf dem Nachhauseweg bewegten ihn immer wieder die Fragen, weshalb Anna von Edel seinen Vater belogen hatte und von welchem Pakt der Soldat gesprochen hatte. Ein seltsames Gefühl beschlich Matteo, dass es nichts Gutes bedeuten konnte. War Anna von Edel tiefer in politische Geschehnisse eingeweiht, als er angenommen hatte?

Vor dem Haus seines Vaters bemerkte Matteo einen elegant gekleideten Mann mittleren Alters, der dort wartete.

„Buon giorno. Kann ich Ihnen vielleicht helfen?“, fragte Matteo.

Der Mann trat auf ihn zu und nahm seinen Hut vom Kopf. Sein dunkles Haar war von zahlreichen Silberfäden durchzogen. Irgendwie kam er Matteo bekannt vor, nur konnte er sich nicht daran erinnern, wann sie sich begegnet waren. Vielleicht ein Kunde seines Vaters, den er einmal im Laden gesehen hatte.

„Bitte verzeihen Sie die Störung am Feiertag, Signore Bianchi.“

„Sie wollen sicher zu meinem Vater.“

„Nein, zu Ihnen."

Erstaunt blickte Matteo in die grauen Augen seines Gegenübers.

„Zu mir?"

„Mein Name ist Silvio de Luca. Ich habe Sie gestern in der Messe singen hören und war von ihrem Vortrag sehr beeindruckt. Federico Santoro ist ein guter Bekannter von mir und hatte mich gebeten, zur Messe zu kommen."

Silvio de Luca! Matteo verschlug es einen Moment die Sprache. Jeder ambitionierte Sänger wünschte sich, diesen Mann einmal zu treffen. De Luca war die rechte Hand des Intendanten der hiesigen Oper und verantwortlich für das Engagement der Gesangskräfte. Viele neue Talente waren durch ihn entdeckt worden und sangen jetzt an den großen Bühnen Europas. Matteo konnte nicht glauben, dass er ihm gegenüberstand. Auf solch einen Moment hatte er viele Jahre vergeblich gewartet.

De Luca drückte ihm eine Karte mit Namen und Adresse in die Hand.

„Haben Sie schon ein festes Engagement?", fragte er.

Matteo schüttelte den Kopf. „Ich bin erst seit Kurzem wieder in Italien …"

„Es wäre mir eine Freude, Sie für unsere Oper engagieren zu können."

Jeder Musiker in Florenz kannte die de Lucas. Silvios Onkel Giovanni de Luca war ein berühmter Tenor und toskanischer Weinbauer gewesen. Leider war er vor einigen Jahren gestorben. In dessen Fußstapfen war Neffe Tommaso getreten, der mehr oder minder erfolgreich gewesen war. Gerüchten zufolge unterrichtete er wie sein Onkel im Ausland Nachwuchstalente. Matteo schaute auf die Visitenkarte und konnte es noch immer nicht fassen, dass de Luca ihn engagieren wollte. Bevor er nach München gegangen war, hatte er an der florentinischen Oper vorgesungen. Die Ablehnung des damaligen Intendanten mit dem Hinweis, dass er nicht genügend Talent besäße, hatte ihn schwer getroffen. Erst Anton Holzer hatte an ihn geglaubt und ihm das Selbstbewusstsein zurückgegeben. Dennoch hatte Matteo immer davon geträumt, als Sänger nach Florenz zurückzukehren. Er konnte sein Glück kaum fassen. Endlich könnte er sich hier beweisen.

„Es ist mir eine Ehre. Vielen Dank, Signore de Luca."

„Ich lasse Ihnen einen Termin zukommen. Im Theater besprechen wir dann alles Nähere. Buon natale, Signore Bianchi."

„Buon natale, Signore de Luca."

Silvio de Luca reichte ihm zum Abschied die Hand, bevor er sich umwandte und schnellen Schrittes davonging.

13. Januar 1939 – Sant' Anna di Stazzema

Florentina hielt fröstelnd ihre Hände über den Ofen. Heute war es für toskanische Verhältnisse ziemlich kalt. Vielleicht lag es auch daran, dass die Fröhlichkeit das Haus verlassen hatte, nachdem Onkel Federico verhaftet worden war.

Tante Lina und Antonella saßen bei Florentina im Wohnzimmer und sortierten die Notenblätter für den Chor. Gianna war zum Postamt gegangen. Tante Lina hoffte jeden Tag auf ein Schreiben, dass Onkel Federico endlich freigelassen wurde, nachdem sie ein Gesuch an den Bürgermeister geschickt hatte.

Keiner wagte über die Verhaftung ihres Onkels zu sprechen. Nicht einmal seinen Namen erwähnten sie, weil ihre Tante dann jedes Mal in Tränen ausbrach. Täglich ging Lina zur Polizeistation, um nach ihm zu fragen, und wurde stets brüsk abgewiesen. Die Nerven aller lagen blank, und die Angst um ihren Onkel wuchs. So oft wie möglich gingen sie in die Kirche, um für ihn zu beten.

Florentina fühlte sich genauso hilflos wie bei Violetta. *Wenn sie doch nur etwas für ihren Onkel tun könnte!*

Die Haustür öffnete sich, und Florentina erkannte Gianna an ihrem schwingenden Schritt.

„Post!“, rief sie.

„Ist etwas vom Bürgermeister dabei?“, fragte Tante Lina hoffnungsvoll.

„Leider nein. Nur zwei Briefe für Papa aus Mailand.“

Tante Lina seufzte enttäuscht.

„Für dich ist auch einer dabei, Florentina!“, rief Gianna. Der konnte nur von Violetta oder ihren Eltern sein.

„Bitte lies ihn mir gleich vor“, bettelte Florentina, die auf Neuigkeiten aus der Heimat brannte. Sie hörte, wie Gianna das Kuvert öffnete, dann raschelte Papier.

Gierig sog Florentina jedes Wort ihrer Mutter auf. Die Nazis mischten sich zunehmend impertinenter in die Abläufe des Theaters ein und bestimmten für dieses Jahr sogar den Spielplan. Der Führer feierte im April seinen fünfzigsten Geburtstag. Ganz Deutschland richtete sich auf diesen Tag aus. Auch das elterliche Theater. Zwischen den Zeilen klang deutlich der Ärger ihrer Mutter heraus. Florentina konnte sich gut vorstellen, wie aufgebracht ihr Vater war. Sie ballte auf ihrem Schoß die Hände zu Fäusten. Sofort waren ihre Erinnerungen an die besagte Nacht wieder präsent, und es befiel sie wieder dieser unbändige Zorn, gepaart mit Ohnmacht, wenn sie an die Nazis dachte. Ihre Beine zitterten.

„Ist alles in Ordnung?“ Gianna legte ihre Hand auf Florentinas kalte Fäuste.

„Ja, ja, natürlich, bitte lies weiter.“ Nichts war in Ordnung seit damals. Aber sie konnte sich ihrer Cousine nicht anvertrauen. Gianna holte tief Luft, bevor sie weiterlas.

Violetta hat ein Engagement an einer kleinen Londoner Bühne. Stell dir vor, sie hat an Weihnachten in einer bekannten Londoner Kirche gesungen. Mr Wilcox – du erinnerst dich sicher noch an ihn – hat vom Gesang deiner Schwester in den höchsten Tönen geschwärmt. Wir und sicher auch du wären gern dabei gewesen.

Bestimmt hast du mit Tante Lina und den anderen ein wunderbares Fest verbracht. Verträgst du dich gut mit Gianna und Antonella?

In Florenz ist es sicher wärmer als hier. Der Winter in Hannover ist eisig und das Holz zum Heizen knapp geworden.

Wir haben dich an Weihnachten sehr vermisst. Justine war

ganz traurig, weil sie dir keinen Napfkuchen backen konnte, den du so gern isst.

Wir sind immer in Gedanken bei dir und gespannt darauf, was du weiter zu berichten hast.

Deine dich innig liebende Mutti.

„Lies bitte weiter", forderte Florentina ihre Cousine auf.

„Aber der Brief ist doch zu Ende", widersprach Gianna.

Florentina war enttäuscht. Ihre Mutter hatte nur wenig über Violetta geschrieben und Hans gar nicht erwähnt. Dafür aber diesen Mr Wilcox, dessen Stimme immer so weich geklungen hatte, wenn er mit ihrer Schwester gesprochen hatte.

Hatten sich ihre Schwester und Hans vielleicht getrennt? In Florentina wuchs das Gefühl, dass etwas nicht stimmte. Sie spürte tief in ihrem Innern, dass ihre Schwester unglücklich war. Sie verfluchte den Tag, der ihre Familie getrennt hatte. Plötzlich hörte sie Antonella aufspringen und zum Fenster rennen. Das riss Florentina aus den Grübeleien.

„Papa! Papa!", rief Antonella aufgeregt.

„Was redest du denn da, mein Kind?" Tante Linas Stimme zitterte.

„Da hinten kommt Papa! Seht doch!" Antonellas Stimme überschlug sich vor Aufregung.

Jetzt sprangen auch Gianna und ihre Tante auf und rannten an Florentina vorbei zum Fenster. Auch Florentina erhob sich von ihrem Platz und tastete sich mithilfe des Langstocks zu den anderen.

„Er ist es! Federico!", rief Lina unter Tränen. Dann rannte sie zur Tür. Ihre beiden Töchter folgten ihr. Florentina verharrte auf ihrem Platz. Die drei sollten ihren Onkel in Ruhe begrüßen können. Sie zitterte am ganzen Leib vor Freude. Die Gebete um Onkel Federicos Freilassung waren erhört worden. Sie faltete die Hände und bedankte sich im Stillen bei Gott.

Erst danach ging auch sie zur Tür. Draußen redeten Lina, Gianna und Antonella in der Aufregung durcheinander.

„Federico, mein Liebster, wie bin ich froh, dich zu sehen", stieß ihre Tante unter Schluchzen hervor.

„Papa! Papa! Endlich!", riefen Gianna und Antonella.

Normalerweise hätte ihr Onkel jetzt mit einem humorvollen Spruch dem Treiben ein Ende bereitet, dass sie ihn nicht erdrücken sollten oder Ähnliches. Aber er schwieg. Florentina begann zu frösteln. Die Szene erinnerte sie erneut an die Reichskristallnacht, in der ihr Vater sie nach Hause gebracht hatte. Die Umarmungen, die Fragen, selbst die Wiedersehensfreude waren ihr damals zu viel gewesen nach dem schrecklichen Erlebnis. Auch sie hatte in der Nacht kein Wort über die Lippen gebracht.

Die anderen kamen ins Haus. Sie bedrängten ihren Onkel mit Fragen und Vorschlägen voller Wiedersehensfreude. Noch immer hatte er kein Wort gesprochen. Er räusperte sich.

„Bitte ...", sagte er leise. Seine sonst volltönende und fröhliche Stimme klang kraftlos. Aber ihre Tante und Cousinen schienen das im Freudentaumel nicht zu bemerken. Sie waren voller Fürsorge und froh, ihn wieder in ihrer Mitte zu wissen.

„Bitte ..." Weiter kam ihr Onkel nicht. Florentina spürte, dass ihm die Umarmungen und Fragen zu viel waren und er Ruhe brauchte.

Sie streckte die Hand aus und fasste Giannas Arm.

„Hört ihr nicht, wie erschöpft er klingt. Alles, was er jetzt braucht, ist Ruhe", ergriff Florentina für ihn Partei.

„Florentina hat recht", sagte Tante Lina. „Gianna, Antonella."

Onkel Federico atmete erleichtert aus.

„Danke, Florentina."

Mit langsamen Schritten ging er zur Treppe. Deutlich spürte Florentina die Enttäuschung der drei Frauen, die sicher darauf brannten, von ihm zu hören, wie es ihm im Gefängnis ergangen war.

„Oh Gott, ich habe ihn gar nicht gefragt, ob er etwas essen möchte."

Ihre Tante quälte sich schon seit Tagen mit Selbstvorwürfen. Schließlich hatte sie ihrem Mann erzählt, dass eines der Chormitglieder die Proben geschwänzt hatte.

„Tante Lina, er wird es dir sicher sagen, wenn er etwas möchte", versuchte Florentina sie zu beruhigen.

Am späten Nachmittag begab sie sich ins Musikzimmer, um Klavier zu üben. Tante Lina und ihre Kinder waren zur Chorprobe gegangen. Onkel Federico, so hatte Tante Lina gesagt, war oben und schlief. Da Florentina die Tür hinter sich geschlossen hatte, würde sie ihn nicht stören. So hoffte sie. Entschlossen setzte sie sich auf den Klavierhocker und begann zu spielen. Die ersten Töne erfüllten den Raum und bald verlor sie sich in ihrem Spiel. Plötzlich hatte sie das Gefühl, nicht allein zu sein. Erschrocken zuckte sie zusammen, als sie jemanden husten hörte. Florentina wandte sich um.

„Onkel Federico? Bist du das etwa?" Sie hatte ihn nicht die Treppe hinunterkommen hören. Wie lange mochte er hier schon sitzen?

„Ja", antwortete er leise. „Spiel bitte weiter." Er hörte sich erschöpft an.

„Mit meinen Übungen langweile ich dich sicher."

„Ganz und gar nicht. Bitte mach weiter."

Florentina zuckte mit den Achseln und folgte seiner Bitte.

Sie hatte erst wenige Takte gespielt, als er wieder zu husten begann.

„Onkel Federico, geht es dir nicht gut?" Die Sorge um ihn bedrückte sie. Sie wusste von einigen Künstlern des elterlichen Theaters, dass sie in dunkle Kellergewölbe gesteckt worden waren. Sie hoffte, dass ihrem Onkel dieses Schicksal erspart geblieben war. Seit seiner Rückkehr hatte er mit niemandem ein Wort gewechselt. Florentina tastete nach ihrem Langstock und ging zu ihm. Ihr Herz pochte vor Sorge schneller. Er saß auf dem Diwan. Sie beugte sich zu ihm hinunter.

„Du hast einen fürchterlichen Husten. Wo haben sie dich nur eingesperrt?"

„Mach dir keine Sorgen, es geht mir gut." Seine Worte endeten in einem Hustenanfall.

„Das mag ich nicht glauben, so wie du hustest." Anstelle einer Antwort ging das Husten weiter, noch schlimmer als zuvor. Sie legte ihre Hände auf seine Arme und spürte, wie ein Zittern durch seinen Körper lief, während er hustete.

„Ich hole schnell einen Arzt", sagte sie. Er hielt sie am Arm zurück.

„Bleib", stieß er hervor.

„Aber du brauchst Hilfe."

Bevor ihr Onkel antworten konnte, klopfte es an der Tür.

„Bleib sitzen, ich gehe öffnen", bot sie an und war bereits mit dem Langstock auf dem Weg zur Haustür.

„Buon giorno, Florentina", wurde sie von Matteo begrüßt.

Knapp erwiderte sie seinen Gruß, bevor sie ihn eintreten ließ. Lieber hätte sie die Gelegenheit genutzt, um ihren Onkel von seiner Haft erzählen zu lassen.

„Federico!", rief Matteo freudig. „Ich konnte kaum glauben, dass du endlich frei bist." Er eilte zu ihrem Onkel. „Wie geht es dir? Seit wann bist du frei?"

„Es geht mir gut. Sie haben mich heute Morgen freigelassen."

Noch immer klang die Stimme ihres Onkels erschöpft.

„Aber wie ist es dir im Gefängnis ergangen? Bist du gut behandelt worden?"

„Ich … ich mag jetzt nicht darüber sprechen."

„Aber Federico …"

Florentina konnte ihren Onkel verstehen. Sie konnte auch

mit niemandem über ihr schreckliches Erlebnis reden. Aus Scham und weil sie kein Mitleid wollte.

„Du musst akzeptieren, Matteo, dass er nicht darüber reden will", mischte sich Florentina ein. Es ärgerte sie, dass Matteo ihren Onkel derart bedrängte.

„Es tut mir leid, Federico. Ich habe mir große Sorgen um dich gemacht."

„Schon gut. Kommt bitte näher und setzt euch zu mir." Das klang aus Onkel Federicos Mund so ernst, dass Florentina Angst bekam.

Ihr Onkel klopfte neben sich auf das Sofapolster. Für Florentina die Aufforderung, sich neben ihn zu setzen. Ein Luftzug verriet ihr, dass Matteo ihnen gegenüber im Sessel Platz genommen hatte.

Sie spürte, dass Onkel Federico ihnen etwas Wichtiges sagen wollte.

Der Onkel nahm Florentinas Hand in seine.

„Ihr seid beide starke Persönlichkeiten."

„Warum sagst du das? Außerdem bin ich gar nicht stark, wie du sagst", widersprach sie.

„Ich kenne dich, Federico. Du hast doch etwas auf dem Herzen." Matteo sprach aus, was Florentina dachte.

Federico räusperte sich. „Alles hat sich verändert, seitdem die Rassengesetze eingeführt wurden. Gesetze, die einen Keil zwischen Menschen treiben. Ich bin immer stolz auf mein Heimatland gewesen. Italien war immer ein freies und tolerantes Land. Wir alle konnten offen unsere Meinung äußern. Ich war nicht auf der Versammlung wegen des Chormitglieds, sondern weil ich mich der Widerstandsbewegung angeschlossen habe."

Wie vom Donner gerührt saß Florentina da. Ihr Onkel rebellierte gegen die Regierung und ging zu geheimen Treffen? Mit keinem Wort hatte er das je erwähnt. Ob Tante Lina oder Gianna davon wussten?

„Also doch?“, rief Matteo erstaunt. „Wieso hast du nichts gesagt? Seit wann gehst du zu diesen Treffen?“

„Ich konnte es niemandem sagen. Es war an dem Tag im letzten Sommer, an dem die jüdischen Musiker wegen der Rassengesetze nicht mehr an unseren Proben teilnehmen durften. Einer von ihnen wollte sich das nicht gefallen lassen und kam trotzdem. Gleich nach Hitlers Besuch in Rom wurde er verhaftet. Er hat sich nie etwas zuschulden kommen lassen. Er wurde von einem anderen Orchestermitglied verraten. Die Menschen werden hier in zwei Lager gespalten. Da kann ich doch nicht tatenlos zusehen!“

Florentina wurde plötzlich übel. Die Erinnerungen an die Nazis in ihrer Heimatstadt Hannover holten sie wieder ein. Dabei hatte sie gehofft, hier in Italien Abstand von allem zu finden. Niemals hätte sie vermutet, dass ihr Onkel ein Gegner der Faschisten war.

„Du bringst dich und deine Familie in Gefahr, wenn du weiter zu diesen geheimen Treffen gehst!“, rief Matteo aufgebracht. „Du könntest jederzeit wieder verhaftet werden und nicht mehr so schnell freikommen.“

Florentina stimmte Matteo zu. Sie hatte miterlebt, wie belastend das für die ganze Familie gewesen war. Das konnte er doch nicht wirklich wollen?

„Das ist mir bewusst. Deshalb möchte ich euch inständig darum bitten, euch um Lina und die Kinder zu kümmern, falls mir etwas zustoßen sollte.“

Florentina erschrak. „Du machst mir Angst, Onkel Federico. Bitte geh nicht mehr zu diesen Versammlungen“, flehte sie ihn an.

„Federico, Florentina hat recht. Als Freund …“ Florentina entging nicht die Furcht, die in Matteos Stimme mitschwang.

„Das kann ich nicht“, fiel ihr Onkel Matteo ins Wort. „Die Freiheit Italiens steht auf dem Spiel. Im Widerstand sehe ich die einzige Möglichkeit, dem entgegenzusteuern und eine Katastrophe aufzuhalten."

Seine Entschlossenheit verriet, dass er durch nichts und niemanden umzustimmen war.

Florentina zitterte vor Angst am ganzen Leib. Ihre Hoffnung, in Italien Ruhe finden zu können, zerschlug sich in diesem Moment. Diese unbändige Angst, die Hilflosigkeit und Verzweiflung waren die Hölle gewesen. Das konnte und wollte sie nicht noch einmal durchmachen.

Matteo schwieg. Sicher spürte auch er, dass es zwecklos war zu widersprechen.

„Gebt ihr mir euer Versprechen?"

Gegen ihre Überzeugung versprach es Florentina. Auch Matteo gab nach.

19. März 1939 – Florenz

Tief verbeugte sich Matteo vor dem Publikum. Der Applaus wollte nicht enden, was ihn mit Stolz erfüllte.

Erst jetzt wusste er, wie sehr er die Theaterluft und den Beifall vermisst hatte.

Er selbst war mit seiner Leistung zufrieden, denn er hatte alles gegeben.

In den vorderen Reihen saßen sein Vater und Federico.

„Ich kann mir doch nicht entgehen lassen, wenn mein Sohn das erste Mal in seiner Heimatstadt auf der Bühne steht", waren die Worte des Vaters gewesen.

Matteo blickte auf, bevor er sich erneut verbeugte. Einen Moment stutze er, als er in einer der Logen Fräulein von Edel in Begleitung von diesem Mahler bemerkte. Sie applaudierte ihm huldvoll. Weshalb saß sie nicht mit seinem Vater zusammen? Wusste der vielleicht gar nicht, dass sie hier war?

Anna von Edel trug ein weinrotes Seidenkleid mit schmalen Trägern und über die Ellbogen reichende Handschuhe in der gleichen Farbe. Das Collier an ihrem Hals funkelte, seit das Licht im Theater angegangen war. Es hatte Matteos Blick auf sie gelenkt.

Als sich die Zuschauer von den Plätzen erhoben, folgte sie deren Beispiel. Nur Mahler blieb sitzen und schaute sich gelangweilt um.

De Luca, der am Rand der Bühne stand, nickte Matteo zu, als Zeichen für eine Zugabe.

Matteo hob die Arme zum Publikum und bedeutete dem Dirigenten mit einem Zeichen, eine Arie zu wiederholen. Er hatte nicht mit diesem Erfolg gerechnet. Sofort war es im Theater mucksmäuschenstill.

Matteo wiederholte das *Te Deum* aus der Oper *Tosca*. Es war die erste dramatische Rolle, die er auf einer Bühne sang. Er hatte nicht geahnt, dass sie ihm lag, da er meistens Partien in komischen Opern gesungen hatte.

Während er die Arie sang, glitt sein Blick weiter über die Zuschauer und blieb an dem schmalen Gesicht Florentinas hängen, die neben ihrer Cousine Gianna zwei Reihen hinter seinem Vater saß. Von Federico wusste er, dass sie vorgehabt hatte, diese Aufführung zu besuchen, weil sie diese Oper liebte. Bei ihrem Anblick klopfte sein Herz unvermutet schneller. Kaum war der letzte Ton verklungen, sprang sie von ihrem Sitz auf, klatschte in die Hände und rief: „Bravo!"

Gianna tat es ihr gleich. Von de Luca hatte er die Erlaubnis für eine einzige Zugabe, sodass Matteo nach einer letzten tiefen Verbeugung von der Bühne eilte.

De Luca klopfte ihm auf die Schulter. „Alle Achtung, Signore Bianchi. Morgen wird Ihr Name in allen Zeitungen stehen. Das Publikum war begeistert. Ab jetzt sind Sie keine Zweitbesetzung mehr."

Matteo spürte, wie ihm das Lob die Röte in die Wangen trieb.

Er war de Luca dankbar für diese Chance.

„Danke, Signore de Luca."

„Das haben Sie sich selbst zu verdanken."

Matteo eilte in die Garderobe. Schweiß perlte von seiner Stirn. In dem Kostüm war ihm unerträglich heiß. Gerade als er die Jacke ausgezogen hatte, klopfte es an seiner Tür. Florentina! In freudiger Erwartung, dass sie es sein würde, bat er sie herein.

Doch es war nicht Florentina, die jetzt vor ihm stand, sondern Anna von Edel. Lächelnd trat sie auf ihn zu und blickte zu ihm auf.

„Ihr Auftritt war perfekt, Matteo. Sie haben wirklich großes Talent. Ihr Vater wird sicher stolz auf Sie sein."

„Danke", presste er hervor.

„Sie werden sich vermutlich fragen, weshalb ich nicht neben Ihrem Vater gesessen habe."

Konnte sie Gedanken lesen?

„Das bleibt doch ganz Ihnen überlassen, Fräulein von Edel."

„Ich will es Ihnen trotzdem erklären. Mein Bekannter, Herr Mahler, hat die Loge gemietet. Leider ist seine Begleitung für heute Abend verhindert. Deshalb hat er mich gebeten. Es war die richtige Entscheidung, jetzt, da ich Sie gehört und auf der Bühne gesehen habe."

Matteo ahnte, dass dieser Grund, in seine Garderobe zu kommen, nur vorgeschoben war.

„Sie sind doch nicht nur deshalb gekommen, um sich wegen meines Vaters zu erklären?"

„Nein", gab sie zu. „Sie haben mit Ihrer Stimme mehr Interesse geweckt, als Sie sich vermutlich vorstellen können."

Fragend sah Matteo sie an.

„Die Bühne dieser Oper ist nur ein Sprungbrett für Ihre Karriere. Ihnen steht die ganze Opernwelt offen. Ich habe sehr einflussreiche Freunde."

Matteo schwieg, während er überlegte.

„Ich bin zufrieden mit dem, was ich habe."

Ihre grell geschminkten Lippen verzogen sich zu einem Lächeln.

„Bei Ihrem Talent sind Sie viel zu bescheiden. Sie haben das Zeug dazu, der Bariton Nummer eins in der Welt zu werden." Sie schnipste mit den Fingern.

Matteo wollte es aus eigener Kraft schaffen und nicht von der Gunst irgendwelcher Mäzene abhängig sein.

„Sie glauben mir nicht?" Anna von Edel trat dicht vor ihn.

„Der Führer persönlich hat mich beauftragt, in seinem Namen besondere Talente zu finden und zu engagieren. In Bayreuth soll die Oper *Rheingold* aufgeführt werden. Ich könnte Sie als Heldenbariton für die Rolle des Wotan vorschlagen. Sie hätten sicher gute Chancen, engagiert zu werden."

Ihr Angebot verschlug Matteo für einen Moment die Sprache. Eine Rolle in Bayreuth, davon träumten viele. Aber nach Deutschland zurück? Das wollte er nicht. Matteo hasste Hitlers Schergen, die harmlose Bürger verhafteten, nur weil sie Juden waren oder der falschen Partei angehörten.

„Ich habe mich dazu entschieden, in meinem Heimatland zu bleiben." Die Rolle des Wotan in *Rheingold* wäre natürlich ein Traum. Vielleicht würde er auch auf einen Schlag damit berühmt werden. Dennoch wollte Matteo nicht nach Deutschland zurückkehren. Dieser Hass auf Juden dort war beängstigend.

Der Blick Anna von Edels verhärtete sich.

Sie öffnete ihre Handtasche und zog ein Visitenkärtchen heraus.

„Falls Sie es sich doch noch anders überlegen, Matteo …" Anna von Edel wedelte mit der Visitenkarte, die sie aus ihrer Handtasche gezogen hatte, und drückte sie ihm in die Hand. „Lassen Sie den Führer nicht zu lange warten. Er kann recht ungeduldig sein. *Rheingold* gehört zu seinen Lieblingsopern. Ihre Stimme würde perfekt passen. Es würde mich nur ein Telefonat mit Winifred Wagner kosten, und die Chance wäre Ihre."

Auch wenn es ihn reizte, sein Entschluss stand fest. Gerade als er das Anna von Edel klar und deutlich sagen wollte, klopfte es erneut. Anna von Edel blickte ihn auffordernd an. Irgendwie war Matteo über diese Störung froh.

„Ja bitte!" Wenn er geglaubt hatte, die Dame würde so diskret sein und sich zurückziehen, hatte er sich geirrt. Stattdessen verharrte sie auf der Stelle und starrte auf die Tür, die in diesem Moment aufflog. Gianna stürmte in Begleitung Florentinas herein.

„Matteo, du warst einfach großartig!" Gianna strahlte.

Als Anna von Edel Florentina hinter Gianna erblickte, gefror ihr Lächeln. Es war ihr deutlich anzumerken, dass ihr die Anwesenheit der beiden Frauen missfiel.

„Meine Cousine hat recht, Sie waren wirklich wunderbar."

Obwohl Florentina ihn nicht sehen konnte, drehte sie den Kopf in seine Richtung, als wisse sie genau, wo er stand.

„Danke schön." Matteo deutete eine Verbeugung an. Er hatte nur Augen für Florentina, auf deren wohlgeschwungenen Lippen ein zaghaftes Lächeln lag. Ihre Wangen waren rosa. In dem tiefblauen, schulterfreien Kleid, das sie heute trug, war sie eine Augenweide. Ihr schwarzes Haar fiel offen in weichen Wellen auf ihre zarten Schultern. *Wie schön sie ist!* Matteo musste bei ihrer Schönheit schlucken. Er sah sie zum ersten Mal geschminkt, was sie sicher ihrer Cousine zu verdanken hatte. Es freute ihn, dass sein Gesang ihr gefallen hatte.

Einen kurzen Moment lang herrschte Stille. Ihm entging nicht, wie Anna von Edel Florentina abweisend musterte. Die sensible Gianna blickte abwechselnd ihn und Anna von Edel an.

„Wir kommen wohl ungelegen. Scusi", sagte sie leise und fasste nach Florentinas Arm. „Komm, Florentina, ich glaube, wir stören." Sie wollte ihre Cousine mit sich ziehen.

Anna von Edels Augenbrauen ruckten nach oben.

„Nein, nein, ihr stört nicht", sagte Matteo hastig, der nicht wollte, dass die beiden gingen.

„Aber da ist doch noch jemand, ich spüre es", widersprach Florentina und wollte die Garderobe verlassen.

Die Höflichkeit gebot es ihm, die Frauen einander vorzustellen.

„Moment, ich möchte euch gern miteinander bekannt machen. Gianna, bitte wartet."

Gianna und Florentina hielten inne.

„Gianna, Florentina, das ist Signorina Anna von Edel. Fräulein von Edel, das sind Gianna Santoro, die Tochter eines Musikerfreundes, und ihre Cousine Florentina Schwarz."

Matteo war nicht entgangen, dass Florentina erstarrte, als er Anna von Edels Namen nannte.

Ihre Lippen zitterten.

„Fräulein von Edel aus Hannover?", fragte Florentina.

„Ehemals aus Hannover. Ich lebe schon seit Jahren in Italien", korrigierte Anna von Edel.

„Sie kennen sich?", wandte sich Matteo an Anna von Edel und Florentina.

„Flüchtig. Wir sind uns einmal im Theater am Park bei einer Premierenfeier begegnet. Haben aber kaum ein Wort miteinander gewechselt." Anna von Edels Tonfall klang herablassend.

Er sah, wie sich auch Florentinas Miene verdüsterte. Die Atmosphäre war angespannt.

„Stimmt. Wenn ich mich recht erinnere, waren Sie in Begleitung des Kreisleiters."

Matteos Blick flog zwischen den beiden hin und her. Es war offensichtlich, dass sie sich nicht gut verstanden. Auch Gianna blickte mit besorgter Miene von einer zur anderen.

Anna von Edel kniff die Lippen zusammen.

„Ich muss jetzt gehen, Matteo. Mein Begleiter wartet auf mich." Anna von Edel nickte ihm kurz zu, dann Gianna und Florentina.

„Die Damen, wenn Sie mich bitte entschuldigen würden …" Schon eilte sie an Gianna und Florentina vorbei aus der Garderobe.

„Sie kennen Fräulein von Edel?" Florentinas Frage klang wie ein Vorwurf.

„Flüchtig. Sie ist eine gute Bekannte meines Vaters."

„Ihr verstorbener Bruder hat den Eltern meiner Cousine übel mitgespielt. Und ich glaube, seine Schwester ist keinen Deut besser." Gianna sprach immer das aus, was sie dachte und fühlte.

„Ich kann schon gut auf mich selbst aufpassen. Aber danke, dass du dich um mich sorgst."

„Wir müssen jetzt gehen, wollten dir nur sagen, wie klasse du gesungen hast. Papa wartet draußen auf uns." Gianna zog Florentina am Arm. Doch sie hob abwehrend die Hand.

„Fräulein von Edel bewegt sich in den Kreisen des Führers. Bitte seien Sie vorsichtig."

Florentinas Sorge um ihn war rührend. Also war er ihr doch nicht ganz so gleichgültig, wie sie immer vorgab.

„Ich danke Ihnen für die Warnung, Florentina." Matteo trat einen Schritt auf sie zu. Der Duft frischer Blütencreme schwebte wie eine Wolke bei jeder ihrer Bewegungen durch die Luft. Kaum tat er einen Schritt auf sie zu, wich sie zurück. Eben noch war sie mitfühlend gewesen, hatte sich um ihn gesorgt, und jetzt trennte sie wieder diese unsichtbare Mauer.

„Komm, Florentina, Papa wartet nicht gern." Gianna zog Florentina aus der Garderobe. Nachdenklich schaute Matteo den beiden nach.

3. Mai 1939 – Florenz

Signorina Schwarz, die Passage müssen Sie viel getragener spielen. Mahlers Klaviersonate in Moll ist kein heiteres Stück, sondern ist eher schwermütiger Natur."

Florentina nickte. Seit Januar wurde sie von Umberto Fratelli unterrichtet. Sie gab sich alle Mühe, die Ratschläge ihres Dozenten umzusetzen. Fratelli verlangte viel von seinen Schülern und ließ sie die Stücke so lange nach seinen Ratschlägen wiederholen, bis er zufrieden war. Florentina hatte in den wenigen Unterrichtsstunden bereits viel von ihm gelernt.

„Bitte die Stelle nun noch einmal. Beherzigen Sie meine Worte, Signorina Schwarz." Fratelli sprach mit ihr nie so streng wie mit den anderen, und sie fragte sich, ob er das aus Mitleid tat. Sie wollte wegen ihrer Blindheit nicht bevorzugt behandelt werden.

„Si, Signore Fratelli."

Ihre Hände senkten sich auf die Tasten. Konzentriert versuchte sie sich vorab die Klangfarbe vorzustellen, bevor sie spielte. Zielsicher fanden ihre Finger die richtigen Tasten. In jeden Ton legte sie viel Gefühl.

Die Passage endete im Piano. Ihr Anschlag war so sanft, als würde ein Schmetterlingsflügel ihre Haut berühren. Der letzte Akkord hallte durch den Raum. *Noch immer zu laut. Das kannst du besser!* Sie war mit dem Ergebnis nicht zufrieden. Ihre Mutter wäre es sicher auch nicht gewesen, und Fratelli wäre es erst recht nicht. Angespannt saß sie auf dem Hocker in Erwartung einer herben Kritik.

„Genau so, Signorina." Fratelli klatschte in die Hände. Florentina war überrascht.

„Aber … ich …“, stammelte sie.

„Kein Aber. Seien Sie fürs Erste mit sich zufrieden. Am Ende arbeiten wir noch, bis es perfekt ist.“

Florentina erwiderte nichts. Sie hätte die Passage noch einmal neu versucht. Fratelli mochte jedoch keinen Widerspruch. Er seufzte.

„Ein gesunder Ehrgeiz ist lobenswert. Aber ich spüre, dass Ihnen die Leistung nicht genug ist. Wenn Sie sich zu sehr unter Druck setzen, verkrampfen Sie.“ Es schien, als hätte er ihre Gedanken gelesen.

Traurig dachte sie an Onkel Federico, der ihr einmal das Gleiche vorgeworfen hatte.

Bei jedem anderen Lehrer wäre jetzt die Unterrichtsstunde vorbei gewesen. Aber Fratelli liebte es, seinen Schülern am Ende der Stunde eine neue Aufgabe aufzutragen, bevor sie sich voneinander verabschiedeten.

„Ich werde natürlich zu Hause am Ende üben“, versprach sie eifrig.

„Das ist sehr löblich, Signorina Schwarz. Aber ich möchte, dass Sie sich an diese Sonate begeben.“ Sie hörte, wie er zum Notenschrank hinüberging und etwas herausnahm. Er blätterte in einem Buch, bevor er es Florentina reichte.

„Ich habe ein Lesezeichen hineingesteckt. Hier steht der Name des Stückes drauf.“ Er drückte ihr einen Zettel in die Hand. Ihre Finger ertasteten Blindenschrift. Sie war Fratelli dankbar, dass er ihr die Aufgaben immer in Blindenschrift mitgab.

„Moment, ich spiele es Ihnen kurz vor.“

Florentinas Finger glitten über die leichten Erhebungen. Komponist und Stück erfüllten sie mit Respekt.

Ihr Vater, ein leidenschaftlicher und versierter Pianist, war an einem Werk Rachmaninows fast verzweifelt.

„Entschuldigung, Signore Fratelli. Es ehrt mich, dass Sie

mir zutrauen, dieses Werk spielen zu können. Aber ich glaube, dass ich einfach noch nicht so weit bin."

„Das zu beurteilen, lassen Sie mal meine Sorge sein. Ich spiele es Ihnen kurz vor, damit Sie ein Gefühl für das Werk bekommen."

Meistens genügte es, Florentina ein Stück nur wenige Male vorzuspielen, damit sie es sich merken konnte. Es fiel ihr leicht. Jede Melodie war wie ein Bogen aus Tönen, mal glatt, mal steil, den sie fühlen konnte, als würde ihre Hand darüberstreichen.

Kaum hatte Fratelli das Werk Rachmaninows zu spielen begonnen, lächelte Florentina erleichtert. Es war das Stück, das ihr Vater ein halbes Jahr lang auf dem Klavier gespielt hatte. Sie kannte jeden Ton und wusste um die Schwierigkeiten darin. Doch ganz hatte sie es nie versucht. Würde sie an Rachmaninows Werk genauso verzweifeln wir ihr Vater?

Fratelli endete.

„Sie lächeln, Signorina? Haben Sie das Stück vielleicht schon einmal gespielt?"

„Nein, mein Vater hat es eine Zeit lang geübt und ist daran verzweifelt."

„Er spielt dieses Werk? Das können wirklich nur Geübte", sagte Fratelli erstaunt.

„Ja."

„Ist Ihr Vater Pianist?"

Sie hatte Fratelli verschwiegen, wer ihre Eltern waren. Er hatte auch nie danach gefragt. Sie wollte nicht bevorzugt behandelt werden, nur weil ihre Eltern bekannte Sänger waren.

„Nein, er ist Sänger."

Sie hörte Fratelli Luft holen.

„Sänger? Sie kommen doch aus Hannover, nicht wahr?"

„Ja."

„Schwarz! Natürlich! Wie töricht von mir. Dann sind Sie

die Tochter von Roman Schwarz, dem bekannten Opernsänger?“

Florentina nickte.

„Jetzt wird mir klar, dass Ihnen das Talent in die Wiege gelegt worden ist. Ihr Vorfahr Frederik von Uhlenberg war auch ein gefeierter Pianist. Ich habe einmal ein Werk von ihm auf einem Konzert gespielt. Diese Melancholie darin … Sie haben das Gespür dafür. Aber Sie müssen noch lernen, diesem Gefühl freien Lauf zu lassen. Musikalisch natürlich.“

„Signore Fratelli, ich möchte Sie bitten, es für sich zu behalten, wer meine Eltern sind.“ Sie befürchtete, andere könnten ihr unterstellen, nur wegen ihrer Eltern das Stipendium erhalten zu haben.

„Ja, ja, natürlich.“

„Danke.“

Sein Schweigen ließ Florentina spüren, dass er grübelte.

„Wissen Sie, Signorina, ich bin ein großer Verehrer Ihres Vorfahren. Es ist schade, dass ich nie die Vertonung seines *Liebesreigens* gehört oder gesehen habe.“

Florentina stockte der Atem.

„Sie kennen den *Liebesreigen?*“ Ihr Herz pochte vor Aufregung schneller.

„Kennen wäre zu viel gesagt. Es war mir vergönnt, einen Blick auf das Libretto zu werfen. Im Haus eines bekannten Kunstsammlers. Ich habe damals einen Freund begleitet und hatte keine Ahnung von dem Wert solcher Kunst.“

In Florentinas Kopf schwirrte es. Ihre Vorfahren hatten alle vergeblich nach dem verschollenen Werk Frederiks gesucht. Da musste sie bis nach Italien reisen, um vielleicht mehr zu erfahren.

„Sie haben das Libretto gelesen? Was steht darin? Bitte, Sie müssen mir alles darüber erzählen!“, sprudelte es aus ihr heraus.

„Sie kennen es nicht?“, fragte Fratelli verwundert.

„Nein. Der *Liebesreigen* ist spurlos verschwunden. Meine Familie hat danach gesucht, ist jedem Hinweis nachgegangen. Aber er blieb unauffindbar. Auch das Libretto kennen wir nicht. Wissen Sie denn, wer es geschrieben hat?"

„Leider nein. Die Zeilen, die ich gelesen habe, waren voller Sehnsucht und Liebe. Sie haben mich tief berührt. Ihr Vorfahr muss seine Frau sehr geliebt haben. Nach ihrem Tod war er ein gebrochener Mann."

„Sie wissen sicher, dass die Leute glauben, mein Vorfahr habe diese Frau getötet?"

„Das kann ich mir nicht vorstellen, so sehr, wie er sie geliebt haben muss. Aus den letzten Zeilen des Librettos klang pure Verzweiflung, denn er schildert, wie sie in seinen Armen gestorben ist."

Fratellis Worte stimmten Florentina nachdenklich. Wer hatte das Libretto geschrieben? Wenn sie gehofft hatte, Antworten auf ihre Fragen zu finden, hatte sie sich geirrt. Stattdessen tauchten immer mehr Fragen auf. Sie war Frederik und dessen Werk nahegekommen wie nie zuvor. Dennoch war ihr kein Einblick in dessen Leben vergönnt.

„Und Sie haben keine Vermutung, wer es geschrieben haben könnte?"

„Nein. Leider war auf den Blättern weder ein Name noch Initialen vermerkt. Außerdem liegt das Ganze schon viele Jahre zurück."

„Wo haben Sie das Libretto gesehen?" Gespannt wartete Florentina auf die Antwort.

„Bei einem reichen Kunstsammler. Sein Ruf war recht zweifelhaft. Ich habe damals nur einen Freund begleitet."

„Wie hieß denn der Kunstsammler?"

„Das ist schon zu lange her. An seinen Namen kann ich mich beim besten Willen nicht mehr erinnern. Nur dass gemunkelt wurde, die Raritäten wären illegal erworben worden."

„Aber es muss doch irgendeinen Anhaltspunkt geben?"

Florentina wollte sich mit Fratellis Worten nicht zufriedengeben. Irgendetwas musste er sich doch gemerkt haben.

„Nein, wirklich nicht“, beteuerte er und es klang ehrlich.

„Und Ihr Freund, weiß der vielleicht mehr?“

Sie fühlte sich der Wahrheit so nah wie noch nie zuvor.

„Der ist leider im vergangenen Jahr nach Pisa gezogen. Wir haben uns lange nicht mehr gesehen.“

„Oh.“ Florentina biss sich auf die Lippe. Jetzt war sie der Wahrheit um Frederik so nah wie nie zuvor, und dennoch erfuhr sie nur Brocken.

„Mein Freund hat den Kunstsammler aufgesucht wegen irgendwelcher Noten aus dem Archiv von Königin Charlotte.“

„Königin Charlotte von Hannover?“

Florentinas Wangen glühten vor Aufregung.

„Ja. Der Kunstsammler war so begeistert von dem Libretto, dass er uns Passagen vorgelesen hat.“

„Und?“ Florentina brannte darauf, mehr über den Inhalt zu erfahren. Das konnte doch nicht alles gewesen sein, was Fratelli zu berichten hatte.

„Zuerst dachte ich. Es handele sich um eine banale Liebesgeschichte. Aber es war voller Dramatik, besonders am Ende, als die Frau in den Armen des Geliebten stirbt.“

In wenigen Worten beschrieb Fratelli die Verzweiflung ihres Vorfahren, als er die Liebe seines Lebens verlor.

Unzählige Fragezeichen kreisten in Florentinas Kopf. Wenn es stimmte, was Fratelli ihr erzählt hatte, deutete nichts darauf hin, dass Frederik die Frau getötet hatte. Sie glaubte, dass der Schlüssel zur Wahrheit im Libretto verborgen war. Wenn sie es finden könnte, wäre es vielleicht möglich, Frederik zu rehabilitieren und zu beweisen, dass er kein Mörder war.

23. Mai 1939 – Florenz

Bester Laune kehrte Matteo von der Probe aus der Oper nach Hause zurück. Zu seinem Erstaunen war das Haus dunkel. Matteo nahm an, dass sein Vater ausgegangen war. Er wollte gerade den Schlüssel ins Schloss stecken, als die Tür aufgerissen wurde und ein Mann an ihm vorbeistürmte.

„He!", rief Matteo ihm hinterher und sah, wie der Kerl in der Dunkelheit verschwand. Wer war das gewesen? Und was hatte er im Haus seines Vaters gewollt? Furcht stieg in Matteo auf. Hatte er eben womöglich einen Einbrecher überrascht? Er tastete mit den Fingern übers Türblatt. Es schien nicht beschädigt zu sein. Vorsichtig stieß er die Tür weiter auf und lauschte. Im Haus war es totenstill, nirgendwo brannte Licht. Er malte sich im Geist aus, was seinem Vater alles geschehen sein könnte. Dumpf schlug sein Herz in der Brust.

„Vater?", rief er mit gedämpfter Stimme, erhielt aber keine Antwort. Matteo suchte im Dunkeln den Lichtschalter, als er plötzlich eine Bewegung neben sich wahrnahm. Erschrocken zuckte er zusammen. Dann hörte er jemanden schwer atmen.

„Was machst du denn im Dunkeln, Papa?"

Eine Lampe flammte auf. Geblendet vom Licht kniff Matteo die Augen zusammen. Als er sich an die Helligkeit gewöhnt hatte, sah er seinen Vater an, der völlig aufgelöst und keuchend vor ihm stand.

„Geht es dir gut? War das eben ein Einbrecher? Hat er dir etwas getan?"

„Ja, ja, es geht schon. Ich … ich weiß es nicht …", stieß sein Vater hervor und zitterte am ganzen Körper. Sofort war Matteo bei ihm und fasste seinen Arm.

„Komm, setz dich in den Sessel." Behutsam führte er seinen aufgelösten Vater ins Wohnzimmer zur Sitzgruppe.

„Hat er etwas gestohlen?"

Sein Vater zuckte mit den Achseln.

„Ich schaue mal nach, und dann gehe ich zur Polizei."

„Nein!", rief sein Vater. „Nicht zur Polizei!"

Fragend sah Matteo ihn an. „Aber ein Einbruch muss gemeldet werden", widersprach er.

„Nein!", rief sein Vater eine Spur energischer. Die Angst in seinen Augen besorgte Matteo.

„Ich verstehe dich nicht, Vater. Wieso wehrst du dich gegen meinen Vorschlag, den Einbruch bei der Polizei zu melden?"

„Weil … weil … weil es eben nicht nötig ist."

„Dann kanntest du den Kerl, der eben aus dem Haus gerannt ist?"

Sein Vater schüttelte den Kopf. „Nein, aber es ist besser, keine Polizei zu holen."

„Was redest du denn da, Papa?" Irritiert sah Matteo ihn an. Er war so blass, und seine Wangen waren eingefallen. Irgendetwas stimmte hier nicht.

„Ich werde das Gefühl nicht los, dass du mir etwas verschweigst, Papa. Vertraust du mir nicht, deinem Sohn? Das war kein Einbrecher, nicht wahr?"

„Ich kann jetzt nicht darüber reden."

Matteo ging zu seinem Vater und fasste ihn an den Schultern.

„Wenn du Vertrauen zu mir hättest, würdest du mir sagen, wer das eben gewesen ist und was er zu dieser vorgerückten Stunde von dir wollte."

Matteo war enttäuscht, dass sein Vater ihm nicht die Wahrheit sagte.

„Lass mich." Er stieß Matteo von sich. Zuerst wollte Matteo seinen Vater zurückhalten und von ihm die Wahrheit verlangen. Doch er spürte, dass es in diesem Moment zwecklos war, in ihn zu dringen.

„Ich weiß nicht, was hier gespielt wird oder in was du verstrickt bist, aber ich finde es heraus."

Wütend wandte sich Matteo ab und ging hinauf in sein Zimmer.

Rastlos wälzte er sich wenig später im Bett hin und her. Immer wieder überlegte er, was der Fremde bei seinem Vater gewollt hatte und weshalb der so verstört gewesen war.

Der Morgen graute bereits, als Matteo endlich einschlief. Doch sein Schlaf währte nicht lange, denn es quälten ihn Albträume von Florentina und seinem Vater, bis er aus einem schweißgebadet aufwachte.

Die Sonne ging gerade auf. Unten im Haus hörte er seinen Vater in der Küche hantieren. Matteo verließ das Bett und ging hinunter zu ihm. Er saß am Küchentisch vor einer Tasse dampfenden, schwarzen Kaffees und trug dieselbe Kleidung wie am Vorabend. Daraus folgerte Matteo, dass er kein Auge zugetan hatte. Was mochte seinen Vater derart aufgebracht haben?

„Auch einen Kaffee?", fragte er Matteo.

„Gern."

Als Matteo sich setzte, bemerkte er die Tageszeitung.

Deutschland und Italien im Schulterschluss lautete die Überschrift auf der Titelseite. Das Zeitungspapier wies Knicke auf, sodass sein Vater sicher darin geblättert hatte. Matteo nahm die Zeitung in die Hand und überflog den Artikel. Dunkle Wolken zogen am Horizont auf. Das Böse in beiden Ländern hatte sich miteinander verbündet. Den Stahlpakt nannten sie es. Was würden die Rinaldis dazu sagen? Matteo blickte seinen Vater an, der schweigend und mit düsterer Miene am Tisch saß. Plötzlich riss er Matteo die Zeitung aus der Hand und pfefferte sie auf den Boden. Jetzt ahnte Matteo, weshalb sein Vater sich so komisch verhielt. Es musste mit dieser Neuigkeit zusammenhängen. Konnte der Mann von gestern Nacht einer der Rinaldi-Brüder gewesen sein? Matteo war sich nicht sicher. Das gestrige Geschehen ließ ihm keine Ruhe. Er wollte Antworten auf seine Fragen.

„War der nächtliche ungebetene Gast vielleicht einer der Rinaldis?“, wagte er sich vor.

Sein Vater, der gerade die Tasse zum Mund führte, hielt inne. Über den Tassenrand blickte er Matteo wütend an.

„Nein“, sagte er entschieden. Sein Blick zeigte Matteo, dass er noch immer nicht gewillt war, ihm Fragen zu beantworten.

Stattdessen ballten sich die Hände seines Vaters zu Fäusten. Matteo zuckte zusammen, als er unvermutet auf die Tischplatte schlug, dass die Tassen hochsprangen und der Kaffee über den Rand schwappte. Irritiert starrte Matteo ihn an.

„Dieses faschistische Pack ist machtbesessen und geht über Leichen. Jetzt haben sie sich auch noch verbündet!“, brach es aus seinem Vater heraus. Erstaunt sah Matteo ihn an. Sein Vater hatte sich noch nie politisch engagiert oder Kritik an der Regierung geübt. Er kannte ihn nicht mehr wieder. In den Jahren, die er in München verbracht hatte, schien sich nicht nur sein Vater, sondern vieles in Italien verändert zu haben. Erst war der Duce Hitlers Rassengesetzen gefolgt, und jetzt auch noch dieser unselige Pakt. Er sah eine militärische Zusammenarbeit beider Länder vor. Sein Heimatland schien sich Deutschland immer mehr anzugleichen. Diese Annäherung war erschreckend. Anna von Edel würde diesen Zusammenschluss sicher befürworten. Matteo konnte sich noch gut an den ersten gemeinsamen Abend mit ihr, ihrem Begleiter Mahler und den Rinaldi-Brüdern erinnern.

Wie konnte sich sein Vater mit dieser Frau, die Kontakte zu Faschisten pflegte, verstehen? War er vor lauter Liebe zu ihr blind?

Am liebsten hätte Matteo offen mit ihm darüber geredet.

So wie früher. Doch sein Vater hatte sich im Laufe der Jahre seiner Abwesenheit verändert. So sehr, dass Matteo ihn kaum noch zu kennen glaubte. Oder hatte ihm sein Vater all die Jahre etwas vorgetäuscht?

„Kennt Anna von Edel deine antifaschistische Haltung?", fragte Matteo vorsichtig und wartete gespannt auf die Reaktion.

„Wir sprechen nicht über Politik. Die Kunst und das Kochen verbinden uns."

„Das ist gut so. Sei vorsichtig, Papa."

Abrupt setzte sich sein Vater auf und blickte ihn empört an.

„Du glaubst doch nicht etwa, dass Anna mich verraten würde?"

„Ich kenne sie nicht so gut, dass ich es zu beurteilen vermag. Aber ihre Nähe zum Kreis um Hitler stimmt mich bedenklich."

Matteo verspürte bei Anna von Edel kein gutes Gefühl. Ihre Offenheit und Toleranz waren nur Fassade. Er konnte nicht vergessen, wie abfällig sie Florentina und Gianna angesehen hatte. Was mochte in Hannover vorgefallen sein, das diese Kluft zwischen Florentina und Anna von Edel geschaffen hatte? Die Zugehörigkeit Anna von Edels zu den Nazis? Oder steckte mehr dahinter? Matteo spürte, dass in dieser Beziehung der Schlüssel zur Wahrheit lag.

„Du siehst Gespenster. Anna ist eine Frau mit einem großen Herzen", widersprach sein Vater.

„Für den Führer und seine Verbündeten, ganz zu schweigen von ihren eigenen Interessen." Er musste seinem Vater die Augen öffnen.

„Ich möchte nicht, dass du in meinem Haus so über sie sprichst. Sie hat die Sonne wieder in mein Leben gebracht, mir die Freude zurückgegeben, die ich mit deiner Mutter begraben habe."

Matteo begriff, wie tief die Gefühle seines Vaters für Anna von Edel waren, und irgendwie konnte er ihn auch verstehen. Sicher hatte er sich nach seinem Weggehen einsam gefühlt. Bei jeder anderen Frau hätte sich Matteo mit ihm gefreut. Aber Anna von Edel bereitete ihm Bauchschmerzen.

Auch der Fremde, der in der vergangenen Nacht aus dem Haus seines Vaters gerannt war, warf unzählige Fragen auf.

Die nächtlichen Ausflüge des Vaters, über die er nie sprach, ließen ihn vermuten, dass er den Widerstand unterstützte.

Wenn einer es wissen konnte, dann Federico. Matteo beschloss, seinen Freund zu besuchen, um mit ihm unter vier Augen zu reden.

Er stand auf, verabschiedete sich knapp von seinem Vater, und verließ das Haus.

Matteo wusste, dass sein Freund Federico die drei jüngeren Kinder am Vormittag unterrichtete, weshalb er ihn erst danach besuchte. Er brauchte dringend einen Rat von einem Freund. Steil stieg die Straße an, die zu den Freunden führte. Von Weitem erkannte er deren Haus, das sonnengelb leuchtete. Die Architektur der toskanischen Häuser war einzigartig. Das Haus der Freunde bestand aus Lehm und Naturstein der Umgebung, das Dach aus Terracotta-Ziegeln. Alles fügte sich farblich wunderbar in die Landschaft ein. Zwei riesige Lorbeerbäume flankierten die vierstufige, steinerne Treppe zur Eingangstür. Im Sommer blühte die Bougainvillea purpurrot an der Hausmauer. Hinter dem Haus lag ein mit Zypressen eingefasster Garten, dessen plätschernder Brunnen in der Mitte alle Aufmerksamkeit auf sich zog. Federico liebte das Haus seines Freundes. Ein Erbe von kinderlosen Verwandten, dem Federico und Lina ihre eigene Note verliehen hatten. An den Wänden hingen verschiedene Instrumente, und das ganze Haus war vom Duft von Linas Kräutern erfüllt, die in Blumenkästen auf den Fensterbänken wuchsen.

Drinnen spielte jemand auf der Violine.

Matteo klopfte an die Tür und musste nicht lange warten, bis ihm Antonella öffnete.

„Matteo?“, fragte sie und riss erstaunt die Augen auf. „Du willst sicher zu Papa.“

Das Mädchen im gelben Kleid und dem schwarzen Haar war ihrer Mutter Lina wie aus dem Gesicht geschnitten. Eine gewisse Ähnlichkeit bestand auch zwischen ihr und Florentina. Letztere jedoch besaß ein klassisch schönes Gesicht, das ihn an Marmorskulpturen bekannter Bildhauer erinnerte.

„Du kannst wohl Gedanken lesen, Antonella. Du siehst heute wieder bezaubernd aus.“

Die Wangen des Mädchens färbten sich rot.

„Papa übt noch mit Mario. Ich sage ihm gleich Bescheid.“

„Danke, ich werde warten.“

„Setz dich doch auf die Terrasse“, empfahl sie, und Matteo kam diesem Vorschlag gern nach.

Antonella machte auf dem Absatz kehrt und lief zum Musikzimmer.

Matteo musste nicht lange warten, bis Federico zu ihm kam. Er hatte dunkle Augenringe. Matteo brannten die Fragen auf der Zunge. Aber er spürte, dass sein Freund noch nicht bereit war, über die Zeit im Gefängnis zu sprechen, und hakte nicht weiter nach.

„Schön, dich zu sehen. Wie geht es dir?“ Federico umarmte ihn so fest, dass Matteo nach Luft rang. Nach dem Gefängnisaufenthalt war sein Freund nicht mehr derselbe. Er hatte nie ein Wort über diese Zeit geäußert, sondern schien alles in sich hineinzufressen. Der Glanz in seinen Augen war erloschen.

„Ich freue mich auch.“

„In Florenz bist du nun ein gefragter Sänger. Da wage ich dich gar nicht mehr zu fragen, ob du zu einem unserer Musikabende kommen magst.“

Matteo hatte deshalb schon ein schlechtes Gewissen. Aber die vielen Proben raubten viel Zeit, und die freien Stunden verbrachte er mit seinem Vater. Und er blieb den Abenden wegen Florentina fern. Er hatte Gefühle für sie, die sie offensichtlich nicht erwiderte. Wenn er sie berührt hatte, war sie jedes Mal zusammengezuckt. Ihre Miene hatte verraten, wie unangenehm ihr das gewesen war. Als wäre eine Spinne über ihre Haut gelaufen.

„Eure Abende sind immer etwas Besonderes. Ich verspreche dir, dass ich bald wieder dabei bin. Die Proben für *Macht des Schicksals* sind momentan sehr fordernd."

„Das würde uns wirklich sehr freuen. Nun sag mir doch bitte, weshalb du gekommen bist. Oder möchtest du nur ein ordentliches Mittagessen?", fragte Federico augenzwinkernd.

„Ich weiß Linas Kochkunst zu schätzen, aber ich bin aus einem anderen Grund hier. Können wir irgendwo ungestört unter vier Augen reden?"

Federico nickte und führte Matteo in sein Arbeitszimmer.

„Hier hört uns keiner."

Ausführlich berichtete Matteo dem Freund von dem nächtlichen Besucher und dem Gespräch mit seinem Vater.

„Ich mache mir wegen Papa Sorgen. Ich erkenne ihn kaum wieder. Ich habe ihn noch nie so reden hören. Anna von Edel hat gute Kontakte zum Kreis des Duce und auch zu Hitler. Ich mag mir gar nicht ausmalen, was geschieht, wenn sie von Papas antifaschistischer Gesinnung erfährt."

Federico, der hinter dem Schreibtisch saß, zog ein ernstes Gesicht.

„Glaubst du, sie würde deinen Vater verraten?"

Matteo fuhr sich mit der Hand durchs dichte Haar. „Ich … ich weiß nicht … Aber seit der letzten Begegnung in der Oper und wie sie Florentina angesehen hat, traue ich ihr, offen gestanden, alles zu."

„Dass sie nicht gut auf Florentinas Familie zu sprechen ist, kann ich mir denken. Ihr verstorbener Bruder war lange Zeit der Hauptmäzen des Theaters am Park. Irgendetwas ist damals vorgefallen, das zum Bruch zwischen Florentinas Eltern und von Edel geführt hat. Bruno von Edel hat dann dem Theater den Rücken gekehrt und zusammen mit einem Armin Mahler das Hannoversche Opernhaus unterstützt. Zwischen Mahler und Florentinas Eltern war das Verhältnis sehr angespannt, besonders nachdem er zum Kreisleiter ernannt wurde."

Sofort erinnerte das Matteo an den Abend mit den Gästen im Haus seines Vaters. Anna von Edel hatte auch von einem Kreisleiter gesprochen.

„Aber was genau der Grund für diese Abkehr von Edels gewesen ist, weißt du nicht?"

„Leider nein."

Wahrscheinlich hatte Florentina die Auseinandersetzungen miterlebt und für die Eltern Partei ergriffen.

Bei dem Namen Mahler horchte Matteo auf. Konnte das der unangenehme Mann gewesen sein, der zu Gast bei seinem Vater gewesen war? Doch dann erinnerte er sich, dass dessen Vorname Walter gewesen war. Das hatte er sich gemerkt.

„Bei meinem Vater war ein *Walter* Mahler zu Gast."

Federico zuckte mit den Achseln. „Vielleicht sind die miteinander verwandt."

„Schon möglich. Bitte, Federico, wenn du irgendetwas darüber weißt, dass mein Vater den Widerstand unterstützt, dann sag es mir bitte jetzt."

„Selbst wenn ich es wüsste, ich dürfte und könnte es dir nicht sagen. Wir haben uns alle geschworen, nie einen Namen zu nennen. Du musst deinem Vater klarmachen, wie gefährlich es ist, Kontakt zu Leuten des Widerstands zu haben. Die Torturen im Gefängnis sind unmenschlich, die würde dein Vater vielleicht nicht überleben."

„Welche Torturen?"

Federico, der nur ein Hemd über der Hose trug, krempelte einen Ärmel hoch. Dabei entblößte er eine rote, wulstige Narbe, die sich quer über seinen Unterarm zog. Matteo erschrak beim Anblick. Welche Schmerzen hatte Federico nur ertragen müssen. Matteo fühlte mit seinem Freund und verstand, dass er nicht darüber sprechen wollte.

„Das ist nur eine Narbe. Sie haben von mir Namen wissen wollen, die ich nicht preisgeben wollte." Wut und Verzweiflung sprachen aus Federicos Blick. „Ich kann von Glück sagen, dass ich noch ein Instrument spielen kann."

Betroffen nickte Matteo.

„Weißt du denn, wer dich verraten hat?"

„Nein. Aber ich werde es noch herausfinden." Die wütende Entschlossenheit in Federicos Blick bereitete Matteo Sorgen.

Der Freund stand auf und legte Matteo die Hände auf die Schultern.

„Pass auf deinen Vater auf, und hütet euch vor dieser von Edel."

Nachdenklich verließ Matteo das Haus seines Freundes. Sein Vater, blind vor Liebe, würde jede Warnung, die Anna von Edel betraf, in den Wind schlagen. Matteo nahm sich vor, mehr über Anna von Edel herauszufinden und sie im Auge behalten.

6. Juli 1939 – Florenz

Florentina tupfte mit einem Spitzentaschentuch den Schweiß von Stirn und Schläfen. Sie bereute, bei den sommerlichen Temperaturen kein leichteres Kleid angezogen zu haben, besonders jetzt, da sie in der prallen Sonne auf dem Platz vor dem Café wartete. Aber sie wollte den Freund Signore Fratellis auf keinen Fall verfehlen. In der Hand hielt Florentina ein Kuvert. Darin befanden sich ein Zettel mit der Adresse des kleinen Cafés in der Nähe des Doms und eine kurze Notiz für seinen Bekannten. Ein Junge namens Danilo hatte sie für eine Münze hierhergeführt.

„Vielleicht erhalten Sie von meinem Freund die erhofften Antworten, Signorina Schwarz", hatte Fratelli gesagt.

Sie setzte hohe Erwartungen in dieses Treffen, mehr über das Libretto des Liebesreigens und dessen Verbleib zu erfahren. Die Kirchturmuhr läutete zur halben Stunde, und Fratellis Freund war noch immer nicht gekommen. Jetzt wartete sie schon seit über einer halben Stunde auf ihn. Hatte er es sich vielleicht anders überlegt? Oder war er verhindert? Enttäuschung machte sich in ihr breit. Doch so schnell gab sie nicht auf. Leute gingen schwatzend an ihr vorbei. Der Duft frisch gebackenen Brotes drang in ihre Nase. Florentina überlegte schon, ins Café zu gehen, befürchtete aber, im Stimmengewirr Fratellis Freund nicht zu bemerken.

Nach einer weiteren halben Stunde gab sie auf, drehte sich um und wollte gehen, als sich feste Schritte näherten.

„Signorina Schwarz?" Die Stimme klang älter, aber sympathisch. Florentina wandte sich um.

„Ja?"

„Umberto hat Sie mir vortrefflich beschrieben. Ich bin Gianfranco Sanna. Ich bitte meine Verspätung zu entschuldigen, aber ich wurde in Pisa aufgehalten und habe den Zug verpasst." Florentina zuckte zusammen, als er ihre Hand in seine nahm. *Es ist doch nur eine Begrüßung!*

Noch immer wehrte sich ihr Inneres gegen jede Art von Berührung. Ob sie das jemals verlieren würde? Trotz allem hatte Florentina gelernt, sich zu kontrollieren und einen Handschlag über sich ergehen zu lassen. Bei allen war es ihr gelungen, ihren Widerwillen zu unterdrücken, nur bei Matteo Bianchi seltsamerweise nicht.

„Nun sind Sie ja da. Buon giorno, Signore Sanna. Vielen Dank, dass Sie diesem Treffen zugestimmt und die Reise von Pisa hierher unternommen haben."

„Ich wollte ohnehin meinen alten Freund Umberto wiedersehen. Dass ich dabei einer schönen Frau helfen kann, freut mich umso mehr."

Florentina spürte, wie sie bei dem Kompliment errötete. Gleichzeitig atmete sie auf, als Sanna ihre Hand losließ.

„Bitte lassen Sie uns doch ins Café gehen", schlug sie vor und zitterte vor Aufregung.

„Wenn es Ihnen recht ist, setzen wir uns weiter hinten an einen Tisch in der Nische, wo wir uns ungestört unterhalten können."

Florentina stimmte ihrem Begleiter zu. Er führte sie geschickt um mehrere Tische herum zum ausgewählten Sitzplatz. Kurz nachdem sie bestellt hatten, brachte ihnen die Kellnerin Kaffee und Torte. Florentina war so angespannt, dass sie keinen Bissen hinunterbringen würde, und nippte nur an ihrem Kaffee.

„Was möchten Sie denn von mir wissen, Signorina?"

Die direkte Art Sannas gefiel ihr. „Das erkläre ich Ihnen gleich. Signore Fratelli bat mich, Ihnen dieses zu geben. Sie sollten es vorher besser lesen." Fratelli hatte für seinen Freund zur Erinnerung ein paar Stichworte notiert.

„Ganz Umberto. Immer auf Nummer sicher. Dabei ist er der Vergessliche." Sie hörte an seinem Tonfall, dass er sich amüsierte.

Florentina überreichte Sanna das Kuvert ihres Dozenten. Sie hörte, wie er den Umschlag öffnete und den Briefbogen auseinanderfaltete.

Es dauerte nicht lange, bis er das Schreiben seines Freundes Fratelli wieder zurücksteckte.

„Sie sind also eine Nachfahrin des bekannten Frederik von Uhlenbergs?"

Florentina nickte.

„Es ist mir eine Ehre, die Nachfahrin des Komponisten kennenzulernen."

„Danke. Sie haben ein Libretto gelesen, das seit vielen Jahrzehnten als verschollen gilt."

„Ich wusste damals nichts darüber, hatte den Namen von Uhlenberg nicht einmal gehört, als ich das Libretto im Haus eines angesehenen Kunstsammlers gesehen habe. Umberto übrigens auch nicht. Deshalb habe ich mich auch nicht weiter damit beschäftigt. Aber mich hat die tragische Liebesgeschichte darin gepackt."

„Können Sie mir vielleicht Genaueres darüber erzählen?"

„Puh, das ist schon lange her, bestimmt zwanzig Jahre. Da kann ich mich nicht mehr so an Details erinnern."

Florentinas Hoffnung sank. „Es wäre mir wirklich sehr wichtig."

„Ich kann mich noch gut daran erinnern, dass das Libretto in ein Dutzend Kapitel eingeteilt war. Es erzählte die tragische Liebesgeschichte eines jungen Paares, vom Kennenlernen bis zum Tod der Frau."

„Können Sie sich noch an den Namen der Frau erinnern und wie sie zu Tode gekommen ist?"

„Hm, nein, das weiß ich nicht mehr genau."

Enttäuschung machte sich in Florentina breit. Sie hatte sich von Fratellis Freund mehr erhofft. Namen, Daten, Fakten, die vielleicht auch Frederiks Ruf rehabilitieren könnten.

„Bitte versuchen Sie sich zu erinnern." Sie berichtete von der verzweifelten und vergeblichen Suche ihrer Familie nach der Komposition.

„Das ist nach so vielen Jahren wirklich schwierig. Oder warten Sie … da fällt mir gerade ein, dass als Verfasser des Librettos Anonymus stand."

„Anonymus?" Es wurde immer kurioser.

„Ja, und es war seltsam geschrieben. Die Buchstabengröße wechselte mitten im Wort. Das A und das M waren großgeschrieben. Das war mir gleich aufgefallen, weil es so seltsam aussah. Nur habe ich damals diesem Umstand wenig Bedeutung beigemessen."

„Vielleicht sind die Großbuchstaben die Initialen des Verfassers? Wissen Sie noch, wie dieser Kunstsammler hieß und woher er das Libretto hatte?"

Sanna antwortete nicht gleich. Florentinas Finger trommelten auf der Tischplatte.

„Nein, ich kann mich beim besten Willen nicht mehr an seinen Namen erinnern. Ich weiß nur, dass er kein Italiener war. Ich glaube, er hielt sich abwechselnd in England und Deutschland auf."

Sannas Informationen waren dürftig. Sie hatte sich von diesem Treffen viel erhofft.

„Und dieser Sammler besitzt das Libretto noch?"

Florentina nippte an ihrem Kaffee.

„Soviel ich weiß, wollte er es bei Sotheby's versteigern."

Das Libretto ihres Vorfahren – Gegenstand einer englischen Auktion? Das musste sie sofort ihren Eltern und Violetta schreiben.

„Ob es tatsächlich unter den Hammer gekommen ist und

auch wer es ersteigert hat, kann ich Ihnen natürlich nicht sagen. Der Sammler wollte es wohl als ein Teil der Sammlung von Queen Charlotte anpreisen lassen. Vielleicht können Sie im Nachhinein noch etwas über das Auktionshaus erfahren."

„Ja, vielleicht." Ihre Hoffnung, doch noch etwas über den *Liebesreigen* herauszufinden, flammte wieder auf."

„Weshalb ist Ihnen der Inhalt so wichtig?"

„Wenn er die tragische Liebesgeschichte erzählt, dann liefert er vielleicht auch den Beweis für die Unschuld meines Vorfahren." Sie berichtete von den Verdächtigungen gegen Frederik.

„Das ist wirklich sehr traurig und belastet sicher ihre Familie. Ich wünschte, ich könnte Ihnen mehr sagen." Sie hörte aufrichtiges Bedauern aus seinen Worten.

„Danke, dass Sie sich die Zeit für mich genommen haben."

„Aber gern, Signorina. Ich bedauere sehr, wenn ich Ihnen nicht weiterhelfen konnte, wie Sie es sich erhofft haben."

„Doch, doch, das haben Sie. Immerhin gibt es einen Anhaltspunkt. Ich werde mich an das Auktionshaus in London wenden und hoffe, dass man mir weiterhelfen kann."

„Bitte entschuldigen Sie dann, Signorina, dass ich Sie schon verlassen muss. Ich bin nur für wenige Stunden in Florenz und habe meinem Freund Umberto versprochen, noch kurz bei ihm vorbeizusehen. Wenn Sie gestatten, würde ich mich jetzt von Ihnen verabschieden."

Sie bemerkte, wie Sanna aufstand, und erhob sich ebenfalls. Zum Abschied reichten sie sich die Hände.

„Viel Erfolg bei Ihrer Suche, Signorina Schwarz." Danach verließ er sie.

Florentina, die keinen Bissen von der Torte gegessen hatte, setzte sich wieder hin und bestellte einen zweiten Kaffee. So konnte sie wenigstens in Ruhe über Sannas Informationen nachgrübeln. Vielleicht konnte Violetta für sie in London direkt beim Auktionshaus nachfragen. In ihrem Kopf kreisten immer wieder die beiden Buchstaben, die laut Sanna großgeschrieben worden waren. Sie konnte sich nicht daran erinnern, dass jemand über Anonymus gesprochen hatte. Parallel zu Violetta würde sie auch ihre Eltern anschreiben und bitten, in den alten Familiendokumenten nachzusehen. Vielleicht gab es noch weitere Werke Frederiks, deren Libretti aus der Feder von Anonymus stammten. Während sie nachdachte und ihren Milchkaffee trank, setzte sich hinter sie an den Tisch ein Pärchen. Die hochhackigen Schuhe der Frau klackerten auf dem Steinfußboden. Ihr Begleiter war ein Mann.

„Mein Lieber, Ihr Aufstieg ist wirklich bemerkenswert", sagte die Frau auf Deutsch. Florentina hörte irgendetwas Bekanntes in der Stimme, aber sie konnte es nicht einordnen. Dafür bemerkte sie, dass deren Begleiter die Luft anhielt.

„Keine Sorge, hier verstehen nur wenige Deutsch. Gibt es Neuigkeiten vom Führer?"

„Deutschland rüstet auf. Der Führer plant Großes."

Florentina erstarrte beim Klang der Männerstimme in ihrem Rücken. Sie hätte sie unter Tausenden wiedererkannt. Das raue, tiefe Timbre bescherte ihr eine Gänsehaut. Sturmbannführer Grabert! Sie würde nie vergessen, was er ihr angetan hatte. Rachegedanken stiegen in ihr auf. Er musste eine gerechte Strafe erhalten. Doch ihr war klar, dass eine Anzeige bei der Polizei sinnlos wäre. Sie würden ihm glauben und nicht ihr.

Erneut durchlebte sie die Reichskristallnacht. Sie glaubte, seine Hände überall auf ihrem Körper zu spüren. Brutal hatte er ihr den Mund zugehalten, dass sie fast erstickt wäre, nach ihren Brüsten getastet und ihren Rock hochgeschoben. Es war so erniedrigend gewesen, halb nackt vor ihm zu liegen. Wie hatte sie sich geschämt und sich seinen Tod gewünscht. Alles, was sie gefühlt hatte, waren Ekel und Zorn. Genauso wie jetzt.

Nie würde sie die Worte des Sturmbannführers vergessen, als sich seine Hände wie Schraubstöcke um ihren Hals gelegt hatten. „Ich lasse deine Judenfreundin nur gehen, wenn du still bist. Kommt ein Laut über deine Lippen, bringe ich euch beide um. Hast du mich verstanden?“

In Todesangst hatte sie alles über sich ergehen lassen. Wie eine leblose Puppe.

Aus Angst und Scham hatte sie all die Monate geschwiegen und mit der schrecklichen Erinnerung gelebt.

Umso mehr entsetzte es sie, dass er in Florenz war. Hatte er sie verfolgt? Angst schnürte ihr die Kehle zu. Sie wagte nicht, sich zu bewegen, und hielt den Atem an. Ihre Knie unter dem Tisch zitterten. Florentina presste sie fest zusammen.

„Der Führer plant immer Großes. Mit Erfolg“, bestätigte die Frau. „Hitler kann unglaublich überzeugend wirken.“ Die Frau geriet regelrecht ins Schwärmen.

„Sind Sie sicher, dass uns hier niemand verstehen kann?“

„Vertrauen Sie mir nicht, mein junger Freund?“

„Doch … Es ist nur … die Frau da drüben … Ich kenne sie von irgendwoher.“

Florentina erstarrte. Hatte Grabert sie entdeckt?

Was sollte sie jetzt tun? Aufspringen und das Café verlassen? Sie zwang sich, ruhig zu bleiben. Angespannt saß sie da, wartete darauf, dass er jeden Moment zu ihr an den Tisch treten würde. Sie fürchtete sich davor, auch wenn sie glaubte, dass er es vor den vielen Leuten nicht wagen würde, ihr Gewalt anzutun.

„Meinen Sie die Rotblonde da vorn? Ich kenne sie. Sie ist an der Oper. Eine Tänzerin aus Schweden“, erklärte seine Begleiterin. Florentina atmete auf, als ihr klar wurde, dass Grabert nicht sie gemeint hatte.

Sie verwarf den Fluchtgedanken. Das hätte den Sturmbannführer nur auf sie aufmerksam gemacht.

„Wie gefällt Ihnen Italien, mein Lieber?“, fragte die Frau weiter.

Florentina spitzte die Ohren und belauschte das Gespräch am Nachbartisch.

„Eigentlich gut. Nur sind die Rassengesetze nicht zu hundert Prozent umgesetzt. Immer noch zu viele Juden."

„Ich denke, das wird sich bald ändern. Und was ist Ihre Aufgabe hier in Florenz, mein Lieber?"

„Aufspüren von Widerständlern. Diese verdammten Bastarde sollen bluten. Diese heimlichen Treffen sind ein Affront gegen den Duce. Wir haben schon einige Nester des Widerstands ausgehoben und die Kerle verhaftet. Diesmal kommen sie nicht mit einer milden Strafe davon. Der Duce verlangt ihre Exekutierung."

Ein eisiger Schauer lief Florentinas Rücken hinunter.

Sofort dachte sie an ihren Onkel Federico.

„Wie finden Sie denn die Verschwörer?"

„Es gibt immer einige, die gegen Geld Treffen und Mitglieder verraten. Außerdem haben wir unsere Spitzel, die Mahler berichten. Einer von uns hat berichtet, dass heute Abend eines dieser geheimen Treffen des Widerstands stattfindet. Dann schlagen wir zu."

„Ist Walter deshalb hier?", fragte die Unbekannte.

Mahler! Nur zu gut erinnerte sich Florentina an den Kreisleiter, dessen Skrupellosigkeit sie oft geängstigt hatte. Doch sein Vorname war Armin gewesen, da war sie sich sicher. Walter hieß sein Bruder, den ihre Eltern als besonders brutal und kleingeistig bezeichnet hatten. Nach allem, was sie über ihn gehört hatte, würde er keinesfalls zögern, jemanden umzubringen.

Deutschlands Einfluss auf Italien war größer als angenommen. Plötzlich wurde Florentina bewusst, dass ihre empfundene Sicherheit trügerisch war. Sie hoffte, noch mehr aus der Unterhaltung von Grabert und seiner Begleiterin zu erfahren, aber sie plauderten nur noch über Belangloses. Unzählige Fragen kreisten in ihrem Kopf. Wer war seine Begleiterin? Wie wollte er die Leute des Widerstands aufspüren, und was würde mit ihnen geschehen? Wie lange würde er bleiben? Sie musste ihren Onkel warnen.

Nach kurzer Zeit bezahlte ihr Peiniger. Er und seine weibliche Begleitung verließen das Café.

Wie gelähmt, mit klopfendem Herzen, blieb Florentina sitzen.

„Wünschen Signorina noch etwas zu speisen?“ Sie zuckte zusammen, denn sie hatte den Kellner nicht kommen hören.

„Nein, danke.“

„Dann darf ich Ihnen die Rechnung bringen?“, fragte er weiter.

„Ja“, stieß sie heiser hervor.

Es dauerte eine Weile, bis der Kellner zurückkehrte. Florentina war in der Zwischenzeit etwas gefasster. Dennoch verspürte sie Furcht.

„Signorina.“ Dann nannte ihr der Kellner die Summe.

Florentina bezahlte.

„Darf ich Ihnen noch eine Frage stellen?“, fragte sie heiser.

„Si, Signorina.“

Sie brauchte kurz, um ihre Gedanken zu sammeln und in Worte zu fassen.

„Ich bin blind, wie Sie sehen können. Die beiden Herrschaften am Nebentisch … ihre Stimmen kamen mir sehr bekannt vor. Ich wollte die Dame nach ihrem Namen fragen, aber da sind sie schon gegangen. Kennen Sie sie vielleicht? Kommen sie und ihr Begleiter oft hierher?“

Gespannt wartete sie auf die Antwort des Kellners.

„Hm, den Herren habe ich hier noch nie zuvor gesehen. Er ist Deutscher. Die Signorina besucht das Café öfter.“

„Signorina? Und wie weiter?“, fragte Florentina verwundert, denn deren Stimme hatte sich angehört wie die einer älteren Frau.

„Den Namen weiß ich leider nicht. Ja, ich habe sie beim

ersten Mal mit Signora angeredet. Da hat sie mich korrigiert. Das war mir sehr peinlich. Sie ist viel geschäftlich in Florenz."

„Können Sie mir die beiden Herrschaften vielleicht beschreiben?"

„Ich versuche es. Aber ich bin nicht gut in solchen Dingen."

„Danke." Florentina lächelte.

„Die Dame ist älter, auch wenn sie mit ihrer sehr gepflegten Erscheinung jünger wirkt. Sie ist immer sehr elegant gekleidet und kommt fast nie allein. Meistens in Begleitung eines Herrn. Ihr heutiger Begleiter trug eine SA-Uniform. Ich hoffe, ich konnte Ihnen weiterhelfen, Signorina."

„Si, mille grazie." Sie drückte dem Kellner Trinkgeld in die Hand, bevor sie mit zittrigen Beinen das Café verließ. Die Stimme ihres Peinigers hatte sie mehr durcheinandergebracht, als angenommen.

Vor dem Eingang des Cafés blieb sie kurz stehen und atmete tief durch. Sie fühlte sich wie benommen. In ihrem Kopf kreisten die Gedanken, dass sie die wärmende Sonne auf ihrem Gesicht kaum spürte. Die Begegnung eben wirkte so unwirklich wie ein Traum.

Schwankend folgte sie der Straße. Die Aufregung brachte ihren Gleichgewichtssinn durcheinander. Sie blieb eine Weile stehen und atmete bewusst tief ein und aus. Langsam tastete sie sich mit ihrem Langstock voran. Plötzlich prallte sie gegen etwas Hartes. Sie schrie auf und betastete die Beule an ihrer Stirn. Wie konnte sie nur so unaufmerksam sein! Das dumpfe Pochen hinter ihren Schläfen war von Schmerz begleitet. Benommen blieb sie einen Moment stehen. Plötzlich nahm jemand ihren Arm.

„Lassen Sie mich los."

Sie wehrte die Hand ab.

„Florentina? Ich bin's."

„Matteo?"

„Ja. Sie sind weiß wie eine Wand. Geht es Ihnen nicht gut? Oder haben Sie etwas getrunken?“

Seltsamerweise fühlte sich seine Hand auf ihrem Arm gar nicht mehr unangenehm, sondern vertraut an. Sicher lag es daran, dass sie froh war, nach der Begegnung mit ihrem Peiniger einen Bekannten zu treffen. Dennoch ärgerte sie Matteos Bemerkung.

„Was denken Sie denn von mir? Ich trinke doch keinen Alkohol am helllichten Tag. Mir war nur einen Augenblick lang schwindelig.“

„Dann setzen Sie sich erst mal hin.“

„Ich möchte mich jetzt nicht hinsetzen, sondern nach Hause“, wehrte sie ab. Florentina hatte nur den Wunsch, ihren Onkel zu warnen und anschließend allein zu sein.

„Dann erlauben Sie mir, dass ich Sie zu einem Taxi bringe.“

„Das ist sehr nett von Ihnen, aber das kann ich mir nicht leisten. Ich nehme den Zug.“

Sie entzog ihm ihren Arm, wandte sich um und ging davon. Matteo machte sie nervös. Deutlich spürte sie die Abdrücke seiner Finger auf ihrem Arm. Es war das erste Mal, dass sie die Berührung eines Mannes als angenehm empfand. *Weil du ihn magst!* Matteos Hand war kräftig und zugleich sanft gewesen. Florentina hatte sich immer einen Mann wie ihren Vater gewünscht. Aber welcher Mann würde eine Frau wollen, die keine Kinder bekam? Da war sie wieder zurück, diese Bitterkeit, die sie am Schicksal hadern ließ.

„Sie zittern ja ganz furchtbar. So lasse ich Sie nicht allein zum Bahnhof“, schlug er vor und fasste erneut nach ihrem Ellbogen. Florentina war so aufgewühlt, dass sie ihn gewähren ließ. Seine Fürsorge war Balsam für ihre Seele, und seine Gegenwart vermittelte Sicherheit.

Eine halbe Stunde später saß Florentina im Zug. Matteo hatte sie sogar bis zu ihrem Sitzplatz gebracht.

Die Lokomotive schnaufte. Auf einen Pfiff hin setzte sich die Bahn langsam in Bewegung.

Es klopfte ans Fenster.

„Passen Sie auf sich auf, Florentina! Ciao!", hörte sie Matteo rufen.

„Ciao!", antwortete sie, wusste aber nicht, ob er es gehört hatte, denn der Zug hatte Tempo aufgenommen.

Plötzlich fühlte sie sich einsam. Je mehr sie darüber nachdachte, desto klarer wurde ihr, dass sie Gefühle für Matteo hatte, die über eine Freundschaft hinausgingen. Sie durfte sich nicht in diese Emotionen hineinsteigern, denn eine gemeinsame Zukunft wäre undenkbar. Sie wusste nicht einmal, ob sie sich je einem Mann hingeben könnte.

Florentina war froh, als sie endlich vor dem Haus von Onkel und Tante stand.

Durch die geöffneten Fenster klang Klaviermusik. Onkel Federico gab Unterricht. Kaum war die Haustür hinter ihr zugefallen, eilte Florentina zu ihm, vorbei an ihrer Tante, die in der Küchentür stand.

„Florentina, hilfst du mir bitte bei den Vorbereitungen fürs Abendessen?"

Normalerweise war Florentina sofort dazu bereit.

„Ich muss zuerst mit Onkel Federico sprechen."

„Das geht jetzt leider nicht. Er unterrichtet gerade Tonio."

„Aber es ist wichtig", drängte Florentina und lief unbeirrt weiter zum Musikzimmer. Sie hörte Tante Lina hinter sich seufzen. Ihr Onkel mochte es nicht, in den Unterrichtsstunden gestört zu werden. Aber Florentina musste das Erfahrene loswerden, vor allem, weil ihr Onkel gestern erwähnt hatte, dass er heute Abend eine weitere Chorprobe hätte. Florentina jedoch hatte erfahren, dass er diese abgesagt hatte. Schnell war ihr klar, dass er wieder zu einem der heimlichen Treffen des Widerstands gehen wollte. Seine Familie hingegen schenkte seinen Worten Glauben. Sie musste verhindern, dass er heute Abend dort hinging, und hoffte, er würde die anderen warnen.

Als ihr Onkel sie trotz mehrmaligen Klopfens nicht hereinbat, drückte sie einfach die Klinke hinunter.

„Florentina, ich unterrichte gerade!", rief er verärgert.

„Ja, aber ich muss dir etwas mitteilen, das keinen Aufschub duldet."

„Ist kein Problem, Federico, wir sind ja fast durch", warf Tonio ein und erhob sich.

„Bis morgen, Tonio."

Florentina schloss hinter dem Musikschüler die Tür.

„Was gibt es denn so Wichtiges?"

„Heute Abend darfst du nicht zu diesem Treffen gehen!", platzte sie heraus.

„Wie kommst du darauf …"

„Ich weiß es, weil du die Chorprobe abgesagt hast. Bitte lieber Onkel, du darfst da nicht hingehen."

Dann berichtete sie ihm, was sie im Café belauscht hatte. Was Grabert ihr angetan hatte, verschwieg sie. „Du musst die anderen warnen!"

„Du hast recht. Ich hoffe, es ist noch nicht zu spät dafür. Aber kein Wort zu Lina und den anderen", beschwor er sie.

„Nur, wenn du mir versprichst, dass du nicht mehr zu diesen geheimen Treffen gehen wirst."

Er schwieg.

„Onkel Federico. Bitte!"

„Ja, ist ja schon gut."

Doch Florentina hatte das Gefühl, dass er das nur sagte, um sie zu beruhigen.

3. September 1939 – Florenz

Die Nachrichten überschlugen sich. Alle Zeitungen berichteten vom deutschen Überfall auf Polen.

„Jetzt wird es Krieg geben, und Italien muss an der Seite dieses Größenwahnsinnigen kämpfen!“, echauffierte sich sein Vater. Wütend warf er die Sonntagsausgabe auf den Tisch.

Matteo mochte und konnte nicht daran glauben, dass sein Heimatland in einen Krieg hineingezogen werden könnte. Der letzte Krieg lag doch erst zwanzig Jahre zurück und hatte viele Opfer gefordert. Die Welt würde doch nicht den gleichen Fehler noch einmal begehen. Oder doch?

Sein Vater schimpfte auf Mussolini, der mit den Deutschen den Stahlpakt geschlossen hatte.

„Der ist dafür verantwortlich, dass wir in den Krieg Hitlers hineingezogen werden. Und das ist nur der Anfang.“

„Wie meinst du das?“ Forschend sah Matteo seinen Vater an. Wusste er mehr, als in der Zeitung stand?

„Polen wird dem Führer nicht reichen. Er träumt davon, die ganze Welt zu regieren. Eine Welt ohne Juden und alle anderen, die nicht in seine Vorstellungswelt passen. Das werden die Briten und Franzosen nicht dulden, die Polen die Unabhängigkeit garantiert haben.“

So aufgebracht hatte Matteo seinen Vater schon lange nicht mehr erlebt.

„Du meinst, es kommt zu einem Krieg wie dem letzten?“

Ein schrecklicher Gedanke!

„Ich fürchte ja, und wir werden mitten hineingeraten.“ Seufzend stützte sein Vater den Kopf in die Hände. „Und Anna schwärmt ständig von diesem Hitler! Als wäre er ein

Heiliger. Dabei sehe ich in ihm eher den Teufel in Person, und im Duce ebenso."

„Papa, sei vorsichtig mit dem, was du sagst. Versprich mir, dass du bei Anna nicht schlecht über Hitler oder Mussolini redest." Matteo sorgte sich um seinen Vater, der oft seine Zunge nicht im Zaum halten konnte. Und Federico hatte recht, sein sensibler Vater wäre nicht so stark wie der Freund, er würde als gebrochener Mann zurückkehren.

„Anna und ich … wir reden nicht über Politik." Sein Vater winkte ab.

„Sei trotzdem bitte vorsichtig, Papa."

Sein Vater nickte. Die Standuhr im Flur schlug fünf Mal.

Matteo stand auf und nahm seinen Hut vom Tisch.

„Willst du wieder zu Federico?"

„Ja, ich habe ihm versprochen, wieder mit ihm und seinem Kreis zu musizieren. Die Probe wurde für heute abgesagt. Da bietet es sich an."

Die Vorstellung eines bevorstehenden Krieges mit blutigen Schlachten und Tausenden von Toten bescherte Matteo eine Gänsehaut.

„Du benutzt ein neues Rasierwasser. Sie ist sehr hübsch."

Erstaunt sah Matteo seinen Vater an. „Wer?" Dabei wusste er, dass er seinem Vater nie etwas hatte vormachen können.

„Diese Signorina Schwarz natürlich."

„Wer sagt denn, dass ich an sie denke?"

„Ich bin auch einmal jung gewesen", sagte sein Vater lächelnd.

„Ist mir das wirklich so deutlich anzumerken?" Matteo seufzte.

„Nicht für jeden. Aber ich kenne dich schon seit deiner Geburt. Teilt sie deine Gefühle?"

„Ich weiß nicht recht, ich fürchte, dass sie nicht das Gleiche für mich empfindet. Dabei hatte ich das Gefühl, dass ich ihr sympathisch wäre. Sie hat meinen Gesang gelobt. Neulich nach der Premiere ist sie zu mir in die Garderobe gekommen. Allerdings mit ihrer Cousine. Da war etwas zwischen uns, das ich nicht erklären kann."

„Schwingungen?"

„Vielleicht. Doch sobald ich sie berühre, benimmt sie sich kühl und abweisend. Dann ist es, als stünde eine Fremde vor mir."

„Vielleicht stellt sie nur wie ein Igel ihre Stacheln auf, sobald du dich ihrer verletzlichen Seite näherst."

Matteo dachte an die Begegnung in Florenz vor dem Café. Sie war verstört gewesen, hatte am ganzen Leib gezittert. Deutlich war die Furcht bei ihr zu spüren gewesen. Doch wovor? Irgendetwas musste kurz zuvor geschehen sein.

Als er ihren Arm berührt hatte, war sie nicht wie gewohnt zusammengezuckt. Die sonst zwischen ihnen bestehende Distanz schien in diesem Augenblick nicht existiert zu haben. Es hatte sich angefühlt, als würde er die wirkliche Florentina sehen. Oder entsprang das nur seiner Einbildung?

Sie war ein einziges Mysterium für ihn.

„Du bist ein sehr attraktiver und talentierter junger Mann. Das wird sie sicherlich erkannt …"

„Papa, sie ist blind", fiel Matteo ihm ins Wort.

„Es wäre viel schlimmer, wenn ihr Herz blind wäre. Ich würde dich so gern glücklich sehen, mein Junge. Bei deiner Mutter dachte ich am Anfang auch, dass sie mich nicht mag, mich für einen Aufschneider hält wegen meiner Träume, auf einer Bühne zu stehen. Aber sie war stolz auf mich und hat mich bei allem unterstützt. Sieh mit deinem Herzen, Matteo." Sein Vater tippte sich an die Brust. „Bemüh dich um sie und gib nicht gleich auf, auch wenn sie dich abweist. Wenn sie das Gleiche für dich empfindet, wird sie es dir eines Tages offenbaren."

Die Worte seines Vaters stimmten ihn nachdenklich. Vielleicht sollte er Florentina zeigen, wie sehr er sie mochte. Auf unaufdringliche Art und Weise, um sie nicht zu verschrecken.

„Wäre das nicht schön, wieder Kinderlachen in diesem Haus zu hören?“

Matteo nickte.

„Papa, mir sind neulich Mammas Zeilen durch den Kopf gegangen. Hast du sie noch irgendwo aufbewahrt?“

„Ja, im Wohnzimmer. Hinter dem Gemälde.“

Sein Vater hatte die Schätze seiner verstorbenen Frau in einer eingelassenen Nische hinter einem Gemälde verwahrt.

Matteo ging hinüber und nahm das Bild ab. Er fand die Papierseiten, die von einer Schleife zusammengehalten wurden. Vorsichtig löste er das Band und faltete das Papier auseinander. Mit Respekt las er die Zeilen seiner Mutter. Sie war eine sehr empfindsame Frau gewesen. Dennoch hätte er nie gedacht, dass in ihr ein solches Schreibtalent steckte. Immer wieder ging er Zeile für Zeile durch. Leider war der Text unvollendet geblieben. Plötzlich fiel Matteo am Ende des Textes auf, dass ihr Name darunter als Verfasserin gelöscht worden war. Er hielt das Papier gegen das Licht und entdeckte eine Signatur, die kaum lesbar war. Als wären zwei Namen übereinandergeschrieben worden. Deutlich war das O für Olivia, der Anfangsbuchstabe ihres Vornamens zu erkennen, der ein A überschrieben hatte. Hatte seine Mutter sich vielleicht der Liebeszeilen geschämt? Aufgeregt wegen dieser Entdeckung eilte er zu seinem Vater und zeigte ihm, was er gefunden hatte.

„Weshalb hat Mamma ihren Namen darunter gelöscht?“

Scheinbar wollte seine Mutter nicht, dass jemand erfuhr, wer diese Zeilen geschrieben hatte.

Sein Vater wurde verlegen. „Weil sie nicht von ihr sind.“

Sprachlos starrte Matteo seinen Vater an.

„Deine Mutter hat diesen Text nicht geschrieben“, fuhr

sein Vater fort. „Sie hat ihn nur kopiert, weil sie ihn so schön fand. Er ist uralt, von jemand Unbekanntem verfasst.

„Und das wusstest du die ganze Zeit?"

„Ja." Zerknirscht sah sein Vater ihn an.

„Warum habt ihr mir denn etwas vorgemacht? Ich dachte immer, es wären Mutters Verse."

„Das dachte ich auch. Erst kurz vor ihrem Tod hat sie es mir gestanden. Sie hat diese Zeilen bereits als junges Mädchen besessen und wie einen Schatz gehütet."

„Aber wer hat sie denn dann geschrieben?" Matteo wollte wissen, wer der wirkliche Verfasser dieser wunderbaren Zeilen war. Gleichzeitig war er enttäuscht, dass seine Mutter ihn angelogen und sein Vater ihm das verschwiegen hatte.

„Ich sagte doch, jemand Unbekanntes. Mehr weiß ich nicht."

„Aber warum hat sie mich angelogen?"

„Weil sie ihr aus dem Herzen gesprochen haben."

„Das ist doch kein Grund, uns anzulügen."

„Ich glaube, sie hat befürchtet, dass jemand sie doch kennen könnte."

„Und du hast wirklich keine Ahnung, von wem diese Zeilen stammen?"

„Nein."

Er glaubte seinem Vater.

Selbst als er verspätet aus dem Bus in dem kleinen Bergdorf stieg, bewegte Matteo die Erkenntnis noch, dass seine Mutter ihn angelogen hatte. Warum hatte sie ihm und seinem Vater nicht die Wahrheit gesagt?

Federico öffnete ihm die Tür.

„Schön, dass du heute Abend wieder zu uns gekommen bist." Federico umarmte ihn.

Matteo wollte zu den anderen weitergehen, aber sein Freund hielt ihn zurück.

Fragend schaute er Federico an.

„Bitte tu mir einen Gefallen und sprich heute nicht über Hitlers Überfall auf Polen. Lina ist schon ganz außer sich vor Sorge. Ihre Freundin besucht gerade Verwandte in Krakau. Adolfo meinte, die Briten würden den Deutschen jetzt den Krieg erklären. Durch den Stahlpakt hat das auch Konsequenzen für Italien. Florentinas Schwester ist in England. Du kannst dir sicher vorstellen, dass sie sich um deren Wohl sehr sorgen", flüsterte er Matteo zu.

„Keine Sorge, ich werde nichts sagen", versprach Matteo.

„Danke, mein Freund." Federico klopfte ihm auf die Schulter. Danach gingen sie zu den anderen.

Sofort hielt Matteo nach Florentina Ausschau. Er konnte es kaum erwarten, sie wiederzusehen. Aber sie war nicht da. Lina saß mit angespannter Miene auf ihrem Platz, ein Notenbuch auf dem Schoß.

„Schaut mal her, Matteo beehrt uns wieder!", rief Federico den anderen zu.

Gianna und Antonella begrüßten ihn überschwänglich.

Im Geiste sah Matteo schreckliche Bilder vor sich. Was, wenn Alfonso in den Krieg ziehen musste? Sein Nachbar in München war Kulissenmaler gewesen und hatte seine beiden Söhne mit neunzehn und achtzehn Jahren im letzten Krieg verloren. An der belgischen Front. Nicht auszudenken, wenn Gianna ein ähnliches Schicksal ereilen würde. Matteo tröstete sich damit, dass es noch keine Kriegserklärung Großbritanniens und Frankreichs gab. So hoffte er, dass der Krieg noch abgewendet werden konnte.

Er nahm auf dem Stuhl neben der Tür Platz. So konnte er unbemerkt im Flur Ausschau nach Florentina halten.

Gianna und Adolfo trugen ein Duett vor. Auch Giannas Blick glitt immer wieder zur Tür. Als das Duett zu Ende war, wirkte sie enttäuscht. Dass Florentina heute nicht da war, wenn ihre Cousine ein Duett vortrug, war ungewöhnlich. Die beiden Cousinen unterstützten sich gegenseitig.

„Wo steckt denn Florentina?“, flüsterte er Antonella zu, die neben ihm saß.

Das Mädchen zuckte mit den Achseln. „Vielleicht liest sie in dem Buch, das ihre Eltern ihr geschickt haben. Eines in Blindenschrift.“

Matteo atmete auf, denn er hatte schon befürchtet, sie könnte nicht zu Hause sein. So bestand für ihn noch eine kleine Chance auf ein Wiedersehen.

Gianna und Adolfo spielten als Zugabe ein spanisches Volkslied. Matteo entgingen nicht die verliebten Blicke zwischen den beiden. Er betete, dass es nicht zum Krieg kommen möge.

Alle spendeten Gianna und Adolfo Applaus. Florentina kam noch immer nicht. Allmählich machte sich Matteo Sorgen.

Jetzt spielten Federico und sein jüngster Sohn Mario vierhändig auf dem Klavier. Federicos Nesthäkchen war erst acht und besaß eine Fingerfertigkeit, die für ein begnadetes Talent sprach. Zu Recht war sein Freund auf den Jungen stolz.

„Spielt mein Bruder nicht klasse?“, raunte Antonella ihm zu.

„Alle Achtung.“ Matteo nickte anerkennend. Seine Freunde konnten wirklich stolz auf ihre Kinder sein.

Immer wieder schaute er zur Tür. Unruhe erfasste ihn.

„Bist du sicher, dass Florentina in ihrem Zimmer ist?“, fragte er Antonella. „Dann wäre sie doch sicherlich schon heruntergekommen.“

„Ich dachte …“ Antonellas Antwort klang nicht überzeugend.

„Kannst du bitte nach ihr sehen?“, bat er das Mädchen. Sie nickte und stand auf. Kurz darauf kehrte sie zurück und flüsterte Matteo zu, dass ihre Cousine nicht wie angenommen oben sei. Ein ungutes Gefühl beschlich Matteo.

Als alle eine Pause einlegten, stand er auf, um selbst nach Florentina zu sehen. Weder im Haus noch im Garten war sie zu finden. Als er aus dem Garten ins Haus trat, kam ihm Gianna entgegen. Sie stampfte mit dem Fuß auf. „Sie hat mir fest versprochen, rechtzeitig zurück zu sein", stieß sie wütend hervor.

„Sprichst du von Florentina?"

„Ja, von wem denn sonst!" Gianna klang halb verärgert und besorgt. „Ich habe ihr ja gleich gesagt, dass die Zeit knapp wird. Sie hat mir fest versprochen, mein Duett mit Adolfo anzuhören, um mir zu sagen, wie es ihr gefällt."

Giannas Worte verstärkten Matteos ungutes Gefühl.

„Wo wollte sie denn hin?"

„Nach Florenz. Sie hat gestern einen Brief bekommen. Aber sie war sich sicher, dass sie den letzten Bus kriegen würde."

„In dem hat sie nicht gesessen, sonst hätte ich sie gesehen. Ein Brief von ihren Eltern?"

„Nein. Von irgendeinem englischen Auktionshaus. Es ging um eine Adresse in Florenz."

Ein englisches Auktionshaus, eine Adresse … das klang seltsam.

„Kennst du die Adresse?"

„Ich glaube … es war Via della chiesa. Ja, das war die Straße."

Via della chiesa. Matteo schluckte hart. Das war die gleiche Straße, in der Anna von Edel wohnte. Wollte Florentina vielleicht zu ihr? Ihm schwante nichts Gutes.

„Danke. Hat sie vielleicht den Namen von Edel erwähnt?"

„Nein. Warum fragst du?"

„Nur so." Er wollte Gianna nicht noch mehr belasten. „Ich muss jetzt los."

„Was hast du vor, Matteo?“ Er sah in das besorgte Gesicht Giannas.

„Nach Florenz fahren. Vielleicht hat sie einfach nur den Anschlussbus verpasst und kommt den Rest des Weges zu Fuß. Ich gehe ihr entgegen. Wenn ich sie treffe, geleite ich sie her. Mach dir keine Sorgen.“

Gianna nickte.

Matteo verabschiedete sich von Gianna und wollte gerade das Haus verlassen, als Federico in den Flur trat.

„Willst du etwa schon gehen?“ Die Enttäuschung war seinem Freund deutlich anzumerken.

„Florentina ist noch nicht zurück!“, rief Gianna aufgeregt dazwischen.

„Wo ist sie denn hin? Warum hat sie mir denn nichts gesagt?“

Gianna berichtete ihm von dem Brief, der Florentina dazu veranlasst hatte, nach Florenz zu fahren.

„Die Straßen können für junge Frauen am Abend gefährlich werden.“ Jetzt war auch Federico sichtlich in Sorge.

„Ich werde nach ihr suchen. Macht euch keine Sorgen“, versuchte Matteo sie zu beruhigen.

„Ich komme mit.“ Federico fühlte sich für seine Nichte verantwortlich.

„Ich auch!“, rief Gianna.

Es gab mehrere Wege, die Florentina genommen haben könnte, wenn sie den Bus verpasst hatte.

„Wir teilen uns auf. Ich werde notfalls nach Florenz zurückkehren, um sie dort zu suchen, und rufe euch an, wenn ich sie gefunden habe.“

„So machen wir das, Matteo. Wir müssen sie finden.“ Federico betrachtete Florentina wie sein eigenes Kind.

„Das werden wir“, versprach Matteo seinen Freunden.

Zur selben Zeit in Florenz

Es dauerte lange, bis Florentina endlich die Via della chiesa erreichte. Sie hatte viele Leute nach dem Weg fragen müssen. Nicht alle hatten ihn so beschrieben, dass sie etwas damit anfangen konnte. Eine Weile war sie umhergeirrt. Als sie schon aufgeben wollte, hatte sie am Marktplatz den kleinen Danilo wiedergetroffen, der sie für eine Münze in die besagte Straße geführt hatte.

Im Schreiben des Auktionshauses war als Adresse des Kunstsammlers Haus Nummer acht genannt worden.

Gleich nach ihrem Treffen mit Signore Sanna hatte Florentina das Auktionshaus Sotheby's wegen des *Liebesreigen*-Librettos angeschrieben. Im Antwortschreiben war ihr erklärt worden, dass es kurz vor dem letzten Krieg versteigert worden war. Die Aufzeichnungen darüber, wer es ersteigert hatte, waren in den Kriegswirren verloren gegangen. Jetzt war sie gespannt, ob der Kunstsammler noch in diesem Haus wohnte. Es gab so vieles, was sie von ihm wissen wollte.

„Kannst du mir noch ein wenig weiterhelfen, Danilo?", wandte sie sich an den Jungen, nahm eine zweite Münze aus ihrer Lederbörse und hielt sie zwischen den Fingern hoch.

„Si, Signorina", sagte er.

„Prima. Die bekommst du später", versprach sie und steckte sie ein.

Florentina hoffte, mehr über die Bewohner des Hauses zu erfahren.

„Danilo, bitte such das Haus Nummer acht."

„Si, Signorina."

Der Junge nahm sie bei der Hand und führte sie ein paar Schritte weiter.

„Jetzt schau auf die Klingeln, ob du hier vielleicht einen Kunstsammler darauf findest. Du kannst doch lesen, oder?"

„Si."

Der Junge erklomm die Stufen.

„Hm. Wie heißt der denn?"

„Das weiß ich auch nicht. Aber ich dachte, dass da vielleicht etwas neben dem Namen oder dem Schild steht."

„Nein, Signorina, hier sehe ich nichts."

Wie sie aus Signore Sannas Erklärungen verstanden hatte, lag dessen Begegnung mit dem Kunstsammler etliche Jahre zurück. Vielleicht war er längst weggezogen oder lebte nicht mehr.

„Schau bitte genau hin", bat Florentina enttäuscht.

„Hier steht wirklich nichts von einem Kunstsammler!", rief Danilo.

„Gut. Dann lies mir bitte die Namen vor", bat Florentina den Jungen. Zahlen und Namen konnte sie sich besonders gut einprägen.

Die ersten zwei Namen, die Danilo vorlas, sagten Florentina nichts. Doch beim dritten stutzte sie.

„Sagtest du eben … Antonio Rossi?"

„Si. Ist ein Allerweltsname." Danilo kicherte. Da musste sie dem Jungen leider recht geben. Das machte es nicht leichter, sich daran zu erinnern. Ihre Eltern hatten früher hin und wieder über einen Antonio Rossi gesprochen. Nur konnte sie sich nicht mehr an die Zusammenhänge erinnern.

„Hör zu, Danilo, ich möchte hier nur etwas klären. Dauert nicht lange. Kannst du mich danach zu einer Pension oder einem Hotel bringen? Sagen wir in einer halben Stunde, wenn die Kirchturmuhr beim nächsten Mal nur einmal schlägt?"

„Si Signorina", versprach der Junge und lief davon.

Die Kirchturmuhr schlug. Das erinnerte sie wieder daran, dass sie Gianna eigentlich fest versprochen hatte, schon längst zurück zu sein, um ihr Duett mit Adolfo zu hören. Bestimmt war Gianna von ihr enttäuscht, weil sie ihr Versprechen nicht gehalten hatte. Aber es war ihr auch sehr wichtig gewesen, mehr über Frederiks *Liebesreigen* zu erfahren, nach dem Generationen ihrer Familie vergeblich gesucht hatten.

Florentina stieß einen Fluch aus. Es ärgerte sie, den Abendzug verpasst zu haben.

Hoffentlich würden sich die anderen nicht zu große Sorgen machen. Antonio Rossi. Sie musste hier und heute mit ihm sprechen.

Ihr Vater hatte auf diesen Rossi geschimpft, fiel ihr jetzt ein. Antonio Rossi hatte eine Weile am Theater am Park gesungen. Sollte er ein Kunstsammler geworden sein?

Florentina stieg vorsichtig die Stufen zur Eingangstür hinauf. Ihre Finger glitten über die Klingelknöpfe, während sie versuchte, sich die Reihenfolge der von Danilo vorgelesenen Namen ins Gedächtnis zurückzurufen. Sie zögerte, war unsicher, ob sie die zweite oder dritte Klingel drücken sollte.

„Kann ich Ihnen vielleicht helfen?“ Die Stimme klang nach einem älteren Herrn.

„Ich möchte jemanden einen Besuch abstatten.“

„Zu wem wollen Sie denn, wenn ich fragen darf?“

„Signore Antonio Rossi.“

„Der wohnt doch schon lange nicht mehr hier. Lebt jetzt in Verona.“

„Aber sein Name steht doch noch auf dem Klingelknopf.“

„Die Wohnung gehört ihm noch, ist aber vermietet. Ich weiß das, weil ich hier wohne. Er hatte kein Engagement mehr, brauchte Geld. Jetzt wohnt da eine Frau.“

Erneut machte sich die Enttäuschung in Florentina breit. Hatte Rossi das Libretto über Sotheby’s versteigern lassen, um an Geld zu gelangen? Ihr Bauchgefühl sagte, dass irgendetwas nicht passte.

„Kennen Sie die Frau?“ Vielleicht wusste sie, wie und wo sie Rossi erreichen könnte. Einen Versuch war es wert.

„Leider nein. Alle nennen sie nur Signorina Germania.“

„Ich muss unbedingt mit ihr sprechen.“

Der ältere Herr öffnete die Tür.

„Ich schaue gerne für Sie nach, ob die Signorina zu Hause ist.“

„Danke.“ Florentina lächelte ihn an. Dann hörte sie, wie er ins Haus ging und die Tür hinter ihm zufiel.

Wenig später kehrte er zurück. „Die Signorina wird gleich bei Ihnen sein. Sie hat nur wenig Zeit, weil sie Besuch hat.“

„Ja, natürlich.“ Hauptsache sie kam und könnte Florentinas Fragen beantworten.

Während Florentina vor der Eingangstür auf der steinernen Balustrade auf die Signorina wartete, schlug die Kirchturmuhr acht Mal.

Am Abend wurde es still in den Straßen von Florenz. Und gefährlich. Hoffentlich würde der Kleine zurückkehren und ihr bei der Zimmersuche helfen.

Florentina musste nicht lange warten, bis sie leichte Schritte hörte. Dann wurde die Tür aufgerissen, und der Duft eines betäubend süßen Veilchenparfüms drang in ihre Nase.

„Was wollen Sie von mir, Fräulein Schwarz?“ Der Tonfall der älteren Dame klang schneidend. Sofort erkannte Florentina ihre Stimme wieder. Es war die Frau, die mit ihrem Peiniger Grabert am Nebentisch im Café gesessen hatte.

„Woher …?“

„Ich Ihren Namen kenne? Weil Hannover auch meine Heimatstadt ist und ich Ihre Familie kenne. Wir sind uns in der Garderobe von Matteo Bianchi begegnet, als Sie und Ihre Cousine einfach hereingeplatzt sind. Unsere Verbindung ist enger, als Sie vielleicht annehmen. Mein Bruder war Mäzen Ihres Theaters, und wir waren Gast im Haus Ihrer Großeltern. Weshalb wollen Sie mit mir sprechen?"

Ein ungutes Gefühl beschlich Florentina. Die Signorina besaß gute Beziehungen zu den Nazis, was Florentina beinahe dazu verleitet hätte, sich umzudrehen und davonzulaufen. Doch jetzt war sie hier, um etwas über das Libretto zu erfahren.

„Sie sind Signorina Anna von Edel?", stotterte Florentina, die ihre Begegnungen in der Garderobe und im Café zusammendachte. Sie hatte im Café die Stimme nicht genau zuordnen können, weil Anna von Edel dort butterweich geschmeichelt hatte.

„Wenn Sie mir jetzt endlich verraten würden, warum Sie hier sind."

Jetzt klang die Signorina ungehalten.

Anna von Edel. Aus den Erzählungen ihrer Mutter wusste Florentina, dass es einmal einen Mäzen Bruno von Edel gegeben hatte, der das Theater am Park zur Zeit ihres Großvaters unterstützt hatte. War die Signorina vielleicht seine Witwe? Oder war diese Namensgleichheit zufällig?

„Sind Sie Bruno von Edels Frau?"

„Nein, seine Schwester. Ich habe leider wenig Zeit. Guten Tag, Fräulein Schwarz."

„Halt! Bitte warten Sie, Signorina! Bitte lassen Sie mich erklären." Florentina sprang von der Balustrade auf. Anna von Edel blieb in der Tür stehen.

„Das Auktionshaus Sotheby's hat mir diese Adresse mitgeteilt. Hier soll ein Kunstsammler wohnen, der ein bestimmtes Libretto besessen hat, das er in London hat versteigern lassen."

„Ich habe diese Wohnung erst vor einem halben Jahr gemietet. Ob der Besitzer Kunstsammler ist, weiß ich nicht. Ich habe ihn nie persönlich kennengelernt. Ich erwarte Besuch."

Das leise Rascheln des Stoffes verriet Florentina, dass die Signorina im teuren Seidenkleid sich wieder abgewandt hatte. So schnell wollte sie sich jedoch nicht abspeisen lassen.

In wenigen Worten erklärte sie Anna von Edel, wonach sie suchte.

Doch die wies sie ab. „Von diesem Libretto weiß ich nichts."

„Dann nennen Sie mir doch bitte die Adresse, wo ich Herrn Antonio Rossi finden kann."

„Ich pflege nicht ohne Rücksprache Adressen herauszugeben und wüsste auch nicht, warum ich Herrn Rossi damit belämmern sollte."

„Sie wollen mir nicht helfen, nicht wahr?"

Anna von Edel sog hörbar den Atem ein.

„Gehen Sie, Sie unverschämte Person!"

Florentina war zu weit gegangen. So würde sie nichts von Anna von Edel erfahren.

„Es tut mir leid."

„Das will ich hoffen. Leben Sie wohl und kommen Sie nie wieder hierher. Nie wieder!"

Florentinas Eltern hatten ihr nie erzählt, weshalb Bruno von Edel sich von ihrem Theater abgewandt hatte.

Florentina wurde das Gefühl nicht los, dass Anna von Edel den Kunstsammler sehr wohl kannte.

Gleich danach krachte die Eingangstür zu.

Florentina war sehr enttäuscht, hatte sie sich doch von dem Gespräch mit der Signorina mehr erhofft. Die Feindseligkeit Anna von Edels hatte sie allzu deutlich gespürt.

Kurz war Florentina versucht, noch einmal an der Tür der Signorina zu klingeln. Doch dann entschied sie sich dagegen. Anna von Edel war ihr nicht wohlgesonnen, aus welchem Grund auch immer. Florentina wollte ihre Eltern im nächsten Brief fragen, was damals vorgefallen war, dass die Signorina sich ihr gegenüber so abweisend verhielt.

Sie wandte sich um, als schnelle Schritte durch die Straße hallten.

„Hilfe, Signorina!“ Es war er kleine Danilo.

„Danilo? Was ist mit dir?“

Dann hörte sie dumpfe Geräusche, jemand keuchte und stöhnte, wie in einem Kampf.

„Lassen Sie mich los!“, rief Danilo. Florentina ging den Geräuschen entgegen.

„Danilo, komm her zu mir!“, rief sie und tastete sich langsam mit ihrem Langstock über das Pflaster.

„Lassen Sie mich! Hilfe!“, schrie der Junge verzweifelt.

„Danilo, ich komme!“

Wut wallte in Florentina auf. Es war schrecklich für sie, die Angstschreie des Jungen zu hören. Die Geräusche waren nah.

„Lassen Sie den Jungen los!“, brüllte sie.

„Ich werde dem Bürschchen erst mal Benehmen beibringen.“

Sofort erkannte Florentina die Stimme wieder. Es war Grabert, der den Jungen in seiner Gewalt hatte. Ihre Kehle war mit einem Mal wie zugeschnürt. Doch sie wollte sich ihre Angst nicht anmerken lassen und straffte den Rücken.

„Lassen Sie den Jungen sofort los, Grabert!“, brüllte sie. Das Gerangel hörte auf. In der Stille hörte sie den Jungen leise weinen. „Danilo, geht es dir gut?“

„Ja, Signorina“, kam es weinerlich zurück.

„Dann komm her. Zu mir.“ Sie bedeutete dem Jungen mit einer Geste, zu ihr zu kommen.

Nichts geschah. Da herrschte sie Grabert mit all der Kraft, die sie aufbieten konnte, an: „Lassen Sie jetzt endlich den Jungen los, oder ich schreie die ganze Straße zusammen!“

Florentina hatte Graberts Skrupellosigkeit in voller Gänze am eigenen Leib erlebt. Sie mochte sich nicht vorstellen, was er dem Jungen antun könnte.

„Na schön, wenn du dich mir wieder anbietest“, antwortete Grabert und ließ Danilo wider Erwarten los, was Florentina an den schnellen, leichten Jungenschritten hörte, die sich ihr näherten.

„Lauf, Danilo! Lauf!“, flüsterte Florentina ihm zu, als er bei ihr angekommen war.

Kindliche Schritte hallten durch die Straße.

Dann spürte sie Graberts alkoholgeschwängerten Atem auf ihrem Gesicht. Sie erinnerte sich noch deutlich an seine körperliche Überlegenheit. Mit seinem gestählten Körper hatte er sie damals auf den Boden gepresst. Hatte er das auch heute mit ihr vor? Angst und Wut wallten in ihr auf. Diesmal war sie entschlossen, sich mit aller Macht gegen ihn zur Wehr zu setzen. Sie lauschte. In der Straße war es still. Wo am Tage noch reges Treiben von Einheimischen und Besuchern herrschte, war kein Geräusch zu hören. Würde ihr jemand zu Hilfe eilen? Florentina bezweifelte das. Sie war auf sich allein gestellt. Grabert tat einen Schritt auf sie zu, und Florentina wich zurück. Sie umklammerte ihren Langstock und war bereit, sich mit ihm zur Wehr zu setzen.

„Fassen Sie mich nicht noch einmal an“, stieß sie zwischen zusammengebissenen Zähnen hervor.

Die Antwort war ein heiseres Lachen, das ihr eisige Schauer bescherte.

Hatte sie nicht eben Schritte auf dem Pflaster gehört? Danilo?

„Danilo!“, rief sie, erhielt aber keine Antwort. Sie hätte ihn bitten sollen, Hilfe zu holen. Sie verfluchte ihre eigene Dummheit, die sie in diese Lage gebracht hatte. Nicht noch einmal würde er sich an ihr vergreifen. Das hatte sie sich geschworen.

„Du hast doch nicht ernsthaft geglaubt, dass das Kind hier ist? Selbst wenn, könnte es mich nicht daran hindern, meine Rechte einzufordern.“

„Sie besitzen keine Rechte, Grabert.

Sein kehliges Lachen ließ den Hass in ihr auflodern, der seit der Reichskristallnacht tief in ihr schwelte. „Lassen Sie mich in Ruhe und verschwinden Sie. Ich schreie um Hilfe."

„Gar nichts wirst du", raunte er. „Und es nützt dir auch nichts. So wie damals."

Grabert zeigte sich unbeeindruckt. Sie musste jetzt handeln. Florentina schwang den Langstock durch die Luft, um ihm einen Hieb zu verpassen. Aber Grabert war schneller und riss ihn ihr aus der Hand. Sie hörte das Sirren des Stockes durch die Luft und wie er in einiger Entfernung auf das Pflaster fiel. Ehe Florentina es erahnen konnte, packte Grabert sie im Nacken. Schmerzhaft gruben sich seine Finger in ihre Halsbeuge, dass sie aufschrie.

„Lassen Sie mich los!" Mit Fäusten schlug Florentina auf ihn ein.

„Es hat dir doch damals viel Spaß gemacht. Das schreit nach einer Wiederholung."

Eher wollte sie sterben, als seine derben Finger auf ihrer Haut zu spüren. Damals war sie vor Angst gelähmt gewesen. In der Zwischenzeit hatte sie sich oft genug im Geist ausgemalt, wie sie sich für das rächen könnte, was er ihr angetan hatte. Mit aller Kraft stemmte sich Florentina gegen seinen Brustkorb. Als sie den Mund für einen Schrei öffnete, drückte er seine Hand darauf. Florentina biss hinein. Grabert schrie vor Schmerz auf.

„Verdammte, kleine Hure, wirst schon sehen, was du davon hast." Sein Griff wurde fester, dass sie kaum noch Luft bekam.

Florentina schlug und trat nach ihm. Geschickt wich er ihr jedes Mal aus, dass sie ihn verfehlte. Graberts hämisches Gelächter ließ sie nur noch zorniger werden. Nicht noch einmal ließe sie sich demütigen. Sie trat mit voller Wucht gegen sein Bein. Grabert schrie auf und fluchte. Danach versetzte er ihr einen Stoß, der sie rückwärts taumeln ließ. Florentina versuchte ihr Gleichgewicht zu finden. Nur zu gut wusste sie, zu welcher Gewalt er fähig war. Sie schickte ein Stoßgebet gen Himmel und hoffte inständig, dass ihr jemand zu Hilfe kommen würde.

Doch niemand schien ihre Auseinandersetzung zu bemerken oder war gewillt einzugreifen. Vielleicht weil sich keiner mit einem deutschen SA-Mann anlegen wollte. Dass er Uniform trug, wie der Kellner ihr im Café beschrieben hatte, hatte sie gefühlt. Sie war auf sich allein gestellt. Furcht kroch in ihr hoch.

„Fassen Sie mich nicht an“, stieß sie voller Zorn und Verzweiflung hinaus. Das Schreien verlieh ihr die Kraft, sich zur Wehr zu setzen. Grabert packte ihren Arm und zerrte sie mit sich.

„Lassen Sie mich los.“ Florentina versuchte sich vergeblich loszureißen. Unerbittlich zog er sie davon. Sie fragte sich, wohin er sie schleppte, und verlor die Orientierung.

Unvermutet blieb er stehen und wirbelte sie zu sich herum. Er zog sie an den Haaren, damit sie den Kopf zurücklegte. Sie schrie auf. Mit der anderen Hand fuhr er ihr durchs Gesicht.

„Wie weich deine Haut ist“, raunte er. Fieberhaft suchte Florentina eine Fluchtmöglichkeit. Grabert beugte sich zu ihr herunter, um sie zu küssen.

Sie nutzte die Gelegenheit und biss ihm in die Nase. Grabert holte aus und traf sie an der Schulter. Dann ließ er sie los. „Das wirst du bitter bereuen.“

Florentina stand jetzt frei und wollte fortlaufen. Aber sie hatte ihren Langstock nicht mehr. Sie ging rückwärts und rechnete damit, dass er sich jeden Moment auf sie stürzen würde. „Hilfe!“, schrie sie. „Zu Hilfe!“

Doch alles blieb still. *Warum kommt mir denn niemand zu Hilfe?*

Sie stieß mit der Ferse gegen eine Kante, stolperte und verlor das Gleichgewicht. Dann kippte sie nach hinten. Nach Halt suchend, ruderte sie mit den Armen in der Luft. Hart prallte sie mit dem Kopf gegen eine Mauer, spürte einen stechenden Schmerz, dann versank ihr Geist in Dunkelheit.

Später am selben Abend

Als Florentina das Bewusstsein wiedererlangte, spürte sie, dass etwas Warmes ihren Hinterkopf hinunterrann. Sie strich über die Stelle am Hinterkopf. Sie war feucht und geschwollen. Anschließend roch sie an ihrer Hand. Blut klebte daran. Sie musste sich den Kopf aufgeschlagen haben. Der fühlte sich an, als würde er jeden Moment platzen. Krampfhaft versuchte sie sich daran zu erinnern, was geschehen war. Die Suche nach dem Kunstsammler hatte sie zu Anna von Edel geführt. Nach deren Abweisung war sie ihrem Peiniger Grabert begegnet, der ihr erneut Gewalt hatte antun wollen. Wo war der Kerl? War er der Besuch für Anna von Edel gewesen?

Hatte er sie etwa …? Sie verbot sich, den Gedanken zu Ende zu führen.

Ihre zitternden Hände betasteten den Rock. Alles saß an seiner Stelle wie immer, auch ihr Höschen. Sie spürte keine Schmerzen im Unterleib. Die Erleichterung ließ sie seufzen. Hatte er von ihr abgelassen, weil sie ohnmächtig geworden war?

Die Vorstellung, dass sie ihm hilflos ausgeliefert gewesen war, ließ sie frösteln. Sie setzte sich auf, verschränkte die Arme vor der Brust und zog die Knie an.

Florentina wusste nicht, wo sie sich befand und wie lange sie hier schon gelegen hatte. Nicht weit entfernt hörte sie Schritte. Danilo? Oder kehrte Grabert etwa zurück? Zitternd kroch sie in eine Mauernische. Dann lauschte sie den Schritten. Sie wagte nicht zu atmen. Die Furcht kehrte mit voller Wucht zurück und ließ ihr Herz wild in der Brust hämmern.

„Da! Da ist sie!“, hörte sie plötzlich Danilo rufen. Der Junge war nicht allein, schwere Schritte begleiteten ihn. Führte er Grabert zu ihr?

„Kommen Sie, Signore." Danilo hatte sich vor Grabert gefürchtet. Jemand anderes musste ihn begleiten.

„Danilo? Wer ist bei dir?", rief sie.

Schnelle leichte Schritte kamen auf sie zu. „Keine Angst, Signorina", versuchte sie der Junge zu beruhigen und nahm ihre kalte Hand. „Wir sind so froh, dass wir Sie gefunden haben."

Jetzt kamen auch die schweren Schritte näher.

„Florentina, was machen Sie denn allein hier im Dunkeln?" Als sie Matteos vertraute Stimme hörte, wäre sie vor Erleichterung fast in Tränen ausgebrochen.

„Für mich herrscht immer Dunkelheit, das wissen Sie doch." Sie nahm ihm die Bemerkung aber nicht übel.

„Entschuldigen Sie meine unbedachten Worte. Wie geht es Ihnen, Florentina?"

„Bis auf meinen lädierten Kopf, denke ich, gut."

„Kommen Sie, hier ist es viel zu kalt auf dem Boden."

Matteo fasste ihre Hände und half ihr auf die Beine.

„Großer Gott, Sie bluten ja. Das muss dringend behandelt werden."

Seine Fürsorge rührte sie.

„Das ist sicher nur eine Platzwunde."

„Kommen Sie, ich bringe Sie zu meinem Vater, wo wir Ihre Wunde genauer anschauen und versorgen können."

Sie ließ es zu, dass er ihren Arm nahm. Gemeinsam schritten sie die Straße entlang.

„Danilo?" Wo war der Junge geblieben, dem sie ihre Rettung zu verdanken hatte?

„Ich bin hier, Signorina Schwarz."

„Danke, dass du Signore Bianchi zu mir geführt hast. Wie habt ihr mich gefunden?"

„Ich habe gedacht, dass er Sie zum Fluss hinunterbringt.

Dort endet die Straße an der Stadtmauer. Hier. Den habe ich gefunden." Er drückte Florentina den Langstock in die Hand. Was für ein gescheiter Junge.

„Danke, Danilo. Aber Matteo, wie sind Sie auf Danilo gestoßen?"

„Ich habe überall nach Ihnen gesucht. Federico und Lina haben sich große Sorgen um Sie gemacht. Vor dem Haus in der Via della chiesa bin ich dann Danilo begegnet. Ich habe ihn nach Ihnen gefragt. Er hat mir erzählt, dass Sie und er von einem Deutschen bedroht worden sind", warf Matteo ein. „Anschließend haben wir dann gemeinsam nach Ihnen gesucht."

„Ich bin froh, dass Sie mich gefunden haben, Matteo."

Danilo begleitete sie noch eine Weile, bis er sich von ihnen verabschiedete. Noch einmal bedankte sich Florentina bei ihm. Dann schritten sie und Matteo weiter.

„Was wollten Sie hier in dieser Gegend? Gianna sprach von irgendeinem Brief von einem Auktionshaus. Warum sind Sie denn nicht zur Musizierstunde gekommen?"

Matteos Fragen weckten erneut das schlechte Gewissen in Florentina.

„Stimmt. Ich hatte ein Anschreiben vom Auktionshaus Sotheby's bekommen mit der Adresse eines Kunstsammlers." Sie erzählte Matteo, dass dieser Kunstsammler das Libretto ihres Vorfahren in London hatte versteigern lassen. „Ich wollte mit ihm sprechen. Die Suche hat leider länger gedauert, als ich dachte, und so habe ich den Zug verpasst. Ist Gianna sehr böse auf mich?"

Sie hoffte sehr, dass das innige Verhältnis zu ihrer Cousine nicht dadurch gelitten hatte. Sie musste ihr alles erklären.

„Na ja, ein wenig schon. Aber sie wird Ihnen sicher verzeihen." Matteo klang jetzt weicher.

„Ich musste diesem Hinweis nachgehen", rechtfertigte sich Florentina. „Verstehen Sie, es ist ungeheuer wichtig für uns, dass es den *Liebesreigen* wirklich gab! Generationen meiner Familie haben vergeblich danach gesucht. Immer wieder haben wir Hinweise bekommen, und ich war jetzt ganz nah an der Wahrheit dran …"

„Aber?"

„Ich habe diesen Kunstsammler nicht angetroffen. In dem Haus wohnt jetzt eine Signorina."

„Signorina Anna von Edel, nicht wahr?"

Das überraschte Florentina.

„Sie war in Ihrer Garderobe. Wie genau kennen Sie sie eigentlich?" Sie spürte, wie er sich versteifte.

„Kennen ist zu viel gesagt. Mein Vater kennt sie. Und wie ist es mit Ihnen?"

„Ich bin ihr einmal in Hannover begegnet, aber ich kann mich kaum erinnern. Es war auf einer Premierenfeier mit vielen Leuten. Ihr Bruder hat unser Theater zur Zeit meines Großvaters finanziell und künstlerisch unterstützt. Nach einem Vorfall kam es dann zum Bruch. Das ist alles, was ich darüber weiß. Diese Anna von Edel hat mich von oben herab behandelt und wollte mir nichts sagen."

„Und wie kam es dann zu einer Auseinandersetzung mit einem deutschen Mann?"

In wenigen Sätzen berichtete sie Matteo, was ihr widerfahren war. Dass sie ihren Peiniger kannte und was in der Reichskristallnacht vorgefallen war, verschwieg sie. Aus Scham wollte sie sich Matteo nicht anvertrauen.

„Wir sollten morgen zur Polizei gehen und Anzeige erstatten."

„Aber ich kann ihn noch nicht einmal beschreiben."

„Hm. Und Danilo?"

„Der war ja nicht dabei." Sie hoffte, dass Matteo sich mit dieser Halbwahrheit zufriedengab. Anna von Edel besaß gute Beziehungen zu den Faschisten und zu den Nazis. Florentina war sich sicher, dass eine Anzeige nichts bewirken würde.

Plötzlich blieb Matteo stehen und wandte sich zu ihr um.

„Es war sehr leichtsinnig von Ihnen, allein am Abend die Straßen von Florenz zu erkunden. Das ist brandgefährlich." Die Sanftheit in seiner Stimme brachte unerwartet eine Saite in ihr zum Schwingen, die sie noch nicht kannte. Matteos Daumen strich über ihren Arm. Florentina wollte ihn wegziehen, denn die Berührung brachte ihre Sinne in Aufruhr. Wider Erwarten fühlte es sich angenehm an.

„Kommen Sie. Ich möchte mir Ihre Kopfwunde genauer ansehen."

„Sind wir denn schon beim Haus Ihres Vaters angelangt?" Die Zeit in Matteos Begleitung war schnell verflogen. Sie hatte sich an seiner Seite sicher und wohlgefühlt.

„Ja, natürlich. Hier hinein."

Sie hörte, wie er eine Tür aufschloss. Mithilfe ihres Langstocks betrat sie das Haus. Angenehme Kühle empfing sie. Der Duft von Lilien schwebte in der Luft.

„Matteo?" Sie erkannte die Stimme vom Heiligabend wieder. Sie gehörte Matteos Vater.

„Ja, Papa. Ich habe einen Gast mitgebracht. Signorina Florentina Schwarz begleitet mich. Sie ist leider überfallen worden und hat eine Wunde am Kopf."

„Terribile!"

Jemand eilte auf sie zu.

„Ach du meine Güte. Wer überfällt denn so eine schöne Frau! Die umwirbt man."

Florentina errötete bei dem Kompliment. Ihre Schwester Violetta war schön. Das hatten Unzählige immer wieder bestätigt. Aber nicht sie!

„Papa, Signorina Schwarz wird heute bei uns nächtigen. Sie hat den Zug verpasst."

„Selbstverständlich. Ich werde Aurelia gleich bitten, das Gästezimmer herzurichten." Sie hörte, wie er davoneilte.

„Ich möchte jetzt Ihre Wunde im Licht betrachten und

versorgen." Erneut fasste Matteo ihren Ellbogen und führte sie weiter in einen Raum, der sich nach einer Halle anhörte.

„Ist das Marmor?", fragte sie.

„Ja. Wie können … Sie das wissen?"

„Holz, Stein … alles besitzt sein eigenes Geräusch."

„Sie haben ein erstaunliches Gehör. Bitte setzen Sie sich auf den Stuhl."

Florentina folgte seiner Bitte.

„Stillhalten. Ich möchte Ihnen auf keinen Fall wehtun."

Florentina nickte. In der Beule an ihrem Hinterkopf pochte es unangenehm. Als sich Matteos Finger auf ihren Kopf senkten, hielt sie die Luft an.

Vorsichtig teilten seine Finger ihr Haar und berührten zart ihre Wunde.

„Ich muss das reinigen und desinfizieren. Aber es kann brennen", warnte Matteo sie.

„Ich werde es überleben", sagte Florentina leichthin und lächelte. Er ging fort, kehrte aber kurze Zeit später zurück.

„Jod?", fragte sie und rümpfte bei dem typischen Geruch die Nase.

„Ja, damit reinige ich die Wunde."

Florentina ließ die Prozedur über sich ergehen. Nur einmal zog sie geräuschvoll den Atem ein, als er die Wunde betupfte und es höllisch brannte.

„Wenn ich dir wehtue … Entschuldigung, Ihnen wehtue … meinte ich. Das ist mir so herausgerutscht. Ich bitte um Verzeihung."

„Schon gut, wir kennen uns ja schon etwas länger. Da können wir uns auch duzen."

Matteo atmete erleichtert aus.

„Bitte sag mir sofort, wenn etwas schmerzt, ja?"

Florentina nickte. Matteo säuberte und desinfizierte die Wunde so sanft, dass sie kaum etwas spürte. Nur einmal hielt sie die Luft an.

„Tut mir leid, aber es ging nicht anders." Er schien es wirklich sehr zu bedauern, ihr Schmerz zugefügt zu haben.

„Was hat dieser Unbekannte von dir gewollt?", fragte er, während er das Jodfläschchen verschloss.

Florentina konnte und wollte ihm nicht gestehen, was Grabert ihr angetan hatte und erneut hatte antun wollen.

„Ich ... ich weiß nicht", antwortete sie und hoffte, dass Matteo nicht nachbohrte.

„Irgendetwas muss er doch zu dir gesagt haben? Wollte er Geld oder ist er zudringlich geworden?"

Sie stöhnte innerlich auf. Matteo würde nicht nachlassen, sie weiter mit Fragen zu löchern.

„Ich sagte, ich weiß es nicht mehr so genau. Ich bin ganz durcheinander, und mein Kopf schmerzt. Er hat mich bedrängt. Ja, das stimmt. Vielleicht war er angetrunken. Was weiß ich denn. Alles ging so schnell. Ich bin ihm rückwärts ausgewichen und über eine Kante gestolpert. Dabei habe ich mir den Kopf angeschlagen. Alles andere weißt du ja bereits."

Sie musste vorsichtig sein, wenn sie sich nicht in Widersprüche verstricken wollte.

„Danilo sagte, dass er Deutscher gewesen sei. War er vielleicht bei Anna von Edel gewesen?"

Je mehr sie von der unliebsamen Begegnung erzählte, desto mehr würde Matteo nachhaken.

„So, das reicht jetzt. Du hast die Wunde versorgt." Sie sprang vom Stuhl auf, um die Fragerei zu beenden.

Sie dachte an die Reichskristallnacht, als sie Grabert vergeblich angefleht hatte, ihr keine Gewalt anzutun. Matteo hingegen war vorsichtig und rücksichtsvoll. Er hatte es nicht verdient, angelogen zu werden. Aber er hatte kein Recht, alles zu erfahren.

„Ich denke, es muss nicht genäht werden. Ist dir übel?"

„Nein. Ich darf nur nicht auf die Beule fassen."

„Wird sicher noch eine Weile dauern, bis das verheilt ist.

Warte, ich wickle dir jetzt noch eine Binde um den Kopf. Morgen früh kannst du sie bestimmt abnehmen."

Sie spürte, wie er sie betrachtete und jede Bewegung von ihr wahrnahm. Das gefiel ihr.

Auch die Binde wickelte er behutsam um den Kopf. Dabei strich er mit den Händen ihr Haar glatt. Florentina bekam von der leichten Berührung eine Gänsehaut, ihr Herz pochte schneller. Sicher wäre Matteo genauso sacht mit seinen Berührungen, wenn er eine Frau liebte. Nie würde sie bei einem Mann ihr Glück finden können. Einem Mann wie Matteo, der ihre Leidenschaft zur Musik teilte und gleichzeitig fürsorglich und rücksichtsvoll war. Sie verfluchte Grabert, der sie unberührbar gemacht hatte.

„Danke, Matteo." Sie nahm seine Hand fort und drehte sich um. Florentina wies ihn ungern zurück. Ihr Verstand sagte ihr, dass es besser war, ihn auf Abstand zu halten. Für ihn und für ihr Seelenheil.

„Das Gästezimmer ist fertig", meldete die Haushälterin mit ihrer dunklen Stimme.

Als Florentina den Langstock nahm und zwei Schritte gegangen war, wurde ihr plötzlich schwindlig. In ihrem Kopf drehte sich alles, sie schwankte. Schnell fasste Matteo ihren Arm.

„Wir sollten lieber einen Arzt rufen", schlug er vor.

„Ich kann ja gleich nach Dottore …", erklärte Aurelia.

„Nein!", fiel Florentina ihr ins Wort. „Das brauchen Sie wirklich nicht, Aurelia. Das war nur alles heute ein wenig viel für mich. Ich brauche bloß ein wenig Ruhe und möchte mich jetzt zurückziehen."

„Ich bringe Sie zum Gästezimmer", schlug Aurelia vor.

„Lass nur, Aurelia, das übernehme ich."

„Hoffentlich gibt das kein Gerede", murmelte die Haushälterin.

Sie hatte recht. Florentina wollte ihr gerade beipflichten, als Matteo sie aus dem Zimmer schob.

Deutlich spürte sie die Wärme seiner Hand an ihrem Arm, und als er sie vor der Tür zum Gästezimmer losließ, bedauerte sie es. Die Berührung hatte etwas Tröstliches besessen und sich gut angefühlt und dann nur noch Kälte hinterlassen, als er seine Hand zurückgezogen hatte.

„Ruh dich aus, Florentina. Wenn du etwas brauchst, auf dem Nachttisch steht eine Klingel. Aurelia wird dann kommen."

„Vielen Dank, Matteo. Bitte richte meinen Dank auch deinem Vater aus." Hier fühlte sie sich unter Freunden.

„Morgen bringe ich dich nach Sant' Anna."

Sie nickte.

Nachdem er die Tür hinter ihr geschlossen hatte, tastete sie sich mit dem Langstock zum Bett. Eine bleierne Schwere lastete auf ihrem Körper. Sie legte sich auf die weichen Kissen und schloss die Lider. Im Haus von Matteos Vater war es besser als in einem Hotel. Noch immer glaubte sie, Matteos sanfte Finger an ihrem Kopf zu spüren, und glitt in einen tiefen Schlaf.

Im Traum war Florentina wieder ein Kind, das mit ihrer Zwillingsschwester im elterlichen Theater spielte, während die Mutter und Vater auf der Bühne sangen. Es fühlte sich gut an, wieder zu Hause zu sein. Die vertrauten Geräusche und Gerüche vermittelte ihr ein Gefühl von Geborgenheit. Violetta nahm ihre Hand. Gemeinsam liefen sie zum Ballettsaal. Von drinnen hörten sie das rhythmische Klopfen der Tänzerfüße auf dem Parkett. Irgendwo in einer der Garderoben sang sich eine Sopranistin ein. Zwei Geiger probten im Orchesterraum. Überall schwebte das Lampenfieber wie schweres Parfüm in der Luft.

„Ich sehe Hannah", flüsterte Violetta, die durchs Schlüsselloch guckte. „Sie tanzt ganz vorn mit den anderen Mädchen.

Wie schön sie aussieht im Tutu. Und die anderen erst in den fantasievollen Kostümen."

„Beschreib sie mir bitte", flehte Florentina aufgeregt.

Während Violetta ihr jedes Detail beschrieb, träumte Florentina davon, selbst einmal auf der Bühne des Theaters auf dem Flügel zu spielen. Ein Werk von Frederik … der *Liebesreigen* …

Nichts wünschte sie sich sehnlicher, als dass sie aller Welt seine Unschuld beweisen konnte und welch genialer Komponist er gewesen war.

17. Oktober 1939 – Florenz

Nebel schwebte über dem Arno, als Matteo in den frühen Morgenstunden nach Hause zurückkehrte. Die Luft war feucht und kühl, dass er den Kragen seines Mantels aufstellte. Es war zu spüren, dass der Herbst mit raschen Schritten nahte. Bis spät in die Nacht hinein hatte die Generalprobe gedauert. Nach der gelungenen Probe war er mit den anderen Künstlern in eine Taverna gegangen, wo sie ausgelassen gefeiert hatten. Am Wochenende darauf würde die Premiere des *Barbiers von Sevilla* stattfinden. Für Matteo erfüllte sich ein Traum, denn er sang zum ersten Mal die Hauptpartie. Ob Florentina auch zur Premiere kommen würde? Er wünschte es sich sehr.

Seit der letzten Begegnung nach dem Überfall im Haus seines Vaters hatten sie sich nicht mehr getroffen. Von Federico hatte er gehört, dass sie und Gianna sich ausgesöhnt hatten. Die vielen Proben an der Oper hatten Matteo davon abgehalten, Federicos Musizierabende zu besuchen. Doch er hatte Florentina unbedingt wiedersehen wollen und hatte so manches Mal vor dem Conservatorio auf sie gewartet. Leider vergeblich. Enttäuscht war er nach Hause gegangen.

Sein Gespür sagte ihm, dass sie ihm aus dem Weg ging. Das schmerzte ihn besonders. Wenn er glaubte, ihr nähergekommen zu sein, ging sie im nächsten Moment auf Distanz.

Er suchte den Grund für ihr Verhalten im letzten Ereignis. Wer war der Unbekannte, der sie vor Anna von Edels Wohnung bedroht hatte? Was hatte er wirklich von ihr gewollt? Sein Gefühl sagte ihm, dass Florentina ihn gekannt hatte. Falls das zutraf, weshalb verschwieg sie es allen?

Florentina hatte seine Fragen ausweichend beantwortet.

Mehrmals hatte er sich vorgenommen, Anna von Edel zur Rede zu stellen. Aber die Dame war nach Deutschland gereist, um mit Hitler und dessen Leuten den Sieg über Polen zu feiern. Nie hätte Matteo geglaubt, dass nach dem letzten Krieg noch ein weiterer folgen würde. Jetzt befand sich Deutschland in einem neuen und zog sein Heimatland womöglich mit hinein.

Erschöpft betrat Matteo das Elternhaus. Sein Vater kam die Treppe herunter.

„Wo bist du gewesen?" Er hatte Matteo noch nie gefragt, wo er gewesen war.

Der Tonfall seines Vaters ließ befürchten, dass es ein längeres Gespräch mit ihm werden könne. Matteo stand nicht der Sinn danach, denn er hatte dem Wein in der Taverna gut zugesprochen. Hinzu kam, dass sein Vater wegen Annas Reise übel gelaunt war und niemand ihm etwas recht machen konnte. Die arme Aurelia war schon so weit gewesen, dass sie die Arbeit am liebsten hingeworfen hätte.

Anna von Edel war undurchschaubar. Weshalb war Florentina gerade kurz nach dem Gespräch mit ihr überfallen worden? In ihrer Straße? Das konnte doch kein Zufall sein.

„In der Taverna an der Oper. Du fragst mich doch sonst nie, wenn ich eine Nacht nicht nach Hause gekommen bin."

„Habe mir aber Sorgen gemacht. Schließlich droht Italien als Verbündetem, in den Konflikt hineingezogen zu werden. Da sind die Nerven bei allen angespannt."

Dass sein Vater sich um ihn sorgte, versöhnte Matteo wieder.

Vielmehr wuchs seine Sorge um ihn, nachdem ihm klar geworden war, dass auch er zu den heimlichen Treffen der Widerstandsgruppe ging.

„Gehst du deshalb seltener zu diesen Versammlungen?"

In den letzten zwei Wochen hatte sein Vater nachts das Haus nicht mehr verlassen.

„Es ist noch gefährlicher für alle geworden. Und wenn wir uns erst im Krieg befinden, droht uns die Exekution. Anna kommt heute zurück."

Sofort spitzte Matteo die Ohren. Endlich könnte er die Gelegenheit ergreifen, Anna von Edel unter vier Augen zur Rede zu stellen. Sein Vater jedoch durfte nichts davon wissen.

„Heute Nachmittag?"

„Nein, erst heute Abend."

„Sei bitte vorsichtig, Papa. Verrat gibt es auch in den besten Familien."

„Ich weiß. Aber Anna wird mich nicht verraten."

Matteo war entsetzt über die Gutgläubigkeit seines Vaters.

„Wenn du dich da mal nicht täuschst", entgegnete Matteo.

„Was willst du damit sagen?"

Sein Vater war aufgebracht. Matteo spürte, dass er ihm nicht glauben würde, es sei denn, er hätte handfeste Beweise. Die besaß er nicht. Es pochte schmerzhaft hinter seinen Schläfen. Er brauchte jetzt Ruhe. Anstelle einer Antwort winkte er ab.

„Jetzt nicht, Papa, ich muss etwas schlafen." Sein Vater fragte zum Glück nicht mehr nach.

Immer öfter fragte er sich, was Anna von Edel von seinem Vater wollen könnte. Sie verkehrte in den höchsten Kreisen von Hitler und dem Duce und lernte viele einflussreiche Männer kennen. Sein Vater war weder das noch begütert. Sein Weinhandel lief zwar gut, aber das reichte lediglich für ein auskömmliches Leben.

Der Oktobertag blieb auch am Nachmittag grau und wolkenverhangen. Matteo fühlte sich nach dem Schlaf erholter und beschloss, einen Spaziergang zu unternehmen. Die kühle Luft würde hoffentlich seinen Kater vertreiben.

Unbewusst lenkten seine Schritte ihn in die Via della chiesa. Es wurde ihm erst bewusst, als er vor dem Haus stand, in dem Anna von Edel wohnte. Er schaute zu den Fenstern nach einem Zeichen ihrer Rückkehr. Matteo wollte mit ihr sprechen, bevor sie seinen Vater wiedersah.

„Junger Mann, suchen Sie jemanden?“, sprach ihn ein älterer Herr in dunklem Maßanzug und Hut auf der Straße an.

„Nein, ich mache nur einen kleinen Spaziergang zum Arno.“

„Sie sind nicht von hier?“

„Nein“, log Matteo.

„Zum Fluss nehmen Sie die nächste Gasse rechts am Ende der Straße.“

„Danke für den Hinweis. Wissen Sie zufällig, wem dieses Haus hier gehört? Mir gefällt die aufwendige Steinbalustrade.“

Matteo hoffte, dass sein Gegenüber diese Schwindelei nicht bemerkte.

„Einem Herrn Rossi. Aber der hat nur ganz kurz hier gewohnt. Die Beletage war an einen Kunstsammler vermietet. Ein feiner und vermögender Herr. Deutscher glaube ich. Hat dem Duce Kunstgegenstände verkauft.“

„War das vielleicht Signore von Edel?“

„Ja, ja, ich glaube, so hieß er. Kannten Sie ihn?“

„Nein, aber er war ein bedeutender Sammler“, fabulierte Matteo.

„Michelangelo und einer der Medicis haben hier gewohnt. Später ein bekannter deutscher Komponist, der ein paar Sommer hier verbracht hat. Er hat auch die Balustrade bauen lassen. Wie hieß er gleich noch? Ich glaube von Uhlenberg.“

Matteo war so überrascht, als sein Gegenüber Florentinas Vorfahr erwähnte, dass er nur nicken konnte.

„Das habe ich nicht gewusst“, gab er zu.

„Der hat in diesem Haus seine große Liebe getroffen, erzählt man sich“, fuhr der redselige ältere Herr fort.

Florentina hatte ihm von dem verschollenen *Liebesreigen* erzählt, der Frederik von Uhlenbergs großer Liebe gewidmet war. Vielleicht befand sich in diesem Haus ein Hinweis auf das Libretto, und Anna von Edel hatte es gefunden. Er traute ihr zu, dass sie das Florentina verschweigen würde. Es lag nahe, dass deren Bruder das Libretto bei Sotheby's hatte versteigern lassen.

„Ein Skandal, denn der Komponist sollte eine andere heiraten. Ich weiß noch von meinem Großvater, dass das *der* Gesprächsstoff in ganz Florenz gewesen ist. Ja, das Haus hat Geschichte geschrieben."

„Das kann ich mir vorstellen."

Der ältere Herr hob die Hand zum Gruß. „Ich muss jetzt leider nach Hause, meine Frau vermisst mich sicher schon. War nett, mit Ihnen zu plaudern. Und denken Sie dran, die nächste Gasse rechts führt zum Arno hinunter."

„Ja, danke."

Als der Mann nicht mehr zu sehen war, stieg Matteo entschlossen die wenigen Stufen zur Eingangstür hinauf und drückte die Klingel. Vielleicht hatte er Glück, und Anna von Edel war zu Hause. Als ihm keiner öffnete, wollte er sich umdrehen. Da hörte er eilige Schritte, und die Tür öffnete sich.

Jetzt stand er ihr gegenüber. Anna von Edel trug ein streng geschnittenes, dunkelbraunes Wollkostüm, das an deutsche Militäruniformen erinnerte.

„Matteo?", rief sie erstaunt. „Was machen Sie denn hier? Ich wollte mich gerade umziehen. Ich habe Ihrem Vater heute meinen Besuch angekündigt."

„Können wir kurz miteinander reden?"

„Das können wir doch in Ruhe nachher. Oder haben Sie eine Probe?"

„Ich möchte mit Ihnen unter vier Augen reden."

Ihr Blick wurde starr, aber sie zog die Tür weiter auf.

„Unter vier Augen. Kommen Sie herein. Ich habe vor Ihrem Vater allerdings keine Geheimnisse." Ihr Tonfall verriet leichte Verärgerung, als sie in das gediegene Wohnzimmer traten.

Matteo hatte sich in den letzten Tagen die Worte immer wieder zurechtgelegt, die er ihr sagen wollte. Mit einer Geste bedeutete sie ihm, sich zu setzen, aber er blieb stehen.

„Ich frage mich die ganze Zeit, was eine so weltgewandte und reiche Frau von einem einfachen Mann wie meinem Vater will."

Anna von Edels Blick verhärtete sich.

„Ich liebe ihn", antwortete sie mit fester Stimme. Matteo zweifelte an ihren Worten.

„Sie haben keine Geheimnisse vor ihm? Aber Sie haben meinen Vater angelogen." Einen flüchtigen Moment lang glaubte er, Unsicherheit in ihrem Blick zu erkennen.

„Was unterstellen Sie mir da!"

Da berichtete Matteo von dem Tag, als er sie auf der Ponte Vecchio mit einem Fremden gesehen hatte.

„Sie haben meinem Vater gesagt, dass Sie eine Verwandte besuchen", warf er ihr vor.

„Sie war leider unpässlich und hat meinen Besuch abgelehnt. Zufällig habe ich dann einen Bekannten getroffen. Haben wir das Missverständnis aus der Welt geschafft und ich kann mich jetzt umziehen?"

„Vielleicht war das so. Vielleicht auch nicht. Was haben Sie eigentlich gegen Signorina Schwarz?"

Anna von Edels Blick wurde frostig. „Die Mutter der Signorina hat meinem Bruder übel mitgespielt. Doch viel mehr ist es das Unrecht, das deren Familie meinen Freunden, den Mahlers, zugefügt hat."

„Von welchem Unrecht sprechen Sie?"

„Fragen Sie doch das werte Fräulein Schwarz selbst. Sie ist eine Judenfreundin und ein leichtes Mädchen. Sie wirft sich den Männern an den Hals."

Das konnte er sich bei der spröden Florentina nicht vorstellen.

„Sie glauben mir nicht? Die ganze Familie ist kriminell. Ihre Schwester ist eine Gesetzesbrecherin, die aus Deutschland fliehen musste. Die Eltern widersetzen sich den Anweisungen des Führers. Ihre Verwandten hier haben Beziehungen zum Widerstand. Seien Sie lieber vorsichtig, Matteo. Dieser Umgang könnte auch für Sie verhängnisvoll werden."

„Das lassen Sie mal meine Sorge sein."

„Ich wollte Sie ja auch nur warnen."

In ihren Augen loderte Hass, der sich gegen Florentinas Familie richtete. Hatte sie seinen Freund Federico verraten?

Wie konnte sein Vater nur so blind sein!

„Ich werde Sie im Auge behalten. Mein Vater ist ein ehrlicher Mann."

11. Juni 1940 – Sant' Anna di Stazzema

Aus Furcht vor einer Begegnung mit Grabert war Florentina nicht mehr allein nach Florenz gefahren.

„Wir legen unsere Stunden und Vorlesungen so, dass wir immer zusammen sind", hatte Gianna ihr vorgeschlagen. Florentina war ihrer Cousine dankbar. „Und wenn du die Stimme dieses Kerls hörst, dann gehen wir zur Polizei."

Mit jedem Tag, der verstrich, schwand ihre Angst, und sie fühlte sich sicherer. Vielleicht, so hoffte sie, war Grabert nach Deutschland zurückgekehrt. Auch Anna von Edel hatte sie nicht mehr getroffen.

„Kommst du dann später herunter? Heute ist doch wieder unser Musizierabend", fragte Gianna jetzt von der Tür her. Ohne eine Antwort abzuwarten, redete sie weiter. „Und du kleine Schwester willst doch Mamma und Papa nicht verärgern. Wasch dir vorher gründlich die Hände."

Florentina hörte Antonella stöhnen.

„Ja, natürlich, wenn ich Antonella den Brief an meine Eltern diktiert habe, komme ich."

„Prima." Gleich darauf hörte sie, wie die Zimmertür ins Schloss fiel.

„Spielen sich alle älteren Schwestern wie Mütter auf?", fragte Antonella seufzend.

„Sie meint es doch nur gut mit dir."

Florentina strich ihrer kleinen Cousine zärtlich über die Lockenpracht, die sie heute offen trug.

„Lass uns jetzt bitte schnell weitermachen, bevor wir Ärger bekommen.“

Liebe Mutti, lieber Vati,
ich habe vergeblich auf einen Brief von euch gehofft. Aber seit Wochen erreicht mich keine Post. Wie geht es euch, Justine und Berta? Hat sich das Leben bei euch verändert, jetzt, da Hitler Polen eingenommen hat? In euren letzten Briefen habt ihr leider auch kein Wort über Violetta verloren. Ich vermisse sie so sehr. Hat euch ein Brief von ihr erreicht? Ich habe von Tante Lina gehört, dass der Postweg zwischen Deutschland und dem Vereinten Königreich unterbrochen ist. Bitte antwortet mir schnell.
Eure euch liebende und ungeduldige Florentina

„Und vergiss nicht, Antonella, meine Erlebnisse beizufügen.“

Jeden zweiten oder dritten Tag diktierte Florentina Antonella, was sie am Tag erlebt hatte. Ihre Fortschritte im Klavierspiel, über ihr gutes Verhältnis zu Dozent Fratelli, die abendlichen Musizierstunden im Haus von Onkel und Tante. Auch dass es von Frederiks *Liebesreigen* ein Libretto gab, das bei Sotheby’s versteigert worden war. Sie legte viel Fröhlichkeit in die Zeilen, damit ihre Eltern sich keine Sorgen um sie machten. Matteo erwähnte sie mit keinem Wort. Niemand sollte erfahren, dass sie Gefühle für ihn hegte. Die Abende der Musizierstunden sehnte sie seinetwegen herbei, auch wenn er nur selten dabei war. Sie war stets bemüht, sich ihre Freude über sein Erscheinen nicht anmerken zu lassen, auch wenn es ihr noch so schwerfiel. Längst hatte sie sich tief in ihrem Innern damit abgefunden, eine alte Jungfer zu werden.

Jede Woche schickte sie mindestens zwei Briefe an ihre Eltern, ohne zu wissen, ob sie ihr Ziel erreichten. Den Gedanken, den geliebten Eltern könnte etwas zugestoßen sein, verdrängte sie. Sie waren stark und würden auch die schweren Zeiten meistern. Ebenso wie Violetta und Hans. Wie es ihnen wohl in England ergehen mochte? Mit jedem Tag wuchs Florentinas Heimweh. Sie vermisste ihr Elternhaus, Justines trockenen Humor und die eifrige Berta, die sie stets umsorgt hatte. Doch an eine Rückkehr war nicht zu denken. Wie ein dunkler Schatten schwebte die schicksalhafte Reichskristallnacht über ihr. Sie fühlte sich nicht dazu bereit, sich der Vergangenheit zu stellen.

„Du musst bitte noch etwas ergänzen, Antonella. Frag meine Eltern bitte, was zwischen Fräulein von Edel, deren Bruder und ihnen damals vorgefallen ist."

Antonellas Feder kratzte über das Papier. Dann las sie ihr das Geschriebene vor. „Fertig?"

„Fertig", bestätigte Florentina. „Bringst du morgen den Brief bitte zum Postamt, ja? Und jetzt lass uns nach unten zu den anderen gehen."

Als Florentina und Antonella das Esszimmer betraten, herrschte keine ausgelassene Stimmung wie sonst. Die beiden Jungen, die öfter wegen Kleinigkeiten in einen Streit gerieten, waren heute still. Gianna saß angespannt auf ihrem Platz. Die Atmosphäre war gedrückt. Irgendetwas stimmte nicht. Hoffentlich ging es ihren Eltern, Violetta und Hans gut. Die Briefe aus der Heimat waren immer seltener geworden. Tante Lina hatte gemeint, dass die Post inzwischen manchmal abgefangen werden würde."

Zitternd blieb Florentina stehen. Ihre Finger umklammerten die Stuhllehne.

„Was ist denn mit euch? Habt ihr etwas von meinen Eltern oder meiner Schwester erfahren?" Ein dicker Kloß saß in Florentinas Hals.

„Nein, haben wir leider nicht." Onkel Federico seufzte.

„Was ist es denn dann?"

„Bitte setz dich doch, Florentina", sagte Tante Lina mit sanfter Stimme.

Gehorsam sank Florentina auf den Stuhl. Sie war auf Schlimmes gefasst.

„Wie zu befürchten war, hat der Krieg jetzt auch Italien erreicht“, sagte Tante Lina. „Es wird Seite an Seite mit den Deutschen kämpfen.“

„Das ist alles allein Mussolinis Schuld!“, ereiferte sich ihr Onkel und schlug auf den Tisch.

„Federico“, mahnte ihn seine Frau.

Krieg! Das Wort hallte unheilvoll in Florentinas Kopf. Deutschland befand sich im Krieg. Und jetzt auch Italien! Sie hatte das Gefühl, sich in einem Albtraum zu befinden.

Nur zu gut erinnerte sie sich an die Erzählungen der Eltern über den letzten Krieg. Verzweiflung, Hunger und Tod hatten diese Zeit geprägt. Auch die Existenz des Theaters war bedroht gewesen. An der Front waren Tausende von Soldaten gefallen, darunter auch ihr Onkel Albert und Justines Söhne. Die Vorstellung, einen geliebten Menschen zu verlieren, erschreckte Florentina.

„Nein, nein, nein“, murmelte sie und schüttelte den Kopf. „Ein Krieg ist schrecklich. Das kann nicht sein, das darf nicht sein.“

Onkel und Tante schwiegen.

„Papa, musst du dann auch in den Krieg?“, fragte Antonella mit erstickter Stimme. „Und meine Brüder?“

„Keine Sorge, Mario und Alberto sind zu klein“, antwortete Tante Lina.

„Aber Adolfo.“ Deutlich schwang Angst in Giannas Stimme mit. „Und du, Papa? Du kannst und darfst uns nicht alleine lassen!“, rief sie verzweifelt. Florentina schluckte.

„Lasst uns beten“, schlug Onkel Federico vor.

„Ja, lasst uns bei den Händen fassen“, forderte Tante Lina alle auf.

Giannas und Antonellas eiskalte Hände griffen nach Florentinas.

Onkel Federico betete das Vaterunser. „*Padre nostro, che sei nei cieli, sia santificato il tuo nome …*“

Alle sprachen es ihm nach.

„Herr, wir bitten dich, beschütze unsere Familie in diesen schweren Zeiten. Amen“, schloss er.

„Amen“, antworteten alle einstimmig.

„Gott wird seine schützenden Hände über uns halten. Herr, wir danken dir für diese Mahlzeit. Amen.“

„Amen.“

Danach ließen sie einander los.

Gianna tat das Essen auf. Doch Florentina war der Appetit vergangen. Jetzt hatte der Krieg auch Italien erreicht.

Auch wenn die Gespräche nicht verstummten, spürte sie deutlich die gedrückte Stimmung.

Ihr Onkel berichtete, dass Italien England und Frankreich den Krieg erklärt hatte. Aus Solidarität zu Deutschland. Doch sie hörte nur mit halbem Ohr zu. Immer wieder kreisten ihre Gedanken um ihre Familie. England und Italien verfeindet! Würde sie Violetta jemals wiedersehen?

Gedankenverloren stocherte Florentina auf ihrem Teller herum.

Ihr war schwer ums Herz. War es nicht ihre Pflicht, nach Hause zurückzukehren und gemeinsam mit den Eltern für das Theater zu kämpfen? Beides vermisste sie schmerzlich.

Andererseits liebte sie das Leben hier in Italien. Natürlich würde sie nie die Reichskristallnacht vergessen können. Aber hier im Kreis der liebevollen und lebensbejahenden Verwandten hatte sie ihre innere Stärke und Selbstbewusstsein zurückgewonnen. Ihr Studium verlief erfolgreich und ließ den Traum, eine bekannte Pianistin zu werden, in greifbare Nähe rücken. Und sie hatte sich in Matteo verliebt. Gefühle, die nicht sein durften. Würde sie nach Hannover zurückkehren, gäbe es kein Wiedersehen mehr. Das war gut so, denn eine Beziehung zwischen ihnen wäre nicht möglich.

„Ich denke, ich sollte nach Hannover zurückkehren", sagte sie nach einer Weile. Die Gespräche und das Klappern des Bestecks auf den Tellern verstummten augenblicklich.

„Aber Florentina, du kannst doch nicht einfach so fort. Was ist dann mit deinem Studium? Das kannst du doch nicht wegwerfen." Gianna klang entsetzt.

„Gianna hat recht. Willst du wirklich alles hinwerfen? Solch eine Chance bekommst du wahrscheinlich nie wieder. Hier in Italien bist du sicher. Der Duce hat uns allen Nonbelligeranza versprochen. Italien wird sich an den Kämpfen nicht beteiligen. Alles bleibt hier so, wie es ist." Tante Lina klang überzeugt, und Florentina wollte ihr glauben. Doch ihr Onkel hielt die Luft an. Sie spürte, dass er anderer Meinung war.

„Deine Eltern würden nicht wollen, dass du dein Stipendium sausen lässt", sagte er.

„Außerdem ist es hier sicher. Es ist gut, dass Italien Deutschlands Verbündeter ist. Hitler hat Polen mit Leichtigkeit eingenommen. Zusammen mit Japan werden sie diesen Krieg gewinnen. Deine Eltern schaffen es auch ohne dich", ergänzte die Tante.

Linas Zuversichtlichkeit tröstete Florentina ein wenig. Ihr entging jedoch nicht, dass ihr Onkel bei den Worten seiner Frau die Luft anhielt.

„Das wollen wir hoffen", sagte er.

„Natürlich. Alles wird wie immer sein, solange wir hierbleiben", fuhr Tante Lina fort. Florentina vertraute ihrer Tante, die sie stets als ruhig und besonnen kennengelernt hatte. Doch ein letzter Rest Zweifel blieb.

Gianna und Antonella atmeten erleichtert aus. „Siehst du, Florentina, du kannst dein Studium hier weiterführen", sagte Antonella, und Florentina hörte die Sehnsucht des Mädchens heraus, dass alles so bleiben sollte, wie es war.

Während des Essens beschlossen Mario und Antonio, später Krieg zu spielen. Federico seufzte, ließ sie aber gewähren.

Florentina versuchte, sich ihre Sorge nicht allzu sehr anmerken zu lassen. Was, wenn ihre Eltern sie brauchten? *Wenn ich doch nur mit ihnen reden könnte.* Sie musste wissen, wie es ihnen ging. Immer tiefer hatten sich die Nazis nicht nur in ihr Leben, sondern auch in die Belange des Theaters eingemischt.

Das war für ihre Eltern demütigend.

Als sie gerade den Tisch abräumten, klopfte es an die Haustür.

„Vielleicht ist das Adolfo!", rief Gianna freudig und wollte zur Tür eilen. Doch ihr Vater hielt sie zurück.

„Es ist besser, wenn ich gehe."

Florentina dachte an den Tag seiner Verhaftung.

Ihre Cousine stieß einen Laut der Enttäuschung aus.

„Es ist besser, wenn dein Vater nachsehen geht", versuchte Florentina sie zu trösten.

Kurz darauf kehrte ihr Onkel zurück. „Ein Telegramm. Es ist für Florentina."

„Für mich?", fragte sie erstaunt. „Von wem ist es? Bitte lies es mir vor", bat sie ihren Onkel. Im Stillen hoffte sie, dass das Telegramm keine Hiobsbotschaft für sie enthielt.

„Von deinem Vater", erklärte Onkel Federico.

Florentina konnte es nicht glauben. Nach Wochen endlich eine Nachricht von zu Hause.

„Briefverkehr schwierig. Stop. Uns geht es gut. Stop. Violetta auch. Stop. Italien ist sicher. Stop. Bleib dort, beende dein Studium. Stop. Wir denken an dich. Stop. Dein dich liebender Vati", las ihr Onkel vor. „Na siehst du, Florentina, alles ist gut."

„Hab ich doch gleich gesagt! Deine Eltern wollen auch, dass du bei uns bleibst", warf Gianna ein und drückte Florentina kurz.

Hauptsache, es ging allen gut. Florentina war erleichtert. Sie war froh, dass ihr Vater sie darin bestärkte, in Florenz zu bleiben. Das verschaffte ihr auch mehr Zeit, nach Frederiks Libretto zu forschen.

Nur eines machte sie stutzig. Weshalb hatte er Hans nicht einmal erwähnt? Antonella musste die Frage nach Hans unbedingt im nächsten Brief an die Eltern aufnehmen.

Wenig später betrat jemand das Haus, dessen Schritte sie unter Tausenden wiedererkennen würde. Sofort begann ihr Herz schneller zu schlagen. Wie immer, wenn sie ihn traf.

„Guten Abend, Florentina", hörte sie Matteos melodische Stimme."

Tief sog sie den Sandelholzduft seines Rasierwassers ein. Wie sich seine glatt rasierten Wangen wohl anfühlen mochten? Wie gern hätte sie sein Gesicht einmal mit den Händen erkundet, um sich ein Bild von ihm zu machen. Aber sie befürchtete, er könne das falsch verstehen, wenn sie ihn darum bat. Er stand jetzt so dicht neben ihr, dass sein warmer Atem ihren Nacken streichelte und ihr eine Gänsehaut bescherte.

„Entschuldige, ich wollte dich nicht erschrecken", sagte er leise. „Du siehst heute wieder ganz bezaubernd aus."

„Das erzählst du doch bestimmt allen Frauen", sagte sie leichthin. Die Vorstellung, er könnte es tatsächlich zu einer anderen Frau sagen, weckte ihre Eifersucht. Hoffentlich hatte Matteo nicht bemerkt, dass sie errötet war. Viele Frauen schwärmten für den charmanten Bariton. Die waren sicher auch nicht alle perfekt, konnten aber bestimmt Mütter werden. Florentina fühlte sich nicht mehr wie eine vollwertige Frau. Und dass sie intime Berührungen eines Mannes nicht duldete, machte es noch schlimmer.

„Wie kommst du darauf, dass ich das zu jeder sage? Meine Worte galten dir." Er klang verletzt. Florentina bereute ihre Flapsigkeit. Sie wollte ihn nicht vor den Kopf stoßen. Bevor sie sich entschuldigen konnte, trat Gianna an ihre Seite.

„Was tuschelt ihr denn da?", fragte sie. „Über das Telegramm ihrer Eltern?"

„Nein, das hat sie nicht erwähnt."

„Meine liebe Cousine wollte Florenz verlassen, weil sie sich um ihre Eltern sorgt."

Warum muss Gianna das nur ausplaudern?

Florentina bemerkte, wie sich Matteo versteifte. Die Atmosphäre war plötzlich angespannt.

„Willst du das immer noch?", fragte Matteo.

„Nach dem Telegramm ihrer Eltern wohl nicht mehr", antwortete Gianna für sie. „Die möchten, dass Florentina ihr Studium weiterführt."

„Gut, dass die Telegrammübermittlung zwischen Deutschland und Italien noch klappt." Matteo klang erleichtert.

„Zwischen Deutschland und England auch", sagte Florentina.

„Da muss ich dir widersprechen. Wie ich von meinem Intendanten gehört habe, kommen Telegramme oder Briefe aus Deutschland oder Italien in England nicht an."

Florentina horchte auf. Wenn zutraf, was Matteo sagte, woher konnten ihre Eltern dann wissen, dass es ihrer Schwester gut ging? Hier stimmte etwas nicht. Ihre Eltern würden sie nicht belügen.

„Das kann nicht sein", widersprach Florentina.

„Unser Intendant de Luca hat immer mit englischen Künstlern korrespondiert. Aber jetzt ist kein Kontakt mehr möglich."

„Das mag ich nicht glauben. Meine Schwester ist in England. Mein Vater hat mir im Telegramm mitgeteilt, dass es ihr gut geht. Er würde mir so etwas nicht schreiben, wenn er es nicht wüsste."

„Vielleicht habe ich de Luca ja nicht richtig verstanden", sagte Matteo.

„Ganz bestimmt." Dennoch stiegen in Florentina Zweifel auf. Hatte ihr Vater sie angelogen, damit sie sich keine Sorgen um ihre Schwester machte?

Das wühlte sie so auf, dass sie Halt suchte und bei Matteo fand, der ihre Hand nahm. Die sanfte Berührung löste in ihr eine Flut prickelnder Erregung aus. Sie vermittelte Sicherheit und Geborgenheit.

„Du bist ganz blass und solltest dich setzen", bemerkte er leise.

„Nur eine leichte Unpässlichkeit. Mach bitte kein Drama daraus." Sie spürte seinen nachdenklichen Blick auf ihr ruhen und zog ihre Hand zurück.

„Wir sollten jetzt unsere Plätze einnehmen", schlug sie vor. Sie setzten sich und freuten sich auf diesen Abend, der sie von den Kriegsmeldungen ablenkte. Florentina wurde zu den meisten Stücken um die Begleitung gebeten. Das war für sie eine gute Übung, hatte doch Fratelli sich über die mangelnde Geschmeidigkeit ihrer Finger beschwert.

„Perfektion erreichen Sie nur, indem Sie so oft wie möglich spielen", waren seine Worte gewesen. Florentina wollte seinen Rat beherzigen.

Als sie Matteo begleitete, war ihr Lampenfieber besonders groß. Sie wollte sich durch Verspielen nicht blamieren. Diesmal spürte sie, dass er sie während seines Vortrags die ganze Zeit über ansah. Als würde er für sie singen.

In solch einem Augenblick schien das Glück für sie erreichbar nah, bis ihr Verstand sie ausbremste. Wenn sie Abstand zu Matteo haben wollte, durfte sie ihren Empfindungen keinen freien Lauf lassen. Matteo hatte eine Frau verdient, die nicht traumatisiert war und ihm viele Kinder schenken konnte. Dieser Gedanke war unerträglich.

Nachdem der Schlussakkord verklungen war, stand sie auf, ohne den Applaus abzuwarten, und ging hinaus in den Garten. Die laue Luft draußen, so hoffte sie, würde den brennenden Schmerz in ihrem Innern löschen. Von drinnen schallten Stimmen und Gelächter heraus. Zum Glück war Gianna ihr nicht nachgelaufen. Ihre Cousine hatte nur Augen für Adolfo.

Sie bangte um ihn. Es war vermutlich nur eine Frage der Zeit, wann er aus Florenz wegbeordert werden würde.

Schritte näherten sich.

„Auch zu dieser Jahreszeit kann es am Abend empfindlich kühl werden.“ Unwillkürlich erschauerte Florentina beim Klang von Matteos Stimme. Sie verschränkte die Arme vor der Brust.

Behutsam hängte er ihr seine Jacke um die Schultern.

„Danke“, flüsterte sie.

„Warum hast du deinen Beifall nicht abgewartet?“

„Ich brauchte Zeit zum Nachdenken.“

Seine Nähe besaß etwas Tröstliches.

Matteo bedrängte sie nicht mit Fragen. Schweigend standen sie eine Weile nebeneinander.

„Ist das nicht alles seltsam? Wir alle wissen von dem Krieg und machen weiter, als gäbe es ihn nicht“, brach Florentina als Erste das Schweigen.

„Weil das Leben weitergeht. Wir können doch nicht alle in Lethargie verfallen. Jeder Moment mit Trübsal ist vergeudete Zeit. In dunklen Stunden hat mir stets die Musik geholfen, mich wieder auf das Leben zu freuen.“

Matteo hatte recht. Nach der Reichskristallnacht hatte sie sich tagelang auf dem Klavier ihren Kummer von der Seele gespielt. Aber es fiel ihr schwer, alles Schlechte auszublenden.

„Wolltest du deshalb zurück?“, fragte er leise.

„Ist es nicht meine Pflicht, in schweren Zeiten an der Seite meiner Eltern zu sein? Vielleicht ist es jetzt zu spät. Ich weiß nicht einmal, ob ich meine Familie jemals wiedersehen werde.“ Sie wandte sich zu Matteo um. „Verstehst du das?“

Eine Träne löste sich aus ihrem Auge und rollte ihre Wange hinunter. Matteo wischte sie mit dem Daumen fort. Dann strich er ihr sanft über die Wange. Florentina zitterte. Es prickelte an der Stelle, wo er sie berührt hatte.

„Doch, natürlich. Aber was dir bestimmt ist, wird geschehen. Wenn wir von geliebten Menschen Abschied nehmen müssen, haben wir das zu akzeptieren. Man muss Platz für Neues im Herzen schaffen, sonst verkümmert die Seele."

So hatte sie es noch nie gesehen.

Seine Worte berührten sie tief. Florentina nickte.

„Du hast Menschen an deiner Seite, die dich lieben und für dich da sind, Florentina. Das ist das größte Glück."

Außer ihren Eltern oder Violetta hatte sie noch niemandem ihre geheimen Gedanken anvertraut. Weshalb teilte sie sich gerade ihm mit? Der sensible Matteo schaffte es auch diesmal, ihr Herz zu berühren. In ihr wuchs der Wunsch, ihn zu sehen.

„Darf ich dich auf meine Weise sehen?", fragte sie mutig.

„Ich glaube, ich weiß, was du meinst", flüsterte er. „Ja."

Florentina streckte ihre zitternden Hände nach seinem Gesicht aus. Aber er war größer als angenommen, weshalb er ihre Hände nahm und sie an seine Wangen legte.

Sanft tastete sie seinen Kopf ab. Keinen Zentimeter ließ sie aus. Er besaß eine hohe Stirn und dichtes, seidiges Haar, das im Nacken länger war und sich leicht kräuselte. Hohe Wangenknochen und gleichmäßige Proportionen kennzeichneten sein klassisches Gesicht. Volle Lippen, umgeben von Bartstoppeln, rundeten das Bild von ihm ab. Sie mochte es, über seine Haut und durch sein weiches Haar zu streichen, und hätte es fortführen können, so gut fühlte er sich an. Höflichkeit und Anstand jedoch geboten ihr aufzuhören.

„Und weißt du nun, wie ich aussehe?"

Sie nickte.

„Gefällt dir, was du gesehen hast?", fragte er heiser.

„Ja", hauchte sie.

Seine Sanftheit und Einfühlsamkeit drohten die unsichtbare Mauer, die sie umgab, zum Einsturz zu bringen.

Plötzlich spürte sie seinen Atem auf ihrem Gesicht. Er war ihr nah wie nie zuvor. Sie ahnte, dass er sie küssen wollte. So hatte sie sich immer vorgestellt, wie es wäre, von einem Mann begehrt zu werden. Sie dachte an Violetta und Hans, die sie um ihr Glück beneidet hatte. Wie aufmerksam die beiden immer zueinander gewesen waren. Aus jedem ihrer Worte hatte tiefe Zuneigung gesprochen. All das hatte sie sich auch für sich gewünscht. *Das ist dir nicht vergönnt! Hör auf zu träumen, oder hast du vergessen, was dir widerfahren ist?* Doch so sehr ihr Verstand sie davor warnte, etwas für Matteo zu empfinden, weil es sie unglücklich machen würde, klopfte ihr Herz doch zum Zerspringen. Da umfasste Matteo ihren Nacken. Das ließ die Vergangenheit wieder präsent werden. Graberts Hand hatte sie an derselben Stelle gespürt. Die vertraute Angst kehrte zurück. In Panik stieß sie Matteo von sich.

„Florentina ..." Er tat einen Schritt auf sie zu.

„Fass mich nicht an!", rief sie mit erstickter Stimme. Sie hasste sich selbst für ihr Verhalten.

„Florentina, bitte, wenn ich dich irgendwie verletzt habe, tut es mir leid. Das wollte ich nicht. Das musst du mir glauben." Aus seinen Worten sprach aufrichtiges Bedauern.

„Geh jetzt bitte, Matteo", sagte sie leise, während die Tränen über ihr Gesicht liefen. „Geh!", drängte sie ihn. Sie musste jetzt allein sein, so aufgewühlt wie sie war.

„Großer Gott, wer hat dir nur so wehgetan?", flüsterte er.

Sie antwortete nicht. Dann hörte sie, wie er sich umdrehte und davonging. Sie schlug die Hände vors Gesicht und sank auf eine Gartenbank, wo sie ihren Tränen freien Lauf ließ. Sie hatte Matteo nicht wegstoßen wollen, aber alles in ihr hatte sich verzweifelt gegen die Berührung gewehrt. Sie konnte und durfte Matteo nicht mehr wiedersehen.

3. Januar 1941 – München

Er hatte fast vergessen, wie kalt die Winter in Bayern waren. Matteo zog den Kragen enger um den Hals.

„Die Kälte schlägt auf meine Stimmbänder. Wollen wir nicht lieber umkehren?“, beschwerte sich Ilse Polentz, Sopranistin an der Münchner Oper und Matteos Duettpartnerin bei den Münchner Gastauftritten.

Trotz der Eiseskälte genoss Matteo den Spaziergang, und das sagte er Ilse auch. Von der stickigen Luft in der Garderobe hatte er Kopfschmerzen bekommen.

Er hätte nie gedacht, so schnell wieder auf der Münchner Bühne zu singen. Das Angebot war für die wenigen Tage, die er hier singen würde, sehr lukrativ. Die Konzertabende waren nicht nur gut für seinen Geldbeutel, sondern machten seinen Namen bekannter.

Ilse stand erst am Anfang ihrer Gesangskarriere. Sie stammte aus einem winzigen Dorf, war das einzige Kind eines reichen Bauern und sehr verwöhnt. Widerwillig hatte sie dem Spaziergang zugestimmt. Lieber hätte sie mit Holzers Nachfolger, dem attraktiven, neuen Intendanten, gesprochen. Zwar war Ilse gesanglich talentiert, aber nach Matteos Empfinden reichte es nicht für eine große Karriere. Es fehlte ihr an schauspielerischer Begabung. Dass sie seine Gesangspartnerin an diesen Tagen war, verdankte sie dem Gauleiter, mit dem sie eine kurze Affäre gehabt hatte.

Selbst in der Kunst beeinflussten die Nazis das Geschehen. Sie waren stets in der Oper präsent und liebten es, hofiert zu werden. Jeden beobachteten sie mit Argusaugen. Matteo sehnte sich nach Florenz, wo keiner sein Tun und Lassen überwachte wie hier.

Ilse hatte sich bei ihm untergehakt. Ihr rostbrauner Wollmantel war modisch geschnitten, und ein Fuchs zierte ihren Kragen.

„Du hast schon recht, es ist ein wunderbar klarer Tag." Sie sah lächelnd zu ihm auf.

„Ja, ist es", bestätigte er. Ihm entging nicht der begehrliche Ausdruck in ihren braunen Augen. Schon auf der Silvesterfeier in der Oper hatte sie ihm schöne Augen gemacht. Matteo fand sie hübsch, aber sein Herz war längst an Florentina vergeben. Er vermisste sie mit jedem Tag ein wenig mehr. Früher hatte er nicht an Liebe auf den ersten Blick geglaubt. Doch seit er sie zum ersten Mal gesehen hatte, war sie ihm nicht mehr aus dem Sinn gegangen.

Immer wenn er zu den musikalischen Treffen bei der Familie Santoro fuhr, hoffte er aufs Neue, sie zu treffen. Seit sie ihn im Garten von sich gestoßen hatte, blieb sie den Abenden mit banalen Ausreden fern. Sie ging ihm aus dem Weg, das schmerzte. Er konnte sich nicht verzeihen, dass er versucht hatte, sie zu küssen. Das war viel zu forsch gewesen. Aber bei ihrem Anblick, wie sie im Mondschein völlig verloren vor ihm gestanden hatte, war er der Versuchung erlegen. Er war eben auch nur ein Mann mit Gefühlen. Starken Gefühlen für Florentina. Matteo hatte mittlerweile geglaubt, dass sie seine Empfindungen teilte. Wenn sie sich in der letzten Zeit davor begegnet waren, hatte jede Geste, jedes Wort ihm dieses Gefühl vermittelt. Er war sich sicher gewesen, dass sie den Kuss ebenso gewollt hatte wie er.

Wie er von Gianna erfahren hatte, traf sich Florentina mit keinem anderen Mann. Weshalb hatte sie ihn dann im Garten von sich gestoßen?

Das ließ nur einen Schluss zu, dass ihr etwas widerfahren

war, das ihr jede Berührung unerträglich machte. Es musste in der Zeit in Deutschland geschehen sein.

Florentina ging ihm einfach nicht mehr aus dem Kopf. Sie bestimmte sein Denken, wenn er morgens aufwachte und bevor er einschlief. Überall glaubte er ihre Stimme zu hören. Neulich war er einer Frau gefolgt, die ihr ähnlich gewesen war.

„Schau, Matteo, ist der Kleine nicht allerliebst?“ Ilse stieß ihn grob in die Seite und deutete auf einen Jungen von vielleicht drei Jahren, der dick in Wollsachen eingemummt und mit trauriger Miene am Ufer eines zugefrorenen Teiches stand und den anderen Kindern zuschaute, die lachend übers Eis schlidderten. Matteo rührte der Anblick des Kleinen. Irgendwann würde er auch einen Sohn haben und vielleicht eine Tochter mit schwarzen Haaren. Wie Florentinas.

Als er mit Ilse den Weg entlangschritt, der sich dem Ufer näherte, bemerkte Matteo, dass das Eis vor dem kleinen Jungen brüchig war. Das Kind sah die Gefahr nicht. Wenn es einen Schritt vortrat, würde es einbrechen.

„Hallo, Kleiner! Nicht aufs Eis gehen!“, rief Matteo. Kurz drehte sich der Junge zu ihm um. Tränen kullerten über sein gerötetes Gesichtchen. Anstatt auf Matteo zu hören, betrat er das Eis. Matteo, der seine Absicht geahnt hatte, machte einen Satz nach vorn und bekam das Kind an der Jacke zu fassen, bevor er ganz im eisigen Wasser untertauchte. Schnell schlang er den anderen Arm um den zarten Kinderkörper. Bis zum Bauchnabel war das Kind nass und zitterte vor Kälte. Matteo zog seinen Mantel aus und wickelte ihn um den Jungen.

„Was machst du denn für Sachen?“, sprach er zu ihm. Die Lippen des Jungen färbten sich bläulich. Er musste so schnell wie möglich trockene Kleidung anziehen und in Decken gehüllt werden. Matteo betrachtete das zitternde Kind in seinen Armen. Es hatte die Pudelmütze verloren, sodass sein schwarzes Haar sichtbar war. Er besaß ein schmales Gesicht mit blauen Augen, die ihn ängstlich ansahen. So könnte Florentinas Sohn aussehen. Ein warmes Gefühl durchflutete Matteo. In diesem Augenblick wurde ihm bewusst, dass er sich ein Leben mit dieser Frau wünschte. Sie teilten dieselbe Leidenschaft zur Musik. Ihre gemeinsamen Kinder würden vielleicht auch musikalisch begabt sein. Dann würden sie alle zusammen musizieren wie Federico und seine Familie.

„Matteo, denk an deine Stimme!“, rief ihm Ilse zu.

Die anderen Kinder hatten seine Rettungsaktion bemerkt und kamen aufgeregt angelaufen.

„Das ist ja der Friedrich!“, rief ein Mädchen mit einer roten Bommel an der Mütze und zeigte auf den Jungen in seinem Arm.

„Wo wohnt Friedrich denn?“, fragte Matteo die Kinder.

„Dort drüben.“ Ein Junge mit blauem Schal zeigte zu einem Haus auf der anderen Seite des Teiches.

„Könnt ihr mich vielleicht dort hinbringen? Er muss ganz schnell die Kleidung wechseln.“

„Du willst den Jungen doch nicht etwa nach Hause bringen? Wir müssen zum Opernhaus zurück. Und ohne deine Jacke bist du morgen vielleicht heiser.“ Ein Vorwurf schwang in Ilses Stimme mit.

„Ja. Du willst doch sicher auch nicht, dass er eine Lungenentzündung bekommt.“

„Ich hoffe, du weißt, was du da tust.“ Ilse kniff die Lippen zusammen.

„Wie heißt du denn, Kleiner?“, fragte sie das Kind.

„Friedrich. Friedrich Rosenstein.“

Fragend sah er Ilse an, die den Jungen abfällig betrachtete.

„Ich weiß, was ich tue, Ilse.“ Matteo presste den kleinen, zitternden Körper an sich.

„Alles wird gut, Junge“, sprach er beruhigend auf Friedrich ein, während er durch den Schnee auf das Haus zu stapfte. Die anderen Kinder folgten ihm. Nur Ilse blieb zurück.

Friedrich war das jüngste von neun Kindern in der Familie. Beim Anblick der Kinderschar und den erwartungsvollen Mienen wurde Matteo ganz warm ums Herz.

„Sind Sie nicht der Sänger aus der Zeitung?“, fragte die Mutter, nachdem sie sich mehrmals bei ihm bedankt hatte. Sie war eine verhärmte Frau mit tief liegenden Augen, aber einem gütigen Lächeln, das ihn an seine eigene Mutter erinnerte.

„Ja, der bin ich.“ Matteo wusste, dass die lokalen Zeitungen über seine erfolgreichen Auftritte in der Oper, besonders über die Neujahrsveranstaltung, berichtet hatten.

„Dürfen wir vielleicht ein Autogramm von Ihnen haben?“, fragte eines der älteren Mädchen mit langen Zöpfen.

„Ich auch! Ich auch!“, riefen die anderen.

„Ihr bekommt natürlich alle eines“, versprach Matteo.

So schrieb er auf Zettel, Puppen und sogar auf die Zeitung seinen Namen. Er scherzte mit den Kindern und fühlte sich in ihrer Gegenwart wohl wie lange nicht mehr.

Er wäre noch geblieben, hätte der neue Intendant der Münchner Oper ihn nicht zur Abschiedsfeier erwartet. Außerdem hatte er ein schlechtes Gewissen wegen Ilse, die draußen in der Kälte auf ihn wartete. Sie hatte sich geweigert, das Haus zu betreten.

„Kommen Sie uns noch mal besuchen?“, fragte ihn der kleine Friedrich, der in mehrere Decken eingehüllt auf dem zerschlissenen Sofa lag.

„Vielleicht.“ Er tippte dem Jungen auf die Nase und verabschiedete sich von allen, bevor er der Mutter einen Geldschein in die Hand drückte. Schließlich hatte sie eine Schar Kinder zu ernähren.

Auf der anderen Straßenseite wartete Ilse mit grimmiger Miene auf ihn. Matteo ging zu ihr hinüber.

Er wollte sich gerade bei ihr dafür entschuldigen, dass er sie so lange hatte warten lassen, als sie ihm zuvorkam.

„Wie konntest du nur diesen Jungen aus dem Wasser ziehen! Ein jüdisches Balg!“, warf sie ihm vor.

So aufgebracht hatte er die Sängerin noch nie erlebt.

Der gesangliche Erfolg hatte ihn für einen Moment vergessen lassen, dass er wieder im besonders judenfeindlich gestimmten Deutschland war. Wut wallte in ihm auf, die sich gegen die intolerante Ilse richtete.

„Es ist mir egal, ob er ein Jude oder sonst was ist. Friedrich ist ein kleiner Junge. Es war meine Pflicht, ihn aus dem Wasser zu ziehen. Ob es dir nun passt oder nicht.“

Ilse schnappte nach Luft. „Du hast gegen das Rassengesetz verstoßen. Du weißt schon, dass ich dich dafür anzeigen könnte.“

Er hasste es, sich rechtfertigen zu müssen.

„Tu, was du nicht lassen kannst. Aber dann musst du leider heute ohne mich zur Abschiedsfeier gehen.“

Matteo wusste, dass Ilse unbedingt daran teilnehmen wollte und sie die einzige Frau ohne männliche Begleitung war. Sie stieß einen unwirschen Laut aus, machte auf dem Absatz kehrt und ging voran. Als Matteo ihr nicht gleich folgte, blieb sie stehen und wandte sich zu ihm um.

„Worauf wartest du noch? Wir wollen doch nicht zu spät kommen.“

„Natürlich nicht.“ Zum Glück schien Ilse Matteos sarkastischen Unterton überhört zu haben. Sie stand gern im Rampenlicht und genoss die Aufmerksamkeit.

Auf dem Rückweg zum Opernhaus grübelte Matteo über das eben Geschehene nach. Er konnte das Kind doch nicht ertrinken lassen. Dass Ilse ihn deshalb zurechtgewiesen hatte, machte ihn wütend. In ihm regte sich Widerstand gegen die Nazis und auch gegen die Fascista, die sich jene zum Vorbild nahmen. Je länger er darüber nachdachte, desto besser konnte er Federico und seinen Vater verstehen, die sich dem geheimen Widerstand angeschlossen hatten. Die Menschen mussten sich gegen dieses Diktat mit allen Mitteln wehren.

Stimmengewirr drang aus dem Foyer der Oper, als Matteo und Ilse durch die Eingangstür traten. Zahlreiche Gäste hatten sich plaudernd mit einem Glas Champagner oder Wein in der Hand versammelt.

„Schau, da ist der neue Intendant, Holzers Nachfolger. Sieht er nicht gut aus?“ Sie winkte ihm lächelnd zu.

„Geh nur“, entließ Matteo sie.

„Man muss sich immer nach der Decke strecken, um nach oben zu kommen.“

Ilse stieg hüftschwingend die Treppe hinauf. Matteo wusste, dass sie sich nichts sehnlicher wünschte, als festes Ensemblemitglied der Münchner Oper zu werden. Das versprach sie sich von der Gunst des neuen Intendanten. Matteo hingegen war froh, wieder in die Heimat zurückkehren zu können. Der Judenhass in Deutschland war seit seinem damaligen Aufenthalt noch gewachsen. Die ständige Hetze gegen die Juden und andere Gruppierungen hatte sich in den Köpfen vieler manifestiert. Leider auch in Italien. Während er Ilse nachschaute, trat ein Mann in sein Blickfeld. Er verließ eine Gruppe Gäste und gesellte sich zu Ilse und dem Intendanten. Der Mann im Frack, der mit der gedrungenen Statur und dem grimmigen Gesicht wie ein Pinguin aussah, war Walter Mahler.

Im selben Augenblick legte sich eine Hand auf Matteos Schulter.

„Du siehst aus, als hättest du gerade ein Gespenst gesehen.“

Matteo wirbelte herum und stand seinem Gesangskollegen Eugenio gegenüber.

„Mensch, Eugenio! Ich habe dich schon vermisst! Hast du denn meine Nachricht nicht erhalten?“ Freudig umarmte er den Freund. Matteo hatte Eugenio einen Brief geschickt und ihn um ein Treffen gebeten. Der Freund hatte sich nicht gemeldet, freute sich aber über die Begegnung.

„Doch. Deswegen bin ich hier. Gut siehst du aus, Matteo. Florenz scheint dir zu bekommen. Und ein bekannter Sänger bist du jetzt auch." Der anerkennende Blick aus Eugenios schwarzen Augen bedeutete Matteo viel. Er war einer der wenigen ehrlichen Künstler, mit denen er zusammengearbeitet hatte.

„Ich hatte gehofft, dich bei den Proben zu treffen."

Eugenio winkte ab. „Mein Engagement an diesem Opernhaus ist nicht verlängert worden."

Matteo war geschockt, denn sein Freund war ein beliebter Heldentenor. Wie konnte der Intendant nur jemanden wie ihn gehen lassen?

„Oh, und wie bist du hereingekommen?"

„Durch den Konzertmeister."

„Dann hast du jetzt keine Verpflichtung?"

„Ich habe wieder ein neues Engagement. Eine Saison Bayreuth", sagte er stolz.

Alle Achtung! Eugenio hatte den Karrieresprung geschafft. Das verdiente Bewunderung. Wer in Bayreuth auf der Bühne gestanden hatte, wurde von jedem Opernhaus mit Kusshand genommen.

„Gratuliere." Wieder umarmte Matteo seinen Freund.

„Und du?"

„Erster Bariton im Opernhaus Florenz." Auch Matteo war stolz auf seinen Werdegang.

Da spürte er, dass Mahler sie beobachtete. „Lass uns nach unten zu den Garderoben gehen. Wo wir ungestört sind", schlug er Eugenio vor, der sofort zustimmte.

„Na, die Scala ist es nicht", erzählte der Freund, als sie sich zur Treppe durchschlängelten. „Ein Mäzen hat mich gefragt, ob ich nicht nach dem Sommer in Hannover singen möchte."

Matteo sah den Freund überrascht an. „Jetzt sag nur nicht im Theater am Park."

„Doch genau! Du kennst es?"

„Nein", antwortete Matteo kopfschüttelnd. „Aber ich habe viel davon gehört." Dann berichtete er von Lina, Federico und Florentina.

„Leonora Schwarz ist eine sehr nette und kompetente Frau. Es war ihr anzumerken, wie schwer es ihr fällt, sich von den Nazis in ihren Spielplan hineinregieren zu lassen. Noch dazu von Leuten, die wenig von Musik verstehen."

Auch diese Nachricht machte Matteo betroffen. Wenn Florentina davon wüsste, wäre sie aufgebracht.

„Das Theater am Park genießt einen sehr guten Ruf. Das Ehepaar Schwarz hat ein Händchen für musikalische Qualität, und das Gebäude ist ein akustischer Meisterbau. Du ahnst gar nicht, wie sehr ich mich darauf freue."

„Doch, und ich gönne es dir von Herzen."

„Ich könnte dich Frau Schwarz empfehlen. Was hältst du davon?"

Immer wieder hörte Matteo von diesem Theater und seinen Besitzern. Er glaubte nicht an Zufälle, sondern daran, dass Florentina sein Schicksal war. Es reizte ihn, dieses Theater kennenzulernen, das ihrer Familie gehörte.

„Ja, gern." Matteo wollte sich diese Option offenlassen. Momentan war er ein gefragter Bariton und besaß ein festes Engagement. Aber das konnte sich auch schnell ändern.

Endlich erreichten sie den Flur vor den Garderoben und versicherten sich dessen, dass niemand sie belauschen konnte.

„Ich würde Signorina Schwarz gern kennenlernen. Ist sie so schön, wie alle behaupten?"

Noch schöner, hätte Matteo ihm am liebsten geantwortet. Doch damit hätte er seine Gefühle verraten, und das wollte er nicht.

„Wenn du das nächste Mal deinen Bruder in Florenz besuchst, versuche ich ein Treffen mit ihr zu vereinbaren."

Matteo war überrascht, als Eugenios Lächeln schlagartig erlosch.

„Weißt du es nicht?"

„Nein, was denn?"

„Giorgio … ist tot. Wenige Tage nachdem du ihm den Brief von mir gegeben hast, ist er verhaftet worden. Sie haben davon Wind bekommen."

„Wer?"

„Die Fascista." Die faschistische Partei Italiens verfolgte die gleichen Ziele wie die NSDAP.

Geschockt sah Matteo den Freund an. Ihm war ganz flau zumute.

„Giorgio gehörte schon seit Langem zum Widerstand. Jemand hat ihn verraten." Erschüttert lauschte Matteo Eugenios Erzählungen. Es war für ihn unfassbar, dass Giorgio nicht mehr am Leben war.

„Im Gefängnis haben sie ihn zu Tode geprügelt! Aber er hat niemanden verraten. Kein einziges Mitglied der Resistenza." Aus den feuchten Augen Eugenios sprachen Schmerz und Verzweiflung.

Die Resistenza forderte Mussolinis Sturz.

„Mein tiefes Mitgefühl."

„Ich habe meinen Bruder immer gewarnt, vorsichtig zu sein. Aber Giorgio hat mich nur ausgelacht. Diese faschistischen Bluthunde werden keine Ruhe geben, bis alle Mitglieder der Resistenza aufgespürt und getötet worden sind. Mahler spürt sie auf." Eugenio ballte die Hand zur Faust.

Tröstend legte Matteo den Arm um die Schultern des Freundes. „Diese verfluchten Nazis und Faschisten sollen den Krieg verlieren!", stieß Eugenio aus. Was der Freund Matteo erzählt hatte, schürte in ihm die Angst um seinen Vater und Federico. Hatte Mahler auch Federico aufgespürt? Er dachte an Anna von Edel, die mit Mahler befreundet war. Matteo mochte sich gar nicht ausmalen, wenn sie erfuhr, dass auch sein Vater zu diesen Treffen ging.

„Bleibst du noch in München? Wir könnten uns morgen im *Ochsen* treffen. So wie früher", schlug Eugenio vor.

„Ich reise leider heute Abend nach Florenz zurück. Vielleicht besuchst du unsere Heimatstadt."

„Ja, vielleicht", antwortete der Freund ausweichend. „Mich erinnert dort alles an meinen Bruder."

Matteo konnte Eugenio verstehen.

„Ich glaube, ich muss wieder nach oben ins Foyer."

Gemeinsam begaben sie sich auf den Rückweg.

Matteo gingen Eugenios Worte nicht aus dem Sinn. Sollte auch er sich dem Widerstand anschließen?

5. August 1941 – Sant' Anna di Stazzema

Florentina lag auf ihrem Bett und dachte an Matteo, der gleich zum Musizieren kommen würde. Der Moment im Garten, als sie allein gewesen waren, bewegte sie noch immer. Als gebrandmarkte Frau hatte sie seinen Kuss abgewehrt. Deutlich hatte sie seine Enttäuschung gespürt. Es war für sie die richtige Entscheidung gewesen, denn sie könnte ihn niemals glücklich machen. Seitdem ging sie ihm aus dem Weg.

Draußen vor dem Haus hörte sie Stimmen. Als Matteos Bariton durchs Haus tönte, wuchs ihre Vorfreude. Sie setzte sich auf und lauschte. Er sprach mit Adolfo im Flur über seine Konzertreihe in München. Seitdem konnte er sich vor Rollenangeboten kaum retten. Sogar die Mailänder Scala hatte ihm eine Gastrolle angeboten. Florentina gönnte ihm den Erfolg von Herzen. Matteo reiste in Italien von Oper zu Oper und war kaum noch zu Hause. Nie hätte sie geglaubt, ihn so sehr zu vermissen. Wie war es möglich, dass er sich in ihr Herz geschlichen hatte, obwohl sie keine Gefühle für ihn zulassen wollte? Sie fürchtete, dass er Florenz dauerhaft verlassen könnte.

„Hast du kein Angebot aus München erhalten?“, fragte Adolfo.

„Schon. Aber ich möchte nicht mehr in Deutschland leben.“

Neugierig lauschte sie seinem Bericht über die Rettung eines kleinen, jüdischen Jungen.

„Der Kleine und seine Geschwister waren allesamt sehr

aufgeweckt, aber brav. Sie wollten alle von mir ein Autogramm haben."

„Du magst Kinder sehr, nicht wahr?"

Gespannt wartete Florentina auf Matteos Antwort.

„Ja, natürlich. Gibt es ein größeres Glück?"

„Dann wünschst du dir Kinder?"

Florentina hielt die Luft an.

„Ja, am liebsten eine Familie wie Federicos. Vielleicht noch ein paar mehr. Ich hoffe, dass sie die Leidenschaft zur Musik teilen."

Matteos Worte versetzten Florentina einen Stich. Diesen Wunsch würde sie keinem Mann erfüllen können. Sie kämpfte gegen die aufsteigenden Tränen und ihre wachsenden Gefühle für Matteo. Sie würde niemals einen Mann glücklich machen können.

Nach und nach trudelten auch die anderen Künstler ein. Florentina hatte genug gehört, vergrub den Kopf zwischen den Armen und weinte. Es war richtig gewesen, Matteo abzuweisen. Er hätte ihr das Herz gebrochen. Jemand wie er würde sicher schnell eine Frau finden, die nicht nur seine Gefühle und Leidenschaft teilte, sondern auch den Wunsch nach Kindern. Schritte hallten im Flur. Hastig beseitigte Florentina die Tränenspuren. Sie wollte jetzt niemanden sehen. Als es klopfte, antwortete sie nicht. Sie vermutete, dass es eine ihrer Cousinen war, die sie überreden wollten, nach unten zu kommen.

„Lass mich bitte in Ruhe, Gianna." Anstelle einer Antwort wurde die Klinke heruntergedrückt.

„Jetzt sag nur nicht, dass du schon wieder Migräne hast." Vorwurf schwang in Giannas Worten mit.

Florentina vergrub ihren Kopf unter dem Kissen.

„Wenn es doch so ist", erwiderte sie. *Warum gehst du denn nicht? Ich will allein sein.* Ehe Florentina reagieren konnte, zog Gianna ihr das Kissen vom Kopf. Dann setzte sie sich zu ihr aufs Bett. Florentina tastete nach dem Kissen.

„Gianna, bitte gib mir das Kissen zurück. Ich habe schreckliche Kopfschmerzen", flehte sie.

„Das wollen wir doch mal sehen." Spielerisch warf Gianna das Kissen auf sie. Ihre Augen sprühten. Da konnte Florentina nicht widerstehen. Sie warf das Kissen zurück. Sofort entbrannte zwischen ihnen eine Kissenschlacht, bis sie sich in die Arme fielen. Gianna lachte, Florentina war nach Weinen.

Gianna merkte es offenbar, denn sie strich ihr zart über den Rücken. „Was ist los mit dir Florentina? Ich merke doch, dass etwas nicht stimmt."

„Ich habe Kopfschmerzen", beharrte Florentina.

„Mir kannst du nichts mehr vormachen. Du hast immer Kopf- oder Bauchschmerzen, wenn unsere Musizierabende stattfinden. Das ist doch nur eine Ausrede. Ich gehe erst wieder, wenn du mir den wahren Grund genannt hast, warum du nicht mehr mitmachen möchtest."

„Aber das will ich doch", widersprach Florentina. Gianna hatte sehr enttäuscht geklungen.

„Ich … ich …"

Sie war geneigt, sich ihrer Cousine anzuvertrauen, aber es fiel ihr schwer.

„Versteh bitte, Gianna, es geht einfach nicht."

Florentina erinnerte sich wieder an die vielen Fragen, mit denen sie nach der Reichskristallnacht von allen bedrängt worden war.

Gianna schwieg eine Weile und schien zu grübeln.

„Ist es etwa wegen Matteo? Ist etwas zwischen euch vorgefallen?", fragte sie.

Florentina schluckte erschrocken. *Sie hatte Gianna und deren Spürsinn unterschätzt.*

„Nein. Wie kommst du überhaupt darauf, dass es ein Problem mit Matteo gäbe?"

„Weil er ständig nach dir fragt. Warum kommt sie nicht herunter? Weshalb macht sie an den Abenden nicht mehr mit? Ich bin es, ehrlich gesagt, leid, dich zu entschuldigen. Wenn er fragt, dann wirkt er schuldbewusst. Als hätte er dich beleidigt. Ich kenne Matteo schon, seit ich denken kann. Er ist sehr charmant und hilfsbereit und würde niemanden absichtlich verletzen. Du solltest dich mit ihm aussprechen."

Florentina dachte wieder an den Abend unten im Garten, als sie mit ihm allein gewesen war. Der Moment war zauberhaft gewesen. Noch nie hatte sie sich als Frau so begehrt gefühlt wie da. Sie hatte ihn verletzt. Ehe sie es verhindern konnte, stahl sich eine Träne aus ihrem Auge.

„Es ist also doch Matteo. Habt ihr euch gestritten?"

„Nein."

„Hat er etwa versucht, dich zu küssen, und dich dabei überrumpelt? Ich habe längst bemerkt, wie er dich ansieht."

„Ja", antwortete Florentina. „Ich wollte das nicht ..."

„Ich dachte, du magst ihn auch?"

„Schon, irgendwie ... aber ..."

„Ist es, weil du blind bist?"

Immer mehr verspürte Florentina den Wunsch, sich den Kummer von der Seele zu reden. Sie konnte Gianna vertrauen.

„Nein."

„Was ist es dann?" Gianna fasste ihre Hände. „Vertrau mir bitte. Alles, was du erzählst, bleibt unter uns. Versprochen."

Da erzählte Florentina ihrer Cousine alles, von ihrer Vergewaltigung in der Reichskristallnacht durch Grabert, dass sie keine Kinder bekommen konnte und Berührungen oft unerträglich waren. Und dass sie Grabert hier wiedergetroffen hatte.

„Das alles hast du für dich behalten? Großer Gott, Florentina!" Gianna zog sie an sich. „Warum hast du dich mir nicht eher anvertraut? Was musst du gelitten haben."

„Weil ich mich so geschämt habe und ..."

Weinend lag Florentina in Giannas Armen.

„Jeder Mann träumt von einer Familie. Ein Wunsch, den ich nicht erfüllen kann", stieß Florentina hervor und schniefte.

„Matteo ist das nicht so wichtig."

„Da habe ich vorhin etwas anderes gehört, nämlich wie er zu Adolfo gesagt hat, dass er sich eine Familie wie eure wünscht. Mehrere Kinder, gemeinsames Musizieren und so. Das könnte ich ihm niemals bieten. Er hat eine Frau verdient, die ihm diese Wünsche erfüllen kann." Florentina schluchzte.

„Du bist in ihn verliebt, nicht wahr?"

„Ich weiß nicht, wie sich das anfühlt."

„Das ist doch ganz einfach. Du denkst jede freie Minute an diesen Menschen, bekommst Herzklopfen, wenn er in der Nähe ist, sagst manchmal alberne Dinge und bist tollpatschig."

Giannas Erklärungen brachten Florentina zum Lächeln.

„Redest du vielleicht von dir und Adolfo?"

Gianna lachte. „Ja. Merkt man das so deutlich?"

Florentina nickte. So war es bei ihr auch. Doch diese schwärmerischen Empfindungen erschienen für ihr Leben wie eine Illusion.

„Ich kann Matteo nicht mehr wiedersehen." Sie berichtete ihrer Cousine von der Begegnung mit ihrem Vergewaltiger. „Vielleicht hätte ich seinen Kuss geduldet. Aber als er seine Hand in meinen Nacken gelegt hat, war es wie damals. Ich bin in Panik geraten. Deshalb weiß ich nicht, wie ich reagiere, wenn er mich noch einmal berührt. Verstehst du das?"

„In gewisser Weise schon. Aber du solltest dir und Matteo eine Chance geben. Es braucht viel Zeit, ein solch schreckliches Erlebnis zu verwinden. Liebe schafft das. Du kannst die Vergangenheit nicht vergessen, aber lernen, mit ihr zu leben. Matteo ist empfindsam. Ich glaube nicht, dass er dich zu etwas zwingen oder dir Gewalt antun würde."

Giannas Worte stimmten Florentina nachdenklich.

Vielleicht hatte ihre Cousine recht. Ja, sie wollte daran glauben, dass eines Tages auch für sie das Glück kommen würde.

„Gib Matteo eine Chance, dir zu beweisen, dass es auch Männer gibt, die eine Frau mit Respekt behandeln."

Nichts wünschte sie sich mehr, als Matteo unbelastet näher kennenzulernen. Gleichzeitig fürchtete sie sich vor ihren eigenen Reaktionen.

„Bitte komm mit nach unten. Ohne dich macht es nur halb so viel Spaß."

„Ich sehe doch bestimmt ganz verheult aus." Florentina tastete über ihr verquollenes Gesicht. Jeder würde ihr sofort ansehen, dass sie Tränen vergossen hatte.

„Lass uns vorher mit nassen Tüchern dein Gesicht kühlen."

Florentinas Herz pochte so laut, dass sie glaubte, jeder könnte es hören. Nach dem Gespräch mit Gianna verspürte sie Zuversicht, dass auch sie eines Tages ihr Glück finden könnte. Sie freute sich auf Matteo. Gianna hatte ihr versichert, dass die Schwellungen und Rötungen durch das Kühlen zurückgegangen waren.

„Weil du so blass bist, tragen wir dir noch ein wenig Rouge auf", hatte Gianna vorgeschlagen. „Und Lippenstift auch."

Anschließend hatte ihre Cousine ihr ein leichtes, schulterfreies Sommerkleid geliehen, in das eine Korsage eingearbeitet war. Zuerst hatte sich Florentina irgendwie unwohl gefühlt.

„Ich fühle mich nackt."

„Du redest Unsinn, Florentina. Mein Kleid steht dir viel besser als mir."

„Bitte beschreib es mir", bat Florentina.

„Es ist kirschrot mit weißen Blumen darauf."

Jetzt war Florentina gespannt darauf, was Matteo sagen würde.

Gemeinsam mit Gianna stieg Florentina die Stufen hinunter.

„Ist er da?“, flüsterte sie ihrer Cousine zu.

„Ja. Er steht unten am Fuße der Treppe. Seine Augen strahlen.“

Florentina bekam weiche Knie.

Unten angekommen ließ Gianna sie los. „Ich schaue nach Adolfo.“

In all der Aufregung hatte Florentina ihren Langstock in ihrem Zimmer vergessen. Unsicher tasteten ihre Hände nach dem Geländer. Von dort aus konnte sie die Richtung bestimmen und die Schrittzahl. Matteos Nähe machte sie unsicher. Sie kam sich linkisch vor.

„Suchst du das hier?“, fragte er und legte ihre Hand auf den Abschlusspfosten des Geländers. Sie nickte. Das Metall fühlte sich glatt und kühl an.

„Soll ich dir vielleicht deinen Langstock holen?“, fragte er.

„Nicht nötig. Du kannst mich zu den anderen führen.“ Nach kurzem Zögern nahm er sanft ihre Hand.

„Du siehst bezaubernd aus, Florentina“, sagte er. Sein Kompliment war schöner als jede Liebkosung. Ihr wurde ganz warm dabei.

„Danke“, antwortete sie heiser.

„Vorsicht, rechts vor dir steht ein Stuhl“, warnte er sie. Sie lächelte dankbar. Sicher dirigierte er sie an den Stuhlreihen vorbei. In den letzten zwei Jahren war die Zahl der Musiker an den Abenden stetig gewachsen. Mit Stolz hatte ihr Onkel verkündet, dass er mittlerweile fast ein Dutzend Künstler begrüßen durfte. Wohn- und Esszimmer platzten aus allen Nähten. Viele Instrumente und alle Stimmlagen waren vertreten. Das machte die Treffen spannender und abwechslungsreicher. Außerdem eröffnete es ihnen mehr Möglichkeiten für Auftritte bei häuslichen Festen.

„Matteo, Florentina, kommt doch bitte gleich nach vorn!“,

rief ihr Onkel. Ehe Florentina zögern konnte, zog Matteo sie mit sich. Sie wollte sich gerade auf den Hocker vor dem Flügel setzen, als ihr Onkel sie zurückhielt.

„Am heutigen Abend wollen wir einmal etwas Neues wagen. Vertauschte Rollen."

Florentina erschrak. „Onkel Federico, das meinst du jetzt nicht ernst", raunte sie ihm zu.

„Meine liebe Florentina, als Tochter berühmter Sänger kannst du bestimmt auch singen." Auch wenn die Idee für alle vielleicht interessant klang, fühlte sich Florentina bei dem Gedanken unwohl. Ihre letzten Gesangsversuche waren kläglich gescheitert. Sie wollte sich auf keinen Fall blamieren, erst recht nicht vor Matteo.

„Ich möchte lieber die Ohren der anderen schonen. Meine Schwester hat die viel schönere Stimme von uns beiden", versuchte sie die Sache abzuwehren.

„Alle machen mit, stimmt's? Wollt ihr meine Nichte singen hören?", wandte sich ihr Onkel an die Versammelten, die mit einem einstimmigen Ja antworteten.

„Siehst du, Florentina, sie alle wollen dich hören."

Sie stöhnte innerlich auf.

Himmel, sie würde sich blamieren!

„Florentina, wenn sich einer blamiert, dann ich. Mein Klavierspiel ist sicher viel schlechter als dein Gesang." Matteos Worte trösteten sie ein wenig. Er war immer galant und einfühlsam. Sie dachte wieder an Giannas Worte, und Hoffnung keimte in ihr auf, dass Matteo wirklich so respektvoll war, wie ihre Cousine ihn beschrieben hatte.

„Also gut. Aber bitte etwas Einfaches."

„Ich wüsste da eine italienische Volksweise mit einfacher Melodie", schlug er vor. „Vielleicht kennst du sie ja."

Florentina fühlte sich dabei nicht sicher genug. Ihr fiel ein Lied ein, das ihre Mutter ihnen oft abends vorgesungen hatte und dessen Text sie auswendig kannte.

„Ich möchte gern das Abendlied aus *Hänsel und Gretel* vortragen. Da fühle ich mich sicher", gestand sie Matteo.

„Aber das ist stimmlich sehr anspruchsvoll."

„Ich denke, ich schaffe das."

„Gut, aber dann brauche ich etwas instrumentale Unterstützung." Er wandte sich an die anwesenden Künstler.

Sofort meldeten sich einige Musiker aus den Reihen. Florentina war ganz flau im Magen vor Aufregung. Sie hatte schon lange nicht mehr vor anderen gesungen, zuletzt als sie mit Violetta deren Partien geübt hatte. Doch da war außer ihren Eltern und dem Konzertmeister niemand im Theater gewesen.

Florentina besaß nicht genügend gesangliches Talent. Auch war ihre Stimme nicht so voluminös wie die ihrer Eltern und Zwillingsschwester. Deshalb hatte sie sich mehr auf das Klavierspiel konzentriert.

Als sich drei weitere Musiker zu Matteo gesellt hatten und die ersten Töne den Raum erfüllten, erfasste Florentina unvermutet Heimweh. Sie fühlte sich ihrer Mutter nah wie damals, als sie auf ihrem Bettrand gesessen und gesungen hatte.

Matteo hatte untertrieben. Ihr Gehör vernahm sofort, wie gut er spielen konnte. Sie hörte ihr Herz im Kopf hämmern. *Bloß nicht den Einsatz verpassen, und keine falschen Töne!* Ein Fehler, und sie würde vor Scham im Boden versinken.

„Denk an zu Hause", sagte Matteo leise.

Sein Hinweis half tatsächlich. Sie hörte im Geist die Stimme ihrer Mutter, die sie in den Schlaf gewiegt hatte. Jeder Ton, jede Phrasierung waren in ihrem Gedächtnis verhaftet geblieben.

„Abends, wenn ich schlafen geh …", setzte Florentina ein. Sie versuchte das Stück so wiederzugeben, wie ihre Mutter es getan hatte. Während sie sang, fühlte sie sich wieder in ihre Kindheit versetzt. Florentina vergaß ihre Scheu und dass sie vor anderen sang.

Nach Matteos Schlussakkord herrschte Stille. Keiner applaudierte. Hatte sie so miserabel gesungen? Sie war sich sicher, die richtigen Töne getroffen zu haben. Im selben Augenblick setzte der Applaus ein. Manche riefen sogar Bravo.

Sie spürte, wie Matteo sich vom Klavierhocker erhob.

„Von jetzt an wollen alle nur noch dich hören", raunte er ihr zu.

„Unsinn. Mein Vortrag war …" Passabel, wollte sie sagen.

„Perfekt", vollendete ihr Onkel den Satz.

„Deine Stimme hat etwas Besonderes", pflichtete Matteo ihm bei. Das schmeichelte Florentina zwar, aber sie hielt das für übertrieben.

„Dann müsstest du erst mal meine Schwester hören! Ihre Stimme ist wirklich etwas Besonderes." Sie hatte jedes Mal bei ihrem Gesang eine Gänsehaut bekommen.

„Deine Schwester ist bestimmt eine tolle Sängerin. Aber meinst du nicht, dass du dein Licht unter den Scheffel stellst?"

„Meine Passion ist das Klavier, nicht der Gesang", antwortete sie bestimmt.

„Ich glaube dennoch, dass du auch eine hervorragende Sängerin geworden wärst."

Matteos Worte stimmten sie nachdenklich. Musikalisch hatte Florentina sich immer im Schatten ihrer Zwillingsschwester gefühlt. Nicht dass sie neidisch gewesen wäre, im Gegenteil, sie gönnte Violetta ihren Erfolg. Während Florentina sich alles hatte erarbeiten müssen, war es ihrer Schwester zugefallen. Mit einem einzigen Augenaufschlag hatte sie die Männer betört. Mit Wehmut dachte sie an Violetta. Sie hatten sich fast drei Jahre nicht gesehen. Jetzt, da Italien England den Krieg erklärt hatte, war ein Wiedersehen nicht möglich. Wann würde endlich wieder Frieden in Europa einkehren?

„Wie wäre es denn mit einem Duett von euch?", fragte Gianna, die zu ihnen nach vorn gekommen war.

Die Frage ihrer Cousine ärgerte Florentina.

„Ich bin nicht so geübt, dass ich mit Matteo ein Duett singen könnte“, sagte sie. Fast befürchtete sie, er könnte ihr widersprechen. Zum Glück schwieg er.

Florentina genoss den restlichen Abend an Matteos Seite. Er war stets aufmerksam und nährte ihre Hoffnung, dass sich für sie vielleicht doch noch alles zum Guten wenden würde. Die Stimmung war ausgelassen. Es war eine gute Idee ihres Onkels gewesen, einmal die Rollen zu tauschen. Sie hatte so viel gelacht und Spaß gehabt wie schon lange nicht mehr. Zwischendurch brachte Matteo sie mit humorvollen Einwürfen zum Lachen. Als sie Durst verspürte, brachte er ihr eine Flasche Kirschwein vom Gut Rinaldi. Der Fruchtwein war nicht zu süß und ganz nach Florentinas Geschmack. Kaum hatte sie ihr Glas geleert, goss sie sich ein zweites ein.

„Sei vorsichtig, er steigt schnell zu Kopf“, warnte sie Matteo. Aber Florentina hörte nicht auf ihn, denn der Wein schmeckte köstlich.

Als alle sich an diesem gelungenen Abend verabschiedeten, wollte Florentina sich auf ihr Zimmer begeben. Beim Aufstehen wurde ihr schwindlig, dass sie sich an der Rückenlehne des Stuhles festhalten musste. Matteo stützte sie am Ellbogen.

„Bringst du mich bitte noch zur Treppe?“, fragte sie ihn.

„Gern.“ Er nahm ihren Arm und führte ihn unter seinem durch.

Florentina schwankte an seiner Seite. Das letzte Mal war sie bei einer Feier im elterlichen Theater beschwipst gewesen. Sie hätte Matteos Rat beherzigen sollen.

„Ich glaube, der Kirschwein ist mir zu Kopf gestiegen“, gab sie kichernd zu.

„Ich habe dich gewarnt.“

„Aber er war so lecker.“ Sie leckte sich über die Lippen.

„Du hast wirklich auch ein unglaubliches Gesangstalent“,

sagte er auf dem Weg zur Treppe. „Hast du nie daran gedacht, dieses Potenzial zu nutzen?"

„Nein. Für mich wäre es auf einer Opernbühne schwer geworden, mich zurechtzufinden. Ich wollte nicht ausgepfiffen werden. Außerdem versichere ich dir, dass meine Schwester das größere Gesangstalent von uns beiden besitzt."

„Gab es nie Konkurrenz zwischen euch?"

„Nein, warum auch? Wir sind uns sehr nah. Da gibt es keinen Neid. Auch wenn wir so verschieden sind wie Licht und Schatten."

Wobei sie sich selbst als Schatten sah und Violetta als strahlendes Licht.

„So, wir haben die Treppe erreicht." Behutsam nahm er ihren Arm und legte ihre Hand auf den Eckpfosten des Geländers.

„Oh." Florentina war ein wenig enttäuscht, als sie die Treppe erreicht hatten. Jetzt musste sie sich von Matteo verabschieden.

Sie drehte sich um und reichte ihm die Hand.

„Gute Nacht, Matteo."

„Gute Nacht, Florentina." Wie sanft er ihren Namen aussprach. Jeder Moment mit ihm bedeutete ihr viel. Gianna hatte ihr Verliebtsein genau so beschrieben wie das, was Florentina jetzt fühlte. War sie wirklich auf dem Weg, sich in Matteo zu verlieben? Ihre Cousine hätte ihr in diesem Moment geraten, den Gefühlen freien Lauf zu lassen. Doch noch immer hielt sie die Scheu zurück. Sie fürchtete sich davor, verletzt zu werden.

„Schlaf gut und angenehme Träume", sagte er leise und ließ ihre Hand los. Ein Luftzug verriet, dass er sich umgedreht hatte. Sie wollte nicht, dass der Abend schon endete und er ging. In diesen unruhigen Zeiten konnte sie sich eines Wiedersehens nicht gewiss sein.

„Matteo!", rief sie ihm nach und hörte, wie er den Schritt verhielt.

„Ja?"

„Danke", antwortete sie und hoffte, dass er verstand.

Florentinas Beine waren schwer wie Blei, als sie die Treppe zu ihrem Zimmer hinaufstieg. Sie nahm sich vor, beim Genuss des Kirschweins vorsichtiger zu sein.

Als sie an Giannas Zimmer vorbeiging, hörte sie durch die Tür leises Schluchzen. Erst jetzt fiel ihr auf, dass sich ihre Cousine den restlichen Abend nicht mehr um sie gekümmert hatte. Gianna schien ihren Trost zu brauchen. Florentina klopfte an die Tür.

„Gianna?" Das Schluchzen setzte kurz aus und ging dann unvermindert weiter. Was mochte Gianna so bedrücken?

Es war eigentlich nicht Florentinas Art, ohne Aufforderung ein Zimmer zu betreten. Aber in diesem Fall brauchte Gianna sie.

Das Schluchzen kam von Giannas Bett. Vorsichtig tastete Florentina sich vor.

„Gianna?", flüsterte sie, als sie vor deren Bett stand und sich hinabbeugte. „Was ist denn mit dir? Kann ich dir vielleicht helfen?"

Ihre Cousine, die auf dem Bett lag, setzte sich auf.

„Keiner kann mir helfen." Schluchzend fiel Gianna ihr um den Hals. Florentina hielt sie in den Armen und strich ihr liebevoll über den Rücken.

„Magst du mir erzählen, was dich bedrückt?"

„Adolfo … wir haben uns heute wahrscheinlich zum letzten Mal gesehen."

„Aber warum denn?"

„Er ist einberufen … worden."

Es dauerte einen Moment, bis Florentina mit ihrem noch leicht alkoholvernebelten Hirn die Tragweite der Worte verstanden hatte. Sie dachte an die Erzählungen von ihrem Onkel Albert, der im letzten Krieg gefallen war.

„Du meinst, Adolfo muss an die Front?“

Ein eisiger Schauer lief Florentinas Rücken hinunter. Die gierigen Finger des Krieges streckten sich bis nach Italien aus.

„Ja. Hitler hat doch die Sowjetunion angegriffen, und Italien wird nun als Verbündeter gebraucht. Ich werde ihn vielleicht lange Zeit nicht sehen und habe große Angst um ihn. Was ist, wenn er verwundet wird oder gar …“

Rasch verschloss Florentina mit der Hand Giannas Mund.

„Daran darfst du nicht einmal denken. Adolfo wird zurückkommen. Du musst fest daran glauben.“

„Das möchte ich ja …“

„Du musst jetzt stark sein, Gianna, und zu Gott beten. Dann wird alles gut werden.“

„Du hast recht, Florentina.“

Sie umarmten sich erneut, bevor Florentina sich in ihr Zimmer zurückzog.

Die Vorstellung, dass Adolfo und vielleicht auch Matteo an der Front kämpfen müssten, ängstigte sie. Was, wenn sie sich nie wiedersehen würden?

7. August 1942 – Florenz

Es war schon spät, als Matteo mit der Post nach Hause zurückkehrte. Täglich besuchte er das Amt, um die Briefe persönlich abzuholen. Alle hatten an ein schnelles Ende des Krieges geglaubt. Mittlerweile dauerte er, was Italien betraf, schon gut zwei Jahre.

Mussolini hatte verkündet, dass er mehr Soldaten an die Fronten schicken wollte, um die Deutschen zu unterstützen. Alle Männer zwischen achtzehn und vierundfünfzig Jahren waren in Italien wehrpflichtig. Auch Matteo hatte vor seinem Studium Wehrdienst geleistet. Es mangelte in Italien an wehrfähigen Männern. Als Reservist würde auch ihn das Schicksal der Einberufung ereilen.

Viele aus dem Bekannten- und Kollegenkreis kämpften bereits an den Fronten mit den deutschen Verbündeten. Vor lauter Neugier hielt er es nicht mehr aus und schaute auf den Absender der Briefe. Erleichtert atmete er auf. Kein Einberufungsbefehl.

Matteo hatte nie gewollt, dass sein Heimatland in diesen unseligen Krieg hineingezogen wurde, den der größenwahnsinnige Deutsche begonnen hatte. Schon gar nicht wollte er für dessen Ziele kämpfen.

Immer mehr konnte er den Widerstand verstehen, der den Duce absetzen wollte.

Er steckte die beiden Briefe wieder in die Jackentasche zurück und wischte sich mit dem Taschentuch den Schweiß von der Stirn. Den ganzen Tag über war es drückend schwül gewesen. Nicht mal im Schatten war es kühler. Matteo sah zum

Himmel hinauf. Am Horizont zogen dunkle Wolken auf. *Ein schlechtes Omen.*

Kurz bevor er in die Straße seines Elternhauses einbog, passierte er den kleinen Laden, der neben Tabakwaren auch Zeitungen führte. Das aktuelle Titelblatt hing im Schaukasten.

Generaloberst Rommels neuester Schlag, prangte die Überschrift in fetten Lettern auf dem Papier. Die Kriegsnachrichten überschlugen sich. Täglich war eine neue sensationelle Nachricht zu lesen. Im gestrigen Artikel war über die tapfere, deutsche Wehrmacht berichtet worden, die Stalingrad angegriffen hatte. Heute widmete sich der Text dem deutschen Afrika-Korps unter der Führung von Ernst Rommel, das sich nach mehreren Siegen unaufhaltsam der Grenze Ägyptens näherte. Viele italienische Soldaten hatten bereits in den Schlachten auf fremdem Boden ihr Leben verloren. Mussolini hatte angekündigt, weitere Männer an die Fronten zu schicken. Er dachte an Adolfo, der an der Ostfront gekämpft hatte und seit zwei Monaten als vermisst galt. Seit dieser Nachricht war Gianna nur noch ein Schatten ihrer selbst.

„Fährst du heute wieder zu deinen Freunden nach Sant' Anna?", fragte sein Vater nach kurzer Begrüßung.

„Ich hatte es fest vor. Zu den Musikabenden kommen fast nur noch Frauen." Die meisten der Männer aus Federicos Künstlerkreis waren bereits eingezogen worden. Mussolini hatte in seiner letzten Rede verkündet, in der Judenfrage härter durchgreifen zu wollen. Kurz darauf waren viele Juden abgeholt und in Lager deportiert worden. Auch Künstlerkollegen Matteos. Manchmal überlegte Matteo, erneut sein Heimatland zu verlassen. Er hatte ein Angebot aus New York. Aber das würde bedeuten, alle, die ihm etwas bedeuteten, in den Wirren des Krieges zurückzulassen. Seinen Vater, Florentina und seine Freunde. Das konnte er nicht. Aus diesem Grund beschloss er, Eugenios Rat zu befolgen und sich dem

Widerstand anzuschließen. Seitdem begleitete er seinen Vater zu den geheimen Treffen.

„Zwei Briefe für dich." Matteo nahm sie aus der Jackentasche und reichte sie ihm. Einer davon war von Anna. Aufgeregt nahm sein Vater die Umschläge entgegen. Den von Anna riss er ungeduldig auf und überflog die Zeilen. Matteo packte in der Zwischenzeit die Noten zusammen, die er zu Federico mitnehmen wollte.

„Anna bleibt noch länger in Deutschland." Sein Vater klang enttäuscht. „Sie wurde zusammen mit anderen Persönlichkeiten vom Führer nach Berlin zu einer Matinee eingeladen. Anschließend trifft sie in Dresden einen Kunstsachverständigen. Wegen irgendeines Librettos."

Einerseits war Matteo froh, dass Anna von Edel nicht so schnell nach Florenz zurückkehrte. Ihre Bewunderung für Hitler und ihre Einstellung zu den Juden und Homosexuellen missfiel ihm. Andererseits fühlte er, wie sehr sein Vater unter der Trennung litt. Er konnte ihn verstehen, denn auch er vermisste Florentina. Vor der letzten Premiere hatten sie wochenlang intensiv proben müssen, dass es ihm nicht möglich gewesen war, zu Federico zu fahren.

„Libretto?" Matteo war hellhörig geworden. „Hat sie dir vielleicht gesagt, um welches es sich handelt?"

Florentina hatte ihm nach dem Überfall in Florenz erzählt, dass ein Kunstsammler das Libretto von Frederik von Uhlenbergs verschollenem *Liebesreigen* bei Sotheby's ersteigert hatte. Hatte Anna von Edel das Werk gefunden und kontaktierte deshalb einen Kunstkenner?

„Nein, hat sie nicht. Es hat mich aber auch nicht interessiert. Warum fragst du?"

In wenigen Sätzen erklärte Matteo seinem Vater, was er von Florentina wusste.

„Wenn Anna zurückkehrt, werde ich sie nach dem Libretto fragen."

„Danke, Papa. Es wäre nur gut, wenn du in diesem Zusammenhang Florentina nicht erwähnen würdest."

„Anna hat mir erzählt, dass Florentinas Mutter einst ihren Bruder heiraten sollte."

Anna hatte seinem Vater und ihm einmal ein Foto ihres Bruders gezeigt, der eine gewisse Ähnlichkeit mit Richard Wagner besaß. Leonora Schwarz' Schönheit hingegen war in jeder Zeitung gerühmt worden.

Am frühen Nachmittag saß Matteo im Bus nach Sant' Anna. Er freute sich darauf, Florentina nach längerer Zeit wiederzusehen.

Außerdem wollte er seinen Freund Federico warnen. Immer häufiger wurden die geheimen Treffpunkte der Resistenza verraten und die Mitglieder verhaftet. Er war sich sicher, dass demnächst auch die Dörfer im Auftrag der Fascista nach Regimegegnern durchsucht würden.

Als er die Piazza entlanglief, an deren Ende Federicos Haus lag, dachte er wieder an das Libretto, über das er mit Florentina reden wollte. Vielleicht war es ja das, nach dem sie suchte.

Heute war es im Ort ungewöhnlich still. Auch wenn Sant' Anna di Stazzema nur ein Vierhundert-Seelen-Dorf war, spielte sich das Leben bis tief in den Herbst hinein draußen vor den Häusern ab. Im Sommer saßen die Älteren meist vor ihren Häusern im Schatten der Bäume und plauderten mit den Nachbarn oder den Vorbeigehenden. Manchmal war auch er für ein Gespräch stehen geblieben.

Heute hingegen waren die Veranden und Vorgärten leer. Matteo schob das zunächst auf die Hitze. Doch dann erinnerte er sich daran, dass es bisher nie so still gewesen war. Irgendetwas stimmte nicht. Eine Haustür öffnete sich einen Spaltbreit, jemand lugte kurz hinaus und schloss die Tür gleich wieder.

Wo waren die Kinder, die immer auf der Dorfstraße gespielt hatten?

Vor einem der Häuser parkten zwei Wagen, zwei Limousinen, die er hier noch nie zuvor gesehen hatte. Das ungute Gefühl verstärkte sich in ihm. Das konnte nur eines bedeuten.

Heute öffnete ihm Lina. Nervös blickte sie sich um.

„Komm herein", forderte sie ihn auf und zog ihn ungeduldig ins Haus. „Ist dir jemand gefolgt, Matteo?", fragte sie.

„Ich glaube nicht. Ich habe zwei fremde Wagen neben dem Nachbarhaus gesehen. Wem gehören die?"

„Die OVRA ist hier und fragt jeden."

„Die Geheimpolizei." Also doch. Sie stocherten schon in den Dörfern nach Mitgliedern des Widerstands herum.

„Sie sind auf der Suche nach Gegnern der Fascista."

„Ich weiß. Ich war hergekommen, um euch zu warnen."

Auch in Florenz hatte in den letzten Tagen Unruhe geherrscht. Zahlreiche Razzien und Befragungen hatten stattgefunden. Mussolini ahndete jeden, der etwas gegen ihn oder die faschistische Partei verlauten ließ. Deshalb hatte Matteo seinen Vater eindringlich davor gewarnt, nachts das Haus allein zu verlassen.

„Wir können uns doch nicht alles gefallen lassen. Ich fürchte mich nicht", hatte sein Vater gesagt.

Matteo hatte Angst um ihn. Von einem der Musiker an der Oper hatte er erfahren, dass die Geheimpolizei Listen mit den Namen von Regimegegnern besaß. Standen er und sein Vater vielleicht auch darauf?

„Im Nachbardorf haben sie bereits zwei Mitglieder der Resistenza verhaftet", fuhr Lina fort.

Matteo schluckte. Die Geheimpolizei verhaftete jeden beim leisesten Verdacht oder die, die sich weigerten, Fragen zu beantworten. Stundenlange, zermürbende Verhöre folgten, bis die Betroffenen oft etwas gestanden, was sie nicht getan hatten.

„Waren sie schon bei euch?“

Lina nickte. „Ja, schon zwei Mal. Vor drei Tagen und heute Morgen. Aber sie haben uns nur zwei, drei Fragen gestellt und sind schnell wieder gegangen.“

Matteo traute dem Frieden nicht.

Federico kam zu ihnen. „Habe ich dir doch gesagt. Die haben nichts gegen uns in der Hand“, mischte er sich ein.

„Es soll eine Liste mit Namen derer geben, die an den geheimen Treffen teilnehmen. Was, wenn auch dein Name …“, wandte Matteo ein.

„Wenn er draufstehen würde, hätten sie mich längst festgenommen. Wie damals“, widersprach sein Freund.

„Sie werden nicht lockerlassen“, gab Matteo zu bedenken. „Ihr müsst mit allem rechnen.“

„Matteo hat recht, denen ist nicht zu trauen. Bitte Matteo, sag meinem Mann, dass er nicht mehr zu diesen Treffen gehen soll“, flehte Lina ihn an. Sie griff nach seiner Hand und drückte sie fest. „Ich weiß nicht, ob ich die Angst ein weiteres Mal aushalte, wenn er verhaftet wird.“ Die Ungewissheit damals hatte Lina viel Kraft gekostet. Auch jetzt stand Angst in ihren dunklen Augen.

Matteo sah seinen Freund an.

Die Entschlossenheit in Federicos Augen verriet Matteo, dass er weitermachen würde.

„In einem Punkt hat Lina recht: Ein zweites Mal wirst du wahrscheinlich nicht mehr freigelassen werden. Und du bringst die Kinder in Gefahr.“

„Ich lasse mein Leben nicht von den Faschisten bestimmen! Lina könnte mit ihnen in ihre Heimat reisen, wo sie sicher sind. Aber sie weigert sich.“

„Nur wenn du mitgehst, mein Liebster.“

„Mein Platz ist hier, Lina. Wir kämpfen für ein freies Italien.“

Matteo stimmte seinem Freund zu.

Linas Augen füllten sich mit Tränen, als sie ihren Mann ansah. Aus ihren Blicken sprach tiefe Liebe. Matteo konnte sie beide verstehen. Frei denkende Menschen passten nicht in das Gesellschaftsbild Mussolinis.

Federico nahm seine Frau in die Arme.

„Mussolini wird für alles bezahlen. Das …“ Federico brach ab, als sich Schritte näherten.

„Was macht ihr hier im Flur? Oder sollen wir ohne euch beginnen?“, fragte Antonella.

„Natürlich nicht, wir kommen schon“, antwortete Federico seiner Tochter sanft.

Matteo bewunderte seinen Freund, der blitzschnell umgeschaltet hatte.

Als sie das Musikzimmer betraten, hielt Matteo Ausschau nach Florentina. Aber sie war nicht da, und Gianna auch nicht.

„Wo sind Gianna und Florentina?“, wandte er sich an Lina.

„Gianna geht es nicht so gut. Sie wollte auf ihrem Zimmer bleiben und hat um die Gesellschaft ihrer Cousine gebeten.“

Matteo war enttäuscht, denn er war vor allem Florentinas wegen hergekommen. Gleichzeitig fühlte er mit Gianna, die unter der Ungewissheit über Adolfos Schicksal litt.

„Noch immer nichts Neues von Adolfo?“

Lina seufzte. „Leider nein. Gianna schaute jeden Tag die Liste der Gefallenen durch, ob sie seinen Namen darunter findet. Aber Adolfo gilt weiterhin als vermisst.“

„Dann besteht wenigstens noch Hoffnung“, versuchte Matteo die Freundin zu trösten.

„Ja, aber Gianna ist so verzweifelt, dass man mit ihr nicht vernünftig reden kann. Wenn Florentina nicht wäre, würde es noch schlimmer sein. Heute hat sie keinen Bissen angerührt. Sie sitzt oft an ihrem Fenster und schaut traurig hinaus.“

Das klang so gar nicht nach der lebensfrohen Gianna. Matteo mochte die Tochter seines Freundes sehr und fühlte mit ihr.

„Das tut mir alles von Herzen leid. Wenn ich euch irgendwie helfen kann …"

„Das ist lieb von dir, Matteo." Lina drückte seinen Arm und lächelte ihn an.

„Hast du schon eine Einberufung erhalten?"

„Nein." Insgeheim hoffte er, dass der Krieg schnell zu Ende war und er sich dieser Vaterlandspflicht nicht stellen musste.

„Der Intendant wollte sich beim Oberbefehlshaber von Florenz für mich einsetzen. Ich werde als erster Bariton an der Oper gebraucht."

Matteos Hoffnungen ruhten auf de Luca. Immerhin hatte der es geschafft, den ersten Tenor vom Militärdienst befreien zu lassen. Er würde auch für ihn Fürsprache halten.

„Das würde uns sehr für dich freuen. Wir schließen dich in unsere Gebete ein."

„Danke, Lina."

Niemand hatte Lust auf fröhliche Stücke, und so wurde es diesmal ein sehr melancholischer Musikabend. Trotzdem fühlte sich Matteo von dem gemeinsamen Musizieren getröstet.

„Komm gut nach Hause und grüß deinen Vater von uns", verabschiedete ihn Lina. Sie wollte sich gerade abwenden, als Matteo sie zurückhielt.

„Ja?"

„Meinst du, Florentina wird noch einmal herunterkommen?"

Ein Lächeln flog über Linas Gesicht.

„Meine Nichte scheint dir zu gefallen. Ich kann dich verstehen. Sie ist nicht nur bildhübsch, sondern auch klug und talentiert. Ich sage ihr, dass du unten auf sie wartest."

Die Sonne versank langsam hinter den Bergen. Seit über einer Stunde wartete Matteo darauf, dass Florentina herunterkommen würde. Ihm blieb nicht mehr viel Zeit, wenn er heute noch nach Florenz zurückfahren wollte. Er vermutete, dass sein Vater sich über seinen Ratschlag hinwegsetzte und zum Treffen der Widerstandsbewegung gehen könnte. Das musste er verhindern.

Matteo ging in den Garten hinaus, in dem es nicht ganz so schwül war. Nach einer Weile hörte er das leise Tippen des Langstocks hinter sich und wandte sich um.

„Du wolltest mich sprechen, Matteo?“

„Guten Abend, Florentina. Ja, das ist richtig.“

Auch heute sah sie wieder hinreißend aus in einem zitronengelben Sommerkleid. Ihr schwarzes Haar fiel in weichen Wellen auf ihre schmalen Schultern herab. Sie trug keine Brille, sodass er ihre Augen sehen konnte, über denen ein silbriger Schleier lag.

„Worum geht es?“, fragte sie freundlich, aber distanziert.

„Du hast mir doch von dem Libretto deines Vorfahren erzählt. Das bei Sotheby’s versteigert worden ist.“

„Ja, das stimmt.“

Nach kurzem Räuspern berichtete Matteo ihr von Anna von Edel, die sich wegen eines Librettos mit einem Kunstkenner treffen wollte.

„Du meinst also, es könnte das Libretto von Frederiks *Liebesreigen* sein?“

„Entweder besitzt sie es oder weiß, wo es sich befindet. Ich wollte, dass du Kenntnis davon hast.“

Florentina nickte.

„Danke. Und was schlägst du jetzt vor, was ich machen soll? Ich mag sie nicht noch einmal aufsuchen, weil ich sicher keine ehrliche Antwort erhalten werde.“

„Das musst du auch nicht. Mein Vater kennt sie besser. Er

hat mir versprochen, sie nach ihrer Rückkehr danach zu fragen."

Florentina lächelte. „Ich weiß gar nicht, wie ich dir danken soll, Matteo. Das Libretto oder die Komposition Frederiks zu finden, bedeutet meiner Familie sehr viel."

„Erst müssen wir wissen, ob es sich wirklich um dieses Libretto handelt."

„Ja, natürlich."

Für einen Moment schwiegen sie. Matteo trat von einem Fuß auf den anderen. Er war versucht, Florentina seine Gefühle zu gestehen. Doch befürchtete er, sie damit zu verschrecken.

„Ich glaube, ich muss dann wieder nach Gianna sehen", brach Florentina als Erste das Schweigen. „Es geht ihr nicht sehr gut."

Sie seufzte. „Wenn doch nur ein einziges Lebenszeichen von Adolfo käme ..."

Matteo sah, wie nah Florentina das Unglück der Cousine ging.

„Ich weiß. Richte Gianna bitte aus, dass sie die Hoffnung nicht aufgeben darf."

Florentina nickte und schaute auf ihre Fußspitzen. Die Glocke der kleinen Kirche von Sant' Anna läutete. Es war Zeit für Matteo, nach Hause zu fahren, auch wenn er lieber noch ein Weilchen mit Florentina im Garten bleiben wollte.

„Der Bus ... ich muss wieder zurück nach Florenz."

„Ja ..." antwortete sie leise.

Es fiel Matteo schwer, sich von ihr zu lösen.

„Beim nächsten Abend, wenn wir mit den anderen musizieren, werde ich wieder dabei sein. Wirst du dann auch kommen?" Ihre Wangen färbten sich rot, und ihre Lippen zitterten. Wie gern hätte er sie jetzt an sich gezogen.

„Ich hoffe." In diesen Zeiten konnte er es ihr nicht versprechen, auch wenn er es noch so gern getan hätte.

„Ich vergaß, dass du ja jetzt ein gefragter Bariton bist und immer viele Proben hast. Da bleibt natürlich nicht viel Zeit für unsere Abende übrig.“ Ihre Mundwinkel zuckten.

Matteo wollte ihr erklären, dass er es nicht versprechen konnte, weil auch er vielleicht an die Front musste. Aber er wollte sie nicht noch mehr beunruhigen.

„Wir sehen uns sicher bald wieder“, versprach er ihr stattdessen, bevor er sich von ihr verabschiedete.

8. September 1942 – Florenz

Heute war ein besonders wichtiger Tag in ihrem Leben. Der Abschluss ihres jahrelangen Studiums. Wie schnell die Zeit vergangen war. Florentina mochte es kaum glauben. Traditionell spielten die beiden besten Studenten am letzten Tag des Semesters vor. Doch nur einer von ihnen durfte das Abschlusswerk vortragen. Der Geiger Donato hatte als Erster sein Können unter Beweis gestellt. Florentina fand, dass er die Geige wie Paganini beherrschte und verdient hatte, als bester Stipendiat das Conservatorio zu verlassen. Auch wenn sie es für sich erhoffte.

Ich glaube an dich, hatte die Mutter in ihrem letzten Brief an sie geschrieben. Das Vertrauen, das sie in Florentina setzte, war beflügelnd. Sie gab alles und ließ beim Spiel ihren Gefühlen freien Lauf.

Schweiß perlte von ihrer Stirn, während sie sich auf die Schlusskadenz konzentrierte. Würden die Prüfer und Zuhörer ihre Interpretation der Haydn-Sonate begrüßen oder dem eher ablehnend gegenüberstehen? Sie musste das Tempo auch zum Ende halten. Das hatte Fratelli ihr eingebläut. Sie hatte in den Unterrichtsstunden dazu geneigt, gegen Ende immer schneller zu spielen. Die Anspannung ließ ihre Hände zittern. *Jetzt bloß nicht noch einen Patzer riskieren!*

Lange hallte der Schlussakkord durch den Raum nach. Dann herrschte Stille. Irgendjemand hustete.

Florentina war mit ihrem Spiel nicht zufrieden, auch wenn sie sich große Mühe gegeben hatte. Das hatte sie bei den Übungsstunden besser gekonnt. Ihr Herz sackte Etagen tiefer. Bestimmt war auch Signore Fratelli sehr von ihr enttäuscht.

Jetzt hieß es, auf das Urteil des Prüfungsausschusses zu warten.

Nach einer gefühlten Ewigkeit klatschten die Prüfer in die Hände. Dann folgten aufbrandender Applaus im Konzertsaal des Conservatorios. Florentina war erleichtert. Sie stand auf und verbeugte sich tief.

„Gratulation, Signorina Schwarz!“, beglückwünschte sie Fratelli und reichte ihr die Hand.

Sie konnte es nicht glauben und brachte keinen Ton über die Lippen.

„Florentina, Sie sind eine hervorragende Pianistin“, fuhr er fort.

Auch die anderen Mitglieder der Prüfungskommission reihten sich hinter Fratelli ein, um ihr zu gratulieren. „Sie können mit Recht stolz auf sich sein.“

„Danke schön.“

Sie schüttelte die Hände der anderen Gratulanten.

„Meine sehr verehrten Damen und Herren, Signorina Schwarz ist in diesem Jahr die Beste der Stipendiaten. Traditionell wird das letzte Stück vom besten Studenten vorgetragen. Sie wird Ihnen zum Ende der diesjährigen Abschlussfeier eine weitere Kostprobe ihres Könnens geben!“, verkündete Fratelli den Gästen.

Erneut erklang Beifall.

Sie hatte es geschafft! Sie war die Beste! Wenn doch nur ihre Eltern hätten dabei sein können.

„Bitte, Florentina, wenn Sie jetzt spielen würden“, forderte Fratelli sie auf.

„Vielen Dank.“ Lange hatte sie sich überlegt, welches Stück sie vortragen sollte. Schließlich hatte sie sich für eine Sonate ihres Vorfahren Frederik von Uhlenberg entschieden. Dozent Fratelli hatte das begrüßt. Aber es war ein hartes Stück Arbeit gewesen. Oft war der Dozent mit ihrem Anschlag nicht zufrieden gewesen.

„Viel sanfter, Signorina, dolce. Ihre Finger sollen die Tasten so berühren, dass die Töne wie sanfter Regen klingen. Una pioggia leggera."

Florentina setzte sich auf den Hocker und konzentrierte sich auf das Stück. Nur so war es ihr möglich, Frederiks Empfindungen zu fühlen und an die Zuhörer weiterzugeben. Es war ihr wichtig, die Emotionen eines Komponisten wiederzugeben.

„Meine sehr verehrten Damen und Herren, Signorina Schwarz spielt Ihnen nun den zweiten Satz der Klaviersonate Opus 93 a-Moll von Frederik von Uhlenberg vor. Der Komponist ist der Vorfahr unserer Meisterstudentin. Lassen Sie sich von ihr in die Welt der Romantik führen."

Immer, wenn Florentina ein Werk ihres Vorfahren vortrug, gelang es ihr, in dessen musikalischer Welt zu versinken. Sie nahm an, dass es die melancholischen Melodien waren, die sie tief berührten.

Der Beifall war noch größer als beim ersten Mal.

Nachdem sie sich mehrmals vor dem Publikum verbeugt hatte, half ihr Fratelli von der Bühne herunter.

„Du warst fantastisch, Florentina! Du hast es verdient. Herzlichen Glückwunsch." Gianna umarmte sie und gab ihr einen Kuss auf die Wange.

Zu ihnen gesellten sich auch Onkel Federico und Tante Lina.

Antonella war mit den beiden Brüdern zu Hause geblieben.

Auch Onkel und Tante drückten und beglückwünschten sie. Florentina war den Tränen nah. Wie gern hätte sie ihren Erfolg mit den Eltern und der Schwester geteilt.

„Deine Eltern werden so stolz auf dich sein. Sicher waren sie in Gedanken bei dir", tröstete Tante Lina.

„Ich weiß. Aber an solch einem wichtigen Tag fehlen sie mir sehr."

Ihre Mutter hatte geschrieben, dass der Führer auf dem Rückweg von der Ukraine zu einem Treffen mit Hannovers Gauleiter auch dem elterlichen Theater einen kurzen Besuch abstatten wolle. Für das Wohlbefinden des Führers gab es neben der Aufführung auch viel vorzubereiten. Natürlich wurde eine Wagner-Oper gegeben mit einem anschließenden Champagnerempfang im Theaterfoyer für geladene Gäste. Dass alles den Bedürfnissen des Führers entsprechend gerecht war, wurde von einem SA-Mann beaufsichtigt: Grabert.

Ihr Peiniger war vom Gauleiter befördert worden.

„Es kommen bestimmt noch viele wichtige Tage, an denen sie dabei sein können. Wenn erst einmal dieser Krieg vorbei ist …“, tröstete sie ihr Onkel.

Für Florentina dauerte der Krieg eine Ewigkeit, und noch immer war kein Ende in Sicht.

„Ist Matteo denn nicht hier?“, fragte Gianna.

„Er hat heute eine wichtige Probe in der Oper.“

Es betrübte Florentina sehr, dass Matteo am heutigen Tag verhindert war. Sie hatte sich so darauf gefreut, ihn wiederzusehen.

„Ach, so. Schade, aber ich bin ja auch allein hier.“ Traurigkeit schwang in Giannas Stimme mit, auch wenn sie sich Mühe gab, sie vor den anderen zu verbergen.

„Hast du heute schon alle Listen durchgesehen?“

Florentina wusste, dass Gianna auf den Listen der Gefallenen und Verletzten nach dem Namen des geliebten Mannes suchte. Doch noch immer kein Lebenszeichen von Adolfo. Die Vorstellung, der nette Mann könne in einem Massengrab seine letzte Ruhestätte gefunden haben, entsetzte sie.

Zudem ging in den kleinen Bergdörfern seit Wochen die Angst um. In Sant' Anna und zwei anderen Dörfern war eine Handvoll Männer verhaftet worden, die sich der Resistenza angeschlossen hatten. Wenn Onkel Federico im Dunkel das Haus verließ, beherrschte die Angst alle Gemüter.

„Mamma winkt mich zu sich. Sicher fragt sie meinen Dozenten über meine Leistungen aus." Gianna stöhnte.

„Geh nur."

Gianna gab ihr einen Kuss auf die Wange, bevor sie zu ihrer Mutter ging. Florentina kam sich etwas verloren vor, allein inmitten Fremden.

„Signorina Schwarz?" Florentina horchte auf, als sie die Stimme Umberto Fratellis vernahm. Die Schritte zweier Männer näherten sich ihr. Sie roch Zigarrenduft und tastete sich mit dem Langstock in die Richtung, aus der Fratellis Stimme gekommen war.

„Erinnern Sie sich noch an meinen guten Freund Sanna?", fragte Fratelli.

„Aber natürlich." Florentina hatte Gianfranco Sanna auf Anhieb sympathisch gefunden.

„Buon giorno, Signorina Schwarz", wurde sie von Sanna begrüßt.

„Schön Sie wiederzusehen, Signore. Was machen Sie denn hier in Florenz?"

„Umberto hat mir von Ihren musikalischen Fortschritten erzählt und dass sie sicherlich die jährliche Auszeichnung erhalten werden. Nein, was sage ich denn da, Umberto schwärmt von ihrem Klavierspiel. Da konnte ich mir doch ihren Auftritt nicht entgehen lassen."

Das Lob machte Florentina ganz verlegen.

„Wirklich?" Ihre Wangen glühten.

„Ich habe nur die Wahrheit erzählt."

Es freute sie, dass Signore Fratelli ihr Können so schätzte.

„Ich wollte Sie außerdem fragen, ob Sie mit Ihren Nachforschungen zu dem Libretto weitergekommen sind?"

„Leider nicht so wie gewünscht." Florentina berichtete ihm von ihren Recherchen.

„Das ist wirklich sehr bedauerlich. Ich wollte Ihnen eine Nachricht zukommen lassen. Nach unserem Treffen habe ich lange über den Namen der Frau nachgegrübelt. Irgendwann ist mir der Name von Frederik von Uhlenbergs Angebeteter wieder eingefallen."

Vor lauter Aufregung hatte Florentina einen Kloß im Hals. „Und?", fragte sie heiser.

„Agnes war ihr Name. Sie muss laut Libretto damals im gemischten Oratorienchor in Hannovers Marktkirche gesungen haben. Ich dachte, dass Ihnen diese Information vielleicht weiterhelfen könnte. Manche Kirchenchöre führen Bücher, in denen auch die Namen der Mitglieder aufgelistet sind."

Das war wirklich ein interessanter Ansatz.

„Danke schön, ich werde weiter nachforschen."

„Was werden Sie jetzt eigentlich machen, da Sie Ihr Studium beendet haben?"

Florentina hatte sich darum noch keine Gedanken gemacht. Alles, was sie wollte, war ein normales Leben zu führen.

„Offen gestanden, ich weiß es noch nicht. Auf jeden Fall werde ich irgendwann in naher Zukunft an das Theater meiner Eltern zurückgehen."

Fast glaubte Florentina, wieder das Stimmengewirr zu hören, das ihr jedes Mal entgegengeschlagen war, wenn sie den Flur mit den Garderoben betrat. Das Theater beherbergte eine eigene Welt, in die sie sich oft hatte flüchten können, wenn die Realität sie erschreckt hatte.

Es war nicht nur das Theater, das sie vermisste. Hannover war ihre Heimatstadt, an der ihr Herz hing. Sie konnte sich an deren Geruch und Lärm erinnern, an jede Oberfläche, die sie mit den Händen berührt hatte. Doch auch wenn sie diese Stadt liebte, sie konnte nicht zurückkehren, wenn sie Grabert nicht begegnen wollte.

4. Oktober 1942 – Florenz

Dieser Tag gehörte zu den schlimmsten in seinem Leben.

„Es tut mir leid, Signore Bianchi, aber ich fürchte, dass ich keinen Einfluss darauf habe“, erklärte de Luca und sah Matteo bedauernd an.

„Aber Sie haben doch beim neuen Tenor auch glaubhaft machen können, dass er für die Oper unverzichtbar ist.“

Matteo war enttäuscht. Er hatte sich mehr versprochen, insgeheim gehofft, dass Intendant de Luca sich für ihn einsetzen würde, damit er dem Einberufungsbefehl nicht folgen musste. Am Morgen war ihm der Brief von der italienischen Armee direkt zugestellt worden. Mit sorgenvoller Miene hatte sein Vater beim Öffnen des Briefes neben ihm gestanden.

„Signore Costa hatte einen einflussreichen Fürsprecher“, erläuterte de Luca.

Matteo horchte auf. Er hatte Sergio Costa neulich in Begleitung Anna von Edels gesehen.

„Sie heißt nicht zufällig Anna von Edel?“

Matteo bemerkte, wie de Luca eine Spur blasser wurde und es unter dessen Auge zuckte.

„Ich darf Ihnen den Namen der Fürsprecherin nicht nennen. Das verstehen Sie doch sicher.“

„Aber das haben Sie doch gerade“, entfuhr es Matteo wütend, ehe er bemerkte, dass de Luca ihm mehr verraten hatte, als er gedurft hätte, und Wut ihm gegenüber nicht angebracht war.

Das Schicksal war unbarmherzig. Gerade jetzt, wo es mit seiner Karriere bergauf ging, sollte er alles wieder verlieren.

Übermorgen um sechs Uhr in der Frühe musste er sich bei der Kaserne melden. *Herrgott, er war Sänger und kein Soldat!* Außerdem wollte er nicht für etwas kämpfen, das seinen Grundprinzipien widersprach. Der letzte Ausweg, der Einberufung mithilfe von de Lucas Einfluss zu entgehen, hatte sich in diesem Moment zerschlagen. Matteo war verzweifelt. Was würde aus seinem Vater werden, wenn er im Krieg fiel?

„Es tut mir wirklich sehr leid, Matteo. Mir sind die Hände gebunden."

Matteo stützte sich auf den Schreibtisch des Intendanten und beugte sich zu ihm hinüber.

„Vielleicht werden Sie es eines Tages bereuen, nicht mehr versucht zu haben. Ich werde heute nicht mehr mitproben. Suchen Sie sich einen anderen Bariton für die Rolle des Zaren." Die Proben für Lortzings Oper *Zar und Zimmermann* hatten bereits vor zwei Wochen begonnen. Matteo sollte eine der Hauptpartien übernehmen. Jetzt platzte für ihn der Traum, sich in einer neuen Partie zu beweisen. Aber für de Luca würde es ebenfalls schwierig werden, die geeignete Besetzung zu finden.

Sein Gegenüber schluckte.

Auch wenn Matteo de Luca glaubte, hätte sich der Intendant dennoch mehr für ihn einsetzen können.

„Arrivederci, Signore Luca."

Wütend machte er auf dem Absatz kehrt und stürmte aus dem Büro des Intendanten. Krachend fiel die Tür hinter ihm ins Schloss. Im Geist spielte er alle Szenarien durch, verweigern, verstecken, desertieren, und kam zu einem niederschmetternden Ergebnis.

Matteo dachte an Florentina und seine Freunde, die er vielleicht nie mehr wiedersehen würde. Ein unerträglicher Gedanke. Er musste sie noch einmal sehen, sich von ihnen verabschieden, bevor er dem Ruf der Armee folgte.

Seine Schritte lenkten ihn zum Bahnhof. Vielleicht die letzte Fahrt nach Sant' Anna.

Viele Reservisten hatten bereits an den Fronten gedient und ihre Heimreise als Tote angetreten. Alles in ihm sträubte sich dagegen, sich dem Befehl zu beugen. Seine Zukunft lag in tiefer Finsternis, und seine Träume würden sich nie erfüllen.

So aufgebracht, wie Matteo war, verzichtete er auf den Bus und lief zu Fuß zum Bergdorf hinauf. Zeit, über sein Leben nachzugrübeln und sich die Worte für Florentina und seine Freunde zurechtzulegen. Mit jedem Schritt hatte er mehr das Gefühl, seinem Untergang entgegenzugehen.

Als er vor der Haustür seines Freundes stand, war ihm das Herz so schwer, dass er am liebsten umgekehrt wäre. Aber er wusste, dass er es sehr bereuen würde, wenn er sich nicht von ihnen verabschiedete. Er klopfte an die Tür.

Gianna öffnete ihm und sah ihn erstaunt an.

„Buon giorno, Matteo. Heute ist keine Musizierstunde. Papa muss mit dem Chor in der Kirche proben. Florentina ist auch dort." Sie deutete mit dem Arm die Anhöhe hinauf. Der toskanische Sandstein, aus dem die kleine, romanische Kirche erbaut worden war, leuchtete in der Sonne weiß. Der Anblick war so vertraut, dass sich sein Herz zusammenzog. Wie sehr würde er das alles hier vermissen.

„Danke, Gianna." Spontan umarmte er die Tochter seines Freundes. Das hatte er noch nie getan.

„Matteo … Ist etwas geschehen?", fragte sie, als er sich wieder von ihr gelöst hatte.

„Nein, nein, alles in Ordnung", beruhigte er sie.

Er wollte nicht, dass sie seinetwegen noch trauriger wurde.

„Ich geh dann hinauf zu den beiden. Ciao." Hastig senkte er den Blick und wollte sich gerade umdrehen, als Gianna ihn am Arm zurückhielt.

„Matteo, du hast doch etwas auf dem Herzen, das spüre ich. Willst du es mir nicht sagen?"

Er schüttelte den Kopf. Er wollte es Florentina sagen. Ihr zuerst. Eigentlich nur ihr.

„Alles wird gut", sagte er unbestimmt.

„Na, dann los. Vielleicht sehen wir uns ja noch zum Abendessen. Du bleibst doch, oder?" Sie zwinkerte ihm zu.

„Ja, vielleicht."

Auch der sonnig-milde Oktobertag versöhnte ihn nicht mit dem, was ihn erwartete.

Als er hinter dem Haus um die Ecke bog, spielten die beiden Söhne seines Freundes mit einem Ball auf der Straße. Über die Gartenmauer hinweg sah er Lina und Antonella beim Wäscheaufhängen. Er blieb stehen und betrachtete traurig das Idyll, als könne er diesen Augenblick für immer festhalten.

„Matteo!", rief das Mädchen und kam auf ihn zugelaufen. Lina befestigte die letzte Wäscheklammer und folgte ihrer Jüngsten.

„Mit dir haben wir ja gar nicht gerechnet. Bist du mit Federico verabredet?"

Wer Lina nicht kannte, würde sie nie auf Ende vierzig schätzen. Ihre Haut war bis auf die Lachfältchen um die Augen glatt und rosig. Nur wenige Silberfäden durchzogen ihr blauschwarzes Haar. Über ihrem hellblauen Kleid trug sie eine Strickjacke.

„Nein, eigentlich nicht." Der Abschied fiel ihm sehr schwer. Lina sah ihn forschend an. Ihr konnte er nie etwas vormachen. Sie erkannte sofort, wenn er sich schlecht fühlte.

„Mamma, ich bin fertig mit der Wäsche. Darf ich jetzt mit den anderen spielen?", drängelte Antonella und sah zu ihrer Mutter auf. Matteo strich dem Mädchen über den Kopf.

Es schien Matteo, als wäre sie gestern noch ein Baby gewesen. Jetzt war sie zu einem Backfisch herangereift, und vielleicht würde er sie niemals als Erwachsene sehen.

„Geh schon." Lina gab ihrer Tochter einen kleinen Schubs. Das ließ sich Antonella nicht zweimal sagen und lief zu ihren Brüdern. Lächelnd sah Lina ihr nach, bevor sie sich Matteo mit ernster Miene zuwandte.

„Wann gehst du?", fragte sie.

Es hatte keinen Zweck zu leugnen. In wenigen Sätzen erklärte er ihr, was geschehen war.

„Kein Abschied für immer", sagte er und fragte sich, wen er mit diesen Worten am meisten beruhigen wollte. Lina nickte.

„Wir werden dich wie Adolfo in unsere Gebete einschließen. Wie hat Florentina diese Nachricht aufgenommen?"

„Sie weiß noch nichts davon. Ich möchte es ihr von Angesicht zu Angesicht sagen."

„Es ist gut, dass du dich von uns verabschiedest. Noch nie war die Zukunft so ungewiss wie in diesen Tagen. Bitte, Matteo, komm zurück."

Die Schlichtheit ihrer Worte bewegte ihn. Seine Kehle war mit einem Mal wie zugeschnürt.

„Danke", presste er hervor. Dann umarmten sie sich über die Gartenmauer hinweg.

„Möge Gott dich auf deinen Wegen begleiten. Und wenn ich wandere im finstern Tal, fürchte ich kein Unglück. Dein Stecken und Stab trösten mich", zitierte sie den Bibelvers.

Die Kirchentür stand offen, dass der Chorgesang herausschallte. An der melancholischen Melodie, dem langsamen Tempo und der getragenen Interpretation erkannte Matteo sofort den Chorsatz aus Frederik von Uhlenbergs Requiem. Die Schwermut des Werkes passte zu seiner Stimmung. Matteo betrat leise die Kirche. Er blieb im Mittelgang stehen, sah hinauf zur Empore und betrachtete Florentina an der Orgel.

Wie schön sie war. Ihr schwarzes Haar war zu einem Zopf geflochten und glänzte im Sonnenlicht, das durch ein Bleiglasfenster fiel. Er ging rückwärts Richtung Altar, bis er ihr ebenmäßiges Gesicht mit den sinnlichen Lippen in dem Spiegel sah, durch den sich Pfarrer und Organist verständigten. Es ließ auch dieses Mal wieder sein Herz höherschlagen. In dem Augenblick wurde Matteo bewusst, dass er sie liebte und sich nichts sehnlicher wünschte als ein Leben mit ihr. Ein Wunsch, dessen Erfüllung ihm nicht vergönnt war, weil er in den Krieg ziehen musste. Sein Herz zog sich zusammen.

Florentina zuckte kurz, dann folgte ihr Einsatz verzögert. Sie hatte ihn gehört.

Federico, der mit dem Rücken zu ihm stand und den Chor dirigierte, klatschte in die Hände. Seiner Aufmerksamkeit war Matteos Erscheinen entgangen.

Die Chorsänger brachen ab und sahen zu ihrem Leiter, der mit hoch erhobenen Händen vor ihnen stand.

„Das könnt ihr alle besser. Wir müssen die Stelle noch einmal wiederholen." Dann wandte sich Federico Florentina zu. „Du hast den Einsatz fast verpasst, Florentina. Aber der muss punktgenau kommen", ermahnte er sie.

„Scusi", entschuldigte sie sich. „Ich glaubte eben gehört zu haben, dass jemand die Kirche betreten hat."

Federico drehte sich um und entdeckte Matteo.

„Matteo! Wie schön, dass du gekommen bist. Setz dich doch hin. Wir sind gleich fertig mit der Probe. Dann habe ich Zeit für dich."

Matteo entging nicht, dass ein Leuchten über Florentinas Gesicht glitt. Sie verbarg es nicht, weil sie ihn im Spiegel nicht sehen konnte und sicher nicht ahnte, dass er sie darin sah. Ich habe ihr ein Lächeln gestohlen, dachte er unwillkürlich. Er würde es in seinem Herzen behalten.

„Also noch einmal von Takt dreizehn an", forderte Federico und hob den Taktstock.

Als Florentina lächelnd auf dem Klavier spielte, hätte Matteo vor Glück springen können.

Nachdem der letzte Ton verklungen war, klatschte er Beifall. Nach und nach löste sich der Chor auf. Er musste alle begrüßen, bevor die Sänger schnatternd und lachend die Kirche verließen.

Federico umarmte ihn freudig und klopfte ihm sacht auf den Rücken.

„Welch schöne Überraschung. Allerdings hatte das immer einen besonderen Grund, wenn du uns zu ungewohnter Zeit besuchst. Beim letzten Mal hast du uns mitgeteilt, dass du nach München gehst. Was ist es diesmal? Hast du vielleicht ein Angebot aus Mailand bekommen?"

Bei Federicos Worten wurde Matteo das Herz erneut schwer.

Als er nicht antwortete, erlosch die freudige Anspannung auf Federicos Gesicht. „Was ist los, mein Freund?"

„Ich wurde als Reservist einberufen und muss übermorgen an die Front." Ein Kloß saß in seinem Hals.

„Nein! Du nicht auch noch!", rief Federico. „Du musst das Land verlassen. Oder wir können dich verstecken …", sprudelte sein Freund heraus. „Wir finden eine Lösung. Ganz bestimmt. Wir müssen nur nachdenken." Hinter seiner gerunzelten Stirn schien Federico nach einer Lösung zu suchen. Die Vorschläge sprudelten nur so aus ihm heraus.

„Federico, bitte. Federico", stoppte Matteo den Freund. „Du weißt genauso gut wie ich, dass das meinen sicheren Tod bedeuten würde. Sie würden mich an der Grenze verhaften oder mein Versteck ausfindig machen. Wir wissen doch alle, welche Strafe anschließend auf mich warten würde. Es ist zu spät. Ich hätte nicht nach Italien zurückkehren dürfen."

„Aber es muss doch eine Möglichkeit geben, es zu verhindern. Ein solch brillanter Bariton wie du … Was sagt denn de Luca dazu? Kann er sich denn nicht für dich einsetzen?"

Traurig schüttelte Matteo den Kopf. „Er kann nichts machen."

Florentina trat neben ihren Onkel.

„Sie können dich doch nicht auch in den Krieg schicken", sagte sie mit erstickter Stimme. Eine Träne rann über ihr Gesicht. Sie wandte sich um und ging zum Ausgang.

Federico klopfte ihm auf die Schulter.

„Geh ihr nach, Matteo. Ihr müsst euch voneinander verabschieden, sonst verzeiht ihr euch das nie."

„Danke. Danke für alles." Jetzt war es Matteo, der seinen Freund umarmte.

„Wir werden uns wiedersehen", sagte Federico leise, bevor Matteo Florentina nacheilte.

Er holte sie nach wenigen Schritten ein und fasste ihren Arm.

„Florentina."

Sie wirbelte herum. Tränen liefen ihre Wangen hinunter.

„Du kannst nicht einfach gehen!", brach es aus ihr heraus, dann schluchzte sie.

„Manchmal will das Schicksal es anders."

„Gott kann doch nicht wollen, dass wir uns vielleicht nicht mehr wiedersehen."

Auch Matteo fiel es schwer, in diesem schweren Abschiedsaugenblick die Fassung zu bewahren. Verzweifelt schluckte er gegen den Kloß, der seinen Hals verschloss.

„Florentina, gleichgültig, ob du meine Gefühle erwiderst, aber bevor ich gehe, möchte ich dir eines sagen. Ich liebe dich aus tiefstem Herzen."

Sie lachte und weinte zugleich. „Wer sagt denn, dass ich deine Gefühle nicht erwidere?"

Matteo war versucht, sie an sich zu reißen. Aber er beherrschte sich.

„Florentina, ich habe nur einen Wunsch. Ich möchte dich zum Abschied einmal in meinen Armen halten."

Die Tränen quollen unaufhörlich aus ihren Augen.

Anstelle einer Antwort ließ sie ihren Langstock fallen und breitete die Arme aus.

Behutsam wie eine Porzellanpuppe zog Matteo sie an sich. Zitternd barg sie ihren Kopf an seiner Brust.

„Du ahnst nicht, wie sehr ich mir das die ganze Zeit gewünscht habe“, flüsterte er. Sie schluchzte an seiner Brust. Er spürte, wie ihre Tränen sein Hemd und seinen Pullover durchnässten. Aber es war ihm egal.

Florentina schlang die Arme um ihn. Es bedurfte keiner Worte, er fühlte auch so, dass seine Liebe erwidert wurde. Er genoss es, die geliebte Frau zu fühlen. Es fühlte sich perfekt an. Eine Weile standen sie eng umschlungen da. Doch je länger der Abschied dauerte, desto schwerer würde es ihm fallen, sie zu verlassen.

„Ich muss jetzt gehen“, sagte er heiser.

„Bitte nicht, Matteo“, stieß sie hervor, als er sanft versuchte, ihre Arme von seinem Körper zu lösen.

„Florentina, der Abschied ist gekommen. Wir müssen jetzt stark sein.“

Widerwillig ließ sie von ihm ab. „Ich will und kann nicht stark sein.“

Auch Matteo spürte, wie die Tränen in seine Augen stiegen. Es war, als würde ihm jemand das Herz aus der Brust reißen. Sie standen sich vielleicht ein letztes Mal gegenüber.

„Mach es uns doch bitte nicht so schwer. Ich verspreche dir, dass wir uns wiedersehen werden.“

Er musste an sich halten, um nicht ihren zuckenden Mund zu küssen.

Sie nickte.

„Wirst du auf mich warten?“, fragte er.

„Ja“, hauchte sie.

Florentina wirkte so verloren, dass er den Anblick kaum noch ertragen konnte.

„Wir sehen uns wieder, amore", sagte er und bückte sich nach ihrem Langstock.

„Wir sehen uns wieder", antwortete sie unter Schluchzen. Hastig drückte er ihr den Stock in die Hand und eilte davon.

5. Oktober 1942 – Florenz

Matteo hatte nur das Notwendigste eingepackt. Von der Armee hatte er eine Liste bekommen, was er an Grundausstattung mitbringen sollte. Er kannte das Prozedere noch von früher. Seine Sachen passten in eine Tasche. Sorgsam legte er den ausgeschnittenen Zeitungsartikel obenauf, der über die Stipendiaten des Konservatoriums berichtete. Ein Foto zeigte Florentina am Flügel. Sie hatte als Beste das Studium abgeschlossen. Er war so stolz auf sie. Das Zeitungsfoto war das einzige Bild, das er von ihr besaß. Es würde ihm über die schwere Zeit an der Front hinweghelfen. Zärtlich strich er über das Gesicht der geliebten Frau. Nie würde er den Moment vergessen, in dem er sie in seinen Armen gehalten hatte. Vorsichtig küsste er das Foto und schloss die Tasche.

Es war Zeit, sich schlafen zu legen.

Anschließend stellte er sich den Wecker. Um sechs Uhr in der Frühe musste er sich in der Kaserne Baldissera melden, die nicht weit vom Haus seines Vaters entfernt war.

Kurz darauf legte sich Matteo aufs Bett. Aber er konnte nicht einschlafen und warf sich von einer Seite auf die andere. Wieder und wieder erlebte er den Abschied aufs Neue. Florentina erwiderte seine Gefühle. Er konnte es noch immer nicht fassen.

Irgendwann fielen ihm doch die Augen zu, und er schlief ein. Ein lautes Poltern ließ ihn aus dem Schlaf fahren. Er schlug die Augen auf. Draußen war es dunkel, nur der Mond schien ins Zimmer herein. Er schaltete das Licht an und schaute auf die Uhr. Es war erst kurz vor Mitternacht. Erneut polterte es im Flur. Ein Einbrecher? Jetzt hielt ihn nichts mehr im Bett. Matteo stand auf, um nachzusehen. Er löschte das Licht wieder und nahm die Taschenlampe von seinem Nachttisch. Auf Zehenspitzen schlich er zur Tür und öffnete sie vorsichtig. Einen Moment lauschte er. Nebenan im Schlafzimmer seines Vaters war es still. Um diese Zeit schlief er meist schon. Jemand schlich unten durchs Haus. Die Taschenlampe konnte er nicht einschalten, wenn er den Einbrecher überraschen wollte. Im Flur war es stockdunkel, dass er sich langsam vorantasten musste. Er konnte nachfühlen, wie es Florentina erging. Es war schwierig, sich fortzubewegen, wenn man nicht wusste, wohin man trat. Er schlich die Treppe hinunter. Unten angekommen, nahm er für alle Fälle im Vorbeigehen die Kaminzange mit. Er hörte, wie sich der Einbrecher an der Terrassentür zu schaffen machte. Sicher wollte er mit dem Diebesgut türmen. Kurz darauf verschwand der Fremde in den Garten. Matteo spurtete hinter ihm her. Gerade als der Einbrecher auf die Gartenbank stieg und über die Mauer klettern wollte, riss er ihn an den Schultern zurück. Als er auf den Boden stürzte, schrie er kurz auf. Der Kerl rappelte sich auf und wandte sich ihm zu.

„Was fällt dir ein, Matteo?"

„Papa?" Matteo schaltete die Taschenlampe ein und leuchtete seinen Vater an. „Was machst du hier zu so später Stunde? Überhaupt, was schleichst du im Dunkeln durchs Haus?"

Sein Vater wirkte zerknirscht. „Ich wollte dich nicht wecken. Aber dann bin ich gegen Aurelias Ascheeimer gestoßen und der ist umgefallen. Tut mir leid, mein Sohn."

„Schon gut, Papa. Wo wolltest du denn hin?"

„Zu einem dieser Treffen. Du weißt schon …"

In letzter Zeit hatten immer mehr Razzien stattgefunden, bei denen viele verhaftet worden waren. Es war für seinen Vater zu gefährlich, dass Matteo sich dazu entschied, ihn zu begleiten.

„Ich komme mit."

„Ich weiß nicht, ob das so eine gute Idee ist. Morgen früh sitzt du bereits in einem der Armeezüge. Dir steht eine harte Zeit bevor, da musst du bei Kräften sein."

„Keine Sorge, Papa. Warte bitte auf mich, in ziehe mir nur etwas über."

Sein Vater wollte protestieren, aber Matteo schüttelte den Kopf. „Keine Widerrede, Papa, wir gehen gemeinsam zu diesem Treffen."

Die Treffen des geheimen Widerstands fanden im Gewölbekeller in einem der Häuser am Ufer des Arno statt. Niemand folgte ihnen. Dennoch horchte Matteo auf jedes Geräusch und blickte immer wieder über die Schulter zurück. In der Nacht waren die Straßen Florenz' ausgestorben. Plötzlich blieb Matteo stehen, denn er glaubte leise Schritte hinter ihnen zu hören.

„Was ist? Warum gehst du nicht weiter?", flüsterte sein Vater.

„Ich glaube, eben Schritte gehört zu haben."

Sein Vater reckte den Kopf vor. „Ich höre nichts."

„Das habe ich mir doch nicht eingebildet." Es ärgerte Matteo, dass sein Vater ihm nicht glaubte.

„Und? Hörst du noch immer was?", fragte sein Vater. Sie bewegten sich nicht und horchten dabei auf jedes Geräusch. Als es still war, glaubte Matteo, dass ihm seine Sinne einen Streich gespielt hatten. Unbeirrt schritten sie leise weiter. Dennoch wurde Matteo das Gefühl nicht los, dass sie beobachtet wurden. Sein Vater pochte in einem bestimmten Rhythmus an die Tür. Schritte waren dahinter zu vernehmen. Ein Mann forderte von ihnen das Losungswort.

„Mondine", flüsterte sein Vater mit dem Mund an der Tür, die sich gleich darauf öffnete. Jetzt wurde Matteo klar, weshalb der Polizist ihn damals im Zug hatte verhaften wollen, als er bei ihm die Noten des Mondine-Lieds gefunden hatte. Steinerne Stufen führten hinab in den Gewölbekeller, der mit zwei langen Holztischen, Bänken und Stühlen ausgestattet war. Fackeln an den Wänden beleuchteten ihn. Zwei Männer kamen ihnen zur Begrüßung entgegen. Es waren Tommaso und Ernesto Rinaldi.

„Schön, dass ihr gekommen seid, uns zu unterstützen", erklärte Tommaso und strich mit der Hand über seinen Backenbart.

Im Gewölbekeller hatten sich ungefähr fünf Dutzend Männer um eine Art Podium, das aus einem Holzkasten bestand, versammelt.

Tommaso Rinaldi kletterte hinauf.

„Hört mal alle her! Wir müssen überall Augen und Ohren offen halten. Auf der schwarzen Liste der Fascista stehen sicher viele Namen von uns. Warnt die anderen, wenn euch jemand folgt. Zwei von uns haben sie schon verhaftet. Ich kann euch nur immer wieder sagen: Seid auf der Hut! Geratet ihr ins Visier der Fascista, werden sie euch bei den Anhörungen aussaugen wie ein Insekt."

Zustimmendes Raunen ging durch die Reihen.

„Das lassen wir uns nicht mehr von den Faschisten bieten!", rief ein großer, bulliger Mann aus zweiter Reihe und streckte die geballte Faust in die Höhe.

„Ja, wir lassen uns das nicht mehr gefallen! Das werden die noch bereuen!" Eine wütende Entschlossenheit spiegelte sich in den Mienen der versammelten Männer wider. Auch Matteo war gegen die Willkür der Fascista.

„Wir müssen endlich was gegen die unternehmen!", riefen welche im Chor. Tommaso hob die Hände, um die aufgebrachten Gemüter zu beschwichtigen.

„Beruhigt euch!", rief er. „Beruhigt euch! Das werden wir auch. Aus sicherer Quelle wissen wir, dass Mitglieder unseres Widerstands in den Bergdörfern verhaftet wurden. Übermorgen sollen sie ins Gefängnis nach Florenz gebracht werden. Dank eines Genossen, der nach Deutschland entkommen konnte, kennen wir die Abläufe eines solchen Transportes. Er hat sie Giorgio durch Mittelsleute verschlüsselt in einem Brief zukommen lassen. Giorgio musste diese Kenntnis mit dem Leben bezahlen." Tommaso hielt ein Kuvert hoch, das Matteo sofort wiedererkannte. Es war der Brief, den Eugenio ihm damals für Giorgio mitgegeben hatte. Jetzt wurde ihm klar, dass die Durchsuchung im Zug vermutlich diesem Schriftstück gegolten hatte.

„Wir werden den Gefangenentransport überfallen und unsere Brüder befreien!"

Erneut hob Tommaso die Faust in die Höhe und erntete ein zustimmendes Grölen der Versammelten.

„Aber wie wollen wir das machen?" Erstaunt blickte Matteo zu seinem Vater, der diese Frage stellte.

„Nun, wir brauchen jeden Mann. Meine Strategie sieht wie folgt aus: Fünf von euch folgen dem Transport bis kurz vor Pietrasanta. Dort werden wir mit mehreren Dutzend Männern den Transport überfallen, die Gefangenen befreien und diese übers Meer in Sicherheit bringen. Diese Aufgabe übernehmen die fünf, die dem Transport folgen. Sie müssen also ein Boot steuern können."

„Kein Problem, mein Bruder ist Fischer, Scipios Bruder auch. Das übernehmen wir", meldete sich ein schmächtiger Mann mit Mütze, den Matteo noch nie zuvor gesehen hatte.

„Gut", stimmte Tommaso zu. „Wer ist bei der Befreiungsaktion dabei?"

Matteo riss die Augen auf, als sich sein Vater meldete. Das war viel zu gefährlich, noch dazu für einen Mann seines Alters. Er musste mit ihm reden, aber nicht vor den anderen.

Weitere Arme hoben sich, und Tommaso rief alle beim Namen auf, die sich gemeldet hatten.

Dann besprachen sie die Details der geplanten Aktion. Matteo zog seinen Vater beiseite.

„Papa, da kannst du unmöglich mitmachen. Das ist viel zu gefährlich", raunte er ihm zu.

Die Entschlossenheit im Blick des Vaters machte ihm Angst.

„Das ganze Leben ist gefährlich", erwiderte dieser und riss sich los. Die Gefangenen mussten befreit werden, sonst würden sie ums Leben kommen.

„Papa, ich bitte dich. Ich weiß dein Engagement zu schätzen, aber du bist einer solchen Aufgabe körperlich nicht mehr gewachsen. Bitte." Eindringlich blickte er seinen Vater an, der die Stirn runzelte. Nach einer Weile nickte er. „Vielleicht hast du recht. Aber ich kann nicht nur herumsitzen."

Tommaso, der das Gespräch belauscht hatte, trat zu ihnen und legte die Hand auf die Schulter seines Vaters.

„Luigi, Matteo hat recht. Schließlich kämpfen wir gegen starke und ausgebildete Wachleute und Polizisten. Wir brauchen dich an anderer Stelle. Du musst unsere Waffen in den Weinkisten schmuggeln."

Matteo war erleichtert über Tommasos Vorschlag und noch mehr, dass sein Vater ihn annahm.

Tommaso kehrte auf das Rednerpodest zurück, und sofort verstummte das Gemurmel und Geraune.

„Seid euch eines bewusst: Das wird eine sehr gefährliche Mission, bei der jeder von uns das Leben verlieren könnte. Solltet ihr gefangen genommen werden, dürft ihr niemals den Namen eurer Brüder verraten! Habt ihr gehört? Niemals!" Tommaso Rinaldi streckte den Arm mit geballter Faust ein weiteres Mal in die Höhe. Alle im Keller taten es ihm gleich. Auch Matteo schloss sich ihnen aus Überzeugung an. Verrat war in seinen Augen feige und niederträchtig.

Die Entschlossenheit in den Blicken der anderen war bewundernswert.

Dennoch machte ihn die Vorstellung, sein Vater könnte wegen der Waffenschmuggelei in den Weinkisten der Polizei in die Hände fallen, betroffen. Beifall erklang, bis Tommaso Matteos Vater aufs Podest bat.

„Überall wird es für uns gefährlich. Betet für uns und die Gefangenen und deren Familien." Matteo war nicht nur von den starken Worten der Einleitung, sondern auch von der anschließend flammenden Rede des Vaters beeindruckt, der den Gegenschlag befürwortete. Sein Vater wirkte überzeugend. Matteo klatschte Beifall. Während sich die Männer um die Redner scharten, stellte er sich etwas abseits. Die Männer stimmten das Lied *Bella Ciao* an und sangen es voller Überzeugung und Begeisterung, dass Matteo eine Gänsehaut bekam. Gelächter folgte und Wein wurde ausgeschenkt. Matteo nahm sich einen Stuhl und lehnte sich gegen die Wand, während die anderen johlten und immer wieder das Lied des Widerstandes sangen. Plötzlich hörte er draußen gedämpfte Geräusche, dann leise Schritte. War ihnen jemand gefolgt? Hatte jemand von der Versammlung erfahren? Ein ungutes Gefühl beschlich ihn. Er winkte seinen Vater zu sich, der nur mit dem Kopf schüttelte und sich stattdessen ein zweites Glas Wein einschenken ließ. Noch immer beunruhigt, wandte sich Matteo an Ernesto Rinaldi.

„Ich habe draußen Geräusche gehört. Viele Schritte", raunte er ihm zu. Ernesto schien das weder zu überraschen noch zu erschüttern.

„Ich seh mal nach", sagte er, wandte sich um und stieg die Treppe hinauf. Wenig später war er hinter der schweren Holztür verschwunden. Angespannt wartete Matteo auf dessen Rückkehr. In der Zwischenzeit gesellte sich Tommaso Rinaldi zu ihm.

„Können wir kurz sprechen, Matteo?"

„Ja, natürlich. Worum geht's?"

Tommaso zog ihn ein Stück von den anderen weg. „Ich wollte Ihnen nur einen Rat geben. Passen Sie gut auf Ihren Vater auf. Er hat sich den Teufel ins Haus geholt."

Sofort ahnte Matteo, wen Rinaldi meinte.

„Sie meinen Anna von Edel?“

Tommaso nickte. „Si. Sie verkehrt nicht nur in Hitlers Kreisen, sondern war letztens im Haus des Duces zu einer privaten Feier. Kurz darauf wurde einer unserer Freunde verhaftet, der mit ihr wegen eines Kunstgegenstandes eine Auseinandersetzung hatte. Außerdem trifft sie regelmäßig Walter Mahler. Sie erinnern sich noch an ihn?“

Und ob er sich an den untersetzten Mann mit den schlechten Manieren erinnern konnte!

„Er ist hier in Italien. Im Auftrag des Duce soll er die Schaben aus den Löchern treiben und vernichten.“

„Schaben?“, hakte Matteo nach.

„Damit meint er uns, die gegen die Fascista sind. Wenn diese Frau erfährt, dass Ihr Vater ein Mitglied der kommunistischen Partei ist und unsere Treffen besucht, schwebt er in großer Gefahr. Sie müssen mit Ihrem Vater reden und ihm klarmachen, dass diese Frau ein gefährlicher Umgang ist.“

Anna von Edel hatte Matteo versichert, dass sie seinen Vater liebte, und es hatte ehrlich geklungen. War sie nur eine gute Schauspielerin? Oder würde sie wirklich so weit gehen und seinen Vater an die Fascista verraten? Er traute Anna von Edel manches zu, aber nicht diese Kaltblütigkeit. Dennoch blieb ein Rest Zweifel bestehen.

„Sie glauben mir nicht?“ Tommaso stöhnte.

Matteo erzählte ihm von seinem Gespräch mit Signorina von Edel.

„Sie glauben dieser Schlange doch nicht etwa?“ Tommaso schüttelte den Kopf. „Wissen Sie denn nicht, dass sie Ihren Freund Federico Santoro verraten hat und Giorgio Ricci?“

Matteo wurde übel. Hatte Anna von Edel ihn so getäuscht? Wut wallte in ihm auf. Bevor er Tommaso antworten konnte, flog die Tür zum Keller auf, und Ernesto stürzte kopfüber hinunter. Am Fuße der Stufen blieb er reglos liegen.

Matteo konnte nicht fassen, was er da sah. Doch ihm blieb nicht viel Zeit zum Nachdenken, denn eine Horde bewaffneter Polizisten stürmte in den Keller und prügelte mit Schlagstöcken auf jeden ein. Tommaso Rinaldi floh nach gegenüber. „Raus hier! Alle raus!“, schrie er. In Panik drängten alle Männer zum zweiten Kellerausgang, der direkt nach draußen führte. Auch Matteos Vater schloss sich ihnen an. Aber die Polizisten waren schneller und zahlreicher.

„Papa!“, rief Matteo entsetzt und wollte seinem Vater helfen, der sich wehrte, als er von zwei Polizisten festgehalten wurde.

Im selben Augenblick traf ihn etwas Hartes mit voller Wucht am Hinterkopf. Das Bild vor seinen Augen verschwamm. Matteo stürzte zu Boden und wurde ohnmächtig.

7. Oktober 1942 – Sant' Anna di Stazzema

Dieser verfluchte Krieg! Florentina hatte die ganze Nacht lang nicht geschlafen. Die Kirchturmuhr schlug in der Frühe sieben Mal. Gleich würde Tante Lina alle zum Frühstück rufen. Florentina wollte nicht hinuntergehen. Sie würde eh keinen Bissen hinunterbekommen. Alles, was sie brauchte, war Zeit für sich allein, um die Trennung von Matteo zu verstehen und zu verdauen. Sie hätte alles darum gegeben, dass er bleiben konnte. Schluchzend barg sie ihr Gesicht in den Kissen. Gerade wenn das Schicksal ihr ein wenig Glück zuteilwerden ließ, entschwand es sofort. Nie hätte sie geglaubt, jemals wieder etwas für einen Mann empfinden zu können. Nie hätte sie gedacht, dass der Grund hierfür ein Krieg sein könnte und sie alle das erleben mussten. Italien war für sie immer ein Land der Lebensfreude gewesen. Jetzt hatte Deutschland die Schatten bis hierher geworfen. Florentina wäre gern wieder nach Hause gereist, würde nicht Grabert in Hannover sein.

Justine, die Köchin in ihrem Elternhaus, hatte im letzten Krieg zwei Söhne verloren. Auch Florentinas Onkel Albert war gleich zu Beginn in einer Schlacht gefallen. Die Vorstellung, Matteo könnte ein ähnliches Schicksal ereilen, war unerträglich. Sie hatte wahnsinnige Angst um ihn und zehrte von dem einen Moment, an dem sie sich zum ersten Mal wirklich nah gewesen waren.

In seinen Armen zu liegen, hatte sich gut und richtig angefühlt. Das verlieh ihr Mut und Hoffnung. Rasch schob sie den Gedanken beiseite, dass es vielleicht das letzte Mal gewesen sein könnte. Sie weinte sich den Kummer von der Seele, bis sie leer und erschöpft endlich einschlummerte.

Das Klopfen an der Tür riss Florentina aus dem Schlummer.

„Florentina? Ich bringe dir dein Frühstück!", rief Gianna durch die Tür.

„Ich habe keinen Hunger", antwortete sie und hoffte, dass ihre Cousine gehen würde.

„Aber gestern hast du auch nur wie ein Vögelchen gegessen."

„Ich möchte wirklich nichts, Gianna."

„Und was ist nachher mit der Probe? Übermorgen treten wir auf der Familienfeier auf." Florentina verdiente sich mit Gianna ein Zubrot mit Auftritten auf privaten Feiern. Das meiste Geld davon gab sie Lina.

„Ich fühle mich heute nicht gut. Vielleicht morgen."

Sie hörte Gianna seufzen. Florentina atmete auf, als ihre Cousine ging. Endlich allein. Schlafen und vergessen. Mit einem erschöpften Laut kuschelte sie sich erneut in die Kissen.

Die Ruhe währte nicht lange, denn kurze Zeit darauf kehrte Gianna zurück. Diesmal betrat sie ohne anzuklopfen Florentinas Zimmer.

„Ich möchte allein sein, Gianna. Bitte."

„Kann ich ja verstehen. Meinst du, ich kann nicht mit dir fühlen? Ich habe zwar auch keinen Appetit und weine mich jeden Abend in den Schlaf. Aber ich lasse mich nicht unterkriegen und gebe die Hoffnung nicht auf."

Florentina bekam ein schlechtes Gewissen. Wie egoistisch von ihr. Schließlich machte ihre Cousine um einiges Schlimmeres durch. Von Adolfo gab es nach wie vor kein Lebenszeichen.

Florentina drehte sich um, setzte sich auf und umarmte ihre Cousine.

„Bitte entschuldige. Über meinen Kummer habe ich deinen ganz vergessen."

„Schon gut. Komm, lass uns wenigstens musizieren, um die trüben Gedanken für eine Weile zu vergessen", schlug Gianna vor und reichte Florentina ein Taschentuch.

„Ich möchte mir nur schnell mein Gesicht kühlen." Florentina suchte nach ihrem Langstock.

„Ja, natürlich. Ich warte auf dich."

Wenig später saßen die beiden Cousinen im Musikzimmer vor dem Flügel und spielten vierhändig den *Ungarischen Tanz* von Johannes Brahms. Ihre Finger glitten über die Flügeltastatur, als hätten sie das schon öfter getan. Während Gianna die Noten vom Notenblatt ablas, kannte Florentina das Stück auswendig. Ihre Cousine sollte recht behalten, eine Weile vergaß Florentina tatsächlich all ihren Kummer und gab sich ganz dem Klang des Tanzes hin.

Nachdem sie den Schlussakkord gespielt hatten, war Florentina erleichtert.

„Das war eine gute Idee, Gianna", lobte sie. „Ich habe tatsächlich eine Weile meinen Kummer vergessen und fühle mich ein wenig befreiter."

„Ich mich auch. Ich frage mich immer nur, wie du dir all die Noten merken kannst. Ich habe schon Schwierigkeiten, sie vom Blatt abzulesen und zu spielen."

Florentina zuckte mit den Achseln. „Alles nur Übung", tröstete sie ihre Cousine.

„Ich mag die Musik von Brahms. Adolfo hat mir mal …" Gianna stockte. Florentina spürte ihre Traurigkeit und legte tröstend den Arm um sie.

„Was ist, wenn er nicht wiederkommt?", fragte ihre Cousine. Ihre Furcht war deutlich herauszuhören. Genau darüber hatte Florentina in den beiden letzten Nächten im Hinblick auf Matteo nachgegrübelt.

„Das kann dir nur die Zukunft beantworten. Gianna, wir müssen fest daran glauben, dass wir die Menschen, die wir lieben, wiedersehen werden. Sei es auf der Erde oder im Himmel. Wir werden sie alle wiedersehen." Das waren einst die Worte ihrer Großmutter gewesen.

„Ja, das ist wirklich ein tröstlicher Gedanke. Obwohl mir das Leben lieber wäre."

„Lass uns noch etwas spielen, ja?"

Gianna stimmte zu. „Ich liebe Brahms", bekannte sie und bekam einen sehnsüchtigen Blick.

„Mein Vorfahr Frederik war mit ihm befreundet. Brahms hat ihn zu manchen Werken inspiriert."

Sie spielten noch eine weitere Stunde lang Werke von Brahms. Danach fühlte sich Florentina besser.

„Zeit für die Chorprobe. Wir müssen uns beeilen. Wenn wir noch rechtzeitig dort sein wollen", sagte Gianna und sprang vom Hocker auf.

Florentina zögerte. Die Proben fanden in der Kirche statt. Zu frisch war die Erinnerung an ihren Abschied von Matteo.

„Was ist? Kommst du mit?", fragte Gianna.

Florentina schüttelte den Kopf. Sobald sie die Kirche betreten würde, kämen ihr sicher die Tränen.

„Ah, verstehe. Keine Sorge, die Probe findet heute in Tonios Haus statt. Seine Frau steht kurz vor der Niederkunft."

Florentina war erleichtert und versprach, Gianna zu begleiten.

Als sie das Haus verlassen wollten, stand Tante Lina mit zwei Birnen in der Hand an der Haustür.

„Moment, ihr beiden. Ihr habt nicht gefrühstückt und werdet daher das Haus nur verlassen, wenn ihr die da esst." Sie streckte jedem von ihnen eine Birne hin. Lächelnd nahmen Gianna und Florentina das Obst, bevor sie sich auf den Weg zu Tonios Haus begaben.

Tonio wohnte nicht weit entfernt von Onkel Federico. Er spielte Geige und Bratsche und hatte anfänglich am Theater in Pisa gearbeitet. Wegen der vielen und langen Proben hatte er seine Familie nur selten gesehen. Deshalb hatte er sich dazu entschieden, zusammen mit seiner Frau als fahrende Musikanten von Ort zu Ort durch die Toskana zu ziehen. Wenn die Zeit es zuließ, pflegte auch Onkel Federico diese Tradition. Viele Bewohner verließen ihre Dörfer nur selten und freuten sich über diese Unterhaltung. Tonio hatte Florentina anvertraut, dass er zwar weniger verdiente als am Theater, aber das Leben als fahrender Musikant ihn mehr erfüllte.

Gianna und Florentina trafen verspätet ein und waren überrascht, dass die Probe noch nicht begonnen hatte. Stattdessen standen alle in Gruppen und redeten aufgeregt durcheinander. Sie schnappte Wörter wie Gefängnis auf und Razzia.

Florentina spürte deutlich die angespannte Atmosphäre und ging zu ihrem Onkel, um ihn danach zu fragen. Im Gegensatz zu den anderen war er schweigsam. Gianna begleitete sie.

„Was ist denn hier los?"

Ihr Onkel zögerte mit der Antwort.

„Papa, nun sag schon", drängte Gianna.

„Gestern hat die Polizei eine Razzia in Florenz durchgeführt."

Unwillkürlich wurde Florentina dabei anders. Sie spürte, dass jemand, den sie kannte, in die Bredouille geraten war.

„Im Gewölbekeller eines Hauses hat sich der Widerstand heimlich getroffen. Jemand muss sie verpfiffen haben. Die Polizei ist brutal vorgegangen. Wie Tonio uns eben berichtet hat, gab es mehrere Tote und Verletzte. Ernesto Rinaldi ist tot, und Matteos Vater von einem Sturz schwer am Rücken verletzt. Einige andere, darunter Tommaso Rinaldi und Matteo, wurden verhaftet."

Florentina presste ihre Hände an die heißen Wangen.

„Schrecklich!“, rief Gianna.

„Wie kann das möglich sein? Matteo hat doch den Befehl bekommen …“, rief Florentina fassungslos. Matteo im Gefängnis. So viele Verurteilte kamen da nicht mehr lebend heraus. Florentina fröstelte. Matteo war stark und würde überleben. Das hoffte sie.

„Er hat seinen Vater begleitet.“

Florentina wusste nicht, ob sie lachen oder weinen sollte. Im Gefängnis war es für ihn ebenso gefährlich wie an der Front. Sie presste die Hand auf den Mund, weil ihr übel wurde.

„Schnell ein Glas Wasser für Florentina!“, rief ihr Onkel. Kurz darauf reichte ihr jemand ein Glas kühles Wasser, das sie gierig trank.

„Dann muss Matteo nicht in den Krieg?“, warf Gianna ein.

„Für die gehört er zum Widerstand. Einer wie er könnte die ohnehin schon schlechte Moral der Soldaten untergraben“, sagte Tonio.

„Aber er hat doch bisher gar nicht zum Widerstand gehört, oder?“ Florentina war ganz durcheinander. Kein Wort hatte Matteo über die Resistenza verloren. Sie hatte ihm angemerkt, dass er mit vielen Entscheidungen der Regierung nicht einverstanden gewesen war. Als Mitglied des Widerstands wäre er dem Einberufungsbefehl aber sicher nicht gefolgt.

„Keiner von uns hat diesen Krieg gewollt. Außer dem Duce.“

Florentina gab ihrem Onkel insgeheim recht.

„Wie könnten wir ihn aus dem Gefängnis bekommen?“, fragte Florentina.

„Das ist nahezu unmöglich“, widersprach ihr Onkel.

Damit wollte sie sich nicht abspeisen lassen. Matteo musste befreit werden.

„Aber es muss doch eine Möglichkeit geben“, beharrte sie

und fand Zustimmung bei Gianna. Onkel Federico hingegen winkte ab.

„Nein. Das Gefängnis ist sehr gut bewacht."

Sie wollte dennoch nichts unversucht lassen.

Die anschließende Probe wurde zum Desaster. Allen mangelte es an Aufmerksamkeit. Mehrmals musste ihr Onkel den Chor zur Ordnung rufen, und Florentina verspielte sich andauernd.

„Florentina, du musst dich trotzdem konzentrieren", mahnte er, bevor er alle aus der Probe nach Hause entließ.

„Es tut mir leid, Onkel, aber ich kann nicht glauben, dass wir nichts für Matteo tun können. Du bist doch auch aus dem Gefängnis gekommen."

„Das war sehr, sehr großes Glück. Wie willst du ihm denn helfen?"

Das konnte Florentina ihm ad hoc nicht beantworten. Ihr Vater wüsste jetzt sicher Rat. Sie wollte und konnte Matteo nicht seinem Schicksal überlassen.

„Ich … ich weiß es nicht", gab sie zu.

Ihr Onkel könnte ihr nicht weiterhelfen.

Traurig wollte Florentina zusammen mit Gianna Tonios Haus verlassen, als dieser sie zurückhielt.

„Wir suchen jemanden, der uns auf dem Klavier begleitet und singen kann. Vielleicht hast du Lust und Zeit, mit uns auf Reisen zu gehen?"

Tonios Angebot kam sehr überraschend. Sie hoffte, dass Signore Fratelli ihr, wie versprochen, Konzertauftritte vermitteln würde. Doch sie wollte den netten Tonio nicht vor den Kopf stoßen.

„Danke, Tonio, ich werde darüber nachdenken."

„Es würde mich sehr freuen." Danach verabschiedeten sie sich voneinander.

„Was hat Tonio denn von dir gewollt?", fragte Gianna, die auf der Straße auf sie gewartet hatte.

Kurz beschrieb Florentina seinen Vorschlag. „Wie soll ich ihn annehmen, wenn ich weiß, dass Matteo im Gefängnis ist? Ich würde es mir nie verzeihen, mich nicht für seine Freilassung eingesetzt zu haben."

„Was hast du denn vor? Mit meiner Hilfe kannst du immer rechnen."

Gianna war wirklich ein Goldstück. Plötzlich kam Florentina eine Idee. „Diese Anna von Edel hat gute Beziehungen und ist eine Musikliebhaberin."

Gianna blieb abrupt stehen.

„Du willst diese Frau doch nicht ernsthaft fragen, ob sie Matteo helfen kann? Sie ist ein gern gesehener Gast bei den Nazis und der Fascista. Die würde sich nie für einen vom Widerstand einsetzen. Außerdem hat sie dir doch klar zu verstehen gegeben, was sie von deiner Familie hält."

Anna von Edel hatte sie herablassend behandelt.

„Es ist die einzige Chance, die ich habe", beharrte Florentina. Es würde sie einige Überwindung kosten, diese kalte Person um etwas zu bitten. Aber für Matteo war sie bereit, alles zu tun, damit er wieder freikam.

Am selben Tag in Florenz

Matteo versuchte, sich aufzurichten, als er keine Luft mehr bekam. Eisiges Wasser drang in Mund, Nase und Ohren. Er wollte sich wehren, aber seine Arme wurden festgehalten und jemand drückte ihn unerbittlich hinunter. Dann wurde sein Kopf an den Haaren zurückgerissen. Ihm blieben nur wenige Sekunden, nach Luft zu schnappen, bevor sein Kopf erneut ins Wasser getaucht wurde. Seine Widersacher kannten kein Erbarmen, bis er kurz davor war, die Besinnung zu verlieren. Seine Glieder erschlafften. Er konnte sich nicht mehr zur Wehr setzen, und sie ließen von ihm ab. Erschöpft hing er mit dem Oberkörper über einem hölzernen Bottich und keuchte. Sein Oberkörper war nackt und feucht, und es war kalt. Mit letzter Kraft richtete sich Matteo auf und verschränkte zitternd die Arme vor der Brust. Seine Zähne schlugen aufeinander.

„Anziehen!“, brüllte jemand und warf ihm Kleidung zu. Krampfhaft versuchte Matteo, sich daran zu erinnern, was geschehen und wie er hierhergekommen war.

„Mach schon!“, brüllte ihn ein bulliger Kerl an, der furchtbar nach Knoblauch stank, und versetzte ihm einen Stoß. Langsam folgte Matteo der Aufforderung. Jeder Knochen in seinem Leib schmerzte. Er war in einem quadratischen Raum mit einem vergitterten Fenster. Drei raubeinig wirkende Kerle beobachteten ihn mit düsteren Blicken.

„Wo bin ich?“, fragte er heiser.

„Da, wo verfluchte Rebellen wie du hingehören.“ Erneut versetzte ihm der Bullige einen Stoß, dass Matteo stolperte und fast gestürzt wäre.

„Aber ich bin keiner! Ich bin Sänger!“

Dröhnendes Gelächter der drei folgte.

Matteo hatte starke Halsschmerzen, dass seine Stimme fast versagte.

„Abführen!“, befahl der Bullige den beiden anderen, die ihn daraufhin an den Armen packten. Sie zerrten ihn einen dunklen Gang entlang und sperrten ihn in eine Zelle.

Matteo hämmerte an die Tür. „Lasst mich raus! Ich habe nichts gemacht!“, schrie er heiser. Aber die Männer kehrten nicht zurück. Eine Weile trommelte er mit den Fäusten gegen die Tür, bis sie schmerzten.

Deprimiert sank Matteo auf den Boden und zog die Beine an. In der Zelle war es dunkel. Nur durch ein winziges Fenster weit oben fiel spärlich Sonnenlicht.

Jemand stöhnte in der Ecke.

„Hallo?“ Es erleichterte Matteo, nicht allein zu sein. Als der Mann nicht antwortete, kroch er auf allen vieren zu ihm. Es dauerte einen Moment, bis er Konturen erkennen konnte. Der Mann lag auf dem Rücken mit angezogenen Beinen. Er schien starke Schmerzen zu haben.

„Hallo? Können Sie mich hören?“ Matteo beugte sich über ihn.

„Ja, verdammt.“ Die Stimme des Mannes klang vertraut.

„Tommaso? Sind Sie es?“

„Ja“, antwortete der gepresst und stöhnte wieder.

„Sind Sie verletzt?“

„Ja. Sie haben mir etwas in den Bauch gerammt, als ich mich geweigert habe, deren Fraß zu essen. Haben mir wohl dabei ein oder zwei Rippen gebrochen.“

Tommaso versuchte, sich aufzurichten, und sank stöhnend zurück.

„Bleiben Sie liegen, Tommaso.“

Sicher hatte er starke Schmerzen auf dem steinernen Boden. In der Ecke der Zelle stand eine Pritsche.

„Ich bringe Sie zur Pritsche, wo Sie weicher liegen", sagte er zu Tommaso. Der nickte.

„Können Sie aufstehen, wenn ich Ihnen helfe?"

„Ich werde es versuchen."

Tommaso schrie vor Schmerz, als Matteo ihm auf die Beine half. Als er stand, knickten seine Beine wieder ein. Matteo hob ihn hoch trug ihn zur Pritsche und legte ihn behutsam darauf.

Tommaso nahm seine Hand und drückte sie. „Danke, mein Freund."

Matteo empfand tiefes Mitleid für Tommaso.

Jetzt erinnerte er sich wieder daran, dass er seinen Vater zu einem der geheimen Treffen des Widerstands begleitet hatte und dort die Rinaldi-Brüder getroffen hatte. Im Laufe des Abends war die Polizei in den Keller gedrungen. Waren die Polizisten ihm und seinem Vater gefolgt, oder hatten sie einen Hinweis bekommen? Doch von wem?

Er erzählte Tommaso, woran er sich erinnern konnte.

„Ist Ihr Bruder Ernesto auch verhaftet worden?"

„Ernesto ist tot. Sie haben ihn die Treppe hinuntergestoßen."

Tommaso berichtete ihm, was sich während Matteos Ohnmacht an diesem schicksalhaften Abend zugetragen hatte.

Matteo schluckte.

„Und mein Vater? Was ist mit ihm?"

Tommaso Rinaldi schüttelte den Kopf. „Ich … ich weiß es nicht", stammelte er. „Er war auch verletzt, war noch im Keller, als sie mich abgeführt haben."

Matteo bereute, zu dem Treffen gegangen zu sein.

Er dachte an seine Einberufung und dass er längst hätte im Zug sitzen müssen auf dem Weg nach Stalingrad. Stattdessen befand er sich in einer Gefängniszelle. Er wusste nicht, welches das größere Übel von beiden war. An der Front hätte er vielleicht durch eine Kugel in den Kopf den schnellen Tod erfahren, während er hier im Gefängnis dahinsiechen müsste.

„Wir müssen hier raus." Matteos Worte ließen Tommaso Rinaldi heiser lachen.

„Wie wollen Sie das denn schaffen? Wollen Sie sich etwa heraussingen?" Tommaso kicherte, was in einem Hustenanfall endete.

„Wenn es helfen würde …"

„Aus diesem Gefängnis gibt es kein Entkommen. Das Gemäuer verlassen Sie nur als Leiche."

Die Vorstellung erschreckte Matteo. Er wollte nicht in diesem dunklen Verlies sterben. Er dachte an Florentina, deretwegen er überleben wollte. Nichts wünschte er sich mehr, als die geliebte Frau noch einmal in die Arme schließen zu können.

Vielleicht würde Federico sich für ihn einsetzen, wenn er von seiner Festnahme erfuhr. So wie er es damals bei ihm getan hatte. Oder war er vielleicht auch festgenommen worden?

Eine Weile saß Matteo grübelnd neben Tommaso. Sein Traum von einer Gesangskarriere war in weite Ferne gerückt. Sollte sein Leben im Gefängnis enden? Er schloss die Augen und sah Florentinas schönes Gesicht vor sich. Leise summte er ein Lied vor sich hin. Die Musik hatte ihm in den schwersten Stunden seines Lebens immer geholfen.

10. Oktober 1942 – Sant' Anna di Stazzema

Was ist, wenn sie dich wieder abweist, ohne mit dir zu sprechen?", fragte Gianna Florentina, als sie vor dem Haus Anna von Edels standen.

„Dann muss ich besonders hartnäckig bleiben."

Alle Gespräche von Matteos Vater und Onkel Federico mit der Fascista, der Polizei und den zuständigen Behörden waren fruchtlos gewesen. Matteos Vater saß seit dem verhängnisvollen Abend im Rollstuhl. Er war auf der Flucht die Treppe hinuntergestürzt und hatte sich die Wirbelsäule gebrochen. Man hatte ihn für tot gehalten und einfach liegen lassen, ohne seine Identität aufzunehmen. Anna von Edel war vielleicht ihre letzte Chance.

„Du würdest für Matteo alles tun, nicht wahr?"

„Würdest du das nicht auch für Adolfo?"

„Doch, natürlich. Bitte pass auf dich auf. Ich warte hier draußen auf dich."

Eine letzte Umarmung, dann stieg Florentina die Stufen zur Eingangstür hinauf.

Nach dem Klingeln dauerte es nicht lange, bis sie leichtfüßige Schritte hinter der Tür hörte.

Die Tür öffnete sich, und ein Schwall teuren Parfüms strömte Florentina entgegen.

„Sie schon wieder, Fräulein Schwarz", sprach Anna von Edel auf Deutsch und wollte die Tür zuziehen. Aber Florentina war schneller und steckte ihren Langstock in die Tür.

„Ich muss mit Ihnen reden, Fräulein von Edel“, sagte Florentina mit fester Stimme.

„Ich aber nicht mit Ihnen. Nehmen Sie Ihren Stock fort.“

Florentina ließ sich von der barschen Art ihres Gegenübers nicht einschüchtern.

„Es geht um Matteo Bianchi.“

Sie hörte, wie Anna von Edel die Luft anhielt.

„Was ist mit ihm?“

„Trotz aller Differenzen zwischen uns, darf ich bitte hereinkommen?“ Florentina befürchtete, dass Anna von Edel ihr die Tür vor der Nase zustoßen würde, wenn sie nicht mehr neugierig wäre.

„Meinetwegen.“

Florentina trat ein und folgte der Dame in ihre Wohnung. Deutlich spürte sie, wie sich ihr Gegenüber anspannte, als sie sie auf ein Sofa aus feinem Chintz dirigierte.

„Ich weiß, dass Sie Signore Luigi Bianchi freundschaftlich verbunden sind. Sein Sohn Matteo wurde verhaftet …“

„Er und sein Vater sind Mitglieder der Resistenza!“, fiel ihr Anna von Edel harsch ins Wort. In ihrer Stimme schwangen Wut und Enttäuschung mit. Florentina spürte, dass die Schwester des verstorbenen Mäzens nicht gewillt war, Matteo zu helfen. Doch noch gab sie nicht auf, denn hier ging es um das Leben des Mannes, den sie liebte.

„Matteo ist kein Mitglied der Resistenza“, widersprach sie, „er ist mit Leib und Seele Sänger. Sie und auch Ihr verstorbener Bruder haben solch hervorragende Talente wie Matteo stets gefördert, gleichgültig welcher Religion sie angehörten oder welche politische Meinung sie besaßen. Ihnen ging es einzig um das Talent. Auch heute noch sind Sie eine bewundernswerte Förderin der Kunst.“

„Matteo Bianchi ist ein guter Bariton, aber davon gibt es viele“, erwiderte sie.

„Sie wissen ganz genau, dass er nicht nur gut ist, sondern

herausragend. Ich habe noch nie einen Papageno wie ihn gehört. Das Münchner Publikum hat ihm zu den Konzerttagen zu Füßen gelegen. Wollen Sie wirklich, dass diese Begabung im Gefängnis verkümmert, wenn sie doch die Bühnen der Welt erobern könnte?"

Anna von Edel schwieg, was Florentina dazu bewog, weiterzusprechen, auch wenn ihr die Rolle als Bittstellerin schwerfiel.

„Fräulein von Edel, Sie besitzen gute Kontakte in Italien wie in Deutschland. Ihre Meinung wird hier sehr geschätzt, auch vom Duce. Bitte helfen Sie Matteo."

„Es tut mir leid, Fräulein Schwarz, aber …" Anna von Edel versagte die Stimme. Sie räusperte sich. „Aber ich habe nicht mehr mit den Herren Bianchi zu tun. Und jetzt verlassen Sie bitte mein Haus."

Florentinas geschultem und feinem Gehör entging nicht, wie betroffen Anna von Edel war. Sicher war sie enttäuscht von dem Mann, den sie mochte.

„Auch wenn Sie es vorgeben, Signore Luigi Bianchi ist Ihnen nicht gleichgültig. Und sein Sohn sicher auch nicht. Ich flehe Sie an, bitte helfen Sie ihnen."

„Wie ich schon sagte, ich werde Mitglieder des Widerstands nicht unterstützen."

Florentina kämpfte gegen die Tränen. Sie hatte so gehofft, Anna von Edel dazu überreden zu können, Matteos Fürsprecherin zu werden.

„Matteo wird vielleicht in diesem Gefängnis sterben!", rief Florentina verzweifelt.

Anna von Edel schwieg weiter.

„Ich hätte es wissen müssen! Jemand wie Sie, der nur mit gewissen- und skrupellosen Menschen wie den Nazis und Faschisten verkehrt, kennt kein Mitleid."

„Sie sind genauso unbeherrscht wie Ihr Vater!", fuhr Anna von Edel sie an. „Hätte ich kein Mitleid mit Ihnen empfunden, wäre ich nicht dazwischengegangen, als Grabert sich an Ihnen vergehen wollte."

Nur langsam sickerte die Bedeutung von Anna von Edels Worten in ihr Bewusstsein. Die Gedanken schwirrten in ihrem Kopf.

„Das habe ich nicht gewusst ...", stammelte Florentina.

„Sie sind ja auch ohnmächtig gewesen. Auch wenn ich wollte, kann ich für Matteo nichts tun. Die Faschisten gewähren den Mitgliedern der Resistenza keine Gnade. Und jetzt gehen Sie!"

Gianna wartete bereits ungeduldig vor der Tür, als Florentina wieder aus dem Haus trat. Sie war untröstlich, weil für Matteo keine Hoffnung bestand, freizukommen. Sie fühlte sich machtlos. Sie hatte alle Möglichkeiten ausgeschöpft und war mit ihrem Latein am Ende.

„Und? Wird sie ihm helfen?"

Florentina schüttelte verzweifelt den Kopf.

„Nein, sie sagt, dass die Faschisten keinen Widerständischen aus dem Gefängnis entlassen würden." Florentina fiel ihrer Cousine weinend um den Hals. „Gianna, er wird im Gefängnis sterben, ohne dass ich ihm wirklich sagen konnte, wie sehr ich ihn liebe."

Tröstend strich Gianna ihr über den Rücken.

„Matteo ist jung und stark. Er wird nicht sterben", sprach sie Florentina Mut zu.

„Du hast recht, Gianna, wir dürfen die Hoffnung nicht aufgeben."

„Lass uns nach Hause fahren. Es wird bald dunkel", schlug Gianna vor.

Auf dem Weg zum Bahnhof betraten sie den Dom für ein kurzes Gebet und zündeten für Matteo und Adolfo eine Kerze an.

Florentina war sich sicher, dass ihr kein Glück im Leben vergönnt war.

28. Juli 1943 – Sant' Anna di Stazzema

Es war drückend schwül, als Gianna und Florentina die Instrumente aus dem Wagen ihres Onkels luden. Immer wieder tupfte sich Florentina den Schweiß von der Stirn. Seit Monaten fuhren sie von Auftritt zu Auftritt durch die Toskana. Manchmal schlossen sie sich auch Tonios Familie an und spielten zusammen auf den Bühnen.

„Das gehört zu unserer Familientradition wie euer Theater in Hannover", hatte Onkel Federico erklärt. In den Sommermonaten waren die Theater und auch die Musikschule geschlossen, sodass die Familie ihres Onkels auf ein Zubrot angewiesen war. Es ging nicht nur ums Geld, sondern vielmehr darum, die Menschen in Kriegszeiten eine Weile von Sorgen und Nöten abzulenken. Die Dorfbewohner empfingen sie immer herzlich. Auch gestern hatten sie wieder vor bäuerlichem Publikum gespielt und viel Beifall erhalten. Nach der Vorstellung hatten sie mit Dorfbewohnern bei Wein, Brot und Käse gemütlich zusammengesessen. Dieses abwechslungsreiche Leben lenkte Florentina wenigstens hier und da eine Zeit lang ab, sodass ihre Gedanken nicht nur Matteo galten.

„Du hast wieder großartig gespielt, Florentina", lobte Gianna.

„Und du warst wunderbar auf der Mandoline." Ihre Cousine hatte viel dazugelernt.

„Danke, aber das ist übertrieben. Ich war lange nicht so gut wie du auf dem Klavier. Was sagt denn Fratelli dazu, dass du durch die Toskana tingelst. Nannte er das nicht Perlen vor die Säue werfen?“

Tatsächlich missbilligte Florentinas ehemaliger Dozent diese Auftritte. Sie hingegen sah darin eine willkommene Abwechslung. Wenn sie ständig unterwegs war, kam sie wenigstens nicht ins Grübeln und vergaß ihr Heimweh.

„Sie sind für die großen Bühnen geschaffen. London, Paris, New York oder Moskau!“, hatte er pikiert gerufen.

Es war ihr schwergefallen, Fratelli auszubremsen, der manchmal etwas realitätsfern war.

„Die Alliierten werden mir sicher keinen Auftritt gestatten, Signore.“

Immer stärker wurde ihr Wunsch, in die Heimat zurückzukehren. Doch ihre Eltern hatten sie in einem Brief gebeten, in Italien zu bleiben, weil die Reise zu gefährlich sei. Sie dachte an Matteo, der auch ein Grund für sie war, hierzubleiben. Alle Versuche, ihn freizubekommen, waren gescheitert. Ihr Onkel und Matteos Vater hatten etliche Briefe an die Fascista mit der Bitte um Gnade und Freilassung geschrieben. Auch ihr Gespräch mit Anna von Edel war erfolglos geblieben.

Oft hatte sie im Gefängnis nach Matteo gefragt und war stets abgewiesen worden. Nicht einmal Matteos Vater Luigi wusste, ob sein Sohn noch lebte. So oft es Florentina möglich war, besuchte sie den alten Mann.

„Morgen fahre ich wieder zu Luigi“, sagte Florentina zu Gianna und reichte ihr einen Geigenkasten. „Magst du vielleicht mitkommen?“

„Ich weiß noch nicht. Ich habe übermorgen eine Aufnahmeprüfung am Theater in Pisa und muss noch üben.“

Florentina war enttäuscht. Mit Gianna waren die Besuche in Luigis Haus leichter zu ertragen, wo sie alles an Matteo erinnerte, den sie schmerzlich vermisste. Mit jedem Tag, der verstrich, schwand die Hoffnung, dass er noch lebte, ein wenig mehr.

„So, das war jetzt das letzte Stück", erklärte Gianna und schloss die Wagentür. Im selben Augenblick kam Antonella aus dem Haus gelaufen.

„Habt ihr schon gehört?", fragte sie und tat ganz wichtig.

„Nein, was denn? Hat eine deiner Freundinnen wieder ein neues Kleid oder eine Puppe bekommen?", fragte Gianna amüsiert.

„Viel spannender!", verkündete Antonella. „Der Duce ist verhaftet worden. Wir kriegen eine neue Regierung."

„Was?", riefen Florentina und Gianna gleichzeitig.

„Ja, das stimmt", bestätigte Tante Lina, die sich zu ihnen gesellte. „Der Widerstand hat gesiegt, der Duce ist gestürzt und die Fascista wurde aufgelöst."

„Und der Krieg?", fragte Gianna.

„Geht weiter", antwortete Tante Lina leise.

Tröstend fasste Florentina nach Giannas Hand. Ihre Cousine hoffte, nach der Schlacht bei Stalingrad endlich etwas von Adolfo zu hören. Die Ungewissheit quälte sie. Florentina konnte sie nur zu gut verstehen.

„Ach, Gianna, das habe ich ganz vergessen. Hier ist ein Brief für dich!", rief Antonella und lief ins Haus. Florentina spürte, wie ihre Cousine zitterte.

„Gib schon her", forderte Gianna von ihrer jüngeren Schwester, als sie zurückkehrte.

Auch Florentina klopfte das Herz bis zum Hals. Sie betete im Stillen darum, dass ihre Cousine endlich eine gute Nachricht über Adolfo erhielt.

„Von wem ist der Brief?", fragte Tante Lina.

„Von einem Oberst", sagte Gianna mit erstickter Stimme. „Und wenn es eine schlechte Nachricht ist?"

„Deshalb musst du ihn aufmachen", forderte Florentina ihre Cousine auf.

„Ich kann nicht. Das muss einer von euch machen."

„Ist gut." Lina drückte ihre Tochter und griff nach dem Umschlag.

„Lies vor, Mamma", drängte Gianna, die am ganzen Leib zitterte.

„Sehr verehrtes Fräulein Santoro. Ihr Verlobter Adolfo Gallo bat mich, Ihnen zu schreiben. Er wurde in der Schlacht bei Stalingrad am Arm verwundet und ins Lazarett Annaberg transportiert."

„Adolfo! Er lebt!", rief Gianna unter Tränen und umarmte alle nacheinander.

Florentina freute sich mit ihrer Cousine.

„Das ist eine wunderbare Nachricht."

„Ich muss zu ihm." Ungeduld sprach aus Gianna.

„Aber Kind, Annaberg liegt weit weg. In Schlesien", dämpfte Tante Lina die Euphorie ihrer Tochter.

„Gianna, deine Mutter hat recht. Sobald die Wunde verheilt ist, wird Adolfo sicher schnell zurückkehren", tröstete Florentina. „Wann wurde denn der Brief abgeschickt?"

„Vor einer guten Woche", antwortete Gianna enttäuscht. Monatelang hatte sie zwischen Bangen und Hoffen geschwankt und ein Wechselbad der Gefühle durchlebt, dass Florentina sie verstehen konnte. Doch in diesen schrecklichen Zeiten musste sie abwarten.

„Hauptsache ist doch, dass er lebt."

„Ja, das stimmt."

An diesem Nachmittag war die Stimmung gelöster. Weil die Hitze draußen kaum zum Aushalten war, beschlossen alle, nach drinnen zu gehen, um zu musizieren.

Sie spielten nur fröhliche Volksweisen. Gianna war wie ausgewechselt, lachte viel und neckte sich mit Antonella. Es freute Florentina sehr, dass ihre Cousine auflebte.

Florentina gab sich ebenfalls heiter, obwohl es in ihrem Innern nicht so aussah. Sie gönnte Gianna von Herzen die Freude, dass Adolfo lebte. Dennoch war sie traurig wegen Matteo.

Ihr Onkel nahm sie am Schluss einen Augenblick beiseite. „Matteo ist stark. Wenn einer es schafft, dann er. Ich habe gehört, dass die Alliierten nach Mussolinis Sturz viele Gefängnisinsassen freilassen. Aber bedenke, dass er nach Monaten Gefangenschaft vielleicht nicht mehr derselbe ist. Sie gehen mit den Häftlingen nicht gerade zimperlich um. Das habe ich am eigenen Leib erfahren."

Auch ihr Onkel hatte sich schon in der kurzen Zeit seiner Inhaftierung verändert. Er hatte diese Leichtigkeit verloren, war grüblerischer geworden.

„Ich weiß." Ihr war nur wichtig, dass Matteo lebte. Und er sie vielleicht noch liebte. „Ich wünsche mir nur sehr, dass er noch lebt."

„Du bist eine starke Frau. Ich bin sehr stolz auf dich, Florentina."

Onkel Federico zog sie kurz in die Arme und hauchte einen Kuss auf ihr Haar.

„Lass uns zu Tisch gehen." Dann rief er seiner Frau zu: „Lina, leg doch bitte noch ein Gedeck auf. Wir erwarten noch einen Gast. Luigi Bianchi wird uns beim Essen Gesellschaft leisten."

„Für ihn mache ich das gern", antwortete ihre Tante. Florentina jedoch sah Luigis Besuch mit gemischten Gefühlen entgegen. Immer wenn er von Matteo sprach, fühlte sie entsetzlichen Schmerz und Traurigkeit in sich.

Gegen acht traf Luigi ein. Tonio hatte ihn abgeholt, zusammen mit einer Kiste Wein und seinem Rollstuhl.

Florentina begrüßte Matteos Vater als Erste. Er war nicht nur sehr gebildet und sehr humorvoll, sondern besaß eine warme Tenorstimme, die sie an ihren Vater erinnerte.

Nach der Begrüßung gingen alle ins Esszimmer. Onkel Federico schob Luigis Rollstuhl neben sie.

„Haben Sie etwas von Matteo gehört, Luigi?", fragte Tante Lina nach einer Weile. Augenblicklich verstummten alle Gespräche bei Tisch. Jeder von ihnen nahm an Matteos Schicksal Anteil. Florentinas Herz pochte dumpf und schnell. Angespannt wartete sie auf die Antwort ihres Tischnachbarn.

„Nein. Sie geben mir noch immer keine Auskunft. Seitdem unser Land mit den Alliierten einen Waffenstillstand geschlossen hat, mischen sich die in alles ein. Überall Chaos. Auch im Gefängnis. Für die Deutschen sind wir alle Verräter, für die Alliierten Kriegsgegner. Bevor die Alliierten kamen, wurden einige Mitglieder des Widerstands exekutiert. Keiner konnte mir bislang sagen, ob Matteo unter ihnen gewesen ist."

Betroffenes Schweigen herrschte am Tisch. Florentina kämpfte gegen die aufsteigenden Tränen. Tief in ihrem Innern hoffte sie noch immer, dass Matteo lebte.

Lustlos stocherte sie in ihrem Essen, obwohl es wirklich köstlich war.

„Ich habe Ihnen etwas mitgebracht, Signorina Florentina", sagte Luigi Bianchi nach einer Weile zu ihr. „Ich weiß, dass Matteo in sie verliebt ist. Er hat immer von Ihnen geschwärmt. In seine Augen trat jedes Mal ein Leuchten, wenn Ihr Name genannt wurde. Matteo ist ein Romantiker. Meine Frau war die Tochter eines bekannten italienischen Kunstsammlers. In seiner Sammlung hat sie als junges Mädchen Textzeilen gefunden, die sie fasziniert haben. Bis zu ihrem Tod hat sie sie gehütet wie einen Schatz. Diese Zeilen voller Liebe und Sehnsucht haben Matteo tief berührt. Er würde wollen, dass ich sie Ihnen zeige."

Florentina hörte Papier rascheln. Dann nahm Luigi ihre Hand in seine.

„Ich habe diese Zeilen in die Braille-Schrift übertragen lassen, damit Sie sie lesen können. Dieser Text spricht von einer tiefen und starken Liebe, die alle Hindernisse, sogar den Tod überwindet. Hoffnung ist das, was uns aufrechterhält, Liebe, was unsere Herzen verbindet."

„Danke, Signore Bianchi", sagte sie gerührt und nahm das Blatt entgegen. Geübt fuhren ihre Finger über das Papier und ertasteten die Erhebungen, die ihr das Lesen möglich machten. Doch sie zügelte ihre Neugier. Sie nahm sich vor, die Zeilen erst in ihrem Zimmer zu lesen, wenn sie allein war. Vorsichtig faltete sie das Papier und steckte es in ihre Rocktasche.

Kurz bevor sie zu Bett ging, kniete sie sich auf den Boden und betete für Matteo. Dann nahm sie Luigis Zeilen zur Hand und begann zu lesen.

4. September 1943 – Gefängnis von Florenz

Jeder Tag war wie der andere. Düster und eintönig. Selbst wenn die Sonne durch das kleine, vergitterte Fenster hereinschien. Matteos ausgezehrter Körper schmerzte von den Schlägen und Tritten, die ihm die Gefängniswärter verpasst hatten, und vor Hunger. Er saß auf dem kalten Steinboden und träumte von seinem Leben auf der Bühne. Der Vorhang öffnete sich, und er sang mit ganzer Seele. Fast glaubte er, den tosenden Beifall zu hören. Wenn er die Augen wieder öffnete, war er nicht mehr der strahlende und gefragte Bariton, sondern nur ein namenloser Häftling, den die Welt vergessen zu haben schien. Doch er durfte nicht diesen trüben Gedanken nachhängen, sondern musste stark sein. Für sie.

Oft genug hatte er sich in den letzten Wochen gefragt, ob Florentina manchmal so sehnsüchtig an ihn dachte wie er an sie, oder ob sie ihn schon vergessen hatte. Matteo sah ihr liebreizendes Gesicht vor sich, hörte ihre Stimme, ihr Lachen und das Klappern ihres Langstocks beim Gehen. Nur die Liebe zu ihr verlieh ihm die nötige Kraft, um die Torturen im Gefängnis zu überstehen.

Er tauchte aus seiner Traumwelt auf, als sein Mithäftling und Freund Tommaso wie ein Tiger in der Zelle hin und her lief. Schon seit Tagen beobachtete er bei Tommaso eine wachsende Unruhe.

„Die lassen uns hier verrecken!", rief der Freund verzweifelt.

Sie hatten vom Gefängniswärter erfahren, dass Italien einen Waffenstillstand mit den Alliierten geschlossen hatte. Jetzt schien ihr Schicksal noch ungewisser als zuvor.

„Matteo, ich will hier nicht sterben! Verstehst du? Ich dreh noch durch, wenn wir nicht bald hier rauskommen!“ Tommasos Haar und Bart waren wie bei Matteo lang und verfilzt. Nur selten erhielten sie die Gelegenheit, sich zu säubern. Messer und Scheren zum Schneiden der Haare waren ihnen nicht erlaubt.

„Das will ich auch nicht, Tommaso. Wir müssen durchhalten!“, versuchte Matteo den Freund zu beruhigen. In all den Monaten war es ihm immer gelungen. Aber seitdem die Nachricht vom Sturz des Duce zu ihnen gedrungen war, hatte Tommaso sich verändert. Hinzu kamen Hunger und Durst, die sie zunehmend plagten. Neulich hatte Tommaso eine Ratte erlegt und gegessen. Auch Matteo hatte er davon angeboten. Bei der Vorstellung hatte sich sein Magen umgedreht. Noch heute schüttelte es ihn.

„Aber es kommt niemand, um uns zu retten! Sie haben uns vergessen! Alle!“ Matteo erhob sich und ging zu seinem Freund. Er packte ihn an den Schultern und schüttelte ihn leicht. Im einfallenden Sonnenlicht blickte er Tommaso fest in die Augen.

„Sie haben uns nicht vergessen“, sprach er eindringlich zu ihm. „Wir müssen noch eine Weile aushalten.“ Das sagte sich Matteo jeden Tag.

„Doch! Doch! Das haben sie“, schrie Tommaso und lachte. Die lange Zeit in dieser dunklen Zelle war dem Freund aufs Gemüt geschlagen, und Matteo befürchtete, dass er kurz davorstand, den Verstand zu verlieren. Tommasos Gesicht hatte sich zu einer Fratze verzerrt. Der Irrsinn glitzerte in seinen Augen, dass Matteo erschreckte. Fieberhaft überlegte er, wie er ihm helfen könnte. Wenn er sich früher geängstigt hatte und niemand da gewesen war, um ihn zu trösten, hatte ihm die Musik geholfen.

Matteo ließ Tommaso los und öffnete den Mund. Er summte ein Lied, das ihm gerade einfiel, und bemerkte, wie sich Tommasos Züge ein wenig entspannten. Das ließ ihn kühner werden. Matteo sang lauthals das Lied des Widerstands. Er sang die Strophen noch ein zweites Mal, bis Tommaso einstimmte. Sein Freund sang schräg, aber das störte ihn nicht, wenn das Singen seinen Zweck erfüllte. Lauthals sangen sie die Hymne des Widerstands. *„Ciao, bella ciao."*

Immer wieder schielte Matteo zur Tür, ob einer der Wärter kam, um sie dafür zu prügeln. Aber niemand kam.

Plötzlich ertönte nach und nach auch aus den anderen Zellen das Lied. Mit einem Mal spürte Matteo eine Energie, die in der Luft lag und ihm eine Gänsehaut bescherte. Tommaso wiederholte das Lied voller Inbrunst und war bereits nach kurzer Zeit heiser. Matteo spürte, dass ihm dieses Gefühl des Singens gefehlt hatte. Marschierende Schritte hallten von den Wänden wider. Als sie sich ihrer Zelle näherten, hörten sie auf zu singen. Auch die anderen Häftlinge verstummten. Ein ungutes Gefühl beschlich Matteo. Er befürchtete, sie könnten zu einem Platz abgeführt werden, an dem sie exekutiert werden sollten.

„Sie holen uns, um uns zu töten", flüsterte Tommaso und sank zu Boden. Doch etwas war anders.

Dann wurde die Zellentür aufgesperrt.

„Get out!", forderte sie einer auf.

„Ich will nicht sterben", jammerte Tommaso.

Matteo sah sofort, dass das kein Wärter war. Sondern ein Soldat. Ein britischer Soldat.

„Get out!", blaffte sie der Mann noch einmal an. Er winkte ungeduldig. Ein anderer richtete das Maschinengewehr auf sie und rief etwas, das Matteo nicht verstand.

„Komm, wir sollten ihnen besser folgen." Matteo packte Tommasos Arm und zog ihn mit sich. Auf Aufforderung der Soldaten verschränkten sie die Hände hinter dem Nacken. Als sie aus der Zelle traten, sah Matteo, dass auch die anderen Häftlinge herausgeführt wurden. Was hatten die Soldaten mit ihnen vor? Es ging nach oben, und als sie alle auf dem Gefängnishof im Sonnenschein standen, musste Matteo schlucken.

„Resistance fighter?“, fragte ihn einer der Soldaten.

„Yes“, antwortete Matteo.

„Go! You are free.“

„Heißt das, dass wir gehen können?“, fragte Tommaso, und in seinen Augen lag ein Leuchten.

„Ja“, bestätigte Matteo und konnte sein Glück kaum fassen. Andere Häftlinge tanzten, wieder andere rannten los durch das geöffnete Tor in die Freiheit.

Auch Matteo und Tommaso verließen den Hof. Hinter sich hörten sie Schüsse. Matteo zuckte bei jedem zusammen.

Nachdem er sich auf dem Marktplatz mit einer Umarmung von Tommaso getrennt hatte, lief er zum Haus seines Vaters. Was ihm dort wohl begegnen würde? Lebte sein Vater überhaupt noch?

Als er durch die Tür ins Haus trat, stand er Aurelia gegenüber, die ihn aus feucht schimmernden Augen ansah. Matteo rutschte das Herz in die Hose. Weinte sie, weil er zurück war? Oder weil sein Vater …

„Signore Bianchi. Der Herr sei gesegnet!“, rief sie und zog seine Hand an ihre Wange. „Ihr Herr Vater wird außer sich sein vor Freude.“

Matteo taumelte. Beinahe wäre er gefallen. Aber die Haushälterin stützte ihn.

„Was ist denn los, Aurelia? Haben wir etwa Besuch? Bitte ihn herein!“, hörte er seinen Vater voller Ungeduld rufen.

Das ratternde Geräusch des Rollstuhls tönte durch die Eingangshalle. Dann stand Matteo seinem Vater gegenüber.

Zusammengesunken saß er im Rollstuhl. Seine Lippen zitterten, als er ihn sah.

Die Augen seines Vaters füllten sich mit Tränen, und auch Matteo schluckte gegen den wachsenden Kloß in seinem Hals.

„Mein Sohn ist zurück", sagte sein Vater und breitete die Arme aus. Da hielt Matteo nichts zurück. Dankbar fiel er neben dem Rollstuhl auf die Knie und umarmte seinen Vater.

5. September 1943 – Sant' Anna di Stazzema

Adolfo und Gianna befanden sich seit Stunden im Garten, flüsterten, lachten und herzten sich. Florentina stand auf und schloss das Fenster. Auch wenn sie ihrer Cousine das Glück von Herzen gönnte, stimmte es sie traurig. Gestern war Adolfo aus dem schlesischen Lazarett nach Hause zurückgekehrt. Eine Kugel hatte in der Schlacht vor Stalingrad seinen linken Oberarm durchbohrt. Seitdem war seine linke Hand zur Hälfte gelähmt. Mandoline spielen würde ihm nicht mehr möglich sein. Hauptsache, er lebte.

Unwillkürlich glitten ihre Gedanken zu Matteo, dessen Schicksal noch immer ungewiss war. Viele der Häftlinge waren in den Zellen gestorben, die feucht und kalt waren. Unliebsame unter ihnen waren hingerichtet worden.

Die Zeit mit ihm war viel zu kurz gewesen. Was hätte sie darum gegeben, noch einmal seine Nähe spüren zu können.

Um auf andere Gedanken zu kommen, setzte sie sich an den Flügel und begann zu spielen. Rachmaninow. Weil ihr danach zumute war. Ihre Finger flogen über die Tasten und hämmerten in den Forte-Stellen auf sie ein. So ließ sie ihren Emotionen freien Lauf. Als sie das Stück beendet hatte, fühlte sie sich besser.

„Kannst du nicht etwas Schöneres spielen?", fragte Antonella, die sich ins Musikzimmer geschlichen hatte.

„Woran hast du denn gedacht?"

„Mozart. Die *Zauberflöte*. Ich mag diese Flötenmelodie von Papageno besonders und könnte sie spielen."

Diese Flötenmelodie erinnerte sie an Matteo, der die Partie des Papageno wie kein anderer gesungen hatte. Ihre Kehle war mit einem Mal eng.

„Nicht das. Lieber was anderes", wies sie Antonellas Vorschlag zurück. Eigentlich liebte sie Mozarts Werk besonders, vielleicht weil es bei ihrer Geburt eine wichtige Rolle gespielt hatte. Dennoch war es jetzt Salz in der Wunde, weil es untrennbar mit den Erinnerungen an Matteo verbunden war.

„Och, bitte, Florentina. Ich muss diese Melodie auf der Flöte üben. Hat mein Lehrer bestimmt."

„Das kannst du auch allein. Sind doch nur ein paar Töne."

Florentina hatte das Gefühl, dass ihre Cousine etwas im Schilde führte.

„Mit dir macht es einfach mehr Spaß."

„Also gut, von mir aus", gab Florentina nach. Sie konnte ihrer Cousine den Wunsch nicht abschlagen.

Erneut spürte sie einen Luftzug hinter sich.

„Antonella? Ist noch jemand hier?"

„Wer soll denn hier sein? Sind alle zur Probe. Ich hole nur schnell meine Flöte."

Während sie auf Antonella wartete, spielte sie die Melodie der Papageno-Arie an. Bereits bei den ersten Tönen wurde ihr das Herz schwer.

Sie hatte so sehr auf Matteos Rückkehr gehofft. Mit jedem Tag, der verging, schwand die Hoffnung. Mozarts *Zauberflöte* spendete ihr Trost und quälte sie zugleich.

Bevor sie weiter grübeln konnte, kehrte Antonella zurück. Als das Mädchen die Melodie des Vogelfängers auf der Flöte spielte, musste sich Florentina zusammenreißen. Matteos Stimme war ihr im Gedächtnis geblieben.

„Der Vogelfänger bin ich ja ...", hörte sie ihn im Geist singen. Tief tauchte sie in die Vergangenheit ein, in der sie das zusammen geprobt hatten. Es war ihr, als stünde Matteo neben ihr. Gleich welches Tempo sie wählte, er hatte sich sofort

angepasst. Die Wärme in seiner Stimme hatte ihr eine Gänsehaut beschert. Er hatte mit den Tönen gespielt, wofür sie ihn bewundert hatte. Antonella lief hin und her. Irgendetwas stimmte nicht.

„Antonella? Gleich kommt dein Einsatz!“, rief sie. Ihre Cousine antwortete nicht. Verärgert hörte Florentina auf zu spielen.

„So macht das keinen Sinn. Das ist nicht komisch.“

Plötzlich stutzte sie. Papageno sang weiter. Wie konnte es sein, dass die Stimme in ihrem Kopf nicht aufhörte? Da bildete sie sich doch tatsächlich ein, Matteo singen zu hören. Halluzinierte sie vor lauter Sehnsucht schon?

Plötzlich war es still. Sie spürte, dass jemand hinter ihr stand.

„Willst du nicht weiterspielen, Florentina?“ Beim Klang seiner Stimme überrollten sie die Gefühle. Ihre hart erkämpfte Selbstbeherrschung brach ein. Tränen rollten ihr übers Gesicht.

„Matteo?“, flüsterte sie bewegt. Reglos saß sie auf dem Klavierhocker und glaubte zu träumen.

„Willst du mich nicht endlich begrüßen, Florentina?“, fragte er sanft.

Schluchzend schlug sie die Hände vors Gesicht. Wie oft hatte sie sich vorgestellt, wie es sein würde, wenn er zurückkehrte. Er trat auf sie zu und drehte sie zu sich herum. Dann kniete er sich vor ihr hin und nahm ihre Hände.

„Ich habe nicht … mehr daran geglaubt … dich jemals wiederzusehen“, stammelte sie.

„Ich habe dir doch versprochen, dass ich wiederkomme.“

Ja, das hatte er. Sie nickte.

„Die Liebe zu dir hat mich jeden verfluchten Tag überleben lassen.“

„Es tut mir leid, was du durchgemacht hast. Ich habe alles versucht, damit du freikommst.“

„Ich weiß."

Als sie schniefte, reichte er ihr sein Taschentuch.

„Sogar zu Signorina von Edel bist du meinetwegen gegangen."

„Woher weißt du …?"

„Von meinem Vater."

„Du warst bei ihm? Dann hat er dir sicher auch erzählt, dass wir uns sehr gut verstehen."

„Ja, das hat er. Aber lass uns jetzt nicht über meinen Vater sprechen. Florentina, ich möchte dich endlich in meine Arme ziehen und küssen. Du ahnst gar nicht, wie sehr ich mich nach dir gesehnt habe."

Auch ihr war es so ergangen. Sie schlang die Arme um seinen Nacken, beugte sich vor und spitzte die Lippen. Er war der einzige Mann, dem sie gestattete, sie so zu berühren. Ganz behutsam zog er sie an sich. Unendlich sanft legte sich sein Mund auf ihren. Es war so, wie sie es sich einst vorgestellt hatte. Herzklopfen und Schmetterlinge im Bauch. Genau das löste er bei ihr aus. Es fühlte sich gut und richtig an. Florentina gab sich seiner Zärtlichkeit hin. Alles, was zählte, war dieser Augenblick. Sie liebte ihn aus tiefstem Herzen.

Sie war ein wenig enttäuscht, als er den Kuss beendete.

„Ich lasse dich nicht mehr gehen, amore mio", flüsterte er an ihren Lippen. „Willst du meine Frau werden?"

Florentina zögerte mit der Antwort. Einerseits liebte sie Matteo aus tiefstem Herzen und wünschte sich nichts sehnlicher, als seine Frau zu werden. Andererseits plagte sie das schlechte Gewissen, weil sie ihm ihre Vergangenheit verschwiegen hatte. Doch hatte sie nicht auch ein Anrecht auf Glück?

„Ja", antwortete sie.

„Du machst mich zum glücklichsten Mann auf dieser Welt." Sie besiegelten ihr gegenseitiges Versprechen mit einem langen, innigen Kuss.

11. August 1944 – Sant' Anna di Stazzema

„Wo bist du nur mit deinen Gedanken? Du hast dich schon wieder verspielt, Florentina.“ Onkel Federico klang enttäuscht. „Dieses Konzert ist wichtig für eure Karriere“, fuhr er eine Spur sanfter fort.

„Ich weiß.“

Sie war unkonzentriert, und das hatte seinen Grund. Matteos Andeutungen vorhin zum Thema Kinder in Gegenwart der anderen hatte erneut das schlechte Gewissen in ihr geweckt. Vor einem Monat hatten sie im kleinen Familienkreis in der Kirche Sant' Anna geheiratet. Sie hatte nie den passenden Moment gefunden, ihm die Wahrheit zu gestehen. Weil sie sich vor seiner Reaktion fürchtete.

Dabei schien er zu spüren, dass sie das nicht tun konnte, was Männer und Frauen taten, wenn sie verheiratet waren. Er war sehr zärtlich, aber er verhielt sich keusch wie vor der Ehe. *Als ob er auf mich wartet.* Das machte es nur noch schlimmer.

In einer Woche fand ihr erstes gemeinsames Konzert statt. In einem kleinen Theater in Florenz. Nachdem Matteo durch seine Inhaftierung sein festes Engagement an der Oper verloren hatte, mussten sie ihr Leben durch Konzerte finanzieren. Auf keinen Fall wollte er Geld von seinem Vater annehmen. Das Konzert würde vielleicht auch ihr den Weg für eine Solokarriere ebnen. Die Konzerttouren durch die toskanischen Dörfer hatten zwar eine Zeit lang Spaß gemacht, waren aber wenig lukrativ und karrierefördernd gewesen. Außerdem hatten sie die Touren aufgeben müssen angesichts der von Norden vorrückenden deutschen Wehrmacht, die gegen die Partisanen in den Bergen kämpfte.

„Wir machen eine kleine Pause und versuchen es heute Nachmittag noch einmal", schlug ihr Onkel vor.

Dankbar lächelte sie ihn an.

Sie wollte Matteo auf keinen Fall blamieren.

Die Zeit im Gefängnis hatte ihn fast die Stimme gekostet. Monate hatte es gedauert, bis er sie wieder so beherrschte wie in der Zeit davor.

Die Tür öffnete sich, und Matteo trat ein.

„Und hat alles geklappt?"

„Nicht so wirklich."

„Woran liegt es?"

Sie zuckte mit den Achseln. Wenn er wüsste, dass er der Grund war!

Gianna hatte sie schon oft gedrängt, Matteo endlich zu erzählen, was ihr in der Reichskristallnacht widerfahren war. Doch sie schämte sich und fürchtete, ihn für immer zu verlieren.

Er zog sie in die Arme. „Ich kenne da ein gutes Mittel gegen Zerstreutheit", sagte er und küsste sie innig. Florentina schmolz in seinen Armen dahin. Sie hätte nie geglaubt, dass sie jemals wieder die Berührung eines Mannes ertragen, geschweige denn genießen könnte. Matteo hatte es geschafft, die unsichtbare Mauer um sie herum durch seine liebevolle und behutsame Art einstürzen zu lassen.

Matteo löste sich von ihr und räusperte sich.

„Wenn wir beide ein Engagement haben, dann könnten wir auch über ein Kind nachdenken."

Genau das hatte sie die ganze Zeit befürchtet. Mit einem Mal war ihre Kehle wie zugeschnürt.

„Ja, ja", antwortete sie und spürte, wie die Hitze in ihre Wangen schoss.

Florentina kämpfte mit den Tränen und rang mit sich

selbst, ob sie ihm nicht jetzt alles gestehen sollte. Doch ihre Furcht vor einer Zurückweisung war größer.

Du kannst ihn niemals vollkommen glücklich machen.

Matteo nahm ihre Hände. „Florentina, ich liebe dich. Im Gefängnis habe ich begriffen, wie viel du mir bedeutest."

Eng umschlungen standen sie da. Sie hörte sein Herz pochen.

Ihre traute Zweisamkeit wurde unterbrochen, als ihr Onkel ins Zimmer stürmte. Sie spürte, wie aufgebracht er war.

„Federico? Was ist los?"

„Eine Familie aus Valdicastello ist vor den Deutschen geflohen. Die haben ihr Dorf besetzt. Ich habe ihnen angeboten, bei uns zu nächtigen. Sie sind nicht die Einzigen. Im ganzen Dorf sind Menschen eingetroffen, die vor den alliierten Bombern geflohen sind. Wir müssen alle zusammenrücken, dann wird das gehen."

Menschen auf der Flucht in der Toskana. Sofort musste Florentina an die Reichskristallnacht denken. Angst stieg in ihr auf.

Die Geflüchteten brachten viel Unruhe ins Haus, dass sie die Proben in die Kirche verschieben mussten. Im Haus ihres Onkels wurde es für alle richtig eng. Zu viert teilten sich Tante Lina, Gianna, Florentina und Antonella die beiden Betten der Jungen, die sie zusammenschoben. Die drei hochgewachsenen Männer und die beiden Jungen schliefen im Musikzimmer auf dem Boden. Die achtköpfige Flüchtlingsfamilie nahm Schlaf- und Kinderzimmer in Besitz.

Jeder in Sant' Anna hatte Menschen untergebracht.

Am nächsten Morgen wachte Florentina wie gerädert auf. Wegen Antonellas Schnarchen hatte sie kaum ein Auge zugetan.

Die Frühstückstafel für alle hatte Tante Lina draußen gedeckt.

„Noch eine Nacht macht mein Rücken nicht mehr mit", beschwerte sie sich bei ihrem Mann. „Ich habe Rosa angerufen. Sie hat uns eingeladen, bis zum Konzert bei ihr zu bleiben", verkündete sie allen. Rosa war Tante Linas Freundin und besaß eine Bäckerei in Florenz. Die Kinder zeigten sich von der Idee sofort begeistert.

„Nur hat sie nicht für alle Platz." Damit meinte ihre Tante Gianna und ihren Verlobten Adolfo sowie Florentina und Matteo.

„Kein Problem, Mamma, wir schlafen hier. Adolfo muss mit dem Chor noch kräftig üben. Wir kommen rechtzeitig zu den Proben nach Florenz", schlug Gianna vor. Tante Lina seufzte erleichtert.

„Wir fahren erst am Nachmittag. Nach dem Frühstück wird geprobt!", mahnte Onkel Federico. Die Kinder maulten.

Das bevorstehende Konzert ließ bei Florentina das Lampenfieber steigen. Sie hatte sich bei den Proben am Vormittag mit ihrem Klavierspiel nicht wohlgefühlt, war fahrig gewesen und hätte fast ihren Einsatz verpasst.

Zur Sicherheit und Ablenkung übte sie die Stellen immer wieder auf dem Klavier.

„Willst du nicht mal eine Pause machen? Deine Finger werden noch ganz wund."

Sie schrak zusammen. Sie war so in die Musik vertieft gewesen, dass sie Matteo nicht gehört hatte.

„Ich möchte dich nicht blamieren."

„Das wirst du nicht. Du spielst perfekt."

„Ich bin aber nicht perfekt!", brach es aus ihr heraus.

Sie spürte, dass ihr Ausbruch ihn verletzt hatte. Am liebsten hätte sie ihm entgegnet, dass sie keine perfekte Pianistin war und erst recht keine perfekte Frau.

„Aber perfekt für mich."

Rasch senkte sie den Kopf, damit er die Tränen nicht sehen konnte.

Er hatte eine Frau verdient ohne Mankos und schreckliche Vergangenheit. Ihre Erinnerungen würden immer zwischen ihnen stehen. Matteo fasste sie an den Schultern und drehte sie zu sich um.

„Ich liebe dich, Florentina. Und das Konzert wird ein voller Erfolg. Vertrau mir."

Dann küsste er sie, dass ihr nur noch schwerer ums Herz wurde. Sie hatte den Entschluss gefasst, ihm die Wahrheit zu gestehen. Sie würde ihn bitten, sie freizugeben. Und dann würde sie Italien verlassen.

12. August 1944 – Sant' Anna di Stazzema

Matteo erwachte von lautem Motorengeräusch und schlug die Augen auf. Draußen war es stockdunkel. Adolfo und Tonio schliefen neben ihm auf der Matratze tief und fest, im oberen Stockwerk die Frauen. Leise stand er auf und lief zum Fenster. Zwei Motorräder mit Beiwagen kamen die Dorfstraße herauf und hielten vor einem der Bauernhöfe. Ihnen folgten mehrere geländegängige Lkws, wie die Deutschen sie üblicherweise fuhren. Der Tross hielt. Soldaten sprangen heraus und rannten hinüber zu den Stallungen. Er verspürte ein ungutes Gefühl und sorgte sich um Florentina, die oben schlief. Gleich darauf ertönte ein Knall, die Erde bebte leicht, und das Stalldach ging in Flammen auf. Menschen und Tiere schrien in Todesangst. Sofort weckte Matteo die beiden Freunde. „Die Deutschen sind hier. Wir müssen sofort fliehen. Hol deine Frau und dein Kind und folgt mir. Leise und kein Licht!“, wies Matteo den verschlafenen Tonio an.

„Aber …“ Mit einer Geste würgte Matteo Adolfos Einwand ab.

„Wir müssen Gianna und Florentina wecken“, wandte er sich an Adolfo, der sichtlich erschrak.

Tonios Frau Alva trug ihr Baby in eine Decke eingewickelt. Es schlief.

„Ich muss noch unser Geld holen. Und die Kindersachen.“ Alva wollte umkehren. Matteo packte sie am Arm und schob sie hinaus in den Garten. „Keine Zeit.“

Markerschütternde Schreie schallten durch die Dunkelheit. Adolfo war die Angst deutlich anzumerken.

Die Wehrmacht übte Vergeltung für den Verrat des einstigen Verbündeten. Überall Schreie, Schüsse und Detonationen. Federicos Haus war das letzte in der Straße. Einer der Lkws fuhr vors Haus. Ein Soldat stieg aus und schaute in die Fenster. Matteo, der gerade nach oben gehen wollte, drückte sich mit dem Rücken gegen die Wand. So konnte er nicht unbemerkt zu seiner Frau nach oben gehen.

„Ich sehe nach, ob er allein ist. Rührt euch nicht vom Fleck", flüsterte Matteo den anderen zu. Er schlich sich durch den Garten an der Mauer entlang zum Lkw. Niemand saß darin. Der Soldat schien allein zu sein. Der Himmel war hell erleuchtet von den brennenden Scheunen und Häusern. Der Brandgeruch kratzte in der Kehle. Er presste die Hand vor den Mund, um nicht zu husten. Der Soldat zog sein Sturmgewehr von der Schulter und trat die Tür ein. Das Holz barst. Das Gewehr im Anschlag marschierte er ins Haus. Matteo lief zum Hintereingang und schickte Adolfo und die anderen in den Garten. Wenn der Kerl die beiden Frauen fand, würde er seine Kameraden alarmieren. Matteo mochte sich gar nicht ausmalen, was dann geschehen würde. Er folgte dem Soldaten wie ein Schatten. Schweiß perlte auf seiner Stirn. Vor Furcht um Florentina und weil er darauf bedacht war, kein Geräusch zu verursachen, was ihn verraten hätte. Der Soldat knipste eine Taschenlampe an und durchsuchte unten jeden Raum. Um ihn zu überwältigen, musste Matteo blitzschnell, leise und präzise sein. Es durfte sich kein Schuss aus dessen Waffe lösen. Der Schweiß rann seine Schläfen herab und tropfte ihm in die Augen. Das brannte höllisch, er musste zwinkern. Ein gezielter Schlag mit einem schweren Gegenstand gegen den Hinterkopf würde den Soldaten außer Gefecht setzen. Auf Zehenspitzen schlich er zum Küchenofen und griff den Schürhaken, bevor er dem Gegner folgte. Der Soldat wandte sich der

Treppe zu. Matteo stand jetzt direkt hinter ihm und schwang den Schürhaken. Ein dumpfer Schlag, dann knickten die Beine des Soldaten ein und er fiel zu Boden. Schnell nahm Matteo das Sturmgewehr an sich und lief die Treppe hinauf. In dem Augenblick, als er seine Frau und deren Cousine fand, fuhr ein weiterer Lkw vor. Zitternd und tränenüberströmt kauerte Florentina auf dem Boden. Gianna beugte sich über sie und versuchte sie zu beruhigen. Zum Glück waren beide Frauen noch bekleidet

„Hier muss er sein!", rief einer der Deutschen. Draußen ertönte ein Knall. Florentina warf sich wimmernd flach auf den Boden. Sie zitterte am ganzen Körper.

Gianna wartete auf ein Zeichen. Er bedeutete ihnen, ihm zu folgen. Die Treppe konnten sie nicht mehr hinunter, denn sie würden den Soldaten in die Arme laufen. Sie mussten oben durch ein Fenster steigen und von dort auf die Gartenmauer springen. Gianna versuchte Florentina vergeblich hochzuziehen. Weil ihnen keine Zeit mehr blieb und Florentina sich nicht rührte, drückte er Gianna das Sturmgewehr in die Hand und hob seine Frau auf die Arme. „Wir müssen in den Garten", flüsterte er Gianna zu. Sie führte ihn zu einem der Zimmer auf der gegenüberliegenden Seite. Unten drangen die Soldaten grölend ins Haus ein, während Matteo mit Gianna und Florentina durchs Fenster nach unten kletterte, wo sie von Adolfo und den anderen erwartet wurden. Alva drückte weinend die kleine Ornella an sich.

„Ich kenne einen Weg durch die Berge nach Pietrasanta", sagte Tonio. Gemeinsam stiegen sie den Hügel hinterm Haus hinab durch die Dunkelheit. Florentina sprach kein Wort, wirkte völlig verstört. Bei jedem Geräusch zuckte sie zusammen und hielt sich die Ohren zu. Matteo wollte ihren Arm nehmen, doch sie stieß ihn zurück. Ihr abweisendes Verhalten verletzte ihn.

„Florentina ..." Als er auf sie zutrat, wich sie zurück.

„Matteo, lass sie“, mischte Gianna sich ein.

Er nickte, auch wenn es ihm schwerfiel. Jetzt war es wichtiger, ihrer aller Leben zu retten.

Mit der Angst im Nacken folgten sie dem steinigen und steilen Weg aufwärts, der sich um die Berge wand. Immer wieder musste Matteo alle motivieren, weiterzugehen. Alva trug schluchzend ihre Tochter. Immer wieder blieb sie stehen. Die Last des Kindes war zu schwer. So würden sie nie schneller vorankommen. Entschlossen nahm Matteo die kleine Ornella auf den Arm. Als das Mädchen zu weinen begann, strich er ihm liebevoll über das Köpfchen und summte ein Lied, wie seine Mutter es früher immer für ihn getan hatte, wenn er sich geängstigt hatte. Das Summen besaß die gleiche Wirkung, und Ornella beruhigte sich endlich. Auch Alva war ruhiger geworden und stapfte hinter ihnen her. Sie blickten zurück, um sich zu vergewissern, dass die Wehrmachtsoldaten ihnen nicht folgten. Schreie Sterbender und Schüsse hallten durch die Berge. Keuchend warf Matteo einen Blick zurück. Sant' Anna di Stazzema brannte. Kein Haus war verschont geblieben.

Matteo trieb alle zur Eile an, denn wenn die Sonne aufging, wären sie leichter zu entdecken. Ornella strampelte auf seinem Arm, und er begann wieder zu summen. Irgendwann schlief sie auf seinem Arm ein.

Abgekämpft und unendlich erleichtert erreichten sie am Morgen die Bahnstation von Pietrasanta. Erst dort reichte er der erschöpft wirkenden Alva die schlafende Ornella.

„Danke, Matteo.“ Alva war die Erleichterung deutlich anzumerken.

„Wir haben es geschafft“, sagte Gianna weinend und ließ sich von Adolfo trösten.

Matteo ging zu Florentina, die verloren dastand.

„Wie geht es dir, amore?“, fragte er sanft. Sie antwortete nicht, sondern starrte vor sich hin. Sie war blass, die Augen weit aufgerissen wie damals im Zug, mit diesem panischen Ausdruck darin, der ihm sagte, dass sie keine Berührung dulden würde. Sie war wie eine Fremde. Wo war seine lebensfrohe und starke Frau geblieben? Dass sie seine Berührung nicht duldete, traf ihn tief.

Gianna trat zu ihm. „Du musst Geduld haben, Matteo", sprach sie ihm Mut zu.

Am Nachmittag trafen sie Federico und seine Familie in Florenz und berichteten ihnen von den dramatischen Geschehnissen. Sie fielen sich alle in die Arme, und es flossen erneut Tränen. Wut und Trauer zeichneten sich in ihren Mienen ab. Gleichzeitig machte sich Erleichterung breit, weil sie einem Wunder gleich den Deutschen entkommen waren.

„Gott hat euch alle gerettet."

Dankbar dafür, dass sie noch am Leben waren, gingen sie in den Dom und beteten. Florentinas Gesicht war starr wie eine Maske, ihre Bewegungen marionettenhaft, als weile ihr Geist in einer anderen Welt. Das war für Matteo kaum zu ertragen. Noch nie hatte er sich so ohnmächtig gefühlt wie jetzt. Seine einzige Hoffnung war die Zeit.

21. August 1944 – Konzertabend Florenz

Der Beifall wollte nicht enden. Matteo verbeugte sich vor dem Publikum. Es hätte Florentinas und sein Erfolgsabend werden sollen. Doch das Konzert war überschattet von den Schandtaten der Deutschen in Sant' Anna und der plötzlichen Distanz zwischen ihm und seiner Frau. Alle waren erschüttert von den Gräueltaten, die die Wehrmacht im Dorf verübt hatte. Alle Überredungskünste waren erfolglos. Florentina hatte es abgelehnt, ihn zu begleiten. Teilnahmslos saß sie im Publikum. All seine Versuche, mit ihr zu reden und sich ihr zu nähern, wehrte sie ab. Matteo war verzweifelt. Er fürchtete, seine Frau zu verlieren.

Nach seinem Auftritt kam de Luca zu ihm in die Garderobe und beglückwünschte ihn zum Erfolg.

„Fantastisch, mein lieber Bianchi. Selbstverständlich sind Sie wieder mein erster Bariton", versprach er Matteo.

Doch was bedeutete ihm schon die Karriere? Florentina und ihr gemeinsames Glück waren ihm wichtiger. De Luca hatte ihn nach dem Gefängnis fallen lassen.

„Danke, Signore", antwortete er dennoch höflich.

„Wann können Sie wieder anfangen?"

„Ich weiß es noch nicht." Er wollte sich jetzt nicht festlegen.

„Verstehe. Überlegen Sie es sich noch einmal in Ruhe."

Matteo war unruhig und verließ die Garderobe, um nach Florentina zu suchen. Doch er konnte sie nirgends finden. Er war außer sich vor Sorge. Als er aus dem Theater eilte, um draußen nach ihr zu suchen, traf er Eugenio. Elegant sah er aus im schwarzen Frack.

„Du warst klasse." Eugenio klopfte ihm auf die Schulter, und sie umarmten sich.

„Was machst du in Florenz?"

„Ich musste wissen, wie es dir geht nach allem, was in Sant' Anna geschehen ist. Außerdem konnte ich mir doch dein Konzert nicht entgehen lassen. Wie geht es dir?"

Matteo berichtete dem Freund, was geschehen war. Eugenio zeigte sofort Mitgefühl.

„Was wollte de Luca denn vorhin von dir?"

„Ich soll wieder der erste Bariton an seiner Oper sein."

„Wirst du annehmen?"

„Nein. Als ich ins Gefängnis musste, hat er mich fallen lassen."

„Falls du ein neues Engagement brauchst … im Theater am Park wird gerade ein Bariton gesucht. Sie spielen in der kommenden Saison wieder die *Zauberflöte.* Wir beide zusammen auf der Bühne. Was hältst du davon?"

„Ich muss darüber nachdenken." Matteo war zu aufgewühlt wegen Florentina.

„Schreib mir, wenn du es dir überlegt hast. Das Theater ist eine Wucht. Deine Frau würde dich doch sicher begleiten." Eugenio drückte ihm seine Visitenkarte in die Hand.

Matteo entdeckte Gianna und fragte sie nach Florentina. Die Cousine zog ein betroffenes Gesicht.

„Sie ist gegangen, ich weiß nicht wohin. Aber sie hat mir diesen Brief für dich gegeben." Sie zog ein Kuvert aus der Tasche und reichte es ihm.

Fassungslos starrte Matteo auf den Umschlag. Eine eisige Hand schien sein Herz zu umspannen.

„Sie hat mich verlassen, nicht wahr?"

„Ja", antwortete Gianna schlicht. „Es tut mir so leid."

„Ich verstehe nicht … Seit Sant' Anna … Sie war so verändert …“, stammelte er.

Gianna legte tröstend die Hand auf seinen Arm.

„Sie hat es dir nicht gesagt, oder?“

„Nein, was denn? Sag es mir, damit ich es verstehen kann!“

Matteo war bestürzt und wütend zugleich, als Gianna ihm von Florentinas Vergewaltigung in der Reichskristallnacht erzählte, weswegen sie keine Kinder bekommen konnte.

„Sie meinte, du hättest eine andere Frau verdient.“

„Aber ich will keine andere. Ich liebe nur sie!“

„Sag es ihr.“

Als Gianna gegangen war, riss er das Kuvert auf und las:

Geliebter Matteo,
bitte suche nicht nach mir, denn ich werde nicht zu dir zurückkehren. Ich kann dir nicht erklären, was mich zu dieser Entscheidung bewogen hat. Aber du sollst wissen, dass ich dich immer lieben werde.
Deine Florentina

Verzweifelt stützte er den Kopf in die Hände. Er konnte und wollte sie nicht verlieren. Ohne sie hatte sein Leben keinen Sinn. Er würde jeden Winkel dieser Erde nach ihr absuchen, bis er sie gefunden hatte.

23. August 1944 – Florenz

Wie eine Betrunkene torkelte Florentina ziellos durch die Straßen von Florenz. Sie spürte die herablassenden Blicke der entgegenkommenden Passanten, hörte ihr Getuschel, aber es war ihr gleichgültig. In ihrem Hirn herrschte ein heilloses Durcheinander. Die Schreie der Menschen in Sant' Anna und die in der Reichskristallnacht schienen sich zu vermischen und dröhnten in ihrem Kopf. Sie hielt sich die Ohren zu, als könnte sie die Schreie in ihrem Innern dämpfen. Der beißende Brandgeruch und die schreckliche Angst waren wieder gegenwärtig und benebelten sie.

Im Gegensatz zu der Nacht ihrer Vergewaltigung war sie gerettet worden. Von Matteo, der sie und die anderen unerschrocken in die Sicherheit geführt hatte. Er hatte etwas Besseres verdient als sie, die gebrandmarkte Frau, die einfach nicht vergessen konnte. *Wenn sie doch diese Bilder aus ihrem Kopf vertreiben könnte!*

Schritte erklangen hinter ihr, wurden schneller. Das versetzte sie erneut in Panik. Grabert hatte sie damals auch verfolgt. Den Langstock fest umklammert, wollte sie davoneilen, bis sie unerwartet stolperte und der Länge nach hinfiel. Wenn sie jetzt nicht schnell aufstand, wäre sie ihrem Verfolger auf Gedeih und Verderb ausgeliefert. Hastig rappelte sie sich auf, um den Weg fortzusetzen.

„Signorina Schwarz?“ Die bekannte Stimme hinter ihr ließ sie innehalten. Sie blieb stehen, ohne sich umzudrehen. Kein Ton kam über ihre Lippen, aber sie zitterte am ganzen Körper.

„Signorina Schwarz, was machen Sie denn hier? Wollten Sie denn nach dem Konzert nicht nach Hause gehen?“

Noch immer war sie wie gelähmt. „Ich … muss fort … fort von hier“, stammelte sie. „Bitte … bitte bringen Sie … mich fort, Signore Fratelli.“

„Natürlich bringe ich Sie gern nach Hause zu Ihren Verwandten.“

„Nein! Nicht zu ihnen!“, protestierte sie vehement.

„Kind, Sie sind ja völlig verstört.“ Er nahm ihren Arm und führte sie in die entgegengesetzte Richtung.

Florentina sträubte sich. „Bitte, Signore, ich kann nicht mehr zurück.“ Tränen rannen über ihre Wangen.

„Aber Ihr Mann wird sich sicher Sorgen machen. Wollen Sie denn gar nicht mit ihm seinen Erfolg feiern?“, wandte er ein.

„Wir … wir haben uns getrennt.“

Du hast dich von ihm getrennt, meldete sich ihr Gewissen. Florentina hatte das Gefühl, als würde ihr jemand einen Dolch ins Herz rammen. Matteo würde ihr sehr fehlen, aber es war besser so für sie beide. Sie dachte an ihre gemeinsame Flucht aus Sant’ Anna und wie liebevoll Matteo mit der kleinen Ornella umgegangen war. Er würde ein guter Vater sein, aber eben nicht für ihre Kinder.

„Dann wissen Sie also nicht, wo Sie hinsollen?“

Florentina nickte.

„Hm. Nach dem, was Sie durchgemacht haben, brauchen Sie eine Erholungspause, um wieder zu sich selbst zu finden. Meine Schwester besitzt ein kleines Haus auf dem Land in der Nähe von Neapel, wo Sie vor den deutschen Truppen sicher sind. Die Alliierten haben die Stadt und die Umgebung unter Kontrolle. Wenn Sie es wünschen, bringe ich Sie zu ihr. Sie besitzt auch ein Klavier.“

„Das hört sich gut an.“ Florentina wollte Matteo nicht begegnen, weil sie befürchtete, ihm persönlich gegenüber nicht die Kraft zu haben, die Trennung durchzuhalten. Ihr Verstand gewann die Oberhand.

„Aber erst mal müssen Sie mir alles erzählen, was Sie bedrückt und warum Sie von hier fortwollen. Ein Freund von mir hat hier in der Nähe eine kleine Taverne, wo wir uns ungestört unterhalten können. Um diese Uhrzeit werden nicht mehr viele Gäste dort sein. Kommen Sie, Signorina."

„Einverstanden." Florentina hatte ein schlechtes Gewissen wegen Gianna und den anderen, die immer für sie da gewesen waren. Doch sie alle würden nur versuchen, sie zu überreden, sich mit Matteo wieder zu versöhnen. Das würde sie beide ins Unglück stürzen.

Der Rotwein, an dem Florentina nippte, schmeckte fruchtig und süß und lockerte ihre Zunge. Signore Fratelli war ein guter Zuhörer und unterbrach sie kein einziges Mal. Es tat gut, jemand Unbeteiligtem seinen Kummer anzuvertrauen, der die Dinge mit Abstand betrachtete.

„Sie sind eine sehr talentierte Pianistin und die beste Schülerin, die ich jemals hatte. Sie haben eine steile Karriere vor sich. Eigentlich hatte ich Sie für ein Konzert in Mailand vorgeschlagen, aber das muss, glaube ich, noch warten. Ich möchte ungern, dass Ihr Klavierspiel wegen Ihres Kummers leidet. Sie brauchen Abstand, um sich zu besinnen. Nur wenn Sie ausgeglichen sind, können Sie Ihre volle Leistung abrufen. Sie sollten eine längere Pause machen. Es gibt keinen erholsameren Ort dafür als die Umgebung von Neapel. Sie können die Seele baumeln lassen und Klavier spielen, bis es Ihnen wieder besser geht."

Florentina tat es gut, wie besorgt Signore Fratelli war. Sein Vorschlag klang wunderbar, hörte sich nach etwas Abgeschiedenheit an, die sie unbedingt brauchte. Dennoch quälte sie das schlechte Gewissen.

„Meine Familie wird sich Sorgen machen …"

„Es ist doch nicht für immer, sondern nur für eine Weile, bis Sie wieder öffentlich Konzerte geben. Ihre Familie würde Sie nur drängen, sich mit Ihrem Mann wieder zu versöhnen. Es braucht Zeit, bis die Wunden in unseren Herzen heilen. Gönnen Sie Ihrer Seele diese Zeit."

„Ich spiele manchmal sehr lange Klavier", gab sie zu bedenken. Die Musik verlieh ihr Kraft.

„Das ist kein Problem. Meine Schwester ist selbst Violinistin und mit dem Kammerorchester oft auf Reisen."

„Dann nehme ich Ihr Angebot dankend an." Dennoch hatte sie ein schlechtes Gewissen wegen ihrer Familie und Freunde.

„Fein, das freut mich. Ich werde meine Schwester gleich in der Frühe anrufen. Und vielleicht sitzen Sie bereits morgen Mittag im Zug nach Neapel."

Die Aussicht, ihrem kummervollen Leben für eine Weile entfliehen zu können, gefiel ihr. *Du rennst davon!* Die mahnende Stimme ihres Gewissens verdrängte sie rasch.

„Ich könnte irgendwann, wenn Sie wollen, in Neapel einen Konzertabend für Sie organisieren. Was halten Sie davon?"

Florentina befürchtete, dass Matteo davon erfahren und sie aufsuchen könnte.

„Ich … ich weiß nicht recht."

„Wenn Sie damit einverstanden sind, könnte ich als Ihr Agent alles organisieren und Sie vor … Störenfrieden abschirmen."

Als Fratelli eine Pause vor dem Wort Störenfried einlegte, ahnte sie, dass er Matteo meinte. Wenn er vor ihr stünde, hätte sie wahrscheinlich nicht die Kraft, ihn fortzuschicken. Es war eine Chance für einen Neuanfang, eine Chance, ihr Leben als Florentina hinter sich zu lassen.

„Ich werde gern darüber nachdenken", antwortete sie. Ihr stand jetzt nicht der Sinn danach, sich bereits jetzt festzulegen.

Sie brauchte Zeit, um darüber nachzudenken, wie sie ihre Zukunft gestalten wollte.

3. Februar 1945 – Florenz

Wie mochte es ihr ergehen? Das hatte Matteo sich in den vergangenen Monaten oft gefragt. Alle Möglichkeiten der Suche nach ihr hatte er ausgeschöpft. Es war extrem schwierig, jemanden in den Kriegswirren zu finden, denn viele Menschen wurden vermisst. Dokumente waren unwiederbringlich durch die Bombardements zerstört worden. Die Behörden und das Rote Kreuz schafften es kaum, dem Ansturm nachzukommen und Nachfragen mit den Meldungen gefundener Personen abzugleichen.

Niemand hatte Florentina gesehen oder mit ihr gesprochen. Selbst Federico und seine Familie zuckten bei Matteos Fragen nur ratlos die Achseln. Es schien, als hätte der Erdboden Florentina verschluckt.

Die Tage zogen an Matteo vorbei, als hätte er sie nicht gelebt. Sein Dasein war leer und trostlos geworden. Manchmal war seine Sehnsucht nach seiner Frau so groß, dass er glaubte, verrückt zu werden. Er war unkonzentriert bei den Proben, verpatzte seinen Einsatz oder vergaß den Text. Wenn er auf der Bühne stand, ertappte er sich dabei, wie sein Blick in den Zuschauerreihen nach ihr suchte. Jedes Mal war er bitter enttäuscht, wenn er sie nicht entdecken konnte.

Nicht nur sein Leben, auch Florenz hatte sich verändert. An der einst strahlenden Heimatstadt am Arno, deren Stolz die unzähligen historischen Brücken waren, war der Krieg nicht spurlos vorbeigegangen. Das Stadtzentrum war zwar vom Bombardement verschont worden, aber die deutschen Truppen hatten beim Rückzug verheerende Zerstörungen entlang des Arno angerichtet. Alle Brücken bis auf die Ponte

Vecchio waren gesprengt worden. Am Ufer warteten die Trümmer darauf, fortgeräumt zu werden. Der Anblick dieser Zerstörung hatte seinen Vater besonders mitgenommen.

„Die verfluchten Deutschen und Faschisten!" Mit geballter Faust und Tränen in den Augen hatte er im Rollstuhl gesessen und über den Fluss geschaut.

Wut und Verzweiflung tobten auch in Matteo. Das Schicksal hatte seinen Vater zum Krüppel gemacht und ihm Florentina genommen. Um nicht vor lauter Grübelei in Trübsal zu versinken, was seine Stimme beeinträchtigt hätte, konzentrierte er sich auf die Musik. Sie lenkte ihn für eine Weile von seinem Kummer ab. Zum Glück war das Florenzer Opernhaus unversehrt geblieben.

Matteo sah auf die Wanduhr des Theaters. Gleich nach der Probe wollte er sich mit Eugenio treffen. Der Freund war überraschend aus Deutschland in die Heimat zurückgekehrt. Wie er aus dessen Brief erfahren hatte, war der Grund dafür, dass das Theater am Park bei einem Bombardement zerstört worden war. Matteo war gespannt darauf, was Eugenio ihm aus Hannover zu berichten hatte. Der Freund hatte versprochen, sich bei Florentinas Familie nach ihr zu erkundigen. Irgendeiner musste doch wissen, wohin sie sich zurückgezogen hatte.

Bitte suche nicht nach mir, denn ich werde nicht zu dir zurückkehren. Ihre letzten Zeilen hatten sich in sein Gedächtnis gebrannt.

Als wenn ich die Frau, die ich über alles liebe, einfach vergessen könnte!

Er hatte ihre Entscheidung nicht verstanden und wollte mit ihr reden. Florentina liebte ihn, das hatte er aus ihren Gesten und Worten schließen können.

All seine Hoffnungen ruhten nun auf Eugenio. Was würde ihm der Freund gleich berichten? War seine Frau in den

Schoß der Familie zurückgekehrt? Dann würde er sofort nach Hannover reisen.

Gleich nach der Probe eilte Matteo aus dem Opernhaus. Eugenio und er hatten sich in einer Taverne in der Altstadt verabredet. Als Matteo dort pünktlich eintraf, saß der Freund bereits am Tisch.

Die beiden Freunde begrüßten sich herzlich.

„Das Ehepaar Schwarz weiß nicht, wie es weitergehen soll. Die Aufführungen finden an verschiedenen Standorten statt, von der Kirche bis zur Fabrikhalle. Die Akustik ist nicht überall von guter Qualität, und viele der erfahrenen Ensemblemitglieder sind entweder umgekommen oder werden vermisst."

„Hast du etwas über meine Frau herausgefunden? Ist sie bei ihren Eltern?"

„Leider nein. Viele haben deine Schwiegereltern besucht oder nach ihnen gefragt, aber deine Frau war nicht dabei. Signora Schwarz hat beteuert, dass sie seit Monaten keinen Brief mehr von ihr erhalten hätte."

Matteos Kehle war wie zugeschnürt, und sein Herz pochte schwer in der Brust. Er hatte gehofft, dass Florentina bei ihren Eltern wäre, an denen sie so hing. Sie hatte immer nur mit Hochachtung von ihnen gesprochen und sie sehr vermisst. Florentina liebte ihre Familie. Er konnte sich nicht vorstellen, dass sie den Kontakt zu ihnen abbrach. Es sei denn …

Rasch verdrängte er den aufkommenden Gedanken. Florentina lebte! Das Schicksal konnte doch nicht so grausam sein und sie für immer trennen?

Eugenio schaute ihn betroffen an. Es war ihm deutlich anzumerken, wie schwer es ihm gefallen war, die Hoffnung des Freundes zu enttäuschen.

„Vielleicht haben sie auch gelogen, weil Florentina dich nicht wiedersehen will. Es gibt viele Möglichkeiten, was geschehen sein könnte", sprach Eugenio aus, was Matteo seit Langem quälte.

„Ich werde im Frühjahr nach Hannover zurückkehren, wenn Signora Schwarz etwas Geeignetes für die Aufführungen gefunden hat. Gute Sänger werden dort immer gebraucht. Dann könntest du auch persönlich mit deinen Schwiegereltern reden."

Der Vorschlag seines Freundes war löblich, aber Matteo lehnte ihn ab.

„Ich kann meinen Vater nicht allein lassen." Matteo war hin- und hergerissen zwischen dem Wunsch, endlich seine Frau wiederzusehen, und der Verantwortung für seinen gelähmten Vater. Eine Reise von mehr als einem Tag war schwierig geworden, denn die Krankheit hatte seinen Vater unleidlich gemacht.

„Was ist mit Federico und Lina?"

„Die betreuen ihn schon oft genug. Mehr will ich nicht ausreizen."

Nach vielen Monaten der Suche begann er zu resignieren und kam zu dem Schluss, dass Florentina ihn nicht mehr sehen wollte.

11. August 1945 – Celle

Wenn Florentina Klavier spielte, vergaß sie eine Weile den Schmerz, der sich wie Säure immer tiefer in ihr Herz fraß. Es fühlte sich nicht wie ihr Leben an, wenn sie von einem Konzert zum nächsten reiste. Matteo fehlte ihr. Die Schreie, der Brandgeruch … Sant' Anna die Stazzema hatte die Erinnerungen an die Reichskristallnacht wiederaufleben lassen.

Ihre Finger flogen über die Tastatur, als sie Mozarts *Türkischen Marsch* spielte. Sie trat das Flügelpedal und ließ den Schlussakkord nachhallen. Frenetischer Applaus setzte ein. Sie hatte immer von solch einem Moment geträumt, eine gefeierte Pianistin zu sein. Doch sie konnte diesen Traum nicht mit dem Menschen teilen, den sie liebte.

Fratelli trat neben sie und nahm ihre Hand. Er war ihr ständiger Begleiter auf den Konzerten und führte sie zur Bühnenmitte. Sie verneigte sich und warf Kusshände ins Publikum. Als der Applaus endete, führte Fratelli sie von der Bühne.

„Sie waren heute wieder brillant, liebste Fleur", lobte er.

Eilige Schritte näherten sich ihnen.

„Madame de Noir. Moritz Schröder von der Celler Zeitung", stellte er sich vor. „Dürfte ich vielleicht ein Interview mit Ihnen führen?"

Fleur de Noir war jetzt ihr Künstlername. Ihre Identität hielt sie Matteos wegen streng geheim. Nur ihre Familie wusste davon.

„Sehen Sie denn nicht, dass Madame de Noir von dem Konzert erschöpft ist?", wehrte Fratelli den Journalisten ab.

Florentina war Fratelli dankbar, dass er ihr die aufdringlichen Menschen vom Hals hielt. Doch der Journalist ließ nicht locker.

„Madame de Noir, nur eine Frage. Bitte."

Florentina blieb stehen. Er würde keine Ruhe geben.

„Fragen Sie schon."

„Sie sind das erste Mal in Deutschland. Stimmt es, dass Ihre Karriere in Hannover begonnen hat?"

Florentina schluckte. Nach so vielen Jahren wieder in der Heimat zu spielen, bedeutete ihr viel.

„Vielleicht", antwortete sie lächelnd und ging weiter.

„Danke, Madame!", rief ihr der Journalist nach.

Fratelli führte sie in die Garderobe, in der es betörend süß nach den Lilien duftete, die ein Verehrer für sie abgegeben hatte.

Florentina fuhr mit den Fingern durch ihr kurzes Haar, das feucht an ihren Schläfen klebte. Sie war nicht mehr Florentina, sondern die berühmte und selbstbewusste Pianistin Fleur.

Es klopfte an die Tür. Fratelli ging hin, um jede Belästigung abzuwehren.

„Ich möchte bitte mit Madame de Noir sprechen", hörte Florentina eine vertraute Stimme. Tränen schossen ihr in die Augen.

„Tut mir leid, aber Madame de Noir ist momentan nicht zu sprechen", versuchte Fratelli die Frau abzuwimmeln.

„Lassen Sie sie herein, Fratelli, das ist meine Schwester", sagte Florentina bewegt. Sie sprang vom Stuhl auf und lief Violetta entgegen. Unendlich erleichtert, spürte sie überrascht. Erleichtert, dass ihr Versteckspiel zu Ende war.

„Fleur de Noir! – Hast du geglaubt, ich durchschaue das nicht? Ich lese keine Konzertankündigungen der Städte in der Nähe?"

Florentina merkte Violetta an, dass sie nicht böse war, eher erstaunt. Und glücklich wie sie selbst.

„Danke, dass du gekommen bist“, flüsterte Florentina ihrer Zwillingsschwester ins Ohr. Sie konnte die Tränen nicht mehr zurückhalten.

„Na, hör mal, ich lass mir doch ein Konzert meiner berühmten Schwester nicht entgehen“, antwortete Violetta amüsiert. „Du hast fantastisch gespielt. Ich bin so stolz auf dich“, fuhr sie schniefend fort.

Sieben lange Jahre hatten sie sich nicht gesehen, und doch lagen sie sich in den Armen, als wäre in der Zwischenzeit nichts geschehen.

„Was machen Mutti und Vati? Berta und Justine? Und unser Theater?“

Florentina spürte, dass Violetta traurig wurde.

„Halt, halt! Nicht so schnell.“ Violetta drückte Florentina ein Taschentuch in die Hand und brach erneut in Tränen aus. Florentina gab ihr Zeit, sich wieder zu fassen. Nach einer Weile hatte sich ihre Schwester wieder beruhigt. Dann berichtete sie Florentina, was ihren Eltern und ihr in den vergangenen Jahren widerfahren war, wie angeschlagen ihre Mutter von einem Gefängnisaufenthalt war, und von ihrer eigenen Flucht nach England und dass Hans von der Gestapo abgeführt worden war.

Florentina schluckte. Was hatten sie alle durchmachen müssen. Da war ihr Leben in Italien leichter gewesen.

„Justine wirbelt noch immer in der Küche. Manchmal bringt sie einiges durcheinander, und dann wird sie ganz wütend auf sich selbst. Bertas Haare sind ganz weiß geworden. Aber sie ist noch immer so drahtig und burschikos wie eh und je. Sie freuen sich schon alle sehr auf dich. Keine Angst, ich habe ihnen nicht verraten, wann wir zu ihnen fahren. Eine kleine Überraschung soll es ja sein.“

„Danke.“ Florentina drückte Violettas Hand.

„Was ist denn aus Hans geworden nach seiner Festnahme? Und was ist mit unserem Theater?“

„Er ist leider im KZ gestorben, und unser geliebtes Theater wurde in Schutt und Asche gebombt. Nur die Arkaden vor dem Eingang stehen noch."

„Der arme Hans. Wie furchtbar. Er war so talentiert. Das tut mir auch so leid für dich."

„Ich habe mein Glück gefunden, Schwesterchen. Erinnerst du dich noch an Mr Brian Wilcox? Er ist jetzt mein Mann."

„Bist du glücklich mit ihm?" Es war ihr wichtig, dass ihre Schwester das Glück gefunden hatte.

„Ja, sehr." Violetta berichtete Florentina von ihren drei Kindern. Das erinnerte Florentina wieder schmerzhaft an ihre Situation und an Matteo.

„Ich freue mich so für dich." Erneut umarmte sie ihre Schwester. „Und wo finden eure Aufführungen statt?"

Dass ihr geliebtes Theater nicht mehr existierte, traf Florentina sehr.

„In einer alten Fabrikhalle. Prima Akustik. Ist eh nur für den Übergang, bis wir unser Theater wiederaufgebaut haben. Jetzt haben wir aber genug über mich geredet. Wie ist es dir in Italien ergangen? Ist dein Mann auch hier in Celle? Ich bin schon so gespannt darauf, ihn kennenzulernen."

Florentina schluckte. Sie hätte damit rechnen müssen, dass ihre Schwester sie nach Matteo fragen würde.

„Nein, er ist nicht hier", antwortete sie traurig. Wie immer, wenn sie an ihn dachte, schnürte sich ihre Kehle zu. Sie wollte nicht schon wieder seinetwegen weinen, sondern endlich vergessen.

„Aber warum denn nicht?"

„Weil wir uns getrennt haben", gestand Florentina.

„Oh", sagte Violetta. Einen Moment lang herrschte Stille. „Magst du mir vielleicht den Grund eurer Trennung nennen? Hast du seinetwegen einen anderen Namen angenommen?" Florentina wandte sich ab und verschränkte zitternd die Arme vor der Brust.

„Ich möchte jetzt nicht mit dir darüber reden. Vorbei ist vorbei. Es ist nicht gut, immer wieder an das Vergangene erinnert zu werden. Ich bin jetzt Fleur de Noir und lebe für die Zukunft."

Ihr neues Leben half ihr, alles Schreckliche der Vergangenheit auszublenden. *Aber nicht Matteo zu vergessen*, höhnte die Stimme in ihrem Innern.

Doch noch immer schämte sie sich für das, was ihr in der Reichskristallnacht widerfahren war und dass sie ihren Kummer niemandem gebeichtet hatte. Auch nicht Violetta. Ihre Schwester trat hinter sie und fasste sanft ihre Schultern.

„Ich habe damals das Blut an deiner Wäsche und deinen Schenkeln gesehen. Du hattest überall Blutergüsse. Jemand hat dich in der Reichskristallnacht vergewaltigt, nicht wahr?"

Als Violetta das aussprach, wirbelte Florentina herum und warf sich schluchzend in die Arme der Schwester.

Violetta streichelte ihr den Rücken. „Wer hat dir das angetan?", flüsterte sie.

All das, was Florentina damals der Schwester aus Scham und Angst nicht hatte gestehen wollen, brach jetzt aus ihr heraus. Sie erzählte ihr von Grabert, der sie vergewaltigt hatte und den sie in Florenz zufällig wiedergetroffen hatte, und von der Diagnose, dass sie niemals Kinder bekommen könnte.

„Ich fühle mich als Frau so unvollkommen", gestand sie ihrer Schwester. „Ich könnte nie einen Mann wirklich glücklich machen."

„Hast du dich deshalb von Matteo getrennt?"

„Ja, weil er sich von Herzen Kinder wünscht. Etwas, das ich ihm niemals geben kann. Matteo ist charmant, feinfühlig und sehr begabt. Einer wie er kann sich die Frau aussuchen, die ihm alles gibt."

„Aber er hat dich ausgesucht, Schwesterchen", widersprach Violetta.

Florentina erzählte ihr von dem Abschiedsbrief.

„Du hast es ihm nicht gesagt?“ Violetta klang entsetzt. „Er hat die Chance verdient, selbst zu entscheiden, ob er ein Leben mit dir ohne Kinder führen möchte. Ich dachte, ihr wärt glücklich gewesen.“

„Das waren wir auch, aber dann … dann hat er anderen erzählt, dass er sich eine große Familie wie die von Tante Lina wünscht. Ich habe es nicht übers Herz gebracht, es ihm zu gestehen.“

„Liebst du ihn noch?“

„Ja.“

„Durch die Trennung bestrafst du nicht nur ihn, sondern auch dich! Als Brian erfahren hatte, dass ich ein Kind von Hans hatte, war er wütend, und wir haben uns in einem Streit getrennt. Ich habe darunter sehr gelitten und weiß, wie schmerzhaft das ist. Mach nicht den gleichen Fehler wie ich. Es hilft nicht, wegzurennen und sich hinter einem anderen Namen zu verstecken. Du musst mit Matteo reden, ihm alles gestehen. Ich bin davon überzeugt, dass, wenn er dich auch von Herzen liebt, er mit dir zusammen sein will. Es gibt so viele Paare, die glücklich ohne Kinder leben. Vielleicht könnt ihr auch eines adoptieren.“

Violettas eindringliche Worte stimmten sie nachdenklich. Sie hatte Matteo wirklich keine Gelegenheit geboten zu entscheiden, ob er mit ihr auch ein Leben ohne Kinder führen wollte.

„Es ist zu spät“, begehrte sie auf.

„Für die Wahrheit und die Liebe ist es niemals zu spät. Denk mal in Ruhe darüber nach, liebe Schwester. Und jetzt komm, die anderen erwarten uns sicher schon ungeduldig.“ Violetta hakte sich bei Florentina unter. Gemeinsam verließen sie die Garderobe des Schlosstheaters.

Die Fahrt zu ihrem Elternhaus legten sie in einem Wagen zurück, den Violettas Mann für ihre Aufenthalte in Deutschland gemietet hatte. Mit jedem Kilometer, den sie fuhren, wuchs Florentinas Vorfreude. Violetta saß neben ihr auf der Rückbank und hielt ihre eiskalte Hand. Wie hatte Florentina die Schwester vermisst, deren innige Vertrautheit und Fürsorge. Aber sie spürte auch, dass Violetta viel ernster und reifer geworden war. Das Schicksal hatte sie beide geprägt.

Nach einer gefühlten Ewigkeit hielt der Wagen vor dem Elternhaus. Florentinas Herz hämmerte in der Brust.

Violetta half ihr beim Aussteigen. Mithilfe ihres Langstocks fand sich Florentina schnell zurecht. Das vertraute Knarren des Gartentörchens rief Erinnerungen an die unbeschwerte Kindheit zurück.

„Alle stehen am Fenster. Ich glaube, sie werden langsam ungeduldig. Besonders die Kinder. Sie brennen darauf, die berühmte Fleur de Noir kennenzulernen."

Hinter der Eingangstür waren viele eilige Schritte zu hören.

„Die stehen bestimmt gleich Spalier." Violettas Stimme vibrierte vor Freude.

„Ich muss gleich wieder heulen", sagte Florentina.

„Ich glaube, ich auch", gab ihre Schwester zu. „Aber wir schaffen das."

„Willkommen!", riefen alle im Chor, als Violetta die Tür öffnete.

„Endlich ist unsere Familie wieder komplett", sagte ihre Mutter bewegt.

Glücklich umarmte und küsste Florentina ihre Eltern.

„Ich kann es kaum glauben, dass meine Tochter die berühmte Fleur de Noir ist. Von solch einer Karriere habe ich auch immer geträumt", sagte ihre Mutter.

„Wir sind so stolz auf dich." Ihr Vater drückte sie noch einmal an sich. Florentina war in diesem Augenblick so glücklich, dass sie die Freudentränen nicht mehr zurückhalten konnte.

„Warum müssen eigentlich immer alle heulen, wenn wir uns treffen?“, fragte Violettas Älteste Constanze, und alle begannen zu lachen.

Auch Brian, Alan und Carmen begrüßten Florentina herzlich.

„Es ist schön, euch alle kennenzulernen. Es ist gut, wieder zu Hause zu sein. Wenn Violetta mich nicht gefunden hätte …“

Florentina hatte in Neapel viel Zeit gehabt, über alles nachzudenken. Die Schwester hatte ihr besonders gefehlt, und sie hatte sich selbst das Wort gegeben, irgendwann, wenn dieser schreckliche Krieg zu Ende und die Nazis besiegt sein würden, in Deutschland zu gastieren. Sich dann zu überlegen, ob sie die Kraft finden würde, ihre Familie zu besuchen. Violetta hatte ihr diese Entscheidung abgenommen.

„Unsere kleine Florentina!“, riss sie Justines Ruf aus ihren Gedanken. „Ich fasse es nicht!“ Die Köchin kam auf sie zu und drückte sie an sich. „Eine richtige Dame ist unsere Kleine geworden. Berta, habe ich nicht recht?“

„Ja, ausnahmsweise muss ich dir mal recht geben. Florentina, du siehst elegant aus“, lobte die ehemalige Zofe und umarmte sie.

„Ihr habt mir alle so gefehlt“, sagte Florentina.

„Du lieber Himmel, wo bringen wir dich denn heute Nacht unter?“, rief Berta aufgeregt.

„Ich will nicht schon wieder mit meiner Schwester in einem Bett schlafen. Sie schnarcht“, beschwerte sich Constanze.

„Stimmt doch gar nicht!“, protestierte Carmen.

„Das müsst ihr auch nicht“, meldete sich Florentinas Schwager Brian zu Wort.

„Die Villa Uhlenberg gehört jetzt wieder der Familie“, verkündete er. Plötzlich war es mucksmäuschenstill im Raum. Florentina griff nach Brians Hand. Sie hatte immer gespürt, dass er der richtige Mann für ihre Schwester war.

„Danke“, flüsterte sie bewegt. „Du ahnst nicht, was uns das bedeutet.“

Als Antwort drückte er sanft ihre Hand.

„Das glaube ich jetzt nicht“, hörte Florentina ihre Mutter leise sagen. „Die Villa gehört wirklich wieder uns?“ Florentina hörte heraus, wie bewegt ihre Mutter war, und freute sich mit ihr. Für sie hingegen würde das kleine Pfarrhaus immer ihr Elternhaus bleiben.

„Ja, Violetta und ich haben sie gekauft. Nachdem diese Anna von Edel das Entlastungszeugnis des hannoverschen Entnazifizierungsausschusses bekommen hat, war sie der Ansicht, dass das nicht mehr *ihr* Deutschland wäre, und hat das Land verlassen. Die Villa hatte Bruno Edel kurz vor seinem Tod gekauft, und sie war seine Erbin.“

„Frederik wird endlich seine Ruhe im Grab finden“, fuhr ihre Mutter fort. In der Villa war sie aufgewachsen, hatte Höhen und Tiefen ihres Lebens erlebt.

„Aber müsst ihr nicht dazu erst seine verschollene Komposition finden?“, fragte Constanze dazwischen.

„Ja, sicher, mein Schatz“, antwortete Violetta.

„Und wo ist die nun?“ Constanze war nicht so zurückhaltend wie ihr Vater, sondern eher forsch wie ihre Mutter.

„Das wüssten wir alle gern.“ Die Stimme von Florentinas Vater klang nicht mehr so lebensfroh wie früher.

„Wusstet ihr, dass es ein Libretto zum *Liebesreigen* gab?“

Auf Florentinas Einwurf folgte eine hitzige Diskussion über das Werk ihres Vorfahren, an der sich alle beteiligten. Sie spekulierten und verwarfen, um wieder neue Vermutungen aufzustellen.

Wie hatte sie das alles vermisst!

13. August 1945 – Hannover

Heute stellen sich ein paar neue Sänger vor. Außerdem musst du unbedingt unser neues Ensemblemitglied kennenlernen. Würdest du mich vielleicht begleiten, Florentina?", fragte Violetta.

Ihre Schwester hatte ihr erzählt, dass sie die Aufführungen für die kommende Wintersaison planten und das Gesangsensemble vergrößern mussten für mögliche Zweitbesetzungen. Die Aufführungen fanden bis zum Wiederaufbau des Familientheaters nach wie vor in einer umgebauten Fabrikhalle statt. Noch fehlten die Gelder und der Architekt, der ihren Ansprüchen gerecht wurde. Florentina fühlte sich geehrt, dass ihre Schwester sie darum bat.

„Gerne. Ich freue mich darauf und bin auf die Stimmen gespannt."

„Prima. Ich konnte mich immer auf dein feines Gehör verlassen und habe dein Urteil stets geschätzt."

Brian fuhr sie zur Fabrikhalle, die im Norden der Stadt lag.

„Ich hoffe, du bist nicht zu sehr enttäuscht von der Akustik", sagte Violetta, als sie die Fabrikhalle betraten.

Ihre Tritte auf dem steinernen Fußboden hallten laut. Florentina vermutete, dass das Gebäude sehr hoch war, denn der Nachhall war sehr kurz. „Wir haben eine Drehbühne einbauen lassen. Ein paar der alten Kulissen haben unsere Eltern retten können", erklärte Violetta.

„Wie sieht der Zuschauerraum aus? Beschreib ihn mir." Florentina wollte alles wissen.

„Wir haben leider keine Ränge, nur eine u-förmige Empore, die schon fest eingebaut war. Die Sitzbänke haben wir zusammengetragen, und wo Plätze fehlten, Stühle hingestellt."

„Lass uns nach oben gehen", schlug Violetta vor. Brian blieb unten.

Die Schwester geleitete sie zur Treppe, die zur Empore hinaufführte. Das Knarren der hölzernen Stufen hallte von den Wänden wider.

„Früher haben unten im Zuschauerraum Maschinen gestanden. Von der Empore aus haben die Vorarbeiter die Arbeiten beaufsichtigt", fuhr Violetta fort. „Natürlich hat die Halle nicht das Flair unseres altehrwürdigen Theaters. Aber besser als gar nichts. Und du weißt ja, dass das Theater der Lebensmittelpunkt unserer Eltern ist. Wir mussten etwas für sie finden und haben lange nach einem passenden Objekt gesucht."

Florentina konnte sich vorstellen, wie schwierig das in diesen wirren Zeiten gewesen war.

„So, hier kannst du dich setzen", sagte Violetta und nahm neben ihr Platz. „Brian, bitte doch die ersten Bewerber herein!", rief sie ihrem Mann zu.

Florentina war überrascht von der guten Akustik in der Fabrikhalle, als die ersten beiden Sänger, ein junges Pärchen, ihre Arie vortrugen. Sie gab ihrer Schwester Hinweise zu den Stimmen. Es war wie früher, und Florentina fühlte sich wohl, wenngleich nicht vollends glücklich, denn der Gesang erinnerte sie an Matteo, der sie und viele andere mit seiner warmen Stimme verzaubert hatte. Ihr wurde das Herz schwer.

Einige der nachfolgenden Sänger und Sängerinnen patzten oder waren darstellerisch wenig erfahren, andere Stimmen klangen in ihren Ohren kalt oder waren wenig voluminös. Das Publikum des Theaters am Park war verwöhnt und erwartete das gewohnte hohe Niveau. Ihre Eltern hatten immer nur die Besten engagiert. Es zeugte von großem Vertrauen, dass sie heute nicht zugegen waren, sondern die Entscheidungen ihren Töchtern überließen.

„Danke, Florentina, du bist mir eine große Hilfe. Du hörst wirklich die kleinste Tonabweichung heraus. Das habe ich vermisst. Ich konnte mich immer auf dein Urteil verlassen."

Eine junge Sängerin wollte ein Duett aus der Oper *La Traviata* vortragen, weshalb ihre Schwester den ersten Tenor des Ensembles bat, mit ihr zu singen. Eugenio Ricci. Florentina erstarrte, als sie seinen Namen hörte. Sie hatte ihn kurz in Florenz nach der Christmesse kennengelernt, als Matteo ihn ihr als Freund vorgestellt hatte. Sicher würde er sie wiedererkennen.

Florentinas Hände zitterten. Wenn Eugenio wusste, dass sie hier war, wäre es nur eine Frage der Zeit, wann Matteo davon erfuhr. Sie erhob sich und wollte gehen, aber ihre Schwester hielt sie zurück.

„Setz dich, es ist noch nicht zu Ende. Ich möchte dir danach noch unsere Neuerwerbung vorstellen. Er hat eine fantastische Stimme."

Florentina wollte ihre Schwester nicht enttäuschen und sank auf ihren Platz zurück. Aber sie konnte sich nicht auf das Duett konzentrieren, sondern ihre Gedanken kreisten um eine mögliche Begegnung mit Matteos Freund. Nervös knetete sie die Finger auf dem Schoß.

„Und wie war die junge Sängerin?", unterbrach Violetta ihre Grübeleien.

Florentina fühlte sich ertappt.

„Ich … ich denke ganz gut", antwortete sie ausweichend. „Für eine Zweitbesetzung reicht es allemal."

„Gut, dann wird sie engagiert. So, jetzt stelle ich dir unser neues Ensemblemitglied vor, der in der Wintersaison ein paar Hauptpartien übernehmen wird. Ich sehe, da kommt er schon." Violetta stand auf.

„Bitte kommen Sie zu uns hinauf."

Der Sänger antwortete nicht. Florentina begann, sich unbehaglich zu fühlen.

„Ist das dieser Eugenio?“, fragte sie leise.

„Aber nein.“

Kurz darauf erklangen Schritte auf der Treppe.

„Darf ich dir unseren neuen Bariton vorstellen?“

Die Schritte ... So vertraut ... Nein, das konnte nicht sein. Florentinas Kehle war mit einem Mal wie zugeschnürt. Ihre Hände umklammerten fest die Stuhllehnen.

„Ich denke, du kennst ihn gut, Schwesterherz. Es ist dein Mann Matteo. Matteo, deine Frau Fleur de Noir“, fuhr Violetta fort.

Florentina schlug die Hände vors Gesicht. Sie konnte es nicht fassen, dass Matteo hier war. Schwankend stand sie auf, ihre Beine drohten den Dienst zu quittieren.

„Florentina“, sagte er leise. Beim Klang seiner Stimme kamen ihr die Tränen. Wie sehr hatte sie ihn vermisst.

„Matteo ...“, flüsterte sie.

„Nun geh schon zu ihm, Schwesterherz. Du liebst ihn doch, das sehe ich, und er hat lange genug auf dich gewartet.“ Violetta gab ihr einen kleinen Schubs.

Plötzlich vertraute Orchesterklänge, eine Lehár-Arie. Matteo begann zu singen: *„Dein ist mein ganzes Herz.“*

Florentinas Herzschlag glich einem Trommelwirbel. Unaufhaltsam rannen ihr die Tränen über die Wangen. Matteo war alles, was sie sich ersehnte. Sie wusste, dass nur er sie glücklich machen könnte. Die vergangenen Monate ohne ihn waren leer und trostlos gewesen. Er sang die Arie voller Inbrunst, was sie tief berührte.

Langsam tastete sich Florentina vor. Sie konnte es kaum erwarten, in den Armen ihres Mannes zu liegen. Als er die Arie beendet hatte, sank sie in seine Arme.

„Ich habe nicht mehr daran geglaubt, dich wiederzusehen, Matteo.“

„Ich habe dir doch versprochen, dass ich dich nie mehr loslassen werde. Ich habe mich so sehr nach dir verzehrt, dass ich fast den Verstand verloren habe. Ich habe dich überall vergeblich gesucht und habe geglaubt, dich für immer verloren zu haben, bis ich deine Schwester kennengelernt habe. Ich konnte sie von meiner tiefen Liebe zu dir überzeugen, und sie hat mich zu dir geführt. Wie konntest du nur annehmen, dass ich dich irgendwann nicht mehr lieben könnte, nur weil du keine Kinder bekommen kannst? Du bist die Liebe meines Lebens, Florentina. Oder soll ich dich lieber Fleur nennen?"

Sie schüttelte den Kopf.

„Ich habe mich so geschämt. Ich wollte, dass du glücklich wirst. Mit einer Frau, die …"

Er verschloss ihr den Mund mit seinem Finger.

„Ich kann nur mit dir glücklich sein. Willst du mit mir noch mal von vorn anfangen?"

„Wie kannst du nur fragen? Tausend Mal ja."

Endlich fanden sich ihre Lippen zu einem Kuss.

Jetzt war ihr Leben und Glück nicht nur perfekt, sondern vollkommen.

Der Kuss wollte nicht enden, und das Orchester spielte die Arie noch einmal. Florentina glaubte, auf Wolken zu schweben.

Dass Matteo hier war, hatte sie ihrer Schwester zu verdanken. Sanft löste sie sich von ihrem Mann und wandte sich zu Violetta um.

„Das war alles ein abgekartetes Spiel. Du hast mich absichtlich hierhergelockt", warf sie ihr halb vorwurfsvoll, halb amüsiert vor. „Seit wann ist Matteo eigentlich bei dir engagiert?"

„Seit gestern. Eugenio und er sind Freunde, wie ich erfahren habe. Da lag es nahe, unseren Tenor zu bitten, seinen Freund herzubitten. Ich kenne dich gut genug, um zu wissen, dass du ohne Matteo gelitten hast. Wie könnte ich das noch länger mitansehen? Ihr gehört zusammen. Du hast es verdient, endlich glücklich zu sein."

Florentina wandte sich zu ihr um und umarmte Violetta.

„Ich danke dir für alles, liebe Schwester."

„Matteo, bitte gib auf Florentina gut acht", wandte sich Violetta an ihren Mann.

„Das verspreche ich. Sie noch einmal zu verlieren, könnte ich nicht ertragen."

„Ab jetzt bleibe ich immer bei dir", versprach Florentina Matteo. Sie besiegelten ihr Versprechen mit einem innigen Kuss.

Träume können Wirklichkeit werden! Sie hatte alles erreicht, wonach sie sich gesehnt hatte, eine Karriere als Pianistin. Doch vor allem war sie dem Mann begegnet, bei dem sie wieder Hoffnung geschöpft und zu sich selbst gefunden hatte.